고잉홈
Going Home

고잉홈 Going Home

제1판 1쇄 2021년 3월 1일

지은이   김정금
펴낸이   이경재

펴낸곳   도서출판 델피노
등록   2016년 8월 11일 제2020-000082호
주소   서울시 양천구 신정중앙로 86, 덕산빌딩 6층
전화   0505-937-5494
팩스   0505-947-5494
이메일   delpinobooks@naver.com
ISBN   979-11-91459-01-2 (03810)

고잉홈
Going Home

김정금 지음

 델피노

Going Home ———————————————————•

차례

———————————————————

타
임
슬
립

＊＊

꿈인 줄 알았다. 보이는 모든 것이 꿈처럼 비현실적이었다. 꿈이라고 하기엔 눈 앞에 펼쳐진 장면이 흑백이 아닌, 현실처럼 선명한 색을 머금고 있었다.

필립은 꿈속을 헤매기 전 여느 때와 다름없이 잠이 들었다. 평소와 다른 점이 있었다면, 알람 소리에 겨우 눈을 뜬 게 아니라 오랜 피로가 씻긴 듯 개운하게 눈을 떴다. 굳이 비슷한 기분을 찾자면 수면 마취에서 깨어날 때 같달까.

어쨌든. 그는 낯선 곳에 와있었다. 잠에서 깨어나 눈을 뜬 건지 아니면 아직도 꿈속인지는 확실치 않았다. 분명한 건, 낯익은 중년남성과 둥근 탁자를 사이에 두고 마주 보고 앉아있었다. 중년남성은 낯익은 얼굴이었지만, 아는 사이는 아니었다. 둥근 얼굴, 동그란 안경, 짧게 깎은 머리. '장삼'이라 했던가. 얼핏 보면 원피스 같은 중국 전통 옷을 입은 남자.

필립은 기억을 더듬어 어린 시절에 읽었던 위인전집을 떠올렸다. 책장 빽빽이 꽂혀있던 위인전집의 첫 번째 책. 김창화. 책에서나 보았던 선생님이 왜 앞에 앉아있는 건진 몰라도 텔레비전 속 연예인 보듯 선생님을 바라봤다.

두 사람을 에워싼 공기가 물먹은 듯 무겁게 가라앉았다. 선생님은 연거푸 술을 들이켰다. 그 바람에 그는 선생님의 빈 잔에 술을 채우기 바빴다.

타임슬립

"자네도 한잔 들게."

필립은 선생님이 따라준 술을 한입에 마셨다. 지금껏 한 번도 맛본 적 없는 알코올 내음이 목을 타고 흘러내렸다. 삼십 평생 마셔온 술과는 전혀 다른 알코올 맛이었다. 정신이 번쩍 들었다. 정신을 차리고 주위를 둘러보니 꿈이라고 볼 수 없는 광경이 눈앞에 펼쳐졌다.

공기가 무겁게 가라앉은 건 선생님에게서 뿜어져 나온 분위기 탓만은 아니었다. 오랜 시간 습기를 머금었는지 쾌쾌한 냄새가 밴 나무탁자와 의자. 메뉴판 대신 아슬아슬하게 벽에 붙어 축 늘어진 종이. 물먹은 인형처럼 온몸을 축 늘어뜨린 채 음식을 나르는 주인아주머니.

필립은 둥근 나무탁자 세 점이 놓인 낡고 허름한 선술집에 앉아있었다. 시선은 벽에 붙어있는 종이에서 멈췄다. 종이에는 몇 안 되는 메뉴가 손글씨로 적혀있었다. 한자로 적혀있어 정확하게 무엇을 파는지 알 수 없지만, 한 번도 와본 적 없는 곳인 건 확실했다.

낯선 곳, 낯선 냄새, 익숙하면서도 낯선 중년남성.

출근길에 복권을 사야겠다고 다짐하는 사이, 선생님이 입을 열었다.

"오 군. 지난번에 말했던 독립운동을 하겠다는 열의는 여전한 게요?"

느닷없이 등장한 '독립운동'이란 단어에 숨이 턱하고 막혀버렸다.

"독, 독립운동이요?"

진땀이 흘렀다.

"일왕을 죽이겠다 하지 않았소?"

선생님이 무슨 얘기를 하는지 도통 알아들을 수 없었다.

"나에게 오기까지 쉽지 않은 여정이었을게요. 그래서 독립운동하겠다고 찾아온 오 군의 말을 진정한 마음이라 생각하오. 그런데 지금에 와서 처음 듣는 얘기처럼 모르쇠 하오면 앞으로 함께할 이유가 없지 않겠소?"

필립은 땀에 젖은 손을 바지에 쓱 문질러 닦으며 말했다.

"아닙니다. 독립운동하겠습니다. 독립운동… 해야지요."

급하게 아무 말이나 내뱉었다. 무슨 말이든 해야 한다는 압박감에서 나온 말이었다.

"자네도 알겠지만, 지금 우리 대한민국은 어려운 처지에 놓여있소. 침체 일로에 빠진 현 상황에 자네가 약속한 거사를 실행한다면 대한민국에 큰 힘이 될 것 같소."

선생님은 앞에 놓인 술잔을 들어 입에 털어 넣었다.

"우리 손으로 나라를 되찾아야 하지 않겠소? 우리, 대한민국 국민의 손으로 말이오."

선생님은 안경 너머로 그의 얼굴을 찬찬히 뜯어보고 있었다.

'걱정하지 마세요. 대한민국은 1945년에 광복을 이룰 겁니다.'

그는 목구멍까지 차오른 말을 억눌렀다.

"자네 이름이 반드시 필, 서다 립. 필립이라 했소? 참 좋은 이름이외다."

입꼬리가 들썩였다. 드디어 이름으로 놀림 받던 지난날을 보상받는 걸까. 그동안 누군가에게 이름을 말할 때면 설명을 덧붙여야 했다. '영어 Philippe 아니고, 한자로 반드시 필, 설 립입니다' 하고. 물론 상황에 따라선 그도 'Philippe'을 즐겨 쓰곤 했다. 예를 들자면 이태원 클럽에서 여자를 만날 때라던가.

"자네 이름처럼 우리 대한민국도 반드시 일어설 것이오."

"당연히 그래야지요."

필립은 씰룩거리는 입꼬리를 단속하느라 입을 굳게 다물었다. 위인이 이름을 불러주는 꿈. 복권 1등 꿈이다. 꿈인지 현실인지 몰라도 위인을 만났으니 뭔가 좋은 일이 있을 것만 같았다.

타임슬립

"좋소. 오늘 얘기 또한 진심이라 알고 있겠소."

선생님은 시선을 내리깔며 천천히 고개를 끄덕였다.

"명심할 게 있소. 일왕 처단 계획은 둘만의 비밀이니, 절대 입 밖으로 내뱉어선 안 되오. 누구든 알게 되면 밀정과 왜놈의 귀까지 들어가는 건 시간 문제요. 코앞에서 거사를 망쳐버릴 수는 없지 않소. 올해 안으로 거사 준비를 마치고 자네를 찾을 때까지 사무실 출입 또한 삼가는 게 좋겠소."

"올해 안에요?"

"준비가 막바지에 다다랐으니, 조금만 더 기다려주면 좋겠소."

필립은 "네" 하고 짧게 대답했다.

"또 한 가지. 이곳에서는 그 누구도 믿어서는 안 되오. 왜놈의 공작은 자네 생각보다 더 악랄하오. 독립운동가 사이를 파고들어 이간질하고, 서로를 믿지 못하게 한 다음 총을 겨누게 할게요. 동지였던 이에게 말이오."

이번에도 역시 "네" 하고 대답했지만, 선생님의 말씀은 기억 저편으로 날려버렸다. 어차피 꿈에서 깨면 다 부질없는 얘기였다.

"밤이 깊었으니 나머지 얘기는 다음에 하기로 하고 오늘은 그만 일어납시다."

선생님은 자리에서 일어나 터덜터덜 선술집을 나갔다. 선생님의 뒷모습에서 한 치의 망설임이나 아쉬움은 읽을 수 없었다.

아쉬운 건 그였다. 그는 짧은 만남의 아쉬움을 남은 술로 달랬다. 처음 맛본 술은 다음 술을 당겼다. 몇 잔을 마셔봐도 익숙지 않은 술맛이었다. 이게 무슨 술일까 궁금해진 그는 술병을 들어 요리조리 훑어보며 또다시 잔을 가득 채웠다. 꿈에서 깨기 전까지만 마시자던 게 어느덧 그가 술병이 되어 채워지고 있었다.

한잔, 두잔, 석 잔.

눈꺼풀이 내려앉기 시작하더니 점점 시야가 흐려졌다.

다시 눈을 떴을 땐, 어제 선생님과 술을 마셨던 선술집 그대로였다. 잠에서 깬 그는 가게 안을 빙 둘러 훑었다. 맨정신이라서인지 눈앞의 광경에 실재감이 더해졌다. 꿈이 아니었나. 어젯밤 마신 술 때문인지 머리가 지끈거렸다.

그가 손으로 이마를 짚은 그때, 주인아주머니가 다가왔다.

"여태 안 가고 있었소? 잘됐구려. 어제 먹은 술값은 주고 가시오."

헛웃음이 절로 나왔다. 필름이 끊길 때까지 마시고 놀아도 술값 떼먹는 놈은 아니다. '저 그런 놈 아닙니다' 라고 말하려는데 아주머니가 한 발 더 빨랐다.

"돈 없다고 할 생각 마오. 보아하니 입고 있는 옷이며, 신발이며, 술값이 없진 않겠소."

아주머니의 쌀쌀맞은 말투가 마치 뺨을 후려갈긴 듯 그는 얼빠진 얼굴로 아주머니를 바라봤다. 축 늘어뜨린 모습과는 달리 아주머니는 고목 나무처럼 검고 쭈글쭈글한 손을 쑥 내밀었다. 기필코 술값을 받아내고야 말겠다는 얼굴로. 그리고 보니 술값이 문제가 아니었다. 어제 술을 내오던 아주머니 모습 뒤로 어젯밤 함께 술을 마신 사람이 생각났다. 맞다. 창화 선생님.

"지금이 몇 년도인가요?"

아주머니는 눈살을 찌푸리며 대답했다.

"술을 많이 마시더니 정신이 우에 된 거 아니오? 소화 6년이잖소."

아주머니는 차갑게 뒤돌아섰다.

"소, 소화⋯ 6년?"

소화 6년이 몇 년을 의미하는 건지 몰라도, 2021년은 아니었다.

타임슬립

"여기가 어딘가요?"

그의 두 번째 물음에 아주머니는 하던 일을 멈추고 그를 흘끗 쳐다봤다.

"상해 아니오. 상해 불조계."

아주머니는 고개를 저으며 혀를 끌끌 찼다.

소화 6년은 뭐며, 상해 불조계는 또 무슨 말인가. 아무리 일 년에 두 번씩 해외여행을 다닌다지만, 최근 한 달 사이 공항 근처에 가본 적이 없었다. 그런데 상해라니. 상해가 무슨 분당이나 판교 가듯이 비행기도 타지 않고 갈 수 있는 곳이었던가. 꿈이 아니고서는 말이 되지 않았다.

필립은 자리에서 일어나 아주머니 앞으로 걸어갔다.

"카드결제 되나요?"

재킷 안주머니에서 지갑을 꺼내었다. 지갑 안에는 언제부터 들어있는지 알 수 없는, 난생처음 보는 돈이 들어있었다. 그것도 아주 많이.

"카… 카? 그게 뭐요?"

아주머니는 매섭게 노려보더니 홱 돌아서서 주방으로 들어가 버렸다. 당황한 그는 돈을 아무렇게나 꺼내 탁자 위에 올려두고 가게를 나왔다.

상해… 소화 6년….

아주머니의 말을 되씹으며 밖으로 나온 그는 몇 발짝 떼지 못하고 그대로 굳어버렸다. 그의 눈앞에 생경한 광경이 펼쳐졌다.

그는 회색빛 벽돌로 쌓아 올린, 연립주택이 다닥다닥 붙어있는 좁은 골목에 서 있었다. 거리로 나가려고 걷고 또 걸어도 같은 골목만 뱅뱅 도는 기분이었다. 같은 골목만 도는 건 아닌 게 죄다 똑같이 생긴 연립주택이지만, 좁은 골목에 거미줄처럼 널어놓은 빨래는 조금씩 달랐다. 아마도 좁은 골목이 여러 갈래로 얼기설기 이어진 듯했다. 마치 거대한 미로찾기에 갇힌 기분이었다.

간신히 골목을 빠져나오자 플라타너스가 터널처럼 우거진 거리가 나타났다. 선술집 아주머니의 말씀처럼 정말 상해가 눈앞에 있었다. 비행기도 타지 않고 어떻게 이곳에 왔는지는 궁금하지 않았다. 그것보다 계획에 없던 상해 여행에 한껏 들떴다. 다른 차원의 꿈을 꾸고 있다고 여겼다.

그는 울창한 플라타너스가 만든 그늘 밑을 발길 닿는 대로 걸었다. 그늘에서 조금이라도 벗어나면 온몸에서 땀이 배어 나왔다. 더위보다 참기 힘든 건 높은 습도였다. 물먹은 솜처럼 몸이 축 늘어졌다. 시원한 에어컨 바람이 나오는 카페에서 마시는 아이스 아메리카노가 간절했다. 그의 간절한 바람에도 간단히 요기할 브런치를 파는 레스토랑도, 카페도 보이지 않았다.

필립은 카페를 찾아보려 주머니에서 스마트폰을 꺼냈다. 지도 앱을 눌렀으나 연결되지 않았다. 통화도 메신저 앱도 어떤 것도 접속되지 않았다. 자세히 보니 와이파이 안테나 위에 빨간색 X 표시가 그어져 있었다. LTE 데이터를 켜보았지만, 헛수고였다. 와이파이도 LTE도 연결되지 않았다. 스마트폰을 손에 들고 와이파이가 연결되는 곳을 찾아다니던 그때, 선술집 아주머니의 목소리가 귓가에 맴돌았다.

"소화 6년이오."

그 순간, 형광등이 꺼진 듯 머릿속이 캄캄해졌다. 만약 지금 이곳이 일제 강점기라면 '소화 6년'이란 말이 설명되었다. 일제강점기에 일본 연호를 따랐다는 걸 신문기사에서 읽은 적 있었다. 소화 6년이 정확히 몇 년도인지는 몰라도 한 번도 상상해본 적 없는 시대로, 그것도 과거로 온 게 분명했다. 믿기지 않는 현실에 헛웃음이 터져 나왔다. 비행기를 타고 나라를 오갈 순 있지만, 시대를 오간다는 건 상상도 못 해본 일이었다. 타임캡슐이라도 타고 왔다는 건가. 그럼, 그 타임캡슐은 지금 어디 있다는 건가.

그는 상해에 오기 전에 있었던 일을 되짚어봤다.

타임슬립

필립은 늘 그렇듯 책상 앞에 앉아 있었다. 동료들은 그를 '책상지킴이'라 불렀지만, 남들 얘기쯤은 아무래도 상관없었다. 그는 취재의욕이 사라진 지 이미 오래였다. 그가 문서작성 프로그램 속 깜빡이는 커서를 멍하니 바라 보던 그때, 동기 우진이 다가왔다.

"오필립. 네가 웬일이야? 기획취재를 맡겠다 할 때도 있고. 내일 해가 서 쪽에서 뜨는 거 아냐? 게다가 연예부 기자가 사회부 기사를 쓰겠다고? 너 혹시 약 먹었냐?"

삼일절을 기념하는 기획취재로, 생존해있는 독립운동가 취재를 그가 맡 는다는 소문을 들은 모양이었다. 오지랖 넓기로는 신문사 내에서 1등을 먹 을 만큼 우진을 피할 수 있는 소문이란 없었다. 그러니 우진이 소문을 듣고 찾아올 거란 건 이미 예견된 일이었다.

우진이 이토록 호들갑을 떠는 데는 이유가 있었다. 필립은 평소에 성가 신 기획취재는 이런저런 핑계를 대며 피해왔다. 특히, 독립운동가 취재는 더욱 그의 관심사가 아니었다. 그러니 우진은 이번에도 그가 당연히 빠지 는 줄 알았던 모양이었다.

"인터뷰라면 질색하잖아? 맨날 인플루언서 SNS나 퍼다 나르는 네가 갑 자기 무슨 일이야?"

웃으면서 정곡을 찌르는 어법의 우진이지만, 필립은 개의치 않았다.

"말해봐. 어디서 뭘 듣고 이래?"

우진은 합리적 의심이라고 확신했다.

"이번 기획취재가 승진 평가에 들어간대. 그러니 여기서 시간 낭비하지 말고, 어서 가서 취재 준비나 해."

필립은 과장된 손동작과 함께 능청스럽게 말했다.

"믿지 않은 기회주의자 친구. 한결같이 발 빠른 너의 정보력, 칭찬해."

윙크를 날린 뒤 뒤돌아서려던 우진이 갑자기 그의 손목을 낚아챘다.

"너, 이 자식. 너 이거 뭐야?"

필립의 손목에 채워진 손목시계를 본 것이다.

"샀어. 여섯 달 전에."

우진은 소리 없는 감탄사를 내질렀다.

"역시 금수저는 다르구나. 오늘만 사는 녀석. 그나저나 여섯 달 전에 주문한 걸 이제야 받은 거야?"

그렇다. 이 시계로 말할 것 같으면 주문해서 여섯 달 만에야 받을 수 있는 시계였다. 매장 진열대에 놓여 그 자리에서 바로 살 수 있는 그런 시계가 아니다. 필립은 시계를 사기 위해 석 달 치 월급을 다 털어 넣었다. 우진은 허세라 하겠지만, 많은 돈을 주고서라도 꼭 이 시계를 사야 하는 이유가 있었다. 처음 이 브랜드 시계를 본 건 영화광인 그가 좋아하는 007시리즈 속 제임스 본드의 손목에서였다. 남자다우면서도 세련된 시계가 단숨에 그를 사로잡았다. 그때부터 이 브랜드의 시계를 동경해왔다. 바다에서 해가 솟아나는 모양의 로고는 새해 일출을 볼 때처럼 알 수 없는 설렘을 가져다주었다. 물론 고가 시계를 산 이유가 단순히 동경 때문만은 아니었다. 1969년 7월 21일 인류 최초로 달 착륙에 성공한 닐 암스트롱과 함께 달에 간 시계라는 숭고한 역사를 지닌 시계였다. 정확성을 인정받은 시계란 뜻이다. 미 항공국은 달착륙작전을 위해 당시 시판되던 다양한 시계를 비밀리에 실험했고, 달의 중력에서도 정확성을 유지한 이 시계가 선택됐다고 했다. 그 후 사람들은 이 시계를 '문워치'라 불렀다. 거기다 1932년 로스엔젤레스 하계올림픽의 타임키퍼로 선정된 이후 현재까지 각종 국제 기록경기와 올림픽 공식 타임키퍼로 사용되고 있었다.

타임슬립

필립은 인터뷰에 앞서 취재대상에 대해 사전조사부터 시작했다. 국가보훈처와 도서관, 인터넷 검색까지 빼놓지 않았다. 질문지를 작성하기 위해선 당시 시대 상황을 간략하게나마 알아야 했다.

1930년대 독립운동가. 한서원.

인터넷 포털사이트에 취재대상을 검색했다. 독립운동가 한서원의 자료는 생각보다 많지 않았다. 여러 자료를 수집해봐도 거의 다 복사해서 붙여쓰기 수준의 자료뿐이었다. 그 자료를 종합하면 한 문장으로 나타낼 수 있었다.

독립운동을 위해 상해로 망명하여 독립운동에 몸 바치다.

쉽지 않은 인터뷰가 예상됐다.

인터뷰 당일, 필립은 투덜거리며 약속장소인 병원에 도착했다.

"아니 왜 병원에 입원해 있으면서 하필 황금 같은 공휴일에 오라는 거야?"

인터뷰만 아니었다면, 오늘 꼭 해야 할 일이 있었다. 어쩔 수 없지만, 인터뷰를 빨리 끝내고 가기로 했다.

엘리베이터를 타고 7층으로 올라간 그는 간호사실을 지나 복도 끝으로 걸어갔다. 복도 끝 병실 앞 환자명부에 '한○원/109세'라 적혀있었다.

필립은 문을 열고 안으로 들어갔다. 병실에는 여섯 개의 침대가 마주 보고 있었다. 저마다의 자세로 누워있는 노인 중 유독 한 노인이 그가 들어오는 걸 빤히 쳐다보고 있었다.

그는 그 노인이 한서원이란 걸 단박에 알아차렸다. 왜소한 몸집에 날렵한 눈매의 노인은 손가락 길이의 흉터가 뺨을 가로지르고 있었다. 흉측하긴 해도 독립운동 중 생긴 흉터겠거니 싶었다.

"여기까지 오라고 해서 미안하오. 두 다리 멀쩡하고, 건강하긴 하나 가벼운 감기에도 의사 선생님이 극성이지 뭐요."

노인은 침대 옆에 놓인 의자를 곁눈질했다.

"아닙니다. 제가 선생님을 뵙고자 했으니 제가 오는 게 맞죠."

그는 침대 옆에 놓인 보호자용 파란색 플라스틱 의자에 앉았다.

"그래, 뭐가 궁금해서 왔소?"

노인은 얼른 인터뷰를 끝내고 싶은 눈치였다. 인터뷰를 빨리 끝내고 싶은 건 그 역시 마찬가지였다. 준비한 질문만 서둘러 끝내고 갈 생각이었다.

"대단한 일을 하셨다고 들었습니다. 독립운동이라면 쉽지 않은 일인데, 독립운동을 하시게 된 계기가 있었나요?"

노인은 소리 없이 웃었지만, 어딘가 모르게 불편한 기색이었다.

"계기가 뭐가 있겠소? 나라를 빼앗긴 백성이 나라를 되찾겠다는 건 당연한 일 아니겠소?"

노인은 대화 내내 그를 힐끔힐끔 볼뿐, 똑바로 보지 않았다.

"두렵진 않으셨나요? 일제가 독립운동가를 가만두진 않았을 텐데요."

"무섭긴. 내 땅에 도둑놈들이 들어와 잘 먹고 잘사는데, 내 땅, 내 집을 빼앗겨 갈 곳 없는 현실보다 무서운 게 어딨겠소."

노인의 목소리가 병실 안에 쩌렁쩌렁 울렸다. 병실 안에 있던 많은 눈동자가 두 사람에게 향했다.

필립이 주위 눈치를 살피던 그때, 노인이 불쑥 말했다.

"나도 하나만 묻겠소. 만약 선생이 그 시대에 살았다고 하면, 선생은 독

타임슬립

립운동을 하겠소?”

그를 보는 노인의 눈빛이 날카롭고 매섭게 번뜩였다.

“아. 저라면. 만약 저라면….”

갑작스러운 질문에 필립은 당황스러웠다. 평소 어떤 질문에도 당황하지 않고 받아넘기는 그의 재치로 대답할 수 있는 범위를 넘어선 질문이었다.

“괜찮소. 솔직하게 말해보시오.”

노인은 입가에 옅은 미소를 머금은 채, 끝까지 대답을 기다렸다.

“솔직히 저라면 못할 것 같습니다.”

그의 솔직한 대답에 노인의 낯빛이 어두워졌다. 그는 분위기를 바꾸려 재빨리 다음 질문으로 넘어갔다.

“일제의 압박으로 위험했던 상황도 있었을 텐데요?”

노인은 기다렸다는 듯 웃옷을 들췄다. 오른쪽 가슴에 총상 흉터가 선명하게 남아있었다. 자칫 총알이 옆으로 빗겨 갔더라면, 심장을 관통했을 총상이었다. 필립은 총상에서 눈을 떼지 못했다.

그때, 노인의 시선이 느껴졌다. 고개를 들자 노인이 매서운 눈으로 그를 지켜보고 있었다.

“왜놈의 압박보다 힘든 건 동료의 배신이었소.”

예상 밖의 대답이었다. 이에 대응하는 질문을 미처 준비하지 못한 그는 서둘러 다음 질문으로 넘어갔다.

“놈들이 어떻게 독립운동가를 알아본 거죠?”

“이 사진 때문이오.”

노인은 주머니에서 사진 한 장을 주섬주섬 꺼내었다.

“이 사진이 왜놈의 손에 넘어가지만 않았어도.”

“이 사진이 뭔가요?”

"함께 독립운동을 했던 동지들이오. 이 사진이 놈들의 손에 넘어가 우리의 목을 조르리라고 누가 알았겠소."

덤덤하게 얘기를 듣던 그는 질문지에 없는 질문 하나를 덧붙였다.

"이 사진이 어떻게 놈들 손에 들어간 건가요?"

노인은 마치 어제의 일처럼 힘주어 말했다.

"밀정의 짓이지요."

조금 전 노인이 덧붙이지 못한 '동료의 배신' 이야기의 연장이었다. 밀정. 필립은 영화에서 밀정의 존재를 본 적 있었다.

"그 밀정이 누군가요?"

노인은 깊은숨을 내쉬며 고개를 가로저었다.

"이 사진을 찍은, 동료인 줄 알았던, 사진관을 운영하던 사내가 밀정일지도 모르겠소. 내 생각엔 그자가 일본에 넘겼으리라 짐작만 할 뿐이오."

"그렇군요."

노인의 반응이 뭘 의미하는지 알지 못했으나, 사실 더 궁금하지도 않았다. 준비해온 질문지만 채우면 됐기에 더 시간을 뺏기고 싶지 않아 다음 질문으로 넘어갔다.

"그럼 어떻게 놈들 눈을 피해 도망 다닐 수 있었나요?"

"그분 덕분이오."

누군가를 떠올리는 듯 노인의 입가에 희미한 미소가 맺혔다.

"그분이요?"

노인은 대답하지 않았다. 아무래도 좋았다. 기사 말미에 '그의 대답을 기다렸지만, 그는 끝내 그 존재에 대해 입을 닫았다.' 정도로 마무리하면 될 터이니 이쯤 해도 좋겠다고 생각했다. 그의 생각을 읽었는지 노인은 침대에 누우려 몸을 뒤척였다.

타임슬립

"끝났소? 끝났으면 이만 가보시오."

인사를 마치고 병실을 나서려던 그가 뒤돌아보며 말했다.

"그 사진, 기사에 실은 다음에 가져다 드려도 될까요?"

노인은 말없이 사진을 내밀었다. 그는 사진을 파일에 끼워 넣은 뒤, 병실을 빠져나왔다.

그가 종일 서두른 데는 이유가 있었다. 매년 3월 1일이 되면 마치 종교의식처럼 봄맞이 대청소를 해왔다. 오늘은 인터뷰로 시간을 지체한 탓에 자기 전까지 청소를 마치려면 서둘러야 했다.

그는 집에 도착하자마자 가방 속 물건을 책상 위에 꺼내었다. 청소를 시작하기 전에 먼저 오늘 인터뷰한 기사를 써야 했다. 인터뷰한 내용을 기사로 쓰는 건 그리 어렵지 않았다. 질문지 내용을 잘 정리하여 기사를 작성한 뒤 이메일로 전송하기까지 한 시간이면 충분했다.

이메일 전송을 마친 후, 본격적으로 청소를 시작했다. 겨우내 미뤄둔 이불빨래부터 시작했다. 먼저 이불과 방수 패드를 걷어내어 드럼세탁기에 넣었다. 세탁기가 돌아가는 동안 샤워기로 욕실 바닥과 벽면에 물을 뿌렸다. 욕실 안은 금세 수증기로 가득 찼다. 욕실 청소용 세제를 세숫대야에 붓고, 물을 섞자 세숫대야에 거품이 보글보글 일었다. 다음으로 세제에 락스를 섞으려는데 락스 통이 그만 손에서 빠져나갔다.

"앗!"

순식간에 욕실 바닥은 락스로 흥건해졌다. 잽싸게 손을 뻗어 락스 통을 들었을 땐 통은 이미 텅텅 비어있었다.

"아… 새 건데."

아쉬운 마음을 뒤로한 채 세숫대야에 담긴 세제를 욕실 구석구석 부었다. 그다음 청소용 솔로 물때를 구석구석 청소했다. 찌든 때가 벗겨져 나가고 새하얀 타일이 얼굴을 내밀었다. 지독한 락스 냄새에 정신이 혼미해져 갈 때쯤 청소는 끝이 났다. 락스 냄새를 맡아서인지 머리가 지끈거리고 콧속이 뜨거워졌다. 욕실에서 나와 미처 손을 쓰기도 전에 코피가 거실 바닥에 후두둑 떨어졌다.

필립은 재빨리 방으로 들어가 침대 옆 탁자 위에 놓인 휴지를 뽑아 코를 막았다. 머리가 핑 도는 기분에 침대에 기대어 앉았다. 어지럼증이 가실 때까지 침대에 기대어 앉는다는 게 그만 잠이 들어버렸다.

잠결에 세탁 종료음을 듣고 눈을 떴을 땐, 창화 선생님 앞에 앉아있었다.

필립은 플라타너스 가로수길을 빠져나오며 생각했다. 아무려면 어떠냐고. 중요한 건 지금 대한민국 역사의 중심에 와 있다고. 새로운 곳, 새로운 세계를 언제 또 경험해보겠냐며. 영화에서 연출된 모습으로만 봤던 역사현장을 직접 경험해보는 건 상상도 해본 적 없는 신비로운 일이었다.

지나가는 사람들이 그를 힐끔힐끔 쳐다봤지만, 신경 쓰지 않았다. 다른 사람의 시선 따윈 중요하지 않았다. 적당히 놀다 집으로 돌아가면 되니, 지금 이 순간을 즐기지 못하는 건 시간 낭비였다. 여행도 그냥 여행이 아닌 시간여행 아닌가.

시간여행이라면 우진이 쓴 기사에서 본 적 있었다. '최근 거대입자가속기로 미니블랙홀을 만드는 데 성공했다', '블랙홀과 블랙홀을 연결하는 웜홀을 통해 시공간을 이동하는 여행이 가능하다'는 등의 그저 꿈같은 기사였다.

그날 저녁 우진은 술을 마시며 말했다. 아인슈타인이 상대성 이론을 제시하며 시간여행이 가능하다 하지 않았냐며. 실제로 미국 정부에서 시공간을 이동할 수 있는 '포털'이라는 특수이동장치를 만들었고, 이 장치로 화성에 특수요원들을 이동시켜 비밀군사기지를 건설했다나. '페가수스 프로젝트'라 했던가.

필립은 한편의 공상 영화를 본 듯 웃어넘겼다. 타임머신이든, 미니블랙홀이든 뭐가 중요한가. 내일 아침 눈을 뜨면 다시 일상으로 돌아갈지도 모르는데.

이마에 땀이 송골송골 맺힐 때쯤, 그는 어느 건물 앞에서 걸음을 멈췄다. 건물에서 향긋한 커피 향기가 새어 나왔다. 붉은 벽돌로 쌓아 올린 2층 건물 입구에 'Blue moon coffee'라 적힌 간판이 걸려있었다. 카페가 들어선 건물은 유럽식 건물이었다. 아치형 격자 유리창 위에는 붉은색 둥근 햇빛가리개가, 출입문 양옆으로는 그리스 신전에서 본 것 같은 이오니아식 기둥이 장식돼 있었다. 유럽 여행에서 들었는데, 바로크양식이라 했던가. 신고전주의 양식이라 했던가.

필립은 자석에 이끌리듯 키 큰 출입문을 열고 안으로 들어갔다. 카페에는 베토벤의 피아노 소나타 제14번 2악장이 흘러나오고 있었다. 그는 빈자리를 찾으려 카페 안을 빙 둘러 훑었다. 호두나무로 만든 둥근 탁자 앞에 앉아 커피를 마시고 있는 다양한 국적의 사람들 머리 위로 화려한 샹들리에가 매달려 있었다.

필립은 창가 자리로 가서 앉았다. 그가 들어오는 걸 봤는지 금발 미녀가 다가왔다. 금발 미녀는 무슨 말인지 알아들을 수 없는 러시아어로 말을 걸었다. 아마도 뭘 주문하겠냐는 말이겠지.

그는 입꼬리를 끌어올리며 대답했다.

"아이스 아메리카노."

러시아 미녀가 '그게 뭐지?' 하는 표정을 지으며 멀뚱히 서 있었다.

그는 다시 말했다. "커피."

러시아 미녀가 고개를 끄덕이며 뒤돌아서자, 그는 주머니에서 스마트폰을 꺼내었다. 와이파이 안테나 위에는 여전히 빨간색 'X'가 그어져 있었다. 신용카드가 뭔지도 모르는 이곳에서 스마트폰이 될 리 없다는 걸 알지만, 늘 스마트폰을 붙들고 사는 그로선 여간 불편한 게 아니었다. 평소 같으면 주문한 음식이 나오길 기다리는 동안 실시간 검색이나 뉴스 따위로 시간을 보냈을 테지만, 스마트폰이 무용지물 되자 커피를 기다리는 시간이 1년처럼 길게만 느껴졌다.

그는 피아노 위에 놓인 메트로놈처럼 손가락으로 테이블을 두드리며 카페를 둘러봤다. 사람들은 저마다 신문이나 책을 읽거나 일행과 대화를 나누는 데에 여념이 없었다.

바로 그때, 문이 열리고 동양인으로 보이는 여자가 들어왔다. 하얀 얼굴에 검은색 웨이브 머리를 한 여자는 이곳에 사는 사람이라기보단 2021년 서울에서 볼 법한, 낯익은 모습이었다.

그의 시선이 여자를 따라가는 사이, 러시아 미녀가 커피를 내려놓았다. 러시아 미녀는 커피를 한 모금 마신 후에도 앞에 서 있었다. 왜 안 가고 서 있지. 팁을 줘야 하나.

필립은 러시아 미녀를 올려다보며 양 눈썹을 들어 올렸다. 그녀는 손가락으로 테이블 위를 가리켰다. 그녀가 가리킨 곳엔 습관처럼 올려둔 스마트폰이 놓여있었다. 그는 스마트폰을 주머니에 넣으며 고개를 가로저었다. 러시아 미녀는 어깨를 들썩이며 뒤돌아섰다.

그때, 멀지 않은 곳에서 낯익은 전자음이 들렸다. 그의 스마트폰에서 나는 소리였다. 주위를 둘러보니 아무도 그에게 관심이 없었다. 그는 스마트폰 화면을 켰다. 조금 전까지 불통이던 와이파이가 연결돼 있었다. 잘못 봤

타임슬립

나 싶어 몇 번이고 눈을 깜빡거려보았지만, 여전히 연결돼 있었다.

필립은 커피잔을 내려놓고 본격적으로 스마트폰을 만지기 시작했다. 언제 그랬냐는 듯 메신저 앱도, 포털사이트 앱도 작동됐다. 손가락이 떨려왔다. 포털사이트 첫 번째 화면은 뉴스 면이었다. 그의 눈은 첫 줄에 게재된 기사로 향했다.

과거사 반성 없는 일본 정부 규탄, 광화문에서 대규모 촛불집회

연예기사로 화면을 넘겼다. 오늘도 어김없이 인기 영화배우의 열애설 기사가 메인을 장식했다. 기사를 누르려는데 어디선가 날아오는 시선을 느껴졌다. 그는 고개를 들어 주위를 휘둘러봤다. 그에게 시선을 던진 사람은 바로, 조금 전에 들어온 한국 여자였다.

** **

정림은 낯선 공간의 생경한 모습에 당황했다. 꿈인지, 영화 속으로 들어온 건지, 영화 속 장면을 꿈꾸는 건지 분간할 수 없었다.

하얗게 칠해진 벽면과 검은색에 가까운 짙은 색 원목 마룻바닥, 마룻바닥과 같은 원목으로 만든 탁자와 의자, 서랍장이 고풍스러워 보였다. 거기다 공간을 은은하게 채우는 내음은 바닥과 가구를 만든 데에 쓰인 나무가 아카시아라고 말해주고 있었다. 언젠가 한 번 맡아본 냄새였다. 어디서 맡아 봤더라. 기억 속 냄새를 추적하던 그때, 삐걱거리는 소리가 적막을 깨뜨렸다.

정림은 소리가 나는 곳으로 고개를 돌렸다. 소리의 정체는 2층으로 이어진 나무 계단에서 들려왔다. 계단 끝에 동그란 안경을 쓴 낯익은 남자가 서 있었다. 남자의 정체를 단박에 알아차린 그녀는 의자에서 벌떡 일어났다. 일시 정지 버튼을 누른 것처럼 모든 게 멈춰버렸다. 심장도, 숨도, 선생님과 그녀 사이의 공기조차.

재생 버튼을 누른 듯 선생님이 다가왔다.

"정림아, 얼마 전에 찾아온 사내 말이다. 그 사내에 대해 좀 알아보거라."

"사, 사내요?"

그녀의 당황한 기색을 알아챈 선생님이 설명을 덧붙였다.

"지난번 술과 국수를 사 들고 와서 놀다간 그 사내 말이다. 오필립이라고."

고개를 끄덕였지만, 그 사내가 누군지는 알지 못했다. 그보다 먼저 여기가 어딘지, 자신이 왜 이곳에 있는지, 왜 아직 잠에서 깨지 않는지가 더 궁금했다.

정림은 뒤돌아서 계단을 오르려는 선생님을 불러세웠다.

"여기가 어딘가요?"

선생님은 잠깐 멈칫하더니 이내 웃으며 대답했다.

"상해 불조계를 말하는 거냐, 아니면….."

선생님의 말씀이 채 끝나기도 전에 그녀는 다시 물었다.

"지금이 몇 년도인가요?"

선생님은 미간을 찌푸리며 대답했다.

"대한 13년 아니냐?"

대한민국 13년.

정림은 머릿속으로 빠르게 계산했다. 1931년이었다.

선생님은 계단을 오르려 내디딘 발을 도로 물리며 계단에서 내려왔다.

"정림아, 몸이 안 좋은 게냐? 오늘은 일찍 들어가 쉬거라."

타임슬립

선생님의 말씀대로 가방을 챙겨 밖으로 나온 정림은 뒤돌아서서 건물을 돌아봤다.

붉은 벽돌로 쌓아 올린 3층짜리 연립주택.

중국 상해시 노만구 마당로 306농 4호.

가슴이 쿵 하고 내려앉았다. 바로 1년 전, 상하이 여행에서 방문했던 곳이었다.

정림은 머리카락으로 쓸어내리며 주위를 둘러봤다. '스쿠먼'이라 부르는, 돌로 만든 문틀과 검은색 목재 대문. 스쿠먼 양식의 3층짜리 연립주택이 줄지은 골목, '농탕'. 어깨가 스칠 듯한 좁은 골목과 골목에 모여앉아 마작을 두는 무리. 그녀가 아는 상해 골목의 모습 그대로였다.

넋이 나간 채로 골목을 빠져나오자 플라타너스 가로수길이 나타났다. 정림은 가로수길 끝에서 멈춰 섰다. 그녀가 기억하는 신티엔디가 아닌, 전혀 다른 곳이 눈앞에 있었다. 다리가 풀려버렸다. 앉아서 생각할 곳이 필요했다. 신티엔디의 랜드마크인 스타벅스가 있어야 할 곳엔 카페라곤 찾아볼수 없었다.

그녀는 카페를 찾아 큰길로 나갔다. 멀지 않은 곳에서 커피 향기가 풍겨왔다. 커피 향기를 따라간 곳엔 'Blue moon coffee'라 적힌 간판이 보였다.

용케 카페를 찾은 정림은 곧장 문을 열고 안으로 들어갔다. 그녀는 누구의 시선도 닿지 않는 가장 깊숙한 곳에 앉았다. 뒤따라온 러시아인 종업원에게 따뜻한 커피를 주문한 뒤 조심스레 가방을 열었다. 가방은 어제 오후퇴근할 때 들었던 그 가방 그대로였다. 신분증과 카드, 현금이 든 지갑과 스마트폰, 화장품과 여성용품이 든 파우치까지. 지갑 속에 들어있는 돈은 한번도 본 적 없던 생소한 지폐와 동전이었다. 무엇보다 이상한 건 정체를 알수 없는 5cc 주사기 다섯 개와 프로포폴, 펜타닐이 각각 다섯 병씩 들어있었다.

프로포폴과 펜타닐을 보자, 정림은 잠에서 깨기 전 일이 떠올랐다.

회진시간, 정림은 내과 교수와 병실로 들어갔다. 한 노인이 내과 교수를 기다리고 있었다.

"어르신. 몸은 좀 어떠세요."

노인은 질문이 채 끝나기도 전에 말했다.

"멀쩡해."

교수가 피식 웃으며 고개를 끄덕였다. 그녀도 웃음이 터지려는 걸 간신히 참아냈다. 노인은 지독하게 입원을 거부했다. 회진 때만 되면 퇴원시켜 달라며 떼쓰는 통에 매번 교수와 실랑이를 벌였다. 최근 들어 잠잠해지는가 했더니 다시 시작됐다.

교수는 능숙하게 말을 돌렸다.

"지난번 얘기 마저 해주세요. 광복군에 들어가시기 전에는 어떤 일을 하셨다고요?"

수년째 들어온 얘기지만, 교수는 매번 처음 듣는 사람처럼 귀를 세웠다.

"독립운동을 하려고 무작정 상해로 건너갔어. 누가 상해로 가면 독립운동을 할 수 있다고 하더라고. 그 말을 듣고 무작정 건너가서는 영국 전차 회사에 취직했는데 마침 전차회사 차장에게 소개받아 찾아간 곳이 거기였어."

다른 환자보다 몇 배로 긴 회진이었다.

"만주사변이 터지던 그때는 사정이 좋지 않았어. 동포들의 관심도 점점 뜸해지고 지원도 끊겨버렸지. 그때 누군가가 찾아왔어. 독립운동을 하겠다고 말일세."

타임슬립

"그게 누군가요?"

교수의 물음에도 노인은 하던 이야기를 이어나갔다.

"그가 찾아온 후 꺼져가던 독립운동의 불씨가 되살아났네."

교수는 오늘도 '그'가 누군지 듣지 못한 채 뒤돌아서야 했다. 대답 듣긴 글렀어. 교수는 그녀를 보며 눈으로 말했다. 정림은 입술을 씰룩거리며 웃음을 삼켰다.

회진이 끝나고 정림은 간호사실에서 윤 간호사를 만났다.

"정쌤. 동료끼리 꼭 그래야만 했어?"

그녀의 선배인 윤 간호사는 어제 정림이 병원 내 윤리부에 고발한 사건에 대해 따져 물었다.

일주일 전 병실과 복도 불이 모두 꺼진 시각, 정림은 최 간호사가 약품함 앞에 있는 모습을 목격했다. 수액을 준비하는 모습치고는 뻣뻣하게 굳은 어깨와 힐끔힐끔 주위를 살피는 모습이 어딘가 모르게 부자연스러워 보였다. 최 간호사는 약품함에서 앰플 몇 병을 꺼내어 옆에 올려둔 파우치에 집어넣었다.

최 간호사가 파우치를 들고 간호사 휴게실로 들어가자 정림은 약품함 앞으로 다가갔다. 조금 전 최 간호사의 동작을 따라 약품함 오른쪽 두 번째 칸을 열었다. 약품함에서 꺼낸 앰플을 확인한 그녀는 말문이 막혀버렸다. 최 간호사가 들고 간 건 프로포폴과 펜타닐이었다. 중독성이 강한 마약성 의약품이었다. 안 그래도 두 달 전부터 마약성 의약품 관리대장에서 프로포폴과 펜타닐의 개수가 맞지 않아 병원 내에서 경고가 내려졌었다.

그날 밤, 일이 손에 잡히지 않았다. 고민 끝에 윤리부에 신고했다. 일이 더 커지는 걸 막는 게 동료이자 동기인 유지를 위하는 일이라 생각했다.

윤 간호사는 그녀의 마음을 아는지 모르는지 정림을 나무랐다.

"당연히 해야 할 일을 한 것뿐이에요."

윤 간호사는 한숨을 내쉬며 말했다.

"물론 원칙적으로는 정쌤이 해야 할 일을 한 건 맞아. 원칙적으로는."

정림은 윤 간호사의 눈을 피하지 않고 똑바로 바라봤다.

"그치만 동료의 잘못을 꼭 그렇게 떠벌려야 했어? 최쌤이 징계를 받아야만 정쌤 속이 시원하겠어? 둘 사이에 일어난 사적인 일은 그렇다 쳐도, 그래도 힘들 땐 제일 힘이 되는 게 동기인데, 너무 한 거 아니야?"

정림은 입을 굳게 다물었다. 잘못을 떠벌린 게 아니다. 정당한 절차로 보고했을 뿐이었다.

"그렇게 원칙대로 살면 피곤해. 적당히 상황에 맞춰 살아야지. 우리끼리 해결할 수도 있었잖아."

그녀는 한숨을 내쉬었다. '해결할 수 있었으면 왜 그동안 해결하지 못하고 일이 커지도록 놔둔 거예요?' 하고 묻고 싶었다.

그녀의 표정을 본 윤 간호사가 쐐기의 한 방을 날렸다.

"혼자 그렇게 튈 필요 없잖아. 가만 보면 정쌤 너무 예민해. 집에서도 맨날 층간소음으로 항의하고 그런다며. 다 같이 사는 세상 피해 줄 수도 있고 받기도 하고 그러는 거지. 너무 그렇게 예민하게 굴면 주변 사람 피곤해."

그날 퇴근 후 집에서 잠든 후 눈을 뜬 게 지금 이 상황이었다. 독립운동가였던 그 환자 때문에 이곳에 오게 된 걸까. 아니, 꿈을 꾸게 된 걸까. 상황을 복기하는 사이 어느새 커피가 앞에 놓여있었다. 커피잔 위로 연기가 모락모락 피어올랐다.

정림은 커피가 식길 기다리며 주위를 둘러보았다. 세계 각지에서 온 많

타임슬립

은 외국인이 커피를 마시고 있었다. 그중 가장 눈에 띈 사람은 창가 자리에 앉은 동양인 남자였다. 카페 안의 유일한 동양인. 정확하게는 한국인이었다. 남자는 손에 무언가를 들고 한참을 들여다보고 있었다. 만약 이곳이 2021년 서울이라면 너무나도 자연스러운 모습이겠지만, 여긴 1931년 상해였다. SNS에서 떠돌던 사진에서 비슷한 장면을 본 적이 있다. 시간 여행자. 딱 시간 여행자처럼 주변 사람들과 어울리는 듯하면서도 부자연스러워 보였다. 남자가 손에 쥐고 있는 게 뭘까. 꼭 스마트폰처럼 생겼다.

정림이 고개를 쭉 빼서 보려는데, 갑자기 남자가 고개를 돌렸다. 그녀도 잽싸게 고개를 돌렸다. 커피잔을 든 손이 바들바들 떨리는 바람에 하마터면 커피를 쏟을 뻔했다. 그녀는 식은 커피를 마시며 가슴을 진정시켰다. 커피잔이 바닥을 보일 때쯤 다시 고개를 돌렸지만, 남자는 이미 카페를 나가고 없었다.

**

필립은 점점 줄어드는 와이파이 안테나에 눈을 댄 채 걸었다. 와이파이는 카페에서 멀어지자 연결이 끊겨버렸다. 카페에서만 켜지는 와이파이라. 혹시 타임머신이 카페에 있는 걸까.

스마트폰을 보느라 고개 숙여 걷던 그는 어디선가 튀어나온 남자와 부딪혔다. 그 바람에 손에 쥐고 있던 스마트폰을 땅에 떨어뜨리고 말았다. 산 지 한 달도 채 되지 않은 1억 화소 신상 스마트폰을.

당황한 그는 스마트폰을 주우려 허리를 굽혔다. 그의 스마트폰 옆에는 남자가 떨어뜨린 것으로 보이는 사진도 놓여있었다. 그는 스마트폰과 사진을 주워 손으로 흙먼지를 털어냈다.

"좀 잘 보고…."

남자는 사진을 낚아채더니 인사도 없이 사라져버렸다. 제기랄. 헛웃음이
나왔다. 미안하다. 고맙다. 말하면 입이 닳나. 말 한마디로 천 냥 빚도 갚는
다는데.

필립은 멀어져가는 남자의 뒷모습을 지켜보다 발걸음을 뗐다. 그가 한
발짝 내디딘 그때, 부스럭 소리와 함께 발밑이 바스락거렸다. 내려다보니
신문이 떨어져 있었다. 오랜만에 본 종이신문이었다.

그는 신문을 주워들었다.

18일 오후 10시 중국병이 봉천의 북방 북대영에서 만철선을 폭파하고
일본의 수비대를 습격하였으므로 일본병은 곧 이에 응전하여 대포로서 북
대영의 중국 병영을 포격하고 오후 11시 20분에 그 일부를 점령하였는데
격전은 아직도 계속 중이다.

필립은 한 구절만 읽어보고는 신문을 겨드랑이에 끼웠다. 그의 손에는
신문보다 중요한 스마트폰이 들려있었다. 신상 스마트폰을 잃어버리지 않
게 주머니에 찔러 넣자 지나쳐온 풍경이 눈에 들어왔다. 그는 골목 깊숙한
곳까지 들어와 있었다.

그가 멈춰 선 곳은 키 작은 단층 짜리 낡은 건물 앞이었다. 건물 입구에
걸린 낡고 작은 목조간판에는 필기체로 '月光寫眞館(월광사진관)'라 적혀있었
다. 조금 전 남자는 바로 이 사진관에서 뛰쳐나온 듯했다. 좁은 골목 깊숙한
곳에 자리한 사진관은 사람들 눈에 띄지 않게 숨겨놓은 모양새였다. 출입
문 양옆의 얇디얇은 유리창에는 커튼이라 보기엔 후줄근한 흰색 린넨이 드
리워져 있었다.

필립은 격자무늬 창으로 멋을 낸 나무문을 열고 사진관 안으로 들어갔

타임슬립

다. 사진관에는 아무도 없었다. 과연 이곳에서 사진을 찍는 사람이 있기나 할까.

10평쯤 되려나 싶은 사진관은 눈에 보이는 게 전부지만, 굳이 구역을 나누자면 나름 나눌 수 있었다. 출입문을 기준으로 오른쪽에는 대기실, 왼쪽에는 촬영실이었다. 대기실에는 4인용 소파와 소파 테이블이 놓여있었다. 소파를 등진 벽에 걸린 선반에는 새 향초와 타다 남은 향초가 뒤섞여 있었다. 향초는 선반뿐만 아니라 사진관 곳곳에 놓여있었다.

바로 그때, 한 남자가 홀연히 나타났다. 검은색 정장을 입은 남자는 한국 말로 물었다.

"무슨 일로 오셨습니까?"

이곳 사진사인 모양이었다. 모르고 지나쳤을 법한 곳에, 아무리 봐도 사진관이라고 믿어지지 않는, 한국인이 운영하는 사진관이라니. 그의 호기심을 자극하기에 충분했다. 게다가 남는 건 사진밖에 없다고 그는 여행을 가면 꼭 사진을 찍어야 직성이 풀렸다.

필립은 '사진관에 뭐하러 왔겠어요?'란 말을 생략하고 정중하게 말했다.

"사진 찍을 수 있을까요?"

사진사는 그를 촬영실로 안내했다. 말이 촬영실이지 카메라와 카메라 앞에 놓인 1인용 테이블과 의자 하나가 전부였다.

"편하게 앉으세요."

편하지 않았다. 사진사의 말투나 행동으로 보아 남을 편하게 해주는 유형의 사람은 아니었다. 표정을 읽을 수 없는 얼굴에다, 말투 또한 어조의 변화가 없었다. 마치 감정이 없는 사람 같아 보였다.

사진사는 검지로 카메라를 두 번 두드렸다. 카메라를 보라는 뜻이었다. 그러고 보니 사진사의 검지에 손마디 하나가 없었다. 왠지 섬뜩한 기분이 들었다.

그때였다.

번쩍---

카메라 플래시가 터졌다. 카메라에서 뿜어져 나온 섬광으로 아무것도 보이지 않던 그때, 알 수 없는 힘이 그를 끌어당겼다. 마치 블랙홀에 빨려 들어가는 것처럼.

시각이 돌아오기까지는 꽤 오랜 시간이 걸렸다.

"여드레 후에 찾으러 오세요."

"여… 여드레요? 오늘이 며칠이죠?"

"1931년 9월 22일입니다."

놀란 그는 날짜를 확인하려 스마트폰을 꺼냈다. 와이파이 안테나가 한 칸씩 켜지고 있었다. 1칸, 2칸, 3칸.

필립은 스마트폰에 눈을 댄 채 사진관을 나왔다. 사진관 모퉁이를 돌아선 뒤에도 와이파이 안테나는 여전히 3칸이나 켜져 있었다. 이 근처 어딘가에 4칸이 뜨는 곳이 있을 거란 생각에 스마트폰을 손에 쥐고 정신없이 걸었다. 그의 바람과는 달리 사진관에서 멀어질수록 와이파이는 서서히 꺼져갔다. 1931년 상해에서 카페, 그리고 사진관 근처에서 와이파이가 된다?

그는 타임캡슐인지 뭔지 이 근처에 있다고 확신했다. 와이파이가 연결되는 곳을 찾느라 이곳저곳 걷다 보니 어느새 막다른 골목에 가로막혔다.

하. 이제 어떻게 해야 하지?

＊＊

정림은 무작정 거리로 나왔다. 왜 과거로 온 건지, 어떻게 과거로 올 수 있었는지, 어떻게 하면 집으로 돌아갈 수 있는지, 뭐라도 알아내려면 가만

타임슬립

히 앉아 기다릴 수만은 없었다.

길을 걷다 보니 1년 전에 여행했던 상하이가 떠올랐다. 작년 상하이에서 본 건 대부분 현대에 와서 세워진 건물인 것 같았다. 덕분에 그녀는 여행에서 본 건물을 찾는 재미에 조금 전 고민도 까맣게 잊었다.

100여 년 동안 상해에서 변하지 않은 것 찾기.

나름의 주제를 가진 여행 아닌 여행이 되고 있었다. 변하지 않고 그대로 인 걸 찾는 건 생각보다 어려웠다. 무려 90년이란 세월이 흘렀으니 당연한 일이겠지만, 못내 아쉬운 마음이 들었다. 옛 건물을 찾아다니다 보니 어느새 인적이 드문 골목 깊숙한 곳까지 걸어 들어갔다.

정림은 어느 낡고 허름한 건물 앞에서 걸음을 멈췄다. 건물 외벽에 낡은 목조간판이 걸려있었다.

月光寫眞館(월광사진관)

정림은 손 그늘을 만들어 사진관 안을 들여다봤다. 사진관은 1년 전 상하이 여행에서 본 그 모습 그대로였다. 온몸에서 소름이 돋아났다.

그녀는 자기도 모르게 안으로 들어갔다. 사진관에는 아무도 없었다. 사진관을 구경하는 사이 어디선가 나타난 남자가 그녀를 지켜보고 있었다. 다행히 유령을 본 건 아니었다. 이곳 사진사였다. 검은 뿔테안경을 쓴 사진사는 쌍꺼풀 짙은 눈과 오똑한 코가 뿔테안경을 뚫고 나올 듯 존재감을 드러냈다.

한눈에 봐도 잘생긴 사진사는 당연한 걸 물었다.

"무슨 일입니까?"

정림은 방문목적을 태연하게 둘러댔다.

"사진 찍을 수 있나요?"

"앉으세요."

사진사는 카메라 앞에 놓인 의자를 가리켰다. 정림은 의자에 앉아 옷매무새를 정리한 뒤, 고개를 들었다.

그 순간, 번쩍--

카메라 플래시가 터졌다. 터널에서 빠져나올 때 내리쬐는 햇살이 눈 깊숙이 파고드는 순간처럼 한동안 아무것도 보이지 않았다. 용케 눈을 떴지만, 시각이 돌아오는 데에는 꽤 시간이 걸렸다. 그 사이, 사진사는 여드레 후에 찾으러 오라는 말을 남기고 감쪽같이 사라지고 없었다.

사진관을 나오자 어느덧 저녁 어스름이 깔려오고 있었다. 정림은 막막했다. 이젠 어디로 가야 하지?

**

필립은 시간여행의 종착지를 와이탄으로 정했다. 상해하면 화려한 야경의 와이탄을 빼놓을 수 없었다. 무엇보다 와이탄에 가면 5성급 호텔이 있을 테니까.

부푼 기대를 안고 택시에서 내렸으나, 그가 알던 와이탄이 아닌 전혀 다른 와이탄이 눈앞에 펼쳐졌다. 1931년 와이탄에는 시선을 사로잡는 동방명주와 황금빛 화려한 불빛 따윈 없었다. 황푸강 서쪽 와이탄에는 영국식 석조건물과 한창 빌딩을 짓고 있는 공사장이 강변을 따라 쭉 이어져 있었다. 강과 빌딩 사이 도로에는 수많은 차와 전차, 그리고 황포차라 불리는 인력거가 무질서하게 뒤엉켰고, 강가에는 정박 중인 삼판선과 삼판선에 오르내리는 사람들로 북적였다.

믿기지 않지만 정말 90년 전으로 시간여행을 온 게 분명했다. 도대체 무슨 일이 벌어진 걸까. 왜 갑자기 90년 전으로 오게 된 걸까. 시간여행이 정말 현실적으로 가능하다면, 몇 년 전 자신이 시간 여행자라 주장했던 앤드

류 칼슨이나, 타이타닉 영화 속 주인공 잭의 시간 여행자 설도 사실일지도 모른다. 과연 오늘 스쳐 지나간 사람 중에도 또 다른 시간 여행자가 있었을까.

강을 따라 걷던 그때, 어디선가 종소리가 울렸다. 고개를 돌리자 바로 옆에 서양식 높은 빌딩이 보였다. 그가 알기로는 상해세관 빌딩이었다. 종소리는 빌딩 옥탑에 걸린 원형 시계에서 울리고 있었다. 시계탑 시곗바늘은 7시를 가리키고 있었다.

그는 발걸음을 재촉했다. 체크인하기에는 너무 늦은 시간이었고, 이곳 호텔예약 사정이 어떤지 모르니 서둘러야 했다. 상해에 왔던 것처럼 오늘 밤 자고 나면 집으로 돌아가겠지. 그러려면 오늘 밤 잠잘 곳이 필요했다. 호텔을 찾으려면 1킬로미터 넘게 걸어야 하지만, 그는 걷기라면 자신 있었다.

필립은 주말이면 어김없이 한강 변을 걸었다. 살기 위해 걸었다. 그가 걷지 않았더라면, 기자는커녕 침대 위 산송장이 되었을 거다. 신문사에 입사하고 얼마 지나지 않아, 특종이라 불리는 실적 압박이 시작됐다. 그는 낙하산이라는 오명을 벗기 위해 누구보다 열심히 뛰어다녔다. 처음 몇 해는 나름 실적을 내기도 했다.

그가 해야 할 일은 실적만이 아니었다. 팀장은 한 정치 정당을 이유 없이 비판하는 기사를 쓰라고 압박했다. 쉬운 말로 가짜뉴스를 쓰라는 얘기였다. 정치부 기자의 숙명인 걸까. 정치에 '정' 자도 모르는 그였지만, 아닌 걸 맞다고 쓸 수는 없었다. 기자란 모름지기 진실을 말하는 사람 아니던가. 버티고 버텼지만, 더는 팀장 눈을 피해 숨을 곳이 없었다. 내키지 않았지만 어쩔 수 없이 시키는 대로 할 수밖에 없었다. 사실과 다르다는 걸 알면서도 거짓 기사를 게재했다. 객관적 사실과 정보를 알리는 게 기자의 몫이라고 생각했던 게 무참히 깨져버렸다. 꾸역꾸역 내뱉은 기사에 회의감이 밀려들었다.

그간 앞만 보고 달려온 게 겨우 이건가 싶었다. 그 자리엔 죄책감이 켜켜이 쌓여갔다.

점점 무기력해졌다. 몸을 일으켜 취재하고 기사를 써야 하는데 몸이 말을 듣지 않았다. 주말에는 침대에 꼼짝없이 누워 스마트폰만 만지작거렸다. '무기력'은 '불안'이라는 녀석을 함께 데리고 왔다. 주치의는 '번아웃 증후군'이라 했다. 약을 처방해줬다. 주치의가 처방해주는 약 대신 그가 처방한 약을 마시며 하루를 보냈다. 현관에 빈 술병이 쌓여갔다.

정신을 놓고 살아도 시계는 돌았다. 잊고 있던 3월 1일도 돌아왔다. 봄맞이 대청소를 하려고 어쩔 수 없이 몸을 일으켰다가 현관에 쌓여있는 술병을 발견했다. 이대로 누워서 살 수만은 없단 생각에 마른걸레 쥐어짜듯 밖으로 나가 무작정 한강 변을 걸었다. 아무 생각 없이 걷다 보니 녀석의 이름조차 까맣게 잊었다. 무기력이라 했던가. 불안이라 했던가. 복잡했던 근심과 걱정도 잊었다.

그 후 주말이면 한강 변으로 나가 아침 일찍 걷기 시작해서 밤이 되면 집에 돌아왔다. 집에 돌아오자마자 샤워하고 마시는 맥주 한 캔이면 녀석을 만나지 않고도 깊은 잠을 잘 수 있었다. 나름 잘 버텨내고 있었다. 그 사건만 아니라면.

어디선가 시끄러운 소리가 들렸다. 소란은 '요코하마 쇼킨은행'라 적힌 빌딩 앞에 서 있는 두 남녀에게서 들려왔다. 가까이 다가갈수록 두 남녀의 정체가 명확해졌다. 일본 제복을 입은 남자와 한국인으로 보이는 여자였다. 겨우 열여덟쯤 됐을까 앳돼 보이는 여자는 무슨 일인지 몰라도 고개를 숙인 채 안절부절못했다. 무엇보다 남자의 허리춤에 차고 있는 총이 눈에 거슬렸다. 그에겐 싫어하는 세 부류의 사람이 있었다. 약한 자에게 강한 놈,

남의 걸 탐내는 놈, 거짓말을 밥 먹듯 하는 놈.

필립은 놈이 어떤 부류에 속하는지 알아보기 위해 일단 멀리서 상황을 지켜보기로 했다. 그는 멀찌감치 서서 두 남녀를 지켜봤다. 여자는 남자의 손을 뿌리치려 애썼고, 남자는 이 상황을 즐기고 있었다.

"사람을 잘못 봤어요."

남자는 플라타너스 잎사귀 같은 커다란 손으로 이미 붉게 부풀어 오른 여자의 뺨을 후려갈겼다.

"어디서 조선말이야. 일본말로 말해."

남자는 여자의 멱을 틀어쥐었다. 여자의 눈 흰자위가 붉은빛으로 갈라졌다. 여자는 고개를 저으며 남자의 손에서 벗어나려 발버둥 쳤다. 그럴수록 남자는 손가락에 더욱 힘을 줘 여자의 멱을 짓눌렀다. 여자의 얼굴이 시뻘겋게 물들다 못해 검게 변해갔다.

보다 못한 그는 두 남녀에게 다가갔다.

"무슨 일인가요?"

그가 일본어로 묻자, 남자가 돌아봤다. 덕분에 여자의 목을 움켜쥔 남자의 손에 힘이 풀렸다. 여자는 컥컥 소리를 내며 숨을 몰아쉬었다.

"일본인입니까?"

"대체 무슨 일이길래 이 소란인가요?"

필립은 여자를 힐끗 쳐다봤다. 여자는 남자와 그를 번갈아 보며 뒷걸음질 치고 있었다.

"지난밤에 만난 조선 창녀인데, 길을 가다 우연히 만났지 뭡니까? 반가운 마음에 오늘 밤 함께 술이나 한잔 하자고 했더니 거부를 하더군요. 그래서 혼을 좀 내고 있었습니다. 조선 놈들은 때려야 말을 듣거든요."

그는 그걸 말이라고 하냐고 버럭 소리 지를 뻔한 걸 간신히 참아냈다.

"저런. 지난밤에 아주 즐거웠나 봅니다. 사람 얼굴도 못 알아볼 만큼요."

"그게 무슨 말입니까?"

"방금 저 여자가 사람을 잘못 봤다고 하지 않았습니까?"

"그럴 리가요. 분명 저 여자 맞습니다."

"설령 저 여자가 맞다 해도 하룻밤 같이 놀았다고 당신의 여자라도 된 줄 안 건 아니겠죠? 그저 하룻밤 치 요금을 냈을 텐데요."

남자의 얼굴이 붉으락푸르락 붉어졌다. 그는 주변에 모여든 사람을 휘둘러보며 능청스럽게 말했다.

"그런 일로 전 세계인이 오가는 와이탄의 대일본제국 건물 앞에서 소란을 피우고 있다니요. 대일본제국 제복을 입고 말이죠."

남자는 그제야 주위에 몰려든 사람들을 발견했다.

그는 한 손으로 입을 가리고 여자에게 말했다.

"그만 가보세요."

"조선인입니까?"

필립은 대답 대신 미소를 지으며 어서 가라고 손짓했다. 여자가 뒤돌아서자 남자가 말했다.

"조선말을 꽤 잘하십니다."

"배웠습니다."

그는 손목시계를 힐끔거리며 대답했다. 일본 남자의 시선도 그의 손목시계로 따라왔다. 메탈로 된 은빛 시계 줄이 달빛에 반짝였다. 남자는 세련된 차림의 그에게 관심을 보였다.

"이렇게 만난 것도 인연인데 함께 술 한잔 어떻습니까?"

"어쩌죠? 급한 일을 처리하러 가던 중이라. 또 뵙게 되면 그때 하시죠."

빨리 호텔을 찾아야 했다. 여차하면 길바닥에서 잠을 청해야 할지도 몰

타임슬립

랐다. 미련 없이 홱 돌아선 그는 남자를 지나쳐 다시 걷기 시작했다. 오늘 밤이 지나면 더는 만날 일 없는 사람이었다.

걷다 보니 조금 전 소란도 금세 잊었다. 줄지은 빌딩도 끝이 보였다. 마지막 빌딩 옆으로 쑤저우허라 불리는 강이 흐르고, 강 위로 한강철교와 비슷한 다리가 강을 가로지르고 있었다. 사람들은 다리를 외백도교라 불렀다. 다행히도 다리 너머로 호텔이 보였다.

필립은 다리를 건너 '이클립스 호텔'이라 적힌 건물 앞에 멈춰 섰다. 오전에 갔던 카페를 쏙 빼닮은 모습의 호텔이었다. 호텔 안으로 들어가자 나무로 된 마룻바닥과 엔틱 원목 가구와 소품이 제일 먼저 그를 맞이했다. 나무로 된 바닥은 걸을 때마다 삐걱삐걱 소리를 냈다. 호텔 안을 오가는 사람 중에 한국인은 없었다. 간혹 동양인이 보이긴 했지만, 전부 일본인이었다.

그는 프런트로 걸어갔다. 금발 머리 백인 여인의 등 뒤에 걸린 시계가 8시를 가리키고 있었다. 여인은 체크인 시간은 지났지만, 다행히 빈 객실이 있어 방을 내주겠다고 했다. 그는 오늘 밤 침대 위에서 연기처럼 사라질까 봐 계산까지 미리 마쳤다.

엘리베이터를 타고 8층으로 올라가자, 붉은 카펫이 깔린 복도가 이어졌다. 그는 복도 끝으로 걸어가 '808'라 적힌 객실 앞에 멈춰 섰다. 그가 문을 열고 들어가려던 그때, 807호 문이 열렸다. 반사적으로 고개가 돌아갔다. 807호 문을 열고 나온 사람은 한국인으로 보이는 여자였다.

필립은 객실 안으로 들어갔다. 잠시 스쳤을 뿐인데 어딘가 낯익은 여자는 그의 뇌리에 강하게 박혔다. 입고 있던 외투를 벗어 의자에 걸쳐두고, 욕실로 들어가 샤워를 하는 동안에도 여자의 모습은 떠나지 않았다. 샤워를 마치고 나와 침대에 쓰러진 순간에도 여자는 그를 따라다녔다.

푹신한 침대에 눕자 점점 눈꺼풀이 무거워졌다. 낯선 여행이 주는 피곤함이었다. 무거워진 눈꺼풀은 순식간에 눈을 뒤덮었다. 깊은 잠에 빠져들려던 그때, 또다시 여자의 얼굴이 번뜩 떠올랐다. 그는 여자를 어디서 봤는지 기억을 더듬었다. 낮에 카페에서 본 여자였다. 여자는 분명, 1931년이 아닌 2021년 어디에선가 만났던 것 같았다. 그는 습관처럼 손을 뻗어 스마트폰을 집었다.

그때, 필립은 스마트폰 화면에서 뭔가를 발견했다. 스마트폰 배터리가 조금도 줄어들지 않고 그대로였다. 거기다 와이파이 안테나는 두 칸이나 켜져 있었다. 오늘 하루 와이파이가 켜졌다 꺼졌다 반복했다. 신기하긴 해도 굳이 알고 싶지는 않았다. 어차피 내일 아침이면 다시 집으로 돌아갈 테니까. 막상 돌아가 출근할 생각을 하니 못내 아쉬운 기분이 들었다. 다신 경험하지 못할 여행을 이대로 끝낼 수만은 없었다.

필립은 침대에서 벌떡 일어나 방을 나왔다. 1층 프런트로 가서 간단히 술 한잔 할 수 있는 곳이 있냐고 묻자, 금발의 여인이 로비 제일 끝 구석진 곳을 손가락으로 가리켰다. 금발 여인이 가리킨 대로 로비 안쪽으로 걸어가자 색소폰 소리가 점점 크게 들려왔다. 소리에 이끌려 간 곳엔 아치형 방음문이 나타났다. 방음문 앞에는 필기체로 'Lunatic jazz bar'라 적힌 동판이 붙어있었다.

그는 방음문을 열고 안으로 들어갔다. 컴컴한 조명과 뿌연 담배 연기 아래 연주자들이 재즈를 연주하고 있었다. 말로만 들었던 상해 재즈바였다. 그는 스마트폰을 꺼내 동영상을 찍으려다 애써 마음을 꾹꾹 눌러 담았다. 대신 연주자가 보이는 테이블에 앉아 오늘 밤이 지나면 다시 볼 수 없는 재즈바의 모습을 눈에 담았다. 치파오를 입은 여자와 서양식 양복을 입은 신사가 연주자 앞에서 사교댄스를 추었고, 그들을 둘러싼 테이블에는 외국인과 장삼을 입은 중국인이 술을 마시며 이야기를 나누고 있었다.

타임슬립

그가 분위기에 흠뻑 취해 음악을 흥얼거리는 사이 주문한 위스키가 나왔다. 시간여행의 대미를 장식할 위스키를 한 모금 마시려는데 누군가가 아는 체하며 그의 앞에 앉았다.

"여기서 또 뵙습니다."

요코하마 쇼킨은행 앞에서 만났던 일본 남자였다. 상해는 생각보다 좁은 곳이었다. 남자를 다시 만날 거라곤 미처 생각하지 못했다.

"정식으로 인사하죠. 저는 바로 옆 일본총영사관 경부보 다나카 아키라라고 합니다."

다나카는 허공을 가리키며 말했다. 호텔 주변 어딘가에 일본총영사관이 있는 모양이었다. 그는 목청을 가다듬고 말했다.

"야키야마 요시히로입니다."

평소 좋아하던 재일 한국인 격투기선수의 일본 이름이었다. 물론 1931년은 그 선수가 태어나기도 훨씬 전이었기에 다나카는 전혀 의심하지 않았다.

"상해에는 언제 오셨습니까?"

다나카는 그의 자연스러운 발음에 정말 일본인이라 여긴 듯했다.

"3년 전에 왔어요."

그는 능청스럽게 대답했다.

"상해엔 무슨 일로 오셨습니까?"

앞으로 몸을 바짝 당겨 앉은 다나카의 두 눈이 반짝거렸다.

"사업차 왔어요. 뭐 곧 돌아갈 거지만."

필립은 눈썹을 들썩이며 술을 들이켰다. 오늘 하루 만나고 말 사람에게 굳이 있는 그대로 말할 필요는 없었다. 다나카의 표정을 보아하니 많은 질문이 쏟아질 것 같았다. 그는 화제를 돌리려 아무 말이나 던졌다.

"일본총영사관은 뭐 하는 곳인가요?"

예상대로 낡였다.

"오. 정말 몰라서 묻습니까? 아시다시피 상해에 거주하는 자국민을 보호하는 일을 합니다. 표면적으로는 그렇다는 얘기입니다. 표면적으로는."

그는 탁자에 놓인 아몬드를 한 줌 집어 와그작 씹어먹으며 물었다.

"그럼 뭐 다른 일이 또 있나요?"

"뭐, 쥐새끼들의 움직임을 살핀 뒤 덫을 놓기도 하고, 유인하기도 하며, 닥치는 대로 잡아들이기도 합니다. 이를테면 일본총영사관 공사가 참여하는 연회가 벌어진다는 정보를 흘리면 쥐새끼들이 모여듭니다. 그런 다음 저의 고양이가 쥐새끼들을 잡아들이는 겁니다. 어떻습니까? 꽤 재밌지 않습니까?"

필립은 피식 웃으며 말했다.

"그렇군요. 상해에 쥐가 많은가 봐요."

그의 반응이 못마땅했는지 다나카는 한쪽 입꼬리를 올리며 말했다.

"치킨게임이라고 아십니까?"

그는 고개를 끄덕였다.

"가끔은 쥐새끼들을 싸움에 붙인 다음, 싸움을 지켜보기도 하는데 꽤 볼 만합니다."

다나카가 하는 일 따윈 관심 없었다. 그의 진짜 관심은 딴 데 있었다. 그의 시선은 몸의 굴곡이 그대로 드러나는 붉은색 치파오를 입고 술과 음식을 나르는 여자에게 향했다. 여자가 걸을 때마다 뽀얀 허벅지가 양옆이 트인 치파오 사이로 드러났다. 그는 입에 고인 침을 삼켰다.

그때, 다나카가 그와 그의 시선이 향하는 여자를 번갈아 보며 물었다.

"나흘 전에 동북군이 만철 선로를 폭파했다는 얘기 들었습니까?"

사진관 앞에서 읽은 신문기사가 떠올랐다.

타임슬립

1931년 9월 18일, 동북군, 만철 선로 폭파

"저런, 그런 일이 있었군요."

다나카가 목소리를 낮추며 말했다.

"폭풍전야의 기운이 느껴지지 않습니까?"

그가 장단을 맞추듯 고개를 끄덕이자, 다나카는 심각한 얼굴로 물었다.

"야키야마상은 일본의 미래가 어찌 될 것 같습니까?"

"뭐, 대일본제국의 기세는 만주를 넘어 태평양으로 뻗치겠지요."

굳이 분위기를 망치고 싶지 않았다. 그만의 술자리 신념이라고나 할까. 상대가 기분이 좋았다면 그걸로 된 거 아닌가. 그는 일본이 패망한다는 걸 알고 있었고, 그의 대답으로 결과가 바뀌지 않을 것이다. 중요한 건 분위기를 망치는 것보다 상대방이 듣고 싶은 얘기를 해주는 편이 훨씬 낫다고 생각했다. 어차피 그는 오늘 밤이 지나면 이곳을 떠날 사람이었다.

"역시 사업하는 사람은 세계를 보는 눈이 남다릅니다."

다나카는 흡족했는지 술을 더 주문했다. 다나카는 술병이 비어갈 때마다 새로운 술을 주문했고, 그는 평생 먹어보지 못했을, 1931년에서만 마실 수 있는 술을 원 없이 마셨다. 자정 넘어까지 이어진 술자리는 다나카가 재즈 바에서 종종 만나자며 먼저 자리를 뜨면서 끝이 났다.

**

아침 햇살이 눈을 파고들었다. 정림은 슬며시 한쪽 눈을 떴다. 벌어진 눈꺼풀 사이로 방안 모습이 흐릿하게 보였다. 격자무늬 창문과 흰색 레이스 커튼이 어른거렸다. 잠들기 전에 본 모습과 똑같은 모습이었다.

정림은 벌떡 일어나 방 안을 두리번거렸다. 이클립스 호텔 807호 객실이었다. 자고 일어나면 집으로 돌아가리라던 희망이 무참히 깨져버렸다. 왜 아직도 상해에 있는 걸까.

그녀는 어제 있었던 일을 머릿속으로 정리했다. 과거로 와서 처음 만난 사람은 선생님이었다. 선생님과는 오래전부터 알고 지내온 것 같았다. 그렇다면 과거로 온 게 선생님과 관련 있는 걸까. 아니면 영화에서처럼 2021년과 통하는 비밀의 문이 선생님과 만난 사무실 안에 있거나.

정림은 곧장 호텔에서 나와 택시를 타고 프랑스 조계지로 갔다. 택시 밖 풍경은 눈에 들어오지 않았다. 이제껏 한 번도 겪어보지 못한 현실에 어찌해야 할지 앞이 캄캄할 뿐이었다. 오늘은 돌아갈 수 있을까. 머릿속 얼타래를 푸는 사이 택시는 플라타너스가 우거진 거리에 멈춰 섰다.

정림은 택시에서 내려 좁은 골목으로 들어갔다. 사무실을 찾는 건 어렵지 않았다. 사무실에는 선생님은 보이지 않고, 누군지 알지 못하는 남자만 책상 앞에 앉아있었다. 당황한 나머지 그녀는 들어가지 못하고 문 앞에 덩그러니 멈춰 섰다.

"거기 서서 뭐하오?"

남자는 그녀를 아는 것처럼 말했다. 정림은 최대한 자연스럽게 어제 잠에서 깼을 때 앉아있던 책상으로 걸어가 앉았다.

"선, 선생님은 안 계세요?"

남자를 곁눈질로 흘끔 쳐다봤다.

"선생님은 오늘 안 나오실 거요."

남자는 일을 하느라 고개도 들지 않고 대답했다. 남자는 그녀에게 별 관심 없어 보였다.

"어디 가셨어요?"

"어딜 좀 다녀오실 모양이오."

타임슬립

괜한 의심을 살까 봐 더는 묻지 못했다. 할 일이 없어진 그녀는 책상에 놓인 종이를 들었다. 어제 그녀가 놓아둔 거였다. 종이에는 세 글자가 쓰여 있었다.

〈오. 필. 립.〉

＊＊

필립은 잠에서 깨자마자 침대에서 벌떡 일어나 앉았다. 가뿐하게 몸을 일으켰지만, 곧장 머리가 지끈거렸다. 다나카와 밤새도록 마신 술 때문이었다. 굳이 덧붙이자면 다나카가 떠나자 붉은색 치파오를 입은 여자가 다가왔고, 여자와도 많은 술을 마셨다. 마시고, 또 마셨다. 그다음은. 기억나지 않았다.

그는 필름이 끊긴 시점을 추적했다. 추적 끝에 알아낸 건 여자와 마지막 한잔이라며 쭉 들이킨 게 마지막 기억이었다. 방안을 둘러봐도 여자의 흔적이 없는 거로 봐선, 술에 취해 혼자 올라온 것 같았다. 여자가 옆에 없다는 사실보다 실망스러운 건, 눈 뜬 곳이 어젯밤 잠들었던 이클립스 호텔이라는 거였다. 그는 세수하듯 마른 손으로 얼굴을 쓸어내렸다. 엄청난 일이 벌어진 게 분명했다.

필립은 택시를 타고 프랑스 조계지로 갔다. 플라타너스 가로수길에서 택시를 내린 그는 무작정 길을 걸었다. 걷다 보니 어젠 지나쳤던 풍경이 하나둘씩 눈에 들어왔다. 제법 많은 한국인 노동자도, 이른 아침부터 골목에 앉아 마작을 두는 무리도..

그는 가던 길을 멈추고 주머니에서 담배와 라이터를 꺼냈다. 담배를 입에 물고 라이터를 켜려는데 마작 무리에서 빠져나온 남자가 어느샌가 다가와 그의 옆에 섰다.

"그게 뭐요?"

남자의 눈이 라이터를 가리켰다.

"듀…ㅍ… 라이터 모르나요?"

필립은 라이터를 열며 입으로 '퐁'하고 소리를 냈다. 중국어로 말한 남자의 질문에 한국어로 대답했기에 남자는 그의 말을 알아듣지 못했다. 대신 잔뜩 화가 난 얼굴로 따지듯 말했다. 영문을 모르는 그는 그저 멍하니 남자를 바라봤다. 화난 남자의 등 뒤로 마작을 두던 일행이 다가오고 있었다.

필립은 짧아진 담배를 발로 비벼끈 뒤 뒤돌아섰다. 그가 뭘 잘못했는지 몰라도 아침부터 싸움에 휘말리고 싶지 않았다. 도망치듯 무리를 빠져나온 그는 미로처럼 이어진 골목으로 들어갔다. 다행히 어렵지 않게 선생님을 만났던 선술집을 찾을 수 있었다.

그는 문을 열고 안으로 들어갔다. 식당은 막 영업이 끝났는지 조용했다. 그가 들어오는 소리에 한쪽 구석에 앉아 졸고 있던 아주머니가 눈을 떴다.

"저 기억나시죠?"

아주머니가 눈을 두 번 깜빡거렸다.

"이틀 전에 저랑 왔던 분 어디로 가면 만날 수 있는지 아시나요?"

아주머니는 고개를 가로저었다. 힘이 쭉 빠져버렸다. 허탈한 마음에 그는 손으로 이마를 문질렀다. 그의 마음을 읽었는지 아주머니는 손가락으로 허공을 가리키며 말했다.

"하비로에 가면 한국 사람이 하는 점빵이 있소. 거기로 가서 한번 물어보쇼."

아주머니가 알려준 대로 하비로로 갔다. 아주머니가 말한 '점빵'은 잡화점이었는데, 정말 한국 사람이 운영하는 곳이었다.

"어떻게 왔소?"

잡화점 주인은 그가 한국인인 걸 단박에 알아봤다.

"선생님을 만나 뵙고 싶…."

남자는 그의 말을 싹둑 자르며 말했다.

"그런 사람, 난 모르오."

"이틀 전에 선생님을 만났었습니다. 꼭 좀 다시 뵙고 싶습니다."

그의 간절한 눈빛에 남자의 눈동자가 흔들렸다.

"꼭 한 번만이라도 만날 수 있게 부탁드립니다."

남자는 따라오라는 말과 함께 앞장서서 걸어갔다. 남자를 따라간 곳은 그가 몇 번이나 스쳐 지나쳤던 흔한 주택가 골목이었다. 어느 집 문 앞에 멈춰 선 남자는 좌우를 살피더니 문을 열고 들어갔다. 그도 남자를 따라 안으로 들어갔다. 그곳엔 생각지 못한 사람이 있었다. 어제 두 번이나 마주친 한국인 여자였다.

**

정림이 기억 속에서 '독립운동가 오필립'을 헤집던 그때, 문이 열리는 소리와 함께 두 명의 남자가 들어왔다. 한 명은 키가 멀대같이 컸고, 또 한 명은 장삼을 입고 있었다. 그녀의 시선은 '멀대'에게 향했다. 어제 카페에서 본 남자였다. 멀대는 예상대로 한국인이었다.

책상에 앉아있던 남자가 일어나 두 남자에게 다가갔다.

"이자가 선생님을 만나고 싶어 해서. 나쁜 자는 아닌 듯해서 데려왔습니다."

장삼을 입은 남자는 제 할 말을 끝내고서 사무실을 나갔다.

"어떻게 왔소?"

사무실 남자가 멀대를 올려다보며 물었다.

"선생님을 만나 뵙고 싶습니다."

사무실 남자가 미간을 찌푸렸다.

"누굴 말하는 게요? 여긴 그저, 한인거류민단 사무실이오."

"그럼, 선생님을 만나려면 어디로 가야 하죠?"

멀대는 사무실 안을 두리번거리며 물었다.

"미리 약속했소?"

사무실 남자는 고개는 들지 않고 눈만 치켜떴다. 쌍꺼풀 없이 쭉 찢어진 눈이 마치 선제공격을 날린 모양새였다.

멀대는 아무런 미동도 없이 고개를 가로저었다.

"선생님과는 어떻게 아는 사이오?"

"함께 독립운동을 하기로 했습니다."

멀대의 대답은 왠지 확신이 없어 보였다.

"혹시 당신이 오필립이오?"

눈이 번쩍 뜨였다. '오필립'이 제 발로 찾아온 것이다. 필립은 이곳 사람들보다 머리 하나는 더 큰 데다 운동선수처럼 어깨가 다부졌다. 거기에 피부까지 까무잡잡해 마초 향기가 물씬 풍겼다.

사무실 남자는 사무실 안쪽에 놓인 책상으로 필립을 안내했다.

"지난번에 이곳에서 동지들과 함께 어울렸다고 들었는데, 그새 사무실 위치를 잊었나 보오?"

필립이 "에, 뭐." 하고 건성으로 대답했다.

"보시다시피 살림이 변변찮아 드릴 게 없소. 그리고 마침 오늘은 선생님이 나오시지 않소."

필립의 얼굴에 아쉬운 기색이 스쳤으나, 이내 평정심을 되찾았다.

"이렇게 만난 것도 인연인데 통성명이나 할까요?"

남자는 하던 일을 멈추고 필립을 쳐다봤다. 필립이 여유롭게 웃고 있었다.

"김동규요."

사무실 남자의 이름이었다.

필립은 한쪽 입꼬리를 올리며 물었다.

"어제 우리 만났죠? 사진관 앞에서요."

동규는 아무 대답이 없었지만, 정림은 동규의 미간이 일그러지는 걸 보았다. 이유는 알 수 없지만, 두 남자 사이에 팽팽한 긴장감이 감돌았다. 그녀의 가슴이 조마조마했다.

그때, 갑자기 필립이 고개를 돌렸다. 그 바람에 정림은 필립과 눈이 마주쳤다.

"성함이 어떻게 되세요?"

얼굴이 뜨겁게 달아올랐다. 당황한 나머지 말도 더듬더듬 나왔다.

"아. 저, 저는 정정림이에요."

정림은 동규의 눈치를 살폈다. 다행히 동규의 표정에 아무런 변화가 없는 거로 보아 이곳에서도 '정정림'이 맞는 듯했다.

어색한 분위기에 찬물을 끼얹은 건 동규였다.

"필립 동지. 불필요한 질문은 삼가시오. 선생님과 어떤 대화가 오갔는지 모르나 여긴 그저 상해에 거주하는 한인들의 취업을 알선하고, 친목 도모를 돕기 위한 단체일 뿐이오."

"제가 실례를 한 모양이네요. 선생님도 안 계시고 하니 이만 가볼게요."

필립이 의자에서 일어났다. 동규는 필립이 가길 기다린 사람처럼 거의 동시에 일어났다.

필립은 그냥 가기 아쉬웠는지 뒤돌아보며 말했다.

"점심 먹을 시간인데 같이 식사하시죠? 밥은 제가 살게요."

동규는 영 내키지 않는지 그녀를 보며 말했다.

"전 해야 할 일이 있어서 함께 가지 못하겠소. 동지는 같이 가서 먹고 오시오."

정림은 필립을 따라나섰다. 필립을 알아볼 좋은 기회라 생각했다. 선생님의 부탁이라 핑계를 대보았지만, 사실은 그에게 궁금한 게 많았다. 어제카페에서 들고 있었던 건 검은 물체가 무엇인지부터 2021년 패션 트렌드를 그대로 가져다 입은 듯한 스타일 하며.

문을 열고 나가려는데 동규가 필립을 불러세웠다.

"필립 동지. 일러둘 말이 있소."

필립과 정림이 동시에 뒤돌아섰다.

"칠가살이라 들어보았소?"

동규가 날카로운 눈빛으로 필립을 쳐다봤다. 두 남자 사이에 또다시 팽팽한 긴장감이 흘렀다. 정림은 숨죽여 두 남자를 지켜봤다.

"선생님께서는 일곱 가지 사람을 죽여도 좋다고 하였소."

죽여도 좋을 사람이라…. 죽여도 되는 사람은 없다. 적어도 그녀가 사는 대한민국에서는 말이다.

"첫 번째는 적의 우두머리요, 두 번째는 나라를 판 매국노, 세 번째는 형사나 고등 정탐자로 독립운동 기밀을 밀고하거나 체포하는 데 동조한 일제 앞잡이요. 네 번째는 일신의 안전을 위해서 적의 군인과 경찰의 보호를 받거나, 적국으로 도주하거나, 독립 자금 헌납을 권유하는 자를 밀고한 친일 부호, 다섯 번째는 적의 관리나 수하가 되어 독립운동을 훼방하고 국민의 애국심을 저하하는 자요. 여섯 번째는 근거 없는 소문과 헛소문으로 독립운동을 방해하고 민심을 현혹하는 불량배요."

동규는 여섯 번째에서 힘주어 말했다.

"일곱 번째는 누굽니까?"

필립이 물었다.

"독립을 위해 목숨 바치기를 맹세한 동지가 중도에 변절하여, 반대로 민족진영에 해를 끼친 모반자요."

일순간 필립의 미간이 일그러졌다.

"충고, 명심하겠습니다."

필립은 이곳 지리를 잘 아는 사람처럼 앞장서서 걸었다. 정림은 필립을 따라 '월성루'라 적힌 식당으로 들어갔다.

필립은 창가 자리에 앉으며 말했다.

"먹고 싶은 거 골라봐요."

과거로 온 이후 제대로 된 식사를 하지 못했던 그녀는 식당 안에 풍기는 음식 냄새에 허기가 지기 시작했다.

필립은 뒤따라온 아주머니에게 검지를 펴서 내밀며 말했다.

"훈툰탕."

"저도요."

그녀는 중국어로 말했다.

"중국어 잘하시네요."

정림은 대답 대신 입꼬리를 올렸다 내렸다. 그녀의 시선이 탁자 위로 깍지낀 손에 채워진 필립의 시계로 향했다. 은빛 메탈 시계는 한눈에 봐도 고급스럽고 세련돼 보였다. 부잣집 도련님인가. 그녀가 시계에 정신 팔린 사이, 예상치 못한 훅이 들어왔다.

"어제 블루문 카페에 갔었죠?"

필립은 질문을 던져놓고 그녀의 물잔에 물을 따르고, 수저를 내려놓았다. 그 모든 걸 하면서도 필립은 그녀의 대답과 표정을 의식하고 있었다. 마치 '너의 얘기를 듣고 있어.'라고 말하는 것처럼. 마초 같은 외모에 어울리지 않게 섬세한 남자였다.

"밤에는 이클립스 호텔에서 묵었고요."

정림은 아무렇지 않은 척했지만, 가슴이 두근거렸다. 그녀만 그를 본 게 아니었다. 그도 정림을 보고 있었다. 카페에서도, 호텔에서도.

"상해에 온 지 얼마 안 됐나 봐요? 사는 집 없이 호텔에서 생활하는 걸 보면."

필립의 질문은 예리했다. 거기다 그의 눈은 아까부터 그녀의 행동 하나하나 놓치지 않고 지켜봤다. 인간 거짓말탐지기처럼 마치 '너의 모든 걸 분석하고 있어.'라고 말하는 것 같았다.

"독립운동하는 사람들 형편이 넉넉하지 않은 것 같던데, 정림 씨는 아닌가 봐요?"

필립의 질문은 예리하게 그녀의 가슴을 파고들었다. 사실 어제 본 선생님의 모습 중 신발이 유난히 기억에 남았다. 낡은 헝겊 여러 장을 발 모양에 맞춰 이어붙인 신발은 말이 신발이지 밑창이 닳을 대로 닳아 발목만 성한 채 남아있었다.

고심 끝에 대답하려는데, 때마침 훈툰탕이 나왔다. 둘 사이에 흐르던 긴장감도 잠시 멈췄다. 필립은 며칠 굶은 사람처럼 뜨거운 훈툰탕을 후루룩 소리를 내며 한입에 넣었다. 뜨거운 걸 잘 먹지 못하는 정림은 몇 번이고 후후 불은 뒤에야 한입 먹었다. 웬일인지 필립의 숟가락질도 점점 느려졌다. 필립은 그녀가 숟가락을 내려놓는 속도에 맞춰 숟가락을 내려놓았다.

"오늘 밤도 호텔에서 묵나요?"

"아뇨. 이 근처에 묶을 곳이 있는지 찾아봐야죠."

아무 생각 없이 대답한 그녀는 아차 싶었지만 이미 말을 끝마친 뒤였다. 다행히 필립의 표정에 아무런 변화가 없는 거로 봐선 눈치채지 못한 듯했다.

정림은 자리에서 일어났다. 어서 자리를 피하고 싶었다. 밥을 먹었을 뿐인데 손에 땀이 흥건했다. 계산을 마치고 나온 필립에게 인사를 건네고 돌아서려는데 등 뒤에서 필립의 목소리가 들렸다.

"제가 밥 샀으니, 정림 씨가 커피 사시죠."

할 수 없이 그녀는 카페로 발길을 돌렸다. 잘 알지도 못하는 사람에게 빚지는 마음이 싫었을 뿐이다. 가는 동안에도 필립은 가만있질 못했다. 대화가 사라진 정적을 싫어하는 건지 끊임없이 말을 걸어왔다.

"커피 좋아해요?"

정림은 말없이 고개만 끄덕였다.

"이곳 사람들은 커피를 잘 안 마신다고 하던데."

덕분에 카페로 걸어가는 길이 심심하지는 않았다.

저 멀리 카페가 보였다.

**

카페는 오늘따라 한산했다. 주문을 마친 필립은 정림의 얼굴을 찬찬히 뜯어 봤다. 그녀는 얼마 전 서울의 거리에서 본 것 같은 가방과 옷을 입고 있었다. 게다가 잡티 없이 깨끗한 하얀 피부에 일자로 단정하게 다듬은 눈썹과 깔끔하게 발린 마스카라, 말린 장미라 했던가 벽돌이라 했던가 하는 입술 색까지. 이곳 사람들과는 어울리지 않는 모습이었다. 뭐 유행을 돌고 도는 법이니까.

정림은 아까부터 계속 그의 손목시계만 보고 있었다. 정림의 시선이 신경 쓰인 나머지 그는 다른 한 손으로 손목시계를 쓱 덮어버렸다.

"어제 카페에서 필립 씨 봤어요."

아까 식당에서 그가 한 말의 대답인 모양이었다.

"손에 뭔가를 쥐고서 계속 보고 있었어요."

뜨끔했다. 정림이 본 건 시계만이 아니었다.

"손에 쥐고 보던 거, 그거 뭐예요?"

잠깐이지만, 수만 가지 생각이 스쳤다. 그는 머릿속 한 영역에 저장해둔 적절한 대답을 용케 찾아냈다.

"아, 그거요? 검은색 수첩이에요."

그는 주머니를 뒤지는 척하며 빈손으로 양어깨를 들썩였다.

"아, 수첩."

때맞춰 러시아 미녀가 커피를 탁자에 내려놓았다. 필립은 곧장 커피잔을 들었다. 정림은 커피 마실 생각이 없는 건지 커피잔을 손으로 감쌌다.

"안 마셔요?"

"뜨거운 커피를 못 마셔요."

시종일관 도도하던 정림이 처음으로 수줍게 웃었다. 그는 정림이 왜 훈 툰탕을 빨리 먹지 못했는지 이제야 이해했다.

"뭐 대단한 이유가 있는 건 아니었군요."

정림의 미소에 그도 덩달아 웃음이 나왔다. 그녀의 미소는 낯선 곳에서 만난 첫 번째 미소이자 호의였다.

"정림 씨는 광복이 된다면 하고 싶은 게 뭐예요?"

"독립이요? 독립… 그날이 오면….”

나름대로 고심 끝에 내놓은 질문이었지만, 대답이 시원찮았다. 문득 '한 서원' 노인처럼 태어날 때부터 식민지배 아래 살아온 사람이라면, 그래서 그 삶을 너무 당연하게 여기며 살아온 사람이라면 그녀처럼 독립 이후의 삶이 와 닿지 않을 수 있겠다 싶었다.

"필립 씨는요? 왜 독립운동을 하려는 거예요?"

이번에는 그가 대답하지 못했다. 잠에서 깨보니 독립운동을 하기로 되어 있는 상황이었다고 말할 수는 없었다.

필립은 아까보다 작아진 목소리로 대답했다.

"당연히 해야죠. 독립운동."

정림은 대답이 못마땅했는지 커피잔에 손을 대보고는 커피를 마셨다. 그도 식어 빠진 커피를 벌컥벌컥 들이켰다. 독립운동이란 말만 들어도 입이 바짝바짝 타들어 갔다.

그때, 문득 스마트폰이 생각났다. 분명 어제는 카페 안에서 와이파이 안테나가 켜져 있었다. 그는 주위를 살피며 주머니 속 스마트폰을 슬쩍 켜보았다. 이번에도 안테나가 켜져 있었다. 배터리 역시 닳지 않고 그대로였다. 가슴이 두근거렸다. 정말 카페 어딘가에 타임머신인지, 입자가속기인지 있는 걸까.

그는 대화에 집중하지 못하고 카페를 구석구석 살폈다.

"뭐 찾아요?"

정림이 물었다.

"카페가 참 예쁘네요. 엔틱하고, 엔틱하고, 엔틱한."

필립은 아무 일도 없다는 듯 능청스럽게 대답했다. 그는 이제 정림이 먼저 자리에서 일어나주기를 기다렸다. 여자를 향한 호기심보다 스마트폰의 비밀을 알아내는 게 더 중요했다.

눈치가 빠른 건지 정림이 자리에서 일어났다.

"그만 일어나죠."

**

필립과 헤어진 정림은 여관을 찾아다녔다. 오늘 밤에 집으로 돌아가려면, 잠잘 곳이 필요했다. 무엇보다 필립의 말처럼 호텔은 너무 과분했다.

거리를 헤매던 정림은 사무실과 멀리 떨어지지 않은 곳에서 적당한 곳을 발견했다. 연립주택의 2층 발코니 아래 한 칸짜리 방. 빈민굴셋방이라고 부른다는 방은 자세히 보지 않으면 그곳에 방이 있을 거라곤 생각조차 할 수 없는 곳이었다. 운 좋게도 세를 놓은 상태라고 했다. 가격도 적당했다. 당장 오늘 밤에 돌아갈 수 있으니 하루만 묵겠다고 하고서 숙박비를 계산하려는데, 지갑이 보이지 않았다. 머릿속이 하얘졌다. 지갑을 마지막으로 본 건 조금 전 카페였다. 약속대로 그녀가 커피값을 계산했고, 그 이후 지갑이 사라졌다. 문득 필립의 손목에 차고 있던 값비싸 보이는 시계가 떠올랐다. 거기다 독립운동하겠다던 사람이 정작 독립운동 얘기에 어물쩍 넘어가던 모습이 손목시계와 겹쳐 보였다. 설마.

정림은 지갑을 찾아 나섰다. 제일 먼저 찾아간 카페에서 직원은 모른다고 말했다. 당황한 그녀는 왔던 길을 몇 번이나 되돌아가며 찾아다녔지만, 지갑을 찾을 수 없었다. 벌써 누군가가 주워갔을 게 뻔했다. 설마 그 누군가가 필립은 아니겠지. 그녀는 고개를 흔들었다. 누군가를 의심한다는 건 자신도 불편한 감정을 감당해야 한다는 걸 잘 알고 있었다. 무엇보다 지갑 속에 들어있는 주민등록증이 마음에 걸렸다. 이곳에선 무용지물이지만, 주민등록증만이 그녀가 2021년에 사는 사람이라는 걸 증명해주었다. 돈이 없다면, 당장 오늘 밤 묵을 곳도 마땅치 않았다.

지갑을 찾아 헤매는 사이, 어느새 사위가 어두워졌다. 돈 없이 갈 곳이라곤 사무실 말고는 없었다. 정림은 할 수 없이 사무실로 발길을 돌렸다. 사무실 문이 열려있을까 걱정하며 걷다 보니 어느새 사무실 앞에 다다랐다.

타임슬립

지칠 대로 지쳐 힘없이 걷던 그때, 골목 끝에 한 남자가 팔짱을 낀 채 서 있었다. 날이 어두워진 탓에 얼굴은 보이지 않았다. 설상가상으로 남자가 점점 다가왔다. 온몸의 털이 삐쭉삐쭉 섰다. 도망가봐야 거리로 빠져나가기도 전에 남자와 맞닥뜨릴 게 뻔했다. 정림은 의식하지 않으려 애써 시선을 허공에 응시한 채 앞으로 걸었다.

그때, 남자가 가로등 아래에서 걸음을 멈췄다. 그녀의 호흡도 멈췄다. 정림은 조심스레 고개를 들었다. 가로등 아래 선 남자는 아는 얼굴이었다. 오필립. 그가 웃으며 다가왔다.

"와우. 이렇게 다시 만날 줄이야."

필립이 미소 띤 얼굴로 말했다.

"혹시 방 구하셨어요?"

"아뇨."

"잘됐네요. 근처에 방을 예약해뒀는데, 사정이 생겼어요. 아직 방을 못 구하셨으면 거기서 묵으실래요?"

피할 수 없는 제안에 그녀는 승낙할 수밖에 없었다.

정림과 필립은 어두워진 골목을 말없이 걸었다. 그에게 지갑 얘기는 하지 않기로 했다. 지갑을 잃어버려 예민해진 상태라 괜한 의심을 한 걸 수도 있을 텐데, 호의를 베풀어오는 그의 심기를 건드릴 필요는 없었다. 잠잘 곳을 해결했으니 그걸로 됐다. 오늘 밤이 지나고 2021년으로 돌아가면, 지갑 속에 들어있던 이곳 돈은 무용지물이 될 테니까.

필립이 데려간 곳은 아까 봐둔 그 방이었다. 방은 예상대로 단출했다. 아무것도 없이 몸만 겨우 뉠 정도의 방이었지만, 이곳에서는 흔한 방인 듯했다. 노숙해야 할 지경에서 몸을 뉠 방이 있다는 사실만으로도 감사한 마음이 들었다. 필립은 할 말이 있는 사람처럼 문 앞에 서서 머뭇거리더니 잘 자라는 말과 함께 가버렸다. 한 평 남짓한 작은 방에 눕자 그녀는 집 생각이 절로 났다.

   간호과를 졸업한 정림은 몇 번의 입사 지원 끝에 서울에 있는 상급병원에 취직했다. 그녀의 서울행은 집안의 경사였다. 부모님은 둘째 딸에게 방한 칸 마련해주지 못해 미안해하셨지만, 정림은 괜찮았다. 병원엔 기숙사가 있었고, 돈을 모으는 데는 기숙사만 한 게 없었다. 잠만 자는 집 월세에 신입 월급을 고스란히 쓸 순 없었다.

   입사 후 첫 2년 동안은 고생을 좀 했지만, 묵묵히 버텼다. 버티는 것 말고는 할 수 있는 게 없었다. 힘든 건, 고향에 있는 병원에서 일하더라도 마찬가지였다. 이것도 견디지 못한다면 병원을 그만두고 나가 무슨 일을 할 수 있을까 싶었다. 그래도 다행인 건, 3년 차가 되니 몸과 마음에 굳은살이 생겼다. 굳은살이 차오를수록 자부심도 더해졌다.

   그렇게 묵묵히 버틴 결과, 꿈에 그리던 자신만의 공간을 얻었다. 물론 원금보다 더 많은 대출이 받아야 했다. 거실 겸 주방, 방 한 칸이 전부인 빌라였지만, 그녀에겐 휴양지 리조트보다도 훌륭했다. 스스로 장만한 첫 집이었다. 퇴근 후 혼자만의 시간을 보낼 수 있는 공간이 5년 만에 생긴 것이다.

   기숙사를 나와 처음으로 집에 들어간 날, 몇 년 만에 처음으로 깊은 잠을 잤다. 병원은 집을 장만하게 해준 곳이자, 다달이 대출이자를 낼 수 있게 꼬박꼬박 월급을 주는 은혜로운 곳이었다. 그런 병원을 그만두는 건 상상조차 해본 적 없었다. 당연히 무단결근은 있을 수 없는 일이었다. 그런데 오늘, 과거로 끌려온 탓에 무단결근을 해버렸다. 앞이 캄캄했다. 마음이 조급해졌다. 무슨 일이 있어도 오늘 밤에는 꼭 집으로 돌아가야 한다.

   답답한 마음에 잠이 오지 않았다. 정림은 잠들기 전에 돌아오리라 마음

먹고 방을 나섰다. 거리로 새어 나온 음식 냄새에 지갑 생각이 더욱 간절해졌다. 냄새에 이끌려 걷다 보니 어느 시끌벅적한 노포 앞에 와 있었다.

그녀는 본능적으로 다가가 안을 들여다봤다. 가게 안의 사람 중 유난히 눈길이 가는 사람이 있었다. 필립이었다. 그는 사람들과 어울려 술을 마시고 있었다. 거의 모든 대화는 그의 입을 거쳤고, 사람들은 그의 이야기에 재그르르 웃었다. 필립은 신이 나서 쉴 새 없이 농담을 이어갔다. 그중 그녀의 눈길을 끈 건, 필립 양옆에 앉은 여자들이었다. 여자들의 눈빛 속엔 요염함이 묻어났다. 오늘 밤 그를 한 번 꼬셔보겠다는 요량으로 몸을 배배 꼬고 있었다.

그때, 필립이 주머니에서 검은 물건을 꺼냈다. 어제 카페에서 본 것과 똑같은, 수첩이라고 말한, 그거였다. 그는 한 손에는 검은색 물건을 들고 다른 손으로 물건을 가리키며 사람들에게 뭐라고 설명했다.

정림은 창문에 바짝 다가갔다. 그때였다. 필립과 눈이 마주쳤다. 놀란 그녀는 서둘러 가게 앞을 벗어났다.

"정림 씨."

등 뒤에서 필립의 목소리가 들렸지만, 정림은 뒤돌아보지 않았다.

도망치듯 골목을 벗어난 것처럼 과거에서 도망쳐 나오고 싶었지만, 현실은 아직도 1931년 상해였다. 정림은 여드레 만에 사진관을 다시 찾았다. 사진을 찾기 위해서였다. 물론 지갑은 아직도 찾지 못했다. 덕분에 매일 사무실을 찾아갔고, 그곳에서 겨우 끼니를 때웠다.

오늘도 사진관에는 아무도 없었다. 사진사가 나오길 기다리며 향초를 구경하던 그때, 필립이 사진관으로 들어왔다. 필립은 손에 든 무언가를 보느라 뒤늦게 그녀를 발견했다.

"여기서 만나네요. 사진 찍으러 오셨나 봐요?"

필립은 반가운 나머지 손에 든 물건을 숨기는 걸 잊은 듯했다. 그녀는 그 물건이 뭔지 단박에 알아차렸다. 카페에서 봤던 그 검은 물건. 그건 다름 아닌 스마트폰이었다.

"그거."

정림은 말을 잇지 못했다. 놀란 그녀와는 달리 필립은 한껏 여유로운 모습이었다. 필립은 스마트폰을 흔들며 말했다.

"이게 뭔지 설명 안 해도 아시죠? 정림 씨 가방 속에 있을지도 모르고요."

필립은 뭔가 생각난 듯 주머니를 뒤적였다. 그의 주머니에서 나온 건 그녀의 지갑이었다. 필립은 지갑을 건네며 말했다.

"스마트폰을 모를 리 없을 테고, 피차 같은 상황인 것 같으니 자세한 설명은 하지 않을게요."

정림은 그 자리에 그대로 얼어붙었다. 당황한 나머지 그간의 고생도, 왜 이제야 지갑을 돌려주냐는 말 따위도 잊어버렸다. 그녀가 혼란에 빠진 그때, 사진사가 나타났다.

"여기, 사진."

사진사는 마치 두 사람이 올 걸 알고 있었다는 듯 챙겨나온 사진을 내밀었다.

"사진 잘 간직하세요. 제가 드리는 선물입니다."

정림은 사진을 받아들고 곧장 사진관을 나왔다. 상황을 정리할 혼자만의 시간이 필요했다. 몇 발자국 걸었을까. 등 뒤에서 필립의 목소리가 그녀를 붙들었다.

"정림 씨. 잠깐만요."

뒤돌아보자, 필립이 사진을 지갑에 넣으며 말했다.

"우리 할 얘기 있지 않나요?"

정림은 필립을 따라 카페로 갔다. 카페에는 베토벤 피아노 소나타 14번 3악장이 흘러나오고 있었다. 그녀는 카페 중앙에 놓인 탁자를 사이에 두고 필립과 마주 앉았다.

"당신, 정체가 뭐예요?"

필립이 피식 웃으며 대답했다.

"정림 씨와 똑같은 처지죠."

그녀는 웃지 않았다.

"언제 이곳에 왔어요?"

"음. 그러니까 여기 시간으로 1931년 9월 21일 밤이자 2021년 3월 1일 밤에요."

"제가 오기 전날이네요."

정림이 과거로 온 게 1931년 9월 22일이니 필립은 그녀보다 하루 일찍 온 셈이다.

"이곳에 와서 처음 만난 사람은 누구죠?"

"선생님이요."

필립은 망설임 없이 대답했다.

"저도 눈을 떴을 때 선생님이 계셨어요."

"혹시 이곳에 오기 전에 선생님과 인연이 있었나요?"

필립이 물었다.

"전혀요."

정림이 고개를 가로젓자, 필립은 잠시 생각하는 듯하다가 입을 열었다.

"저 역시 이곳에서 눈을 떴을 때 선생님이 계셨어요. 제가 일왕을 처…

아니, 눈을 떠서 선생님을 뵙기 전엔 선생님과는 어떤 인연도 없었고요."

필립은 눈을 피했다. 뭔가 숨기는 것 같았지만, 친하지 않은 사람에게 모든 걸 다 말할 수 없어서라고 생각했다.

"이곳에 온 이유가 선생님과 관련이 있을까요?"

"모르겠어요."

침묵 끝에 그녀가 내뱉은 말이었다. 공통점은 선생님과 관련됐다는 사실이지만, 연관성은 끝내 찾지 못했다.

"왜 이곳에 오게 된 걸까요? 과거로 끌려온 사람이 우리 둘뿐일까요?"

정림은 필립이 뭔가를 알고 있다고 생각했다. 그렇지 않고는 그처럼 여유로울 수 없었다.

기대와는 달리 필립은 장난스럽게 대답했다.

"그걸 알면 벌써 돌아갔을 거예요."

그녀는 웃을 수가 없었다. 지금쯤 한바탕 난리가 났을 것이다. 일주일 넘게 출근도 하지 않고 감쪽같이 사라져버렸으니. 다시 돌아갔을 땐, 그녀의 자리가 없을지도 몰랐다.

"자다 일어나보니 과거에 와있었어요. 며칠 이곳에 있다고 해도 나쁠 건 없죠. 어차피 돌아가게 될 텐데요, 뭘."

필립의 말은 반은 맞고 반을 틀렸다. 틀린 말은 이곳에 며칠 있을지, 몇 달, 몇 년이 될지는 아무도 모른다는 거고, 맞는 말은 돌아갈 방법을 찾으면 언제든지 돌아갈 수 있을 거란 거다. 모든 건 제자리를 찾는 게 세상 이치니까. 물론, 돌아갈 방법을 찾으면.

"한 가지 알아낸 건 있어요. 혹시 스마트폰 켜봤나요?"

정림은 고개를 저었다. 스마트폰이 작동되지 않는 걸 본 이후로는 켜보지 않았다.

"배터리가 전혀 줄지 않고 그대로예요."

"충전한 거 아니에요?"

그녀는 말을 내뱉고 난 뒤, 자신의 말이 얼마나 바보 같은 질문인지 깨달았다. 충전기가 어디 있으며, 충전기를 어디에다 꽂으리오.

"스마트폰 한번 켜볼래요? 배터리가 줄었는지."

그녀도 가방 속에서 스마트폰을 꺼냈다.

"전 거의 사용하지 않아서 꺼지지 않았을 거예요."

"사용하지 않아서가 아니라 이곳에선 배터리가 줄지 않는 것 같아요."

필립의 말대로 배터리가 줄지 않고 그대로였다.

"배터리가 줄지 않고 그대로라는 건, 스마트폰으로 돌아갈 방법을 찾아야 하는 게 아닐까요?"

"일리 있는 말이네요. 그런데 네트워크가 되지 않는다는 게 문제죠."

정림은 한숨을 내쉬었다.

"지금부터 알게 된 모든 사실을 서로에게 말하기로 해요. 하나도 숨기지 말고."

"어떻게 말하죠? 메신저나 전화도 안 되는데."

그녀는 여전히 필립에게 경계를 늦추지 않았다.

"연락처라도 교환하도록 하죠. 네트워크가 연결되는 곳을 찾게 되면 연락할 수 있으니."

필립이 먼저 연락처를 내밀었다. 필립의 연락처를 받아든 그녀도 자신의 연락처를 알려줬다. 전화번호를 저장하던 필립이 고개를 갸웃거리며 물었다.

"혹시 우리 아는 사이였을까요?"

정림은 고개를 저었다. 그녀의 기억 속에 필립은 없었다.

그때, 필립이 외쳤다.

"와이파이가 연결됐어요!"

때맞춰 정림도 와이파이 안테나가 켜진 걸 발견했다. 심장 소리가 온몸에 진동했다. 1931년에 와이파이라니.

포털 앱을 누르자 뉴스화면이 제일 먼저 튀어나왔다.

日, 일방적 경제보복

그때, 필립이 두리번거리며 속삭였다.

"확실한 건 아니지만, 이 카페에 미래로 통하는 문이 있는 것 같아요."

"미래로 통하는 문이요?"

"간혹 이 카페에서 와이파이가 연결될 때가 있어요. 늘 되는 건 아니고요."

그녀도 필립을 따라 카페 안을 둘러봤다. 여느 카페와 다른 점이라곤 찾아볼 수 없었다. 다양한 국적의 사람이 온다는 것만 빼면. 한국인이 둘뿐이라는 것만 빼면.

"중국어 할 줄 알죠?"

"제2외국어로 중국어를 배웠어요. 커서는 중국 여행을 다니며 익힌 정도고요."

"잘됐네요. 도움을 좀 받아야겠어요."

중국어를 배워둔 게 지금처럼 도움이 된 적이 없었다. 사실 여행할 때는 번역기 앱이 있기에 중국어를 사용할 일이 많지는 않았다.

"저는 제2외국어로는 일어, 그리고 영어는 만국공통어니깐 당연히."

필립은 식어버린 커피를 마신 뒤, 뒤이어 말했다.

타임슬립

"영어나 일어는 의사소통이 가능한 정도지만, 중국어는 여행 다니며 외운 몇 문장 정도예요."

필립의 말에 정림이 덧붙여 말했다.

"서로 도움을 주고받아야겠네요."

그녀는 혼자가 아니라는 사실에 한결 마음이 편해졌다.

"그나저나 독립운동을 하겠다는 얘기는 뭐예요?"

"아, 그거요."

필립은 이마를 긁적이며 대답했다.

"아마도 제가 과거로 오기 전, 선생님께서 오필립이라는 누군가와 독립운동 얘기가 이미 오갔던 것 같아요."

정림은 필립의 말이 무슨 뜻인지 알아들었다. 그녀 역시 선생님께서 "정림아" 하고 불렀었다.

"그렇다면 누군가가 독립운동을 하게 하려고 과거로 불러들인 걸까요."

"그게 누굴까요? 선생님일까요?"

**

필립은 정림에게서 별다른 해답을 찾지 못한 채 헤어졌다. 아쉽게도 그녀도 아는 게 별로 없었다. 그 역시 일주일 동안 알아낸 거라곤 어느 공간에서 인터넷이 연결된다는 것과 배터리가 줄지 않는다는 것뿐이었다.

지난 일주일간 매일 카페에 가봤지만, 정림과 마지막으로 간 이후론 와이파이 안테나는 미동이 없었다. 그저 우연이었을 뿐일까. 어떻게 해야 돌아갈 수 있을지는 몰라도 과거로 올 때처럼 자고 일어나면 원래 있던 곳으로 돌아가 있진 않을 거란 건 분명했다.

거리로 나온 그는 문득 사진관에서 찾아온 사진이 생각났다. 여자에 정신 팔려 보지도 않고 지갑에 처박아 놓은 꼴이란.

필립은 지갑에서 사진을 꺼냈다. 흑백 사진 속에는 이제 막 불꽃을 피운 새 향초가 타고 있었다. 분명 사진을 찍을 때만 해도 본 적 없는 초였다. 앞에서 초가 타고 있었다면 못 볼 리 없었다. 이 시대에도 합성이 가능한 걸까. 사진 찍기 전 초가 합성된다는 말은 들은 바 없었다. 아무래도 이상했다. 이상한 건 그뿐만이 아니었다. 사진 뒷면에 의미를 알 수 없는 글귀가 적혀있었다.

repeat - photo by 서해원

사진사 이름이 서해원이라는 건 알겠는데, repeat는 무슨 뜻일까. 그가 알기로 repeat은 '반복하다'라는 뜻을 가진 단어였다. 사진사의 의도가 궁금해졌다.

필립은 곧장 발길을 돌려 사진관으로 갔다. 사진사가 막 문을 잠그려 하고 있었다. 그는 성큼성큼 다가가 문을 두드렸다.

"문 좀 열어주세요."

얇은 유리에 격자무늬로 나무를 덧댄 미닫이문을 사이에 두고 사진사와 마주 봤다. 숨 막힐 듯 잠깐의 정적이 흘렀다. 먼저 정적을 깬 건 사진사였다. 사진사는 걸쇠를 풀고 문을 열었다.

사진관 안으로 들어간 그는 사진을 내밀며 다짜고짜 물었다.

"사진에 초가 왜 있는 거죠?"

"저런, 콘셉트를 미리 말씀 못 드렸군요."

콘셉트. 물론 그럴 수 있다. 그의 '콘셉트'를 인정하기로 했다. 그렇다면.

"이 글귀는 또 뭔가요?"

필립은 사진 뒷면에 적힌 글자를 가리켰다.

"그건, 저만의 시그니처입니다. 제가 찍은 모든 사진에 적혀있죠."

따지려던 게 아니었기에 대꾸할 말이 마땅히 떠오르지 않았다. 뒷골목 구석탱이 낡고 허름한 사진관의 사진사도 그만의 예술혼이 있겠지. 그의 예술혼을 인정할 수 있다. 그렇게 쩨쩨한 남자는 아니니. 그것보다 기분 나쁜 건 놈의 요상한 미소였다. 억지로 입꼬리는 끌어 올렸으나, 눈은 웃고 있지 않았다. 그저 서비스업 종사자의 비애인 걸까. 아무리 이해해보려 해도 놈은 뭔가 수상했다. 때맞춰 놈은 그의 표정만큼이나 요상한 말을 꺼냈다.

"어때요? 여행은? 지낼만한가요?"

등줄기가 서늘해졌다. 그는 뻣뻣하게 굳은 몸을 돌려 놈을 바라봤다. 놈의 눈은 말하고 있었다. 너를 데리고 온 사람이 바로 나라고.

필립은 호흡을 가다듬으며 물었다.

"혹시. 나를 이곳에 데려온 사람이 당신인가요?"

"오호. 무슨 그런. 여행 좋아하잖습니까."

심장이 빠르게 뛰기 시작했다. 기껏해야 사진 찍을 때와 오늘 만난 게 전부인데, 놈은 그를 잘 아는 것처럼 말했다.

"당신이 나를 여기로 데려온 게 아니라면, 방금 그 얘기는 뭐죠?"

목소리가 파르르 떨려왔다.

"제가 데려온 건 아닙니다. 시간여행은 당신의 선택이었으니까요."

"저의 선택이라니요? 제가 언제…."

"그건 당신의 기억에서 찾으시고. 특별한 여행이 되었으면 좋겠습니다."

주먹이 움찔했지만, 일단 참기로 했다. 열쇠를 쥔 건 사진사였고, 그는 그 열쇠를 찾는 처지니.

"어떻게 과거로 올 수 있는 거죠? 타임머신이라도 존재한다는 건가요?"

놈은 사진을 흔들며 말했다.

"사진은 시간을 기록하여 기억하게 하고, 시간여행을 할 수 있게도 하죠."

"그게 무슨. 지금 말장난하자는 겁니까?"

놈을 노려봤다. 놈은 눈 하나 깜짝하지 않았다. 전혀 감정의 동요가 일어나지 않는 듯했다. 침착해야 한다. 흥분해서 길길이 날뛰었다간 놈의 의도가 뭐가 됐든 말려들지도 몰랐다.

"뭐, 좋아요. 덕분에 1931년도 상해 모습도 충분히 알았고요. 그런데 여행이 끝나면 집으로 돌아가야 하지 않을까요. 다시 돌아가려면 어떻게 해야 하죠?"

"시간여행을 온 게 당신의 선택이듯, 돌아갈 방법을 찾는 것도 당신의 몫입니다. 저는 그저 시간여행이 특별하도록 도울 뿐이죠."

필립은 두 손으로 얼굴을 쓸어내렸다. 놈은 쉬운 말을 어렵게 하는 버릇이 있었다.

"쉽게 좀 말하죠. 도대체, 어떻게 나를 돕겠다는 거죠?"

그의 언성이 높아졌다.

"세 가지 임무를 드릴 겁니다."

"임무요? 뭐, 그래요. 그 임무가 뭐죠? 그 임무를 마치면 돌아갈 수 있나요?"

"세 가지 임무를 완수하게 되면, 돌아갈 방법을 알려드리죠."

필립은 헛웃음이 나왔다. 데려올 땐 언제고 갈 땐 그냥 갈 수 없다니.

"만약, 임무를 완수하지 못하면요?"

놈은 대답하지 않았다. 여기서 물러설 그가 아니었다. 그는 시치미를 떼고 물었다.

타임슬립

"과거로 온 사람이 저뿐인가요?"

"시간여행을 하는 사람은 많습니다. 당신 주변에도 있을 수 있고요."

"그 사람 모두 다시 돌아갈 수 있는 거죠?"

놈은 한결같이 표정의 변화가 없었다. 자신이 AI 타임머신이라도 한 것처럼.

"늙지 않고 수십 년을 살아가는 사람을 보기는 했습니다만."

놈이 또다시 말을 멈췄다. 그가 대신 말했다.

"돌아가지, 못할 수도, 있다는 거군요."

놈은 고개 대신 눈을 끔뻑였다. 숨이 턱하고 목구멍에 걸려버렸다. 머릿속에서 부정의 목소리가 들려왔다. 아니야. 아닐 거야. 그럴 리가 없어. 그는 방금 들은 말은 일단 머릿속에서 지우기로 했다.

"그래서 임무란 건 뭔가요?"

"세 가지 임무가 있습니다. 임무는 완수할 때마다 하나씩 말해주겠습니다."

필립은 한 손으로 턱을 문지르며 피식 웃었다. 놈에 대해 알게 된 새로운 사실 하나가 더 추가됐다. 사람을 슬슬 약 올리는 재주가 있다는 거였다.

"알겠으니깐 말해봐요. 제가 해야 할 첫 번째 임무가 뭐죠?"

"첫 번째 임무는 독립운동가의 모습이 담긴 사진을 일제에 빼돌린 밀정을 찾아 처단하세요."

"처단이라면?"

"죽여야 합니다."

그는 깊은 한숨을 내뱉었다. 온몸에 돌던 뜨끈한 피가 등줄기를 따라 거꾸로 솟구쳤다.

"왜요? 자신 없나요?"

"자신 없긴요."

자신이 없는 게 아니라 '밀정 처단'이란 일이 왠지 현실성이 없게 느껴졌다. 누군가를 죽인다는 건 상상도 해본 적 없는 일이니까.

"어떤 사진이죠?"

놈의 언행은 신뢰가 가지 않지만, 그래도 끝까지 들어는 봐야 했다. 정말 놈의 말이 사실이라면, 시키는 대로 할 수밖에 없었다. 그가 시간 여행자인 걸 아는 유일한 사람이니까.

"200여 명의 독립운동가가 프랑스공원에 모여서 찍은 사진입니다. 아마 당신도 잘 아는 사진일 거고요."

"잘 알다니요?"

"당신도 본 적 있는 사진이니까요."

바지 주머니 깊숙이 손을 찔러넣은 그는 사진관 안을 서성였다. 어느 날 갑자기 끌려온 시간여행을 그저 행운이라 여겼다. 원 없이 즐기다 때가 되면 돌아갈 줄 알았던 그는 눈앞이 캄캄했다.

"밀정을 어떻게 찾으면 되나요? 이곳에 온 지 일주일밖에 되지 않아서 아무것도 아는 게 없는데요."

"밀정은 당신 곁에 있습니다. 명심하세요. 이곳에선 그 누구도 믿어서는 안 됩니다. 사방이 온통 적들뿐이거든요. 적에게 매수당해 동료의 등에 칼을 꽂는 자, 사상이 다른 자 등 당신 주변에 적은 너무나도 많습니다."

필립은 놈을 뚫어지게 쳐다봤다. 과연 놈은 믿어도 되는 놈일까. 놈은 마지막 말도 덧붙였다.

"저와 했던 얘기는 아무에게도 말하면 안 됩니다. 당신이 시간 여행자인 걸 아무도 눈치채서는 안 되거든요. 당신을 도와줄 수 있는 사람은 저밖에 없다는 걸 명심하세요."

타임슬립

아 무 도 믿 어 선 안 돼

**

과거로 온 지 어느덧 한 달이 지났다. 여전히 집으로 돌아가지 못한 채 시간만 흘러갔다. 날이 저물자 필립은 양손 가득 음식과 술을 사 들고 사무실을 찾았다. 그가 왔다는 소식에 사무원 동지들도 속속 모여들었다. 그와 동지들은 사무실 안쪽에 자리한 부엌에 술과 음식을 두고 모여앉았다.

앞에 앉은 형섭이 국수를 한 젓가락 입에 넣으며 말했다.

"매번 얻어먹소."

필립은 홀로 책상에 앉아있는 동규를 슬쩍 쳐다봤다. 동규는 오늘도 그가 사 온 술과 음식을 먹지 않았다. 모두가 맛있게 먹으며 시끌벅적 떠들어대도 동규는 늘 책상 앞을 지켰다. 그럴수록 그의 호기심만 자극했다. 그 역시 동규의 따가운 눈초리를 모르는 건 아니었다. 싫은 내색에도 그가 사무실을 찾아가는 데는 그만한 이유가 있었다. 집으로 돌아가는 데 필요한 열쇠가 사무실에 있을지도 모른다는 희망 때문이었다. 그는 선생님과 약속한 일왕 처단과 사진사 해원이 말한 임무 사이에서 갈피를 잡지 못하고 있었다. 무엇보다 가장 큰 목적은 사무실에 가면 정림을 만날 수 있었다.

"정림 동지를 보는 눈이 심상치 않소."

앞에 앉은 석현이 그를 보며 말했다.

"그러게 말이오. 이 음식은 핑계고 정림 동지 보러 오는 거 아니오?"

옆에서 형섭이 거들었다.

아무도 믿어선 안 돼

필립은 정림을 빤히 쳐다보며 말했다.

"동지라는 인연으로 연인이 되는 법이죠."

정림은 얼굴색 하나 변하지 않았다. 그의 말을 듣지 못한 건지, 아니면 듣고도 모른 척하는 건지 알 수 없었다. 그녀가 철벽 방어해도 괜찮았다. 미녀를 얻기란 어디 쉬운가. 그는 쉽게 마음을 주는 여자보단 정림처럼 승부욕을 자극하는 여자에 더 끌렸다.

"두 사람 사이가 아무러면 어떻소. 덕분에 우리는 배불리 먹으면 그만 아니오?"

석현과 형섭이 껄껄 웃었다. 그가 있는 곳은 언제나 유쾌했다. 잠시나마 시름을 잊게 하는 술과 그의 입담으로 분위기는 무르익어갔다. 술이 거나하게 취하자 다들 목소리가 커질 대로 커졌다.

"관동군의 움직임이 심상치 않소."

석현이 심각한 얼굴로 말하자, 옆에 있던 형섭이 고개를 지으며 말했다.

"오래가진 않을 것이오. 놈들이 이런 적이 한두 번이오."

이때, 옆에서 조용히 듣고만 있던 정림이 입을 열었다.

"관동군은 만주를 점령해서 만주를 차지하려 할 거예요."

형섭이 헛웃음을 지으며 고개를 가로저었다.

"국제사회 눈이 있는데 그게 어디 말처럼 쉽겠소."

"아니오. 정림 동지 말대로 뭔가 분위기가 좋지 않은 것 같소. 몇 달 전 만보산에서 있었던 일로 조선에서 일본의 사주를 받은 한인 무뢰배 무리가 중국인을 닥치는 대로 죽이고 다닌다는 소문이 돌았소. 불과 얼마 전에도 한인 부랑자 무리가 중국인을 위협하고 다닌다는 말이 있었소."

"하긴 얼마 전에 길을 지나가는데 조선 노동자와 중국인이 싸우는 모습을 보았소. 중국 내에서 조선의 여론이 안 좋아지긴 했소."

"힘을 합쳐 왜놈과 싸워도 모자랄 판에 이래서 되겠소?"

정림이 한마디로 정리했다.

"한국과 중국 간의 민족적 감정을 악화시키려는 놈들의 전략일 겁니다."

필립은 지난번 성냥을 빌려준 남자와 그의 일행인 마작을 두던 무리가 생각났다. 알아듣지 못했지만, 마작을 두던 무리도 같은 이유로 그를 경계했을지 모른다는 생각이 불쑥 들었다.

형섭이 눈동자를 굴리며 속삭였다.

"공산주의 이념에 빠진 이들이 얼마 전에 단체를 만들었다는 얘기를 들었소."

뒤이어 석현이 말했다.

"안 그래도 경훈 동지가 그들과 함께 있는 걸 보았소."

잠자코 듣고만 있던 필립이 물었다.

"경훈 동지가 누굽니까?"

"독립운동을 하겠다고 군산에서 건너온 동지요. 둘째 녀석 태어나는 것도 못 보고 태중에 있을 때 상해로 건너왔는데, 일본영사관에 폭탄을 설치하다 붙잡혔다고 들었소. 그 후로 소식이 없어 혹시나 했는데, 그래도 풀려나긴 했나 보오."

석현이 말을 덧붙였다.

"풀려나와서는 뭔가 행적이 심상치 않소. 한번은 술집에서 군산에 남겨진 가족들 얘기하며 우는 걸 본 적도 있고."

석현의 얘기가 못마땅했는지 형섭이 젓가락을 내려놓으며 말했다.

"그런데 이상하지 않소? 그 단체에 일본인도 있다는 얘기를 들었소."

형섭은 세 사람의 얼굴을 번갈아 보며 말했다.

"독립운동의 탈을 쓴 단체일 수도 있으니 다들 조심하는 게 좋겠소."

아무도 믿어선 안 돼

자정이 되자 자리를 파하고 사무실을 나온 필립은 정림과 거리를 거닐었다. 한참을 앞만 보고 걷던 정림이 넌지시 말을 걸어왔다.

"필립 씨. 꼭 여기 사는 사람 같아요."

순식간에 술기운이 물러갔다. 태평한 그를 두고 비꼬는 말처럼 들렸다. 필립은 조금 불편하긴 해도 상해에서의 삶이 그리 나쁘진 않았다. 물론, 아직은.

"여기서 살기로 작정한 거예요?"

그는 입을 굳게 다문 채 고개를 저었다. 빨리 돌아가고자 하는 정림의 마음은 알겠으나, '피할 수 없으면 즐겨라'라는 그의 신념에 충실했을 뿐이었다.

"과거로 온 지도 벌써 한 달째예요. 아무것도 알아낸 거 없이 한 달이나 지났다고요."

정림의 목소리가 가늘게 떨리고 있었다.

"조급해하지 말아요. 시간이 걸리더라도 어떻게든, 돌아갈 거니까."

필립은 정림을 다독였다. 해원이 말한 세 가지 임무를 마치려면 시간은 조금 걸리겠지만, 선생님께서 올해 안에 거사 준비를 마치고 연락하겠다고 했으니 그 안에만 끝내면 된다. 아직 시간은 충분했다.

요 며칠 필립은 '사진을 일본에 넘긴 밀정'을 찾아다녔다. 아무런 정보도 없이 밀정을 찾기란 맨땅에 하는 헤딩과 같았다. 할 수 있는 거라곤 목적지도 없이 걸어 다니며 두리번거리는 것밖에 없었다. 아는 게 없으니 손발이 고생하는 편을 택했다. 걸으며 보고 듣다 보면 뭐라도 알 수 있겠지.

오늘도 어김없이 두리번거리며 하비로를 걷던 그는 앞서 걷는 정림을 발견했다. 그는 반가운 마음에 정림을 불렀다.

"정림 씨."

그가 부르는 걸 듣지 못했는지 정림은 가던 길을 계속 걸었다.

필립은 정림을 뒤쫓아갔다. 손을 뻗으면 닿을 거리에 다다랐을 때였다. 정림이 어느 가게 안으로 휙 들어가 버렸다. 고개를 들어 간판을 보니 그도 온 적 있는 곳이었다. 선술집 아주머니가 '점빵'이라 부르는 곳이자, 그를 사무실로 안내해준 남자, 박판수가 운영하는 잡화점.

필립은 가게 앞에 심어진 나무 뒤로 몸을 숨겼다. 본능이 시킨 행동이었다. 50m도 채 떨어지지 않는 곳에 정림이 있었다. 정림이 여긴 웬일일까. 고개를 빼꼼 내밀었다. 유리창 너머로 정림이 보였다. 정림과 박판수는 시종일관 창밖을 힐끔거리며 이야기를 나눴다.

그는 숨죽인 채 두 사람을 지켜봤다. 정림이 가방에서 종이 한 장을 꺼내 남자에게 건넸다. 그의 시선이 종이로 향했다. 사진이었다. 정확하지 않지만 많은 사람이 찍힌 사진. 설마 그럴 리 없겠지만, 해원이 말한 사진이 아닐까. 그 사진이 맞는다면, 정림이 왜 들고 있는 걸까.

필립은 못 본 척 발걸음을 뗐다 다시 돌아오기를 반복했다. 오만가지 생각이 머리를 스쳤다. 지금이라도 잡화점에 들어가 볼까. 밀정이 정림이란 말인가, 아니면 박판수가 밀정이란 말인가. 그가 혼란에 빠진 그때, 정림이 박판수에게 인사를 하고 있었다.

필립은 뒷걸음질 치며 뒤돌아섰다. 등 뒤로 문이 열리는 소리가 들렸다. 그는 빠른 걸음으로 골목을 빠져나갔다. 심장이 쉴 새 없이 뜀박질해댔다. 그는 모퉁이를 돌아 시야에서 잡화점이 완전히 사라진 뒤에야 걸음을 멈췄다.

'아니겠지. 아닐 거야. 정림이 그럴 리가 없어. 그럴 이유가 없지.'

그는 두 손으로 얼굴을 쓸어내렸다. 의심할 사람이 따로 있지. 누굴 의심하는 건가. 정림이 뭘 얻겠다고 이곳에서 밀정 노릇이나 하겠는가.

아무도 믿어선 안 돼

필립은 다시 발길을 돌려 정림에게로 걸어갔다. 그녀는 멀리 가지 못했다. 저 멀리 그녀가 보였다.

"정림 씨."

정림이 돌아봤다.

"여긴 어쩐 일이에요?"

필립은 애써 미소를 지어 보였다.

"뭘 좀 사려고요."

정림은 그의 눈을 피했다. 그는 눈으로 말했다.

'물건을 건넨 건 정림 씨, 당신이잖아. 우리, 서로에게 모든 걸 말하기로 했잖아.'

정림은 입술을 굳게 다물고서 말없이 그를 바라봤다. 굳게 다문 그녀의 입이 쉽게 열릴 것 같지 않았다.

"같이 걸을래요?"

필립은 멀지 않은 곳에 있는 프랑스공원으로 정림을 데리고 갔다. 어느덧 해가 저물어가고 있었다. 공원에 도착하자 한낮의 더위가 가시고 상쾌한 바람이 나무 사이로 불어왔다. 두 사람은 나무 그늘을 찾아 벤치에 앉았다. 공원에는 다양한 국적의 사람들이 오가고 있었다.

"벌써 10월도 마지막 날이네요."

먼저 말을 건넨 그는 어떻게 얘길 꺼내볼까 궁리했다. 조금 전 그 사진은 무슨 사진인지, 왜 그 사진을 정림이 가지고 있었는지, 왜 박판수에게 가져다줬는지. 그가 이리저리 머리를 굴리던 그때, 정림이 반짝거리는 뭔가를 내밀었다.

"이게 뭐예요?"

정림이 배시시 웃으며 대답했다.

"지나가다 주었어요."

회중시계였다. 그는 시계와 정림을 번갈아 봤다.

"필립 씨 시계가 너무 눈에 띄어서요."

정림이 그의 손목에 채워진 시계를 눈으로 가리켰다.

"그렇긴 한데, 그래도 이 손목시계를 차고 있어서인지 사람들이 저를 대하는 게 달라요. 일본인들도요."

자신이 얼마나 속물 같아 보였을지 필립은 말을 끝내자마자 후회했다.

"눈에 띈다는 건, 누군가에게 표적이 될 수도 있어요. 위험을 자초할 필요는 없잖아요."

'위험'이란 단어가 귀에 꽂혔다. 만약 정림이 가지고 있던 사진이 독립운동가의 사진이고, 그 사진이 일본영사관에 전달됐다면 위험한 건 그가 아닌 정림이었다.

"혹시 밀정이라고 알아요?"

그가 넌지시 물었다.

"그럼요. 영화에서도 봤고, 다큐멘터리에서 본 적도 있어요."

"우리가 여기서 만난 사람 중에도 밀정이 있을까요?"

그는 곁눈질로 정림을 살폈다. 정림은 무심히 고개를 끄덕였다.

"그럼, 누가 밀정인지 알고 있나요?"

정림은 고개를 가로저으며 대답했다.

"밀정이라는 존재는 알아도 누가 밀정인지는 몰라요. 그 경계가 모호하기도 하고."

"그게 무슨 말이에요?"

"독립운동을 하다가 밀정이 되기도 하고, 밀정이었다가도 다시 독립운동을 하기도 했대요. 거기다 2021년 현재까지 밀정 행각이 밝혀진 사람이

아무도 믿어선 안 돼

있기도 하고, 아직 행각이 밝혀지지 않은 밀정도 있다고 들었어요."

"그 말은 우리도 의심을 살 수 있다는 얘기네요. 밀정으로 말이죠. 정림 씨도 행동 조심해요. 밀정으로 의심 사지 않게."

필립은 에둘러 충고했다. 표정을 봐선 정림은 밀정과는 거리가 멀었다. 조금 전 잡화점에서 있었던 일은 의심스럽기는 하나, 밀정을 설명할 땐 전혀 감정의 동요가 일어나지 않았다. 그는 더는 캐묻지 않기로 했다. 정림을 믿고 싶었다. 만약 정림이 밀정이라고 한들 지금 당장 그녀를 어떻게 하겠는가. 정말 총으로 쏘기라도 할 텐가.

필립은 머리를 흔들며 주머니에서 스마트폰을 꺼내었다.

"되지도 않는 걸 뭘 그리 봐요?"

정림이 이해가 되지 않는다는 눈으로 쳐다봤다.

"정림 씨에게 연락할 수 있는 수단이기도 하고, 돌아갈 방법과 관련이 있지 않을까 하고."

그는 멋쩍게 웃었다.

"제 생각엔, 돌아갈 방법은 우리를 상해로 불러들인 것과 관련 있는 것 같아요. 우리가 여기에 온 이유가 있을 테니까."

그도 동의하는 바지만, 어쩐지 스마트폰 비밀을 포기할 수 없었다. 그때, 스마트폰을 만지작거리던 필립은 와이파이 안테나가 켜져 있는 걸 발견했다. 그는 제일 먼저 뉴스 기사를 확인했다.

(속보) 北, 동해상으로 미사일 3발 발사

그의 시선은 기사 작성일에서 멈췄다.

작성일 2021.03.02.

그는 스마트폰에서 눈을 떼지 못하고 혼잣말하듯 속삭였다.

"오늘이 3월 2일이에요."

상해에서 한 달이 지나는 동안 2021년은 겨우 하루가 지나있었다. 과거에 있는 동안, 시간이 멈춘 건 아닌 듯했다.

"2021년에서의 하루가 여기서 한 달인 걸까요?"

어느새 스마트폰을 꺼내보던 정림의 눈이 반짝였다.

"더 지켜봐야겠지만, 아마도요."

눈 앞을 가린 뿌연 안개가 서서히 걷혀가고 있었다. 그는 검색창에 글씨를 써넣었다.

독립운동가 사진 밀정

검색창 옆에 있는 돋보기 아이콘을 누르려는데 정림이 일어났다.

"그만 가봐야겠어요."

"무슨 일 있어요?"

그가 정림을 올려다보며 물었다.

"사무실에 가봐야 해서요."

차갑게 돌아선 정림은 잠시 후 그의 시야에서 완전히 사라졌다. 필립은 스마트폰으로 눈을 돌렸다. 검색창 옆 돋보기 아이콘을 누르자 하얀색 팝업창이 화면에 나타났다.

'네트워크에 연결할 수 없습니다.'

와이파이 안테나 위에 'X'가 그어져 있었다. 새로고침 아이콘을 눌러보았지만, 끝내 연결되지 않았다. 실망도 잠시 머릿속에서 형광등이 켜졌다. 그러고 보니 그동안 와이파이가 연결될 때마다 정림이 옆에 있었다. 설마.

아무도 믿어선 안 돼

정림과 멀어지니 와이파이 연결이 끊어진 걸까. 가슴이 뛰기 시작했다. 카페에서 정림을 처음 만났을 때도, 정림과 같이 카페에 갔을 때도 와이파이가 연결됐다. 그렇다면 사진관에서는? 사진 찾으러 같은 날에 갔으니, 같은 날 사진을 찍었을지도 몰랐다. 그가 사진을 찍고 나올 때쯤 정림이 근처에 있었다면 말이 된다.

필립은 서둘러 정림이 걸어갔던 방향으로 달려갔지만, 그녀는 이미 사라지고 없었다.

정림이 떠나고 혼자 남겨진 필립은 전차를 타고 난징루로 갔다. 새로운 사실을 알게 된 기념으로 기쁨의 축배를 들기 위해. 뭔가 일이 잘 풀려가고 있었다. 이대로만 된다면 동경으로 떠나기 전 2021년으로 돌아갈 수 있을 것 같았다.

난징루의 밤거리는 프랑스 조계지와 달리 화려했다. 황금빛 조명과 각양각색의 네온사인이 거리를 밝혔고 재즈바와 댄스홀에서 흘러나온 음악 소리가 골목을 가득 메웠다.

필립은 난징루에서 와이탄으로 나가는 길목에 자리한 케세이 호텔 앞에서 멈춰 섰다. 호텔 입구에는 '문라이트 댄스홀'이라 적힌 네온사인이 반짝이고 있었다.

호텔 로비로 들어서자 안쪽에서 노랫소리가 들렸다. 필립은 로비 안쪽으로 걸어가 음악이 흘러나오는 문을 열고 안으로 들어갔다. 담배 연기가 자욱한 댄스홀에는 많은 사람이 음악에 맞춰 춤을 추고 있었다.

그는 바에 앉았다. 춤출 기분은 아니었다. 축포를 터트리기엔 해결해야 할 일이 아직도 산더미처럼 쌓여있었다. 게다가 재즈에 맞춰 추는 춤이란 이태원 클럽에서 추는 춤과도 거리가 멀었다.

"맥캘란 18년산 주세요."

그는 주문한 위스키를 마시며 사람들을 구경했다. 사람들은 저마다 술과 흥에 취해있었다. 흥겨운 클럽 음악은 아니지만, 꽤 들어줄 만한 음악에 그도 고개를 까딱이며 리듬을 탔다. 음악에 맞춰 술잔이 그의 입에 닿았다. 빨리 마셨던 탓인지, 정신이 혼미해졌다. 재즈는 느린 발라드처럼 들려왔고, 사람들의 목소리도 점점 희미해져 갔다. 반쯤 풀린 눈으로 술잔을 들던 그때, 백인 남자가 다가와 옆에 앉았다.

그는 고개를 돌려 남자를 봤다. 백인 남자는 그와 같은 위스키를 주문한 뒤 눈인사를 해왔다. 정신이 번쩍 들었다. 백인 남자는 어디에서 왔냐고 눈으로 물어왔다.

"Korea."

필립은 영어로 대답했다.

"만나서 반가워요. 영어 할 줄 알아요?"

백인 남자가 영어로 물었다.

"물론."

그는 한쪽 입꼬리를 올리며 대답했다.

"저는 로이터통신의 알베르토예요."

알베르토가 손을 내밀어 악수를 청했다. 그는 알베르토의 손을 잡으며 말했다.

"오. 영국에서 오셨나 보네요."

"아뇨. 전 독일인이에요. 사실 저도 영어를 잘하진 못해요."

"아."

어색한 정적이 흘렀다.

"기자군요. 반가워요. 저도 기자예요."

아무도 믿어선 안 돼

정적을 깨려 내뱉은 말이 또다시 정적을 불러왔다. 그는 잠시 고민했다. 1930년대에는 민주일보가 없을 텐데, 어느 신문사냐 물으면 뭐라고 답해야 할까. 다행히도 알베르토는 어느 신문사냐 묻지 않았다. 영국 언론사 기자가 조선의 신문사 따윈 아무 관심이 없다는 건 술자리를 파할 때쯤에나 깨달았다.

알베르토는 술잔을 내밀며 말했다.

"안 그래도 타국에서 적적하던 참이었어요. 이렇게 만난 것도 인연인데, 친구 하는 거 어때요."

그는 대답 대신 술잔을 마주쳤다.

"상해에 온 지는 얼마나 됐어?"

알베르토의 말이 짧아졌다고 느끼는 건 기분 탓이겠지. 잠시 잊을 뻔했지만, 알베르토는 계속 영어로 말하고 있었다.

"2개월쯤?"

"그럼 아직 상해를 잘 모르겠군. 사람들은 상해를 동양의 파리라고 해. 뭐. 코스모폴리탄의 중심지라나 뭐라나. 겉모습이 아주 화려하잖아."

알베르토는 손을 허공에 휘저었다. 그의 시선이 알베르토의 손을 따라 움직였다. 두 사람의 등 뒤에는 일본 제복을 입은 일본 군인들이 앉아있었다.

"아시아에서 가장 번화한 도시, 아시아 최대 백화점, 화려한 도박장과 댄스홀, 그리고 영화관. 어때? 멋지지 않아?"

필립은 손가락으로 술잔을 따라 원을 그렸다.

"난징루 뒷골목에 가본 적 있어?"

그가 고개를 젓자, 알베르토는 비밀 얘기인 양 속삭였다.

"밤새 남자를 기다리는 창녀들, 도박과 아편이 판을 치는 곳이야. 밤의 경제를 지배하는 곳이랄까."

그는 씩 웃었다. 사람 사는 곳은 어디든 똑같구나 싶었다. 어찌 된 게 예나 지금이나 밤 문화는 하나도 변함이 없는지.

"물론, 그곳엔 매춘녀와 마약과 도박에 찌든 중국인도 있지만, 오늘 밤 당장 잠잘 방 한 칸 없는 인력거꾼, 일용직 노동자, 고아도 있어. 부자에겐 천국이지만, 가난한 자에겐 지옥이지. 뭐. 그게 국제도시 상해의 진짜 본모습이야."

그가 아무 말 없이 고개만 끄덕이자 알베르토는 등 뒤에 앉아있는 일본 군인들을 돌아보며 속삭였다.

"그거 알아? 지금 만주에선 관동군이."

필립은 아는 체하며 알베르토의 말을 잘랐다.

"관동군과 동북군의 충돌 얘기라면, 물론."

알베르토는 미간을 찌푸렸다.

"충돌이라니. 이건 관동군의 자작극이야."

"자작극?"

"역시 몰랐나 보군. 네가 알고 있는 건 일본이 꾸며낸 가짜뉴스라고."

"가짜뉴스?"

헛웃음이 새어 나왔다. 대체 가짜뉴스의 역사는 언제부터란 말인가.

"스스로 만철 선로를 폭파하고 중국인 소행으로 위장한 거야."

얼굴에 그늘이 드리워진 알베르토는 연거푸 위스키를 마셨다.

"분명 목적이 있겠지. 조선을 넘어 만주까지 발을 넓히려는 이유 말이야."

알베르토는 자신이 쓴 기사 몇 개를 보여줬다. 한국 관련 기사였다.

"조선인의 우수한 국민성 반해 조선 사회를 사실 그대로 기사를 쓰는 기

아무도 믿어선 안 돼

자는 본 적이 없어."

알베르토는 손가락을 치켜세우며 말했다. 칭찬인지 아닌지 분간이 되지 않았다.

"뭐. 물론 일본의 검열 때문이겠지만. 저번에 만난 조선 기자도 끊임없이 기사를 쓰지만, 한 번도 신문에 기사가 실린 적이 없다고 하더군. 웃기지 않아? 계속 검열에 걸리면서도 끊임없이 기사를 쓴다는 게 말이야."

괜스레 뜨끔한 그는 위스키 한 모금을 들이켰다. 온몸의 땀구멍에서 알코올 내음이 새어 나오는 것 같았다.

"조선인은 20년 넘게 독립운동을 이어나가고 있어. 도대체 조선인은 어떤 사람들이야?"

그는 어깨를 올렸다 내렸다.

"내 생각엔 말이야. 조선인은 다른 민족과는 다른 그들만의 공동체적 감정이 있는 것 같아. 그게 그들을 움직이게 하는 거지."

필립은 생각에 잠겼다. 한국인에 대해 한 번도 생각해본 적 없었다. 알베르토가 말한 그 공동체적 감정이라는 게 뭘까. IMF에 금모으기운동을 하고, 2002년 월드컵 때 광화문광장에 모여 응원하는 모습을 말하는 걸까.

"한국에 관심이 많구나."

"내가 상해에 온 이유기도 하지."

알베르토는 어깨를 으쓱이며 말했다.

"조선인의 우수성은 언젠가 빛을 볼 날이 올 거라 믿어."

알베르토와의 대화는 롤러코스터를 타는 것 같았다. 알코올 때문인가. 대화 주제는 당연하게도 다시 상해의 유흥으로 넘어왔다. 어딜 가면 더 즐겁게 놀 수 있는지.

"이런 곳에서 조선인 친구를 만나게 될 줄은 몰랐어. 조선인이 이런 곳에서 술을 다 마실 줄이야."

알베르토는 그의 심기를 아슬아슬 타고 놀았다.

"다음에도 여기서 만나. 난 매일 이곳에 있으니까."

그는 보란 듯이 단숨에 술을 들이켠 뒤 말했다.

"오늘 나를 만난 건, 너에겐 큰 행운이 될 거야. 넌 '화제의 인물'을 미리 만난 기자거든. 훗날 내 기사를 쓸 때, 오늘의 인연을 함께 써줘. 맥캘란을 좋아하던 한국인이라고."

필립은 주먹 쥔 손을 알베르토에게 내밀었다. 알베르토는 피식 웃으며 주먹 쥔 손을 그의 주먹에 부딪혔다.

"오늘 술값은 미래의 '화제의 인물'이 쏠게."

그는 자리에서 일어나 출입구로 걸어갔다. 잔뜩 허풍을 치고 나자 속이 후련했다.

'이봐, 알베르토. 당신이 말한 대한민국, 이 조그마한 나라가 훗날 세계인의 선망받는 나라가 될 테니 똑똑히 두고 봐. IT 강국이란 타이틀도 모자라 문화강국이 될 거거든. 우월한 나라의 국민이라 자부하는 당신이 머지않아 한국 전자제품을 사고, 한국 아이돌 가수가 빌보드차트 1위를 하고, 한국 영화가 오스카상을 휩쓸고, 세계를 대공항으로 빠뜨린 바이러스도 가장 먼저 물리치는 나라가 될 거거든.'

다음 날 아침, 필립은 지끈거리는 머리를 부여잡고 몸을 일으켰다. 그는 눈도 뜨지 못한 채 손을 휘 내저었다. 늘 그 자리에 있어야 할 생수병이 손에 닿지 않았다. 게슴츠레 눈을 떠보니, 낯선 방의 모습이 시야를 어지럽혔다.

놀란 그는 벌떡 일어나 옆을 내려다봤다. 옆엔 아무도 없었다. 고개를 돌려보니 구석에 웅크린 채 앉아서 졸고 있는 여자가 눈에 들어왔다. 자세히

아무도 믿어선 안 돼

보니 정림이었다. 그가 방을 차지하고 두 다리 쭉 뻗고 잠든 탓에 정림은 구석에 웅크려 앉아 자고 있었다. 주객전도의 상황이 펼쳐진 것이다. 지난밤무슨 일이 있었던 걸까. 머릿속에서 필름이 빠르게 돌아갔다.

알베르토와 헤어진 후 택시를 타고 별 탈 없이 플라타너스 가로수길에 도착했다. 문제는 그 후였다. 택시에서 내린 필립은 가로수길을 걸었다. 발을 내디딜 때마다 말라버린 플라타너스 잎사귀가 바스락거렸다. 바스락 소리에 화답하듯 귀뚜라미가 울었다. 낙엽과 귀뚜라미의 합주에 그는 콧노래로 멜로디를 얹었다. 알싸하게 몸을 적신 알코올이 흥을 돋웠다. 콧노래를 흥얼거리며 골목 모퉁이를 돌 때였다. 선술집에 앉아 술을 마시고 있는 해원을 발견했다. 그는 안으로 들어갔다. 해원은 조금 전까지 누군가와 있었는지 맞은편에 술잔이 놓여있었다.

필립은 해원의 맞은편에 앉았다. 해원은 그를 보자마자 대뜸 물었다.

"밀정은 찾았나요?"

콧방귀를 꼈다. 서울에서 김서방 찾는 일이 어디 쉬운 일인가. 그것도 '사진을 일본에 넘긴 밀정'이란 단순한 단서만 가지고. 셜록홈즈도 이건 해낼 수 없을 것이다.

"쉽진 않을 겁니다. 이곳에서는 모든 사람이 서로를 의심하며 경계하죠."

팔짱을 낀 채 몸을 뒤로 젖힌 그는 턱을 치켜들고서 해원을 내려봤다. 녹음기도 아니고 해원이 도대체 언제까지 저 말을 반복하나 지켜볼 참이었다.

"어제까지 동지였던 사람이 내일은 나를 밀고할 밀정이 될 수도 있다는 말입니다."

문득 정림의 얼굴이 떠올랐지만, 그는 이내 머리를 흔들었다.

"당신도 이곳에 온 이상 언제 어떻게 될지 장담할 수 없습니다."

"그 말은 저도 이곳에서 죽을 수도 있다는 건가요?"

"시간여행을 온 거지, 90년 전 배경의 영화를 관람하고 있는 건 아니니까요."

필립은 팔짱 꼈던 손을 풀어 얼굴을 쓸어내렸다. 해원의 말을 종합해보면, 그가 맞이할 수 있는 최악의 상황은 두 가지였다. 돌아가지 못할 수도 있다는 것과 이곳에서 죽을 수도 있다는 것. 물론 최악의 상황이 닥치게 해선 안 되었다.

"밀정에 대해 자세히 말해줘요. 정말 제 주변에 밀정이 있기는 한가요?"

"지난번에 말해줬을 텐데요. 밀정은 당신 가까이에 있다고."

해원의 비아냥이 취기 오른 그의 심기를 건드렸다. 필립은 해원의 멱살을 움켜쥐었다. 갑작스러운 상황에도 동요하지 않는 해원의 표정이 더욱 그의 화를 돋웠다. 그는 이를 악물고 말했다.

"새끼야. 말장난 그만하고 어서 말해. 너 알고 있잖아. 그래서 그 밀정이 누구냐고."

해원은 그의 눈을 피하지 않았다. 오히려 눈동자가 불꽃처럼 맹렬히 이글거렸다.

"당신은 나를 죽일 수 없어. 내가 아니면 넌, 돌아갈 수 없거든."

굳게 다문 해원의 턱이 씰룩거렸다. 그는 손아귀에 더욱 힘을 줬다. 해원이 컥컥대기 시작했다. 필립은 지그시 눈을 감고 손에 힘을 풀었다. 해원은 AI가 아니었다. 그걸 알게 됐다 한들 뭐가 달라지겠냐만.

"밀정을 찾든 찾지 않든 그건 당신의 자유지만, 밀정을 죽이지 않으면, 그 밀정이 당신을 위태롭게 할 수도 있습니다."

그는 미간을 찌푸렸다. 자꾸만 정림이 그의 머리를 비집고 들어왔다.

그때, 해원이 권총 한 자루를 내밀었다. 필립은 고개를 들어 해원을 바라

아무도 믿어선 안 돼

봤다.

"필요할 겁니다."

그의 시선이 탁자 위에 놓인 총으로 향했다. 총을 보자 입이 바짝 말랐다. 밀정을 추적하는 독립운동가의 이야기가 점점 실감 나기 시작했다. 그렇지않아도 총이 필요하던 참이었다. 추격전에 총이 없는 건 앙금 없는 찐빵과도 같았다. 해원은 그의 마음을 들여다본 것처럼 때맞춰 총을 내놓았다. 모든 걸 꿰뚫어 볼 수 있는 능력이라도 있는 걸까.

필립은 탁자 위에 올려놓은 권총을 안주 삼아 마셨다. 총 한번 바라보고 술 한 모금 마시기를 반복했다. 총을 바라만 보기엔 미녀를 눈앞에 두고도 손 한번 잡아 보지 못하는 것만큼이나 애가 닳았다.

필립은 손을 뻗어 총을 집어 들었다. 차갑고 묵직한 쇳덩어리는 금세 그의 정신을 사로잡았다. 그가 총을 들어 이리저리 살피던 그때, 총구와 눈이 마주쳤다. 그 순간, 숲에서 길을 잃어 정신없이 헤매다 맹수와 눈이 마주친 것처럼 온몸에 소름이 돋아났다. 쇳덩어리에 불과한 총이 눈을 부라리며 그를 노려보는 것 같았다. 두려움이 그를 집어삼켰다. 그는 두려움에 벗어나려 연거푸 술을 들이켰다.

몸을 가누지 못할 정도로 많은 술을 마신 뒤에야 방으로 돌아왔다. 해원이 주는 술을 오기로 마신 탓이었다. 생소한 술을 주량을 넘긴 줄도 모르고 마셨던 탓이었다.

가까스로 방을 찾아왔지만, 코앞에서 방을 착각했다. 정림의 방문을 열고 들어와 아무렇지 않게 두 다리 쭉 뻗고 잠든 자신의 모습이 마치 전지적 시점으로 눈앞에 그려졌다. 조용히 내빼기엔 너무 늦어버렸다. 잠에서 깬 정림이 그를 불렀다.

"필립 씨."

정림의 짧고 나직한 목소리에 많은 말이 함축되어 있었다.

"미안해요."

필립은 누구보다 빠르게 사과했다. 그간의 연애경험으로 쌓은 처세술이었다.

"지금 술이나 마시고 다닐 때예요? 집으로 돌아가지 못할 수도 있는데 두렵지도 않아요?"

"그럴 리가요. 두렵죠. 두렵지만, 두렵다고 티를 내면 안 되니까. 감정은 전염되는 법이라⋯. 미안해요."

그는 씁쓸한 미소를 지었다. 그러고 보니 누군가에게 감정을 드러낸 적이 없었다. 화가 나도, 슬퍼도 웃어야만 했다. 허허허 사람 좋은 웃음을 짓고, 농담을 던지고, 기분 나쁜 말도 능청스럽게 넘겨야 했다. 이건, 살면서 터득한 처세술이었다.

"벌써 11월이라고요."

정림의 목소리가 가느다랗게 떨렸다. 그의 마음도 흔들렸다. 필립은 정림의 기분을 풀어주려 잽싸게 화제를 돌렸다.

"스마트폰 비밀을 풀었어요."

정림이 동그랗게 뜬 눈으로 쳐다봤다.

"우리 두 사람의 스마트폰이 서로의 기지국인 것 같아요. 그래서 서로 가까이 있을 때만 연결되는 거죠."

정림은 영 못 미더운 얼굴이었다.

"뭐. 제 추측엔 그래요."

그의 말을 믿기 힘들다는 듯 정림은 가방 속에서 스마트폰을 꺼내었다.

필립도 재킷 안주머니에서 스마트폰을 꺼내려다 정림과 눈이 마주쳤다.

"스마트폰은 제 몸의 또 다른 장기예요."

아무도 믿어선 안 돼

그의 능청에 정림이 싱그레 웃었다. 오늘도 정림을 웃게 하는 데 성공했다. 잘 웃지 않는 여자였다. 그가 만난 여자 중에 제일 웃기기 힘든 여자였다. 예고도 없이 과거로 와서 무섭고 혼란스러워서 웃지 않는 게 아니라 과거로 오기 전에도 잘 웃지 않았던 것 같았다. 저 여자, 어떻게 하면 웃을까. 정림은 그의 승부욕을 자극하는 여자였다.

"자. 우선 화면을 켜고요."

필립은 스마트폰 화면을 켠 뒤, 정림의 스마트폰으로 시선을 옮겼다. 마치 스마트폰을 처음 쓰는 사람에게 작동법을 가르쳐주듯 차근차근 설명했다.

"배터리 한번 확인해보세요."

정림이 속삭이듯 작은 목소리로 말했다.

"처음 왔을 때랑 똑같아요."

배터리가 닳지 않는 게 확실해졌다.

"자, 그럼 이제 와이파이 안테나는요?"

필립은 정림을 마주 보며 미소를 지었다. 기대감에 입꼬리가 씰룩거렸다.

"켜져 있어요."

그는 마음속으로 환호성을 내질렀다. 가슴속에선 기쁨의 폭죽이 연달아 터졌다. 1931년에 믿기 힘든 일이 벌어지고 있었다. 거짓말처럼 와이파이가 연결됐다. 마음을 진정시키려 '후' 하고 숨을 내뱉었다. 뜨거운 입김이 몸 밖으로 빠져나갔다.

"인터넷 포털사이트 앱을 눌러봐요."

정림이 한껏 상기된 목소리로 말했다.

"…나와요."

그의 입꼬리가 파르르 떨렸다.

"오늘의 기사는?"

"흔적도 없이 실종된 남녀"

기사 게시 날짜가 2021년 3월 3일이라 적혀있었다. 오늘이 11월 1일이니 상해에서의 한 달이 2021년에서는 하루인 게 확실해졌다.

"좋아요. 그럼 이제 제가 이 방을 나가 볼게요."

필립은 일어나 방을 나갔다. 나가는 동안에도 스마트폰 화면에서 눈을 떼지 못했다. 정림과 멀어질수록 와이파이 신호가 약해졌다. 예상대로 방에서 멀어지자 와이파이는 완전히 꺼져버렸다. 그의 예상이 맞았다. 그동안의 일들이 떠올렸다. 인터넷이 되던 날, 서서히 꺼져가던 날. 그곳엔 정림이 있었다.

필립은 한껏 상기된 얼굴로 정림의 방에 들어갔다. 정림이 환한 미소로 그를 기다리고 있었다. 우쭐하던 것도 잠시 머리에 둔탁한 깨달음이 내려쳤다.

"그런데. 그러면. 이 전화 쓸모없겠는데요?"

그는 고개를 갸웃거렸다.

"이곳에서 연락할 사람이라곤 정림 씨뿐인데, 가까이 있을 때만 작동된다면, 굳이 사용할 일이 있을까요?"

"함께 있을 때 돌아갈 방법이나 정보를 검색해야겠죠."

당황해하는 그와는 달리 정림은 침착하고, 또 차분했다. 그도 정림의 생각에 동의했다. 역사에 무지한 그에겐 특히 중요한 사실이었다. 그가 길을 잃고 갈팡질팡할 때면 정림은 늘 침착하고 차분하게 그에게 방향을 정해주었다. 필립은 자신도 모르게 점점 정림을 의지하고 있었다.

**

정림은 무거운 발걸음으로 사무실로 향했다. 스마트폰의 비밀을 알아내

아무도 믿어선 안 돼

긴 했지만, 여전히 출구가 보이지 않는 터널에 갇힌 기분이었다. 미로처럼 이어진 상해 골목처럼 과거에서 벗어나기란 쉽지 않겠단 생각이 어렴풋이 들었다. 축 처진 마음처럼 어깨를 축 늘어뜨린 채 사무실로 들어선 그녀는 몇 발자국 떼지 못하고 그대로 멈춰 섰다.

"안색이 왜 그러냐. 무슨 일 있는 게냐?"

서류봉투를 품에 안은 선생님이 구석에 놓인 서랍장으로 걸어가고 있었다. 그녀는 놀란 나머지 우두커니 서서 선생님을 바라봤다.

"거기서 뭐 하는 게냐? 들어오거라."

정림은 쭈뼛거리며 선생님을 지나쳐 책상 앞으로 걸어갔다.

그때, 등 뒤에서 선생님의 목소리가 날아왔다.

"정림아."

고개를 돌리자 선생님이 하던 걸 멈추고 그녀를 보고 있었다.

"아주 중요한 서류이니, 아무도 손대지 못하게 감시 잘하거라."

선생님이 서류봉투를 서랍장에 집어넣으며 말했다. 정림은 무심결에 "네." 하고 대답했다.

할 일을 마친 선생님은 계단을 오르려다 뒤돌아보며 말했다.

"정림아, 홍도 선생이 있는 전당포에 가서 물건을 받아오거라."

"물건이요?"

정림은 눈을 휘둥그레 뜨고서 물었다.

"준비가 다 되었다더구나."

＊＊

얼마 전까지만 해도 나무 그늘 없이는 걷기 힘들 정도로 후덥지근했는데 언제 그랬냐는 듯 기온이 뚝 떨어졌다. 과거로 온 지도 어느새 두 달이 훌쩍 지났지만, 밀정은 코빼기도 보지 못했다. 밀정을 찾지 못한 데는 그만한 이유가 있었다. 그동안 필립은 1931년 상해에서 할 수 있는 일이라면 아편 빼고 다 해봤다. 휘황찬란한 금빛 물결의 와이탄과 난징루가 그의 주 무대였다. 밀정을 찾는 일은 그저 형식적인 일일 뿐이었다.

그는 주머니에 손을 찔러넣은 채 난징루를 지나 와이탄으로 걸어나갔다. 저녁노을이 도시를 붉게 물들이고 있었다.

주말 걷기코스의 정점은 해 질 무렵이었다. 해가 지고 어스름해질 무렵, 아직 남아있는 햇빛이 여러 층으로 어우러지면, 한강공원 편의점에서 맥주 한 캔을 사 들고 벤치에 앉았다. 하늘을 바라보며 맥주 한 모금 마시다 보면 괜스레 울적했다가 또 흐뭇해지기도 했다. 잘했어. 오늘 하루도 잘 버텼어.

노을을 바라보고 있노라니 문득 한강공원 벤치에 앉아 바라보는 붉은 노을이 그리워졌다. 집으로 돌아가고 싶어졌다. 즐거운 여행도 두 달이면 족했다. 갑작스러운 시간여행도 이쯤 하면 됐다. 이제 돌아가자. 집으로.

그가 케세이 호텔을 돌아 와이탄으로 나오는 길이었다. 많은 사람이 노을을 등진 채 모여있었다. 호기심이 발동했다. 직업병이었다. 그는 사람들에게로 걸어갔다. 사람들은 둥글게 원을 그리고 서 있었다. 그는 사람들 사이로 비집고 들어갔다. 사람들의 시선이 일제히 원 중앙에 누워있는 한 남자에게로 향했다. 누워있는 남자의 머리에선 시뻘건 피가 흘러내리고 있었다. 자세히 들여다보니 한국인 같아 보였다.

필립은 조금 더 가까이 다가갔다. 남자의 미간에 석가모니의 백호 같은 검은 구멍이 뚫려 있었다. 구멍은 총알이 지나간 자리란 걸 한눈에 알 수 있었다. 총알이 지나간 자리에선 붉은 피가 흘러나오고 있었다. 엄청난 양의 피는 남자의 머리 주변에 흥건하게 고여 마치 석가모니의 두광 같아 보였다. 무슨 원한을 맺었길래 대낮에 이런 죽임을 당한 걸까.

아무도 믿어선 안 돼

남자의 열린 눈꺼풀 사이로 검은 눈동자가 그를 따라왔다. 헛구역질이 나왔다. 그는 죽은 사람의 눈을 처음 보았다. 마음 같아선 남자의 눈을 감겨 주고 싶었지만, 보는 눈이 많았다. 자칫하다간 범인으로 오해를 살 수도 있었다.

그가 남자의 눈동자를 피해 고개를 돌린 그때, 사람들을 헤치고 한 여자가 걸어왔다. 여자는 그를 지나쳐 남자에게 다가갔다. 그 순간, 스쳐 지나가는 여자의 옆모습을 보았다. 정림이었다. 정림의 눈은 죽은 남자의 눈에 홀린 것처럼 초점이 어긋나 있었다. 정림이 여긴 왜. 상황을 파악하기도 전에 정림은 무릎을 꿇고 남자의 얼굴로 손을 뻗으려 하고 있었다. 필립은 잽싸게 정림의 손을 낚아챘다.

"정림 씨."

"필립 씨."

깜짝 놀란 정림이 고개를 들었다. 그녀는 눈꺼풀을 깜빡였다. 초점이 돌아오고 있었다.

"여긴 웬일이에요?"

"…."

정림은 우물쭈물하며 대답하지 못했다. 그녀는 비밀이 많았다.

필립은 정림의 손을 잡아당겨 일으켜 세웠다. 정림이 순순히 일어났다. 그는 정림의 손을 잡고 그곳을 빠져나와 케세이 호텔 남쪽으로 걸었다. 최대한 사건 현장에서 멀리 떨어져야 한다. 한국인 피살 현장에 한국인이 있어 좋을 게 없었다. 잘못하다간 범인으로 오해받기 딱 좋았다. 걷는 내내 정림은 아무 말이 없었다.

필립은 상해세관 근처에 있는 빌딩으로 들어갔다. 무의식이 이끄는 대로 걷다 보니 어느덧 건물 1층에 있는 레스토랑으로 들어서고 있었다. 그는 레스토랑 제일 안쪽 테이블에 앉았다. 의자에 앉아서야 겨우 정림의 얼굴을 제대로 볼 수 있었다. 그녀의 눈은 여전히 초점이 흩어져 있었다.

"아까 그 남자 누구예요? 한국 사람 같아 보이던데, 아는 사람이에요?"

정림은 고개를 저으며 대답했다.

"기억할지 모르겠는데 한 달 전쯤 석현 동지가 말한 경훈 동지예요."

그는 '경훈'이란 이름을 기억해냈다.

"그런데 왜 저런. 무슨 일이래요?"

"밀정이래요."

"누가요?"

"아까 그 남자요."

그는 정림의 표정이 의미하는 걸 정의 내릴 수 없었다. 혼란과 두려움, 걱정과 불신. 어떤 게 맞는 걸까. 모든 게 뒤 섞인 것 같기도 했다.

필립은 곁눈질로 정림의 얼굴을 살피며 물었다.

"누가 그런 걸까요?"

정림은 손을 바르르 떨었다. 그는 아무것도 못 본 척 물컵을 집었다. 생각을 정리할 시간이 필요했다. 때마침 나온 스테이크를 썰어 정림 앞에 놓아두고 그도 스테이크를 질경질경 씹어 삼켰다. 대체 정림의 반응을 어떻게 해석해야 하는 걸까. 정림은 왜 그곳에 있었으며, 경훈의 얼굴은 또 어떻게 알고 있으며, 왜 자기가 떨고 있는 걸까. 스테이크를 입에 넣으며 정림을 흘끗 봤다. 정림은 먹는 둥 마는 둥 스테이크를 입에 집어넣고 있었다.

"정림 씨."

정림이 반사적으로 고개를 들었다.

"요즘 뭐가 그리 바빠요? 얼굴 보기가 통 힘드네요."

"이것저것. 선생님 심부름을 좀 하고 있어요."

아무도 믿어선 안 돼

정림이 기계처럼 대답했다. 영혼과 분리된 사람처럼 보였다.

"혹시 말이에요. 아까 그 남자."

정림이 눈을 번쩍 떴다.

"그 남자 죽음하고 정림 씨… 아무 관련 없는 거죠?"

"지나가는 길에 총소리가 들려서 가보니 그 죽은 남자 옆에 형섭 동지가 있었어요."

필립은 정림의 얘기 조각으로 퍼즐을 맞췄다.

"며칠 전 사무원 동지들이 아까 그 남자가 밀정이라고 하는 얘기를 엿들었어요. 그런데. 그게. 오늘 이렇게. 남자가. 죽을 줄은."

정림은 울먹이는 목소리를 간신히 가다듬으며 말을 뱉어냈다. 그는 정림의 손을 잡았다.

"알겠어요. 더는 얘기 안 해도 돼요. 우리랑 상관없는 일이잖아요. 정림 씨도 그만 잊어요."

정림을 의심하기엔 확실한 물증이 없었다. 정림이 박판수에게 건넨 사진이 해원이 말한 사진이 맞는지, 맞다 해도 그 사진이 일본에 전달됐으리란 법도 없었다. 조금 전 죽은 남자 옆에 있었던 것도 우연일 수 있었다. 심증만으로 정림을 의심할 순 없었다. 확실해질 때까지 조금 더 지켜보기로 했다.

"걱정하지 말아요. 제가 정림 씨에게 아무 일 없도록 지킬 테니까. 우리 무사히 집으로 돌아가야 하잖아요."

정림은 억지로 미소를 지어 보였다.

"맛있게 먹어요. 정림 씨와 꼭 한번 와보고 싶었어요. 여기가 그렇게 유명하다더라고요."

정림은 그의 말에 대답하듯 스테이크를 먹기 시작했다. 무거운 분위기

속에 식사를 마친 정림은 포크를 내려놓으며 말했다.

"선생님께서 일주일 뒤 저녁 7시에 보자고 하셨어요."

일주일 뒤 해가 저문 저녁, 필립은 우산을 쓰고 골목길을 걸었다. 선생님을 만나러 가는 길이었다. 아침부터 내린 보슬비에 골목은 온통 회색빛으로 물들었다.

사무실 앞에 다다른 그는 우산을 접고 사무실 안으로 들어갔다. 사무실엔 선생님은 보이지 않고, 동규만 자리를 지키고 있었다.

"선생님 안 계시나요?"

동규는 그가 올 거란 걸 알고 있었는지 선생님을 왜 찾느냐고 묻지 않았다.

"신천상리 20호로 가보시오."

불필요한 대화는 나누지 않겠다는 동규의 의지가 확고했다. 필립은 말없이 뒤돌아섰다. 동규가 그에게 왜 그리 박하게 대하는지 알 길이 없지만 짐작할 순 있었다. 누가 봐도 이곳 사람들과는 이질적인 모습의 그가 의심스러웠을 것이다. 단지 그 이유뿐일지는 알 길이 없지만, 그렇다고 물어볼 수도 묻고 싶지도 않았다. 살면서 적을 두지 않을 방법이란 없으니까. 그 적이 나에게 총을 겨누지만 않는다면 적이 있다 한들 어쩔 도리가 없었다.

필립은 좁은 골목을 빠져나간 뒤에야 깨달았다. 이곳은 적에게 총을 겨눌 수 있는 1931년이란 걸. 그는 코트 안주머니를 뒤적였다. 총이 없었다. 해원에게서 받은 총을 두고 나왔다. 익숙하지 않은 물건이라 그에겐 거추장스러운 쇳덩어리에 불과했다.

신천상리는 프랑스 조계지 가장 남쪽 한적한 곳에 있었다. 신천상리 20호로 가는 십여 분 동안 그는 수없이 뒤돌아봤다. 사무실을 나설 때부터 누

아무도 믿어선 안 돼

군가가 쫓아오는 것 같았다. 몇 번이고 뒤를 돌아봤지만, 쫓아오는 이는 보이지 않았다. 빗소리를 발소리로 착각한 걸까. 온 신경이 곤두섰다.

필립은 발걸음을 재촉했다. 눈 깜짝할 새 신천상리 20호에 도착한 그는 호흡을 가다듬으며 계단을 올라갔다. 계단을 오르는 내내 오만 잡생각이 머리를 비집고 들어왔다. 만약 문을 열자마자 총알이 날아온다 해도 주민 등록증도 없는 이곳에선 쥐도 새도 없이 사라지겠지.

그는 조심스레 노크했다. 잠시 후 문이 열리고 장삼을 입은 남자가 문을 열고 나왔다.

"어떻게 왔소?"

그는 남자의 등 뒤로 보이는 집안 곳곳을 훑었다.

"사무실에서 이리로 가라더군요."

필립은 억지로 미소를 지었다. 볼이 파르르 떨려왔다.

"프랑스공원 앞에 가면 러시아인이 운영하는 식당이 있소. 그리로 가보시오."

남자는 사무적인 말투로 말했다.

"그게 답니까?"

그는 미간을 찌푸렸다. 뭔가 심상찮은 일이 벌어지고 있다는 합리적 의심이 스멀스멀 피어올랐다.

"그럼 뭐가 더 있겠소?"

남자는 눈에 힘을 주며 되물었다. 필립은 "아니에요. 실례했습니다."란 말을 남기고 뒤돌아섰다. 더 물어봐야 대답이 나올 것 같지 않았다. 원체 이곳 사람들은 입이 무거운 건지.

그는 불안을 넘어서 점점 화가 나기 시작했다. 도대체 무슨 일이길래 사람을 이리 보내고 저리 보내는 걸까. 혹시 무슨 일을 작당한 건 아니겠지.

문득 지난번 와이탄에서 본 죽은 남자의 얼굴과 그 옆에 있던 정림이 떠올랐다. 가만 생각해보니 선생님께서 찾으신다는 정림의 말에 그가 지금 이곳에 있었다. 설마. 아니겠지. 정림을 믿고 싶었다. 정림이 그를 사지로 안내할 리 없었다.

필립은 다시 발걸음을 재촉했다. 인적이 드문 골목에 그의 발소리가 메아리쳤다. 빠르게 걸으면 걸을수록 어지럽게 뒤엉킨 메아리가 울려 퍼졌다. 문득 발소리가 한사람이 내는 소리가 아니란 생각이 들었다. 그는 발걸음을 멈췄다. 메아리도 멈췄다. 우산 위로 떨어지는 빗방울 소리만 들려왔다. 손이 떨리기 시작했다. 우산이 파르르 떨리는 바람에 우산에 붙어있던 빗방울이 사방으로 튀었다.

필립은 잽싸게 뒤돌아봤다. 고요한 정적이 안개처럼 낮게 깔렸다. 아무것도 보이지 않았다. 불안은 골목을 뒤덮은 안개처럼 그의 시야를 완전히 가려버렸다.

작년 새해 첫날, 필립이 쓴 기사로 대한민국이 떠들썩했다. 최근 2년간 그의 이력에 실종됐던 특종을 낸 것이다. 국회의원 H의 혼외자 보도였다. 이태원 클럽에서 만난 여자가 자신이 거물급 국회의원 H의 혼외자라 떠들어댔다. 처음에는 술김에 하는 헛소리라 여기고 웃어넘겼다. 그런데 술이 들어가면 들어갈수록 여자의 얘기는 점점 더 선명해졌다.

다음 날 아침 곧장 여자를 찾아갔다. 여자의 주장을 뒷받침할 만한 근거도 찾았다. 그는 상부와 상의도 없이 기사를 내버렸다. 특종의 기쁨도 잠시 사생활 파파라치 기사를 냈다는 이유로 H는 사람을 써서 그를 감금하고 협박했다. 물론 그에게 놈들은 한주먹거리도 안됐겠지만, 수적으로 상대가 되지 않았다. 퉁퉁 부은 눈을 겨우 떠서 본 놈들은 열댓 명은 더 되어 보였다.

아무도 믿어선 안 돼

무엇보다 뒤따를 응징이 두려웠다. H는 신문사 내 인사를 좌지우지할 수 있는 권력을 가지고 있었다. 그가 속한 신문사는 H가 속한 정당과 암암리에 고리가 연결되어 있었다. 벌통을 건드린 것이다.

결국, 백기를 든 그는 정치부 기자를 관두고 연예부로 자리를 옮겼다. 자의처럼 보였지만, 타의나 다름없었다. 연예부로 자리를 옮긴 그는 몸에 맞지 않은 옷을 입은 것처럼 좀처럼 적응하지 못했다.

결국, 정치부 기자도 연예부 기자도 아닌 어정쩡한 입장이 돼버렸다. 취재 따윈 일찌감치 내려뒀다. 어느 순간 정신을 차려보니 스타들의 SNS나 들락거리며 글을 퍼 나르고 있었다.

그게 다가 아니었다. 아무것도 보이지 않는 캄캄한 방과 서늘한 공기, 아무것도 보이지 않는 곳에 감금됐던 공포가 불쑥불쑥 그를 찾아와 숨통을 조였다. '번아웃 증후군'에 '공황장애'라는 진단이 추가됐다. 그의 주치의는 추가로 약을 더 처방해주었다.

약에 의지한 채 집에 틀어박혀 살던 어느 날, 책장에 꽂혀있는 사진첩을 발견했다. 그러고 보니 그렇게 좋아하던 여행을 가지 않은 지도 일 년이나 지나 있었다. 그 길로 가방을 싸고 인천공항으로 달려갔다. 여행에서 돌아온 그는 약을 먹지 않아도 될 만큼 증상이 나아졌다. 여행으로 며칠 미뤄진 봄맞이 대청소도 끝냈다. 그 뒤로 일 년은 주말에 한강 변을 걸으며, 때론 알코올을 친구삼아 버텨내고 있었다. 그렇게 불행은 저만치 멀어진 줄 알았다. 방심한 것이다.

그가 정신을 차렸을 땐 지금 이곳, 1931년 상해에 와있었다.

필립은 뻣뻣하게 굳은 몸을 돌려 다시 걷기 시작했다. 발소리가 점점 가까워져 오고 있었다. 습한 공기에 숨이 목구멍에 턱하고 걸린 기분이 들었다. 온몸이 끈적하게 젖다 못해 등에선 땀이 흘러내렸다. 서서히 그를 점령한 불안은 늪에 빠진 것처럼 다리를 붙들어 맸다.

그때였다. 어둠 속에서 검은 손이 뻗어 나왔다. 검은 손은 먹잇감을 낚아채듯 잽싸게 그의 어깨를 덥석 잡았다. 그는 쭈뼛쭈뼛 뒤로 돌아섰다. 낯익은 눈동자와 눈이 마주쳤다. 해원이었다. 그는 안도의 한숨을 내쉬며 물었다.

"무슨 일이에요?"

"아까부터 쫓아왔습니다."

해원의 눈에 걱정이 어려있었다. 해원에게서 한 번도 본 적 없는 눈이었다. 좀처럼 감정을 드러내지 않는 사람이었다. 오죽하면 AI인가 싶었을까.

"큰길에서부터 사내 두 명이 당신을 미행하고 있었습니다. 수상쩍어 보여서 뒤쫓았는데 이곳까지 당신을 쫓아오더군요. 다행히 제가 뒤쫓는 걸 알아채고 줄행랑을 치긴 했지만."

"사내 두 명이요?"

"혹시 요 며칠, 당신을 미행하는 사람 없었나요? 아니면, 누굴 만났다거나 한 건?"

필립은 한 손으로 턱을 문질렀다. 생각해볼 것도 없이 여기 와서 만난 사람은 많았다. 일일이 다 나열하기 힘들 정도로.

"당분간 조심하셔야겠습니다. 어쩌면 여긴 당신이 생각하는 것보다 더 위험한 곳일지도 모릅니다."

그는 고개를 끄덕였다.

"제가 드린 총을 항상 들고 다니세요. 당신을 지켜줄 겁니다. 그 사내들이 누군지는 제가 한번 알아보겠습니다. 누가 당신을 노리고 있는 건지요."

그는 해원의 얼굴을 넌지시 바라봤다. 새로 알게 된 사실이 하나 더 추가됐다. 해원은 그저 평범한 인간이었다.

아무도 믿어선 안 돼

"저의 도움이 필요하면 언제든지 말씀하세요. 당신의 일이라면, 무슨 일이든 기꺼이 도울 테니."

해원은 마지막 말을 남기고 뒤돌아섰다. 필립은 멀어져가는 해원의 뒷모습을 멍하니 바라봤다. 새롭게 알게 된 또 한 가지 사실을 덧붙이자면, 악역인 줄 알았던 해원은 선역이었다. 영화를 너무 많이 봤던 걸까. 아니면 낯선 곳에 와서 너무 예민했던 걸까. 신이 그를 이곳에 데려다 놓을 때 극한상황만 준비한 건 아닐 터였다. 영화에서도 주인공 옆에는 주인공을 돕는 자가 늘 존재하지 않는가.

해원이 떠나고, 필립은 시나리오를 재검토했다. 러시아식당에도 선생님이 계시지 않을 수도 있었다. 물론 그런 일은 벌어지지 않길 바랐다. 정림에게 배신당하는 일은 없어야 한다. 그녀를 믿는 마음이 부서지지 않길 바랐다. 그녀는 절대 그런 사람이 되어서는 안 되었다.

머릿속으로 시나리오를 정리하다 보니 어느새 프랑스공원에 다다랐다. 프랑스공원 맞은편에 러시아 국기가 걸린 식당이 보였다.

필립은 식당 문을 열고 안으로 들어갔다. 부부로 보이는 러시아인 남녀가 그를 맞았다. 입구에 멈춰 선 그는 손님 하나 없이 한산한 식당을 둘러봤다. 식당 제일 구석에 낯익은 얼굴이 보였다. 다행히도 선생님이 그를 기다리고 있었다. 그는 비에 젖은 옷을 털어내며 선생님에게로 걸어갔다.

"어서 오게."

선생님은 입가에 옅은 미소를 머금고 그를 반겼다.

"갑자기 오라 그래서 놀라지 않았소?"

"놀라긴요. 선생님께서 부르시면 달려오려고 대기하고 있었습니다."

그의 능청스러운 말에 선생님은 너털웃음을 터뜨렸다. 필립은 마음속으로 안도의 한숨을 내쉬었다. 선생님의 밝은 표정에 어떤 일도 벌어지지 않을 거란 확신이 들었다.

선생님과 웃으며 대화를 나누는 사이 종업원이 두 사람이 앞에 음식을 내려놓았다. 러시아 요리에서 풍겨오는 내음이 두 사람의 대화를 잠시 갈라놓았다. 두 사람은 말없이 허기를 채웠다.

필립은 음식을 먹다 말고 곁눈질로 선생님을 보았다. 선생님의 얼굴엔 그새 웃음기가 가시고 근심이 가득 차 있었다. 그는 선생님의 술잔에 술을 따르며 물었다.

"무슨 일 있으세요?"

선생님은 한참을 뜸 들였다. 뜸 들이는 시간이 길어질수록 그의 불안도 더해졌다. 필립은 시나리오를 다시 펼쳤다. 선생님의 따뜻한 반응에 방심했던 걸까. 그는 선생님의 손으로 시선을 옮겼다. 선생님은 소매 안으로 왼손을 집어넣은 채 아무 말씀도 하지 않았다. 소매에 권총을 숨겨둔 건 아닐까. 그렇다면 이렇게 뜸을 들이시는 건 마지막까지 심사숙고하거나 망설이는 것 둘 중 하나였다. 입이 바짝 말라왔다. 그는 물컵에 물을 가득 부어 벌컥벌컥 들이켰다.

그때, 선생님이 포크를 내려놓으며 말했다.

"오늘 자네를 오라고 한 건, 계획한 일을 치를 때가 왔네."

하마터면 입안에 머금은 물을 뿜을 뻔했다. 그가 마신 건 물인데, 술을 마신 것처럼 눈앞이 아득해졌다.

"모든 준비를 마쳤네. 12월 24일에 고베로 가는 우편선이 있는데 그 배를 타고 일본에 가는 게 어떻겠나."

입이 떨어지지 않았다. 올 것 같지 않았던, 그저 남 일 같기만 한 일이 눈앞에 닥쳤다. 거기다 12월 24일이라면, 시간도 촉박했다. 시간이 보름밖에 남지 않았다. 그는 술을 연달아 벌컥벌컥 들이켰다. 꿈인지, 현실인지 경계

아무도 믿어선 안 돼

가 흐릿해진 기분이 들었다.

"지금도 늦지 않았네. 자네가 한 말을 후회하나? 지금이라도 포기할 텐가?"

필립은 느릿느릿 고개를 저었다. 물러설 곳이 보이지 않았다. 신이 무슨 의도로 이런 상황에 그를 데려다 놓은 건지 알 수 없지만, 과거로 와서 처음 마주한 장면이 의미 없는 징면은 아닐 터였다. 어쩌면 선생님과 약속한, 일왕을 처단하는 일이 집으로 돌아가는 것과 관련이 있지도 몰랐다. 그렇다면, 그 일이 뭐가 됐든 그로선 해야 했다. 무엇보다 사나이 체면에 포기한다고 말하는 건 스스로 용납할 수 없는 일이었다.

"선생님을 만나 뵙게 된 건 제 인생에 크나큰 영광입니다. 한편으로는 두렵기도 하고요."

"뭐가 두렵나?"

"어쩌다 보니 선생님 같은 위인을 만났지만, 전 위인이 될만한 인물이 못 됩니다. 과연 제가 막중한 임무를 잘해낼 수 있을까요?"

선생님은 어떤 말도 하지 않았다. 생각에 잠긴 눈치였다. 선생님은 술잔을 두 번이나 더 비우고 나서야 입을 열었다.

"자네도 알겠지만, 밀정에서 독립운동가로, 독립운동가에서 밀정으로 하루아침에 바뀌는 걸 수없이 봐온 터라 늘 사람을 경계한다네. 허나, 나는 자네를 믿네."

"왜 저를 믿어주시는 건가요?"

"자네가 처음 나를 찾아왔던 날, 그날 난 적잖은 충격을 받았네."

필립은 모르는 자신의 모습이었다. 그가 과거로 오기 전의 일이었다.

"독립운동을 하겠다고 찾아온 자네에게 독립을 위해 무엇을 할 수 있겠냐고 물었지. 그때 자네가 한 말 기억하는가?"

그는 대답하지 못하고 눈만 끔뻑거렸다.

"일왕을 죽이겠다고 당차게 말하던 자네를 보고 적잖은 충격을 받았네. 자네 눈빛에서 진심을 읽었거든. 자네의 용기 있는 모습을 잊지 않겠네."

필립은 입은 꾹 다문 채 코로 숨을 내뱉었다. 대체 그가 과거로 끌려오기 전, 선생님과 만난 필립은 누구란 말인가. 그는 왜 이렇게 무모한 일을 하려고 한 걸까. 원망해봐야 이미 늦었다. 상황을 돌이키기엔 너무 멀리 와버렸다.

"걱정하지 마세요. 제가 술 마시고 노는 걸 좋아하기는 하지만, 해서는 안 될 일을 하는 못난 놈은 아닙니다."

"쉽지 않은 결정을 했네. 오 군의 의로운 거사가 대한민국 광복에 한 줄기 빛이 될 걸세."

필립은 한 글자 한 글자 힘주어 말했다.

"꼭. 성공해서. 돌아오겠습니다."

"자네가 다시 돌아온다면 난 더할 나위 없겠네."

무거운 책임감을 느꼈다. 살면서 느껴본 적 없는 감정이었다. 그의 손에 대한민국 미래가 달려있었다. 선생님은 그늘진 그의 얼굴을 살피며 말했다.

"너무 걱정하지는 말게. 자네 혼자 보내지는 않을 걸세. 거사를 함께할 동지가 같이 갈 걸세."

"동지요?"

"이번 거사를 함께할 적임자가 있어서 미리 말해두었네. 동경으로 떠나기 전, 인사시켜 줄 터이니 그리 알고 있게."

나흘 뒤, 필립은 사진관을 찾았다. 동경으로 떠나기 전 확실히 해둘 게 있었다. 그는 선생님을 만난 이후 생각이 많아졌다. 해원은 해원대로 세 가

아무도 믿어선 안 돼

지 임무를 하라고 하고, 선생님은 선생님대로 동경에 가서 일왕에게 폭탄을 던지라고 했다. 벼랑 끝에 선 그는 썩은 동아줄이라도 잡는 것 말고는 달리 방법이 없었다. 결국, 고민 끝에 두 가지 모두 하기로 했다. 선생님은 그가 과거로 와서 처음 만난 사람이라면, 해원은 그가 미래에서 온 사람이란 걸 아는 유일한 사람이었다. 게다가 지난밤, 해원은 그에게 도움의 손길을 내밀었었다.

사진관에 들어서자, 마른 수건으로 카메라를 닦던 해원이 그를 맞았다.

"오셨군요."

해원은 여전히 무표정한 얼굴이지만, 처음 만났을 때보다 한결 편하게 느껴졌다. 그가 소파에 앉자, 해원도 따라와 맞은편에 앉았다.

"당신 말고도 제가 시간 여행자라는 걸 아는 사람이 있나요?"

"시간 여행자는 서로를 알아보는 법이죠."

정림 말고도 또 다른 시간 여행자가 있는 걸까.

"저에게 접근한 사람은 당신밖에 없었어요."

"그 말은 당신을 도와줄 사람이 저밖에 없단 얘기기도 하죠."

그는 해원의 말에 점점 빠져들었다.

"당신은 제가 임무에 성공하는지 알고 있나요?"

해원은 고개를 저으며 대답했다.

"모릅니다. 당신이 여기에 온 이상 과거는 달라지고 있습니다. 역사가 바뀌고 있죠. 당신은 이곳에 처음 온 사람이니까요."

"그 말은, 저로 인해 미래가 바뀔 수도 있다는 건가요?"

"물론입니다."

필립은 한 손으로 턱을 괸 채 생각에 빠졌다. 일왕에게 폭탄을 던진다는 건, 아무리 일제강점기라 하더라도 흔히 일어날 수 있는 일이 아닐 것이다.

그 일을 그가 해야 한다는 거고. 해원의 말까지 보태면, 미래를 바꿀 수도 있는 일을 그가 해야 한다는 얘기였다. 어깨에 군용조끼를 걸친 기분이 들었다. 막중한 책임감이 마음 한구석에 자리 잡았다.

"다녀올 데가 있어요. 밀정 처단은 그 이후에 하도록 하죠."

해원의 얼굴이 일그러졌다.

"어딜 가는 거죠?"

"당신이 더 잘 알지 않나요? 제가 과거로 오기 전부터 일왕을 처단하기로 되어있었어요."

"글쎄요. 무슨 말인지 잘."

필립은 손깍지를 끼며 천천히 고개를 끄덕였다. 일왕 처단은 해원은 모르는 일인 듯했다.

"만약에 말이죠. 제가 일왕에게 폭탄을 던져 일본에서 죽게 된다면, 전 어떻게 되는 거죠? 집으로 돌아갈 수 없나요?"

"집으로 돌아가려면, 어떻게든 살아서 돌아와야 합니다."

그는 한숨을 내쉬었다. 쉬운 말을 어렵게 하는 해원의 말을 해석하자면, 일본에서 죽게 된다면 집으로 돌아가지 못한다는 뜻이었다. 과연 살아 돌아올 수 있을까. 놈들의 눈을 피하면서도 일왕에게 폭탄을 던질 방법이 있을까. 필립은 손으로 머리를 헝클어뜨렸다. 점점 더 미궁 속으로 빠져들고 있었다.

"당신이 하려는 일이 가져올 결과에 대해서 저는 책임질 수 없다는 것만 알아두세요. 이쪽저쪽 저울질하다 결국 집으로 돌아갈 기회를 잃을 수도 있습니다."

그는 난감했다. 날 더러 어쩌란 말인가. 그가 과거로 오기 전 이미 하기로 되어있던 일이었다. 사나이 체면에 인제 와서 못하겠다고 할 수는 없었

아무도 믿어선 안 돼

다. 만약 동경으로 건너가되, 폭탄을 던지지 않는다면? 그는 고개를 저었다. 비겁한 행동이었다. 선생님은 거사를 위해 전 세계에 나가 있는 동포들에게 모금 활동을 하며 만반의 준비를 하고 계셨다.

"명심하세요. 이 모든 건 당신이 선택한 일입니다. 길고 긴 여행이 될 겁니다. 시간은 당신을 기다려주지 않는다는 것만 기억하세요. 부디 행운을 빕니다."

결국, 필립은 해원에게 밀정을 알아낼 만한 단서를 얻지 못했다.

그날 저녁, 필립은 프랑스공원에서 정림을 만났다. 일이 생겨 동경엘 다녀와야 한다고 말할 참이었으나, 정림의 얼굴을 보니 차마 발길이 떨어지지 않을 것만 같았다.

"잠시 어딜 좀 다녀와야 할 것 같아요."

'무슨 일인데요? 며칠이나요?' 등의 반응 나올 거라는 예상과는 달리 정림의 반응은 덤덤했다.

"그래서 말인데요. 정림 씨."

필립은 정림의 눈을 바라봤다. 동경으로 떠나기 전, 정림에게 꼭 물어볼 말이 있었다.

"한 달 전, 하비로에 있는 잡화점 앞에서 만난 날 기억해요?"

정림도 그의 눈길을 피하지 않고 고개를 끄덕였다.

"거긴 왜 간 거예요?"

정림의 눈동자가 흔들렸다. 그는 말없이 대답을 기다렸다.

"심부름으로 사진을 전해주러 갔어요."

정림의 입에서 뜻밖의 대답이 튀어나왔다.

"무슨 사진이요?"

"독립운동가들이 모여서 찍은 사진이래요."

단전에서부터 안도의 한숨이 뿜어져 나왔다. 정림을 좋아하지만, 조금은 의심도 했다. 머리로 의심한다고 해서 좋아한다는 감정을 통제할 순 없었다. 이곳에서 밀정이었다 해도 2021년의 정림은 밀정이 아닐 테니까. 하지만 정림이 밀정일지 모른다는 생각을 할 때마다 그는 두려웠다. 진실을 마주하게 될까 봐. 그녀에게 총을 겨눠야 할까 봐.

"그런데 왜 말 안 했어요? 왜 시계 사러 갔다고 거짓말했어요?"

"아무에게도 말하지 말라고 해서요."

"누가요? 누구 심부름이었길래."

"동규 동지요."

어느덧, 동경행이 하루 앞으로 다가왔다. 필립은 동경에 가지고 갈 짐을 꾸릴 트렁크를 사고 돌아가는 길에 앞서 걷는 낯익은 남자를 발견했다. 정림에게 사진 심부름을 시킨, 바로 동규였다. 상해에서 활동하는 독립운동가를 가장 잘 아는 남자. 늘 선생님 곁에서 손과 발이 되어주는 남자. 김동규.

필립은 본능적으로 동규를 뒤쫓아갔다. 동규는 자신을 뒤쫓는 것도 모른 채 갓난아이를 안은 사람처럼 뭔가를 품에 안고서 어디론가 가고 있었다. 주위를 경계하며 걷는 모습이 어딘가 모르게 수상하게 보였다.

골목으로 접어들자 동규의 발걸음이 빨라졌다. 그도 발걸음을 재촉했다. 바로 그때, 갑자기 동규가 발걸음을 멈추고 뒤돌아봤다. 순식간에 일어난 일이었다. 그는 열려있는 문 안으로 재빨리 숨었다. 일순간 주위가 고요해졌다. 들킨 건가. 잠시 뒤, 다시 발소리가 들리기 시작했다. 고개를 빼꼼 내밀었다. 동규가 걷고 있었다. 그는 동규를 놓칠세라 서둘러 뒤쫓아갔다.

동규가 향한 곳은 박판수네 잡화점이었다. 필립은 잡화점 앞에 심어진

아무도 믿어선 안 돼

나무 뒤로 몸을 숨겨 잡화점 안 동태를 살폈다. 동규는 품에서 서류봉투를 꺼내어 박판수에게 건네었다. 그는 숨죽인 채 두 사람을 지켜봤다. 동규는 잡화점 안에서 오래 머물지 않았다. 서류봉투를 건네고 몇 마디 대화가 오간 뒤 잡화점을 나왔다. 동규는 잡화점을 나온 뒤에도 주위를 의식하며 잡화점을 벗어났다.

동규가 떠나고, 필립은 잡화점 안으로 들어갔다. 박판수가 물건을 정리하고 있었다.

"오랜만이오. 이곳엔 웬일이오?"

박판수는 그를 기억하고 있었다.

"성냥 있나요?"

박판수는 주머니에 쏙 들어갈 만한 크기의 성냥갑을 내밀었다. 그는 지갑에서 지폐를 꺼내어 내밀었다.

"거스름돈 가져올 터이니 잠시 기다리시오."

박판수가 가게 안쪽으로 사라지자, 그는 가게 안을 빙 훑었다. 동규가 두고 간 서류봉투는 어디에도 보이지 않았다.

그때였다. 팔자 모양으로 콧수염을 기른 남자가 가게 안으로 들어왔다. 필립을 발견한 남자는 쓰고 있던 베레모를 깊게 눌러썼다. 때마침, 박판수가 거스름돈을 들고나오다 남자와 마주쳤다. 두 사람은 눈빛을 주고받더니, 남자가 일본말로 말했다.

"준비한 것 주시오."

두 사람은 그가 일본말을 모르리라 생각한 모양이었다. 박판수는 남자에게 뭔가를 내밀었다. 필립은 물건을 구경하는 척하며 힐끔 돌아봤다. 박판수가 건넨 건 동규가 주고 간 서류봉투였다. 그리고 서류봉투 위엔 낯익은 사진도 있었다. 사진과 서류봉투를 받아든 남자는 아무 말 없이 가게를 나가버렸다. 그 순간, 필립은 박판수의 얼굴이 일그러지는 걸 보았다. 웃는 것도 아닌 우는 것도 아닌, 알 수 없는 표정이었다.

"기다리게 해서 미안하오."

박판수가 거스름돈을 내밀었다. 거스름돈을 건네받으며 그는 박판수의 눈을 뚫어지게 응시했다.

'당신 뭐야. 당신, 밀정인 거야? 그런 거야?'

"또 필요한 게 있소?"

"아뇨."

필립은 잡화점을 나왔다. 가슴 깊은 곳에 박혀있던, 이름을 알 수 없는 감정이 들불처럼 타올랐다. 그는 용암처럼 솟구치는 감정을 주체하지 못하고 길가에 세워진 택시에 올라탔다. 가슴 속 들불을 잠재울 알코올이 필요했다.

"이클립스 호텔이요."

그는 창문을 내렸다. 습한 공기가 차 안으로 밀려 들어왔다. 숨이 차올랐다. 가슴이 터져버릴 것만 같았다. 펑 하고 터져버리기 일보 직전, 택시는 호텔 앞에 멈춰 섰다.

택시에서 내린 그는 루나틱 재즈바로 들어갔다. 다나카를 만나려던 건 아닌데 공교롭게도 다나카가 누군가와 이야기를 나누고 있었다. 필립은 다나카에게 머물던 시선을 거두고 다른 테이블로 걸어갔다.

그때, 그를 발견한 다나카가 손을 들었다.

"야키야마상."

필립은 애써 미소 지으며 돌아봤다. 다나카가 손짓하고 있었다. 다나카에게 다가가자 그와 얘기를 나누던 남자가 일어났다. 남자는 다나카에게 고개를 꾸벅 숙여 인사한 뒤 사라졌다. 짧은 순간 그는 남자가 쓰고 있는 베

아무도 믿어선 안 돼

레모, 팔자 수염을 보았다. 조금 전 박판수네 잡화점에서 만난 일본 남자였다. 뒤이어 다나카 앞에 놓인 서류봉투와 사진도 발견했다. 꺼져가던 들불이 다시 타오르기 시작했다.

필립은 베레모를 쓴 남자를 돌아보며 능청스럽게 말했다.

"일행이 있는 것 같은데 저 때문에 자리를 피해 준 거 아닌가요?"

"일행은요. 그저 심부름꾼일 뿐입니다."

필립은 서류와 사진을 눈으로 가리키며 물었다.

"심부름꾼이 중요한 걸 가져다줬나 보군요."

"그거 아십니까? 조선년놈들을 개처럼 부리는 일 말입니다."

다나카가 기분 나쁜 미소를 지었다.

"조선놈들에겐 지조나 충성심 따윈 없습니다. 오직 자신의 안위를 위해서라면 기꺼이 개돼지가 되는 것도 불사하는 민족이지요."

다나카가 개 울음소리를 흉내 냈다. 필립은 애써 미소를 지었지만, 양 볼이 파르르 떨려왔다.

"꽤 흥미롭네요. 그래서 다나카의 개돼지는 누군가요?"

다나카의 눈빛이 날카롭게 반짝였다.

"제가 아주 잘 숨겨뒀습니다. 알려지면 충성스러운 개를 잃을 수가 있어서."

"그렇군요. 개가 한 마리가 아닌가 봅니다."

필립은 다나카의 눈을 보며 말했다.

'자, 어서 말해. 너의 진짜 개는 누구야.'

"저는 충성스러운 개 한 마리만 키웁니다. 개가 먹이를 물어 풀숲에 잘 숨겨두면 제 고양이가 가서 먹이를 가지고 오지요."

개는 동규고, 풀숲은 박판수, 조금 전 남자는 고양이란 얘긴 걸까.

"개가 물어다 주는 먹이는 다나카에게 꽤 중요하겠군요."

"그럼요. 그 개가 조선인의 동태를 살피고, 쥐새끼들의 중요한 정보를 넘겨주거든요."

"오, 중요한 정보라. 궁금하네요. 그 중요한 정보라는 게 뭔지."

취기가 오른 다나카는 재밌는 게임이라도 되는 양, 탁자 위에 놓인 사진을 내밀었다.

"이게 뭔가요?"

필립은 사진을 유심히 봤다. 역시나 사진관 앞에서 동규가 떨어뜨린, 정림이 박판수에게 건네준 사진과 같은 사진이었다.

"독립운동인지 뭔지 하겠다며 설쳐대는 놈들의 얼굴입니다. 아주 생쥐 같은 놈들이지요."

그는 입을 굳게 다물었다. 목울대가 울렁거렸다. 술잔 대신 물잔을 잡은 그의 손이 떨려왔다.

"멍청한 조선인들은 절대 대일본제국을 이길 수 없을 겁니다."

다나카가 큰소리로 웃었다. 그는 물을 벌컥벌컥 들이켰다. 그 모습을 본 다나카가 술병을 들며 말했다.

"한잔하시죠."

"아닙니다. 오늘은 술을 마시지 않는 게 좋겠네요."

필립은 사양했다. 그때, 다나카가 말했다.

"내일 동경으로 돌아간다고 들었습니다."

그는 흠칫 놀랐다. 다나카에게 동경으로 간다 말한 적이 있었던가. 기억나지 않았다. 다나카를 만날 때면 늘 술에 취해있었기에.

"왜 벌써 동경으로 돌아가려는 겁니까? 무슨 일이라도 있습니까?"

"이곳 생활도 좀 지겹고 해서. 집으로 돌아가야죠."

아무도 믿어선 안 돼

고개를 끄덕이는 다나카의 입꼬리가 씰룩거렸다.

"부탁 하나 해도 되겠습니까?"

필립은 대답 대신 눈을 치켜떴다.

"급히 편지를 전달할 게 있는데 마침 동경엘 간다고 하니 좀 전해줄 수 있겠습니까?"

그는 미지못해 고개를 끄덕였다.

"내일 편지를 줄 터이니 가는 길에 영사관에 들려주시죠."

"그러죠."

필립은 다나카가 술 한 병을 모두 비우는 걸 지켜본 뒤에야 자리에서 일어났다.

"오늘은 이만 가봐야겠습니다."

재즈바에서 나오자 숨이 목구멍에서 턱하고 막혀버렸다. 불끈 쥔 주먹이 떨려왔다. 필립은 당장에라도 사무실로 달려가 동규의 머리통을 박살 내고 싶은 충동을 느꼈다. 폭풍이 몰아치는 정신을 부여잡고 한 발짝 한 발짝 앞으로 내디뎠다. 발이 제멋대로 움직였다. 그의 발은 그를 사무실 앞에 데려다 놨다.

사무실 앞에 멈춰 선 그가 서성거리며 주머니 속 권총을 만지작거릴 때였다. 어깨 위로 손이 뻗쳐왔다. 소스라치게 놀라 뒤돌아보자 선생님이 서 있었다. 그는 슬며시 총에서 손을 뗐다.

"자네가 여긴 웬일인가. 약속장소는 신천상리 20호라 한 것 같은데."

그제야 오늘 저녁 선생님과 만나기로 한 게 생각났다.

"먼저 가 있게나. 곧 뒤따라 가겠네."

까맣게 잊고 있던 사실이 있었다. 그는 내일, 고베행 배를 타야 한다.

필립은 신천상리 20호로 갔다. 신천상리 20호에는 지난번에 만난 남자가 그를 기다리고 있었다.

"들어오시오."

그는 남자의 안내를 받아 거실 겸 방처럼 보이는 곳으로 들어갔다. 거실 중앙에 놓인 원탁에는 네 개의 의자가 놓여있었다. 한쪽 벽에는 태극기가 걸려있었다.

"앉아서 기다리시오."

그는 의자에 앉아 태극기를 뚫어지게 쳐다봤다. 태극기를 유심히 본 건 오랜만이었다. 초등학생 때 학교에서 그려본 게 마지막이려나. 차를 내오던 남자가 그의 앞에 멈춰 서서 그와 태극기를 번갈아 봤다. 고개를 돌리자 남자는 차를 내려놓았다.

때맞춰 문이 열리는 소리가 들렸다. 선생님이었다. 필립은 자리에서 일어났다. 선생님 뒤로 정림이 따라 들어오고 있었다. 그는 눈썹을 찌푸렸다. 정림이 여길 왜.

"앉게나."

선생님이 의자에 앉자 필립과 정림도 따라서 앉았다. 그는 정림에게 눈으로 물었다.

'여긴 웬일이에요.'

궁금증은 곧바로 해결됐다. 선생님이 정림을 소개했다.

"여긴, 정정림이라고 지난번에 말했던, 자네와 함께 동경엘 갈 동지일세."

숨이 턱하고 막혔다. 잘못 들었겠지. 그럴 리가 없어. 필립은 고개를 저었다. 위험한 곳에 정림과 함께 갈 수 없었다.

"왜. 싫은가?"

아무도 믿어선 안 돼

"아, 아니. 그게. 저."

그의 마음처럼 말이 더듬더듬 튀어나왔다.

"자네와 함께 거사를 치를 충분한 능력이 있는 동지네. 믿고 함께 가는 게 좋겠네."

이번만큼은 쉽게 대답할 수 없었다. 머릿속에서 여러 가지 생각과 감정이 충돌했다. 일왕에게 폭탄을 던진다면, 모르긴 몰라도 그 이후 상황이 순탄치만은 않을 것이다. 그런 위험한 곳에 정림을 데려가고 싶진 않았다. 정림과 함께 동경에 함께 간다면, 신경 쓰일 수밖에 없을 테고 그렇게 되면 두 사람 모두 위험에 빠질지도 몰랐다. 그로선 혼자 가는 게 최선이었다.

"두 사람이 부부로 위장해서 동경에 간다면, 검문을 피할 수 있을 걸세."

필립은 정림을 힐끔 쳐다봤다. 정림은 잠자코 듣고만 있었다.

그때, 선생님이 상자를 내밀었다.

"폭탄일세."

그는 떨리는 두 손으로 상자를 그의 앞으로 당겼다.

"폭탄은 딱 두 발이네. 사용법은 정림이가 배워왔으니 정림이에게 물어보면 될 걸세."

"어떻게 들고 갈까요? 폭탄을 들고 배에 타는 건 쉽지 않을 텐데요."

옆에서 조용히 듣고만 있던 정림이 처음으로 입을 열었다.

"저에게 맡겨주세요."

"좋은 생각이라도 있는 게냐?"

"기모노를 준비해뒀어요. 오비에 숨겨두면 몸수색을 하더라도 발견하기 쉽지 않을 거예요."

"그래. 좋은 생각이구나."

선생님이 흐뭇한 얼굴을 정림을 바라봤다.

"내일이면 떠나야 하는데 기분이 어떤가?"

필립은 실감 나지 않았다. 비장함도, 두려움도, 그 어떤 감정도 느끼지 못했다. 그와는 달리 선생님의 얼굴은 어두웠다. 선생님은 그와 눈도 제대로 마주치질 못했다.

"대한민국 역사에 중요한 일을 맡게 되어서 영광입니다."

선생님은 말없이 그의 손을 꼭 잡았다.

"걱정하지 마십시오. 잘 다녀오겠습니다."

"자, 이 영광을 사진으로 기록해봅세."

선생님이 자리에서 일어나 태극기 앞에 섰다. 필립과 정림도 선생님 양옆에 섰다. 차를 내왔던 남자가 세 사람의 모습을 찍었다.

찰칵. 셔터 소리와 함께 플래시가 터졌다.

"다시 만날 날이 있겠는가?"

먼저 자리에 앉은 선생님이 입을 열었다.

"꼭 성공해서 돌아올 겁니다."

"그래. 자네 말처럼 또다시 만날 수만 있다면 좋겠네."

그는 선생님의 표정을 살피며 '성공해서 돌아오면 집으로 돌아갈 수 있는 거죠.' 하고 눈으로 물었지만, 선생님은 미동도 없었다.

"자네가 위대한 일을 하고자 떠나는데 아쉽게도 배웅을 나갈 수가 없다네. 내가 불조계를 벗어날 수 없다는 걸 이해해주게."

"괜찮습니다. 잘 다녀오겠습니다."

필립은 따뜻한 차를 마시면 긴장을 녹였다.

"선생님은 대한민국이 광복되면 뭘 하고 싶습니까?"

"그날이 오면…."

선생님은 목이 멘 듯 말을 잇지 못했다. 방 안에 적막이 흘렀다. 선생님

아무도 믿어선 안 돼

은 끝내 답하지 못하고 자리에서 일어났다. 다녀오겠다는 그의 말이 못내 마음에 걸렸는지 뒤돌아서서 그의 어깨를 무심히 툭툭 두드리고는 나가버렸다.

필립은 끝내 선생님께 '동규 동지, 밀정입니다. 조심하십시오.'라는 말을 내뱉지 못했다. 어쩌면 말하지 않은 게 더 나을지도 모른다. 믿었던 사람의 배신보다 고통스러운 건 없으니까. 선생님이 눈치채지 못하게 그가 동규를 죽여버리면 될 일이었다.

신천상리 20호에서 나온 필립은 정림과 프랑스공원을 걸었다. 그는 정림의 손을 그의 코트 주머니에 집어넣으며 물었다.

"어떻게 된 일이에요?"

지난번, 선생님이 서류봉투를 서랍장에 넣은 뒤 정림에게 다가와 물었다.

"지난번 부탁한 일은 알아보았냐?"

정림은 대답하지 못하고 눈만 끔뻑였다.

"필립 말이다."

그녀는 어떤 말도 할 수 없었다. '그 사람 시간 여행자예요. 독립운동에는 관심 없는 사람이에요.' 할 수 없었다. 물론, 그렇다고 해도 나쁜 사람은 아니었다. 정림이 생각할 수 있는 범주에선 독립운동과 사람의 됨됨이는 별개였다. 필립은 겉으론 가볍고, 무심한 듯 보여도 늘 다른 사람을 배려하고 티 나지 않게 챙기는 사람이었다. 한마디로 좋은 사람이었다. 선생님은 정림의 대답을 기다리는 대신 먼저 말했다.

"술도 좋아하고 놀기만 좋아하는 것처럼 보이기는 하나, 진실한 사람 같구나."

사실 필립이 좋은 사람이기는 하나, 그녀는 필립을 완전히 믿지는 못했다. 뭔지는 모르지만, 필립은 뭔가를 숨기고 있었다. 그래서인지 진실한 사람이란 말에는 동의할 수 없었다.

"오 군이 일왕을 죽이겠다며 나를 찾아왔었다."

"네?"

너무 놀란 나머지 고함이 튀어나왔다.

"그동안 지켜보니 헛말은 아닌 거 같더구나. 그간 나는 나대로 준비를 해오고 있었는데, 이제 때가 온 것 같다."

혼란이 물밀 듯 밀려왔다. 선생님이 무슨 말씀을 하시는 건지, 도통 알아들을 수가 없었다. 자신이 알고 있는 그 '오필립'을 말하는 건지, 아니면 다른 '오필립' 있는 건지. 적어도 정림이 아는 '오필립'이라면, 일왕을 죽이겠다는 얘기를 했을 리 없었다.

"내가 너에게 이 얘길 하는 건⋯."

무슨 말씀을 하시려는 건지 선생님은 한참을 뜸 들였다.

"네가 나를 도와줘야겠구나. 아니, 오 군을 말이다."

선생님의 말씀을 이해하는 데는 꽤 오랜 시간이 걸렸다.

"일왕을 처단하려면 동경으로 가야 하는데 혼자 가는 것보다 너와 함께 부부로 위장해서 간다면 왜놈 눈을 피할 수 있지 않겠느냐."

정림은 잠자코 듣고만 있었다.

"더구나 오 군이 왜놈의 말에 능하니 왜놈을 속이는 게 한결 수월할 것 같은데. 네 생각은 어떠냐?"

정림은 오랜 고민 끝에 대답했다.

"같이 가겠습니다."

짧은 순간 정림은 판단했다. 필립이 일왕을 처단하겠다 했을 리 없다. 집

아무도 믿어선 안 돼

으로 돌아갈 방법을 찾아 돌아가야 할 그가 그렇게 위험한 일을 하겠다고 한 데는 분명히 뭔가 이유가 있을 것이다. 2021년으로 돌아가는 방법과 관련됐다거나.

"이 얘기는 당분간 모른 척하거라. 오 군에게도 입단속 시켰으니 너도 아는 체하지 않는 게 좋겠다."

그동안 필립이 숨긴 건 '일왕 처단'이었을까. 그렇다면 그는 왜 여태 말하지 않았던 걸까. 아마도 선생님의 입단속 때문이었을 것이다.

정림의 얘기를 잠자코 듣고만 있던 필립이 물었다.

"어떻게 같이 갈 생각을 했어요?"

정림은 히죽 웃으며 말했다.

"필립 씨는 없지만 그나마 안전한 상해냐, 필립 씨가 옆에 있지만 위험한 동경이냐 중에서 필립 씨 옆에 있는 걸 선택한 거죠."

정림의 마음은 알다가도 모르겠다. 어떤 게 진짜 그녀의 마음인 걸까.

뭐 어쨌든, "저랑 함께 있고 싶단 말인 거죠?"

정림의 붉게 물든 뺨에 미소가 떠올랐다.

"지금부터 준비하면 꼭 거사에 성공할 수 있을 거예요. 그리고 꼭 다시 상해로 돌아올 거고요."

정림은 가방에서 무언가를 꺼내어 내밀었다.

"이게 뭐예요?"

"여권이요."

정림이 그동안 어딜 그렇게 바쁘게 다니나 했더니 거사 준비를 하고 있었던 거였다. 그를 감쪽같이 속이고 말이다.

"어떻게 된 거예요?"

"위조여권이에요. 수소문해서 위조여권 만드는 곳에서 만들었어요."

정림이 건넨 여권에는 아키히로 하야시. 나미코 하야시라 각각 적혀있었다. 무엇보다 눈길을 끈 건 일본에서 발행된 여권이었다.

"일본 여권이네요."

필립은 여권에서 눈을 떼지 못했다. 그의 신분을 증명해주는 여권이, 일본 발행 여권이라니. 왠지 씁쓸한 기분이 들었다.

"이곳 사람들 말이죠. 주민등록증도 없이 대한민국 국민인 걸 어떻게 알죠? 조선인, 대한제국인, 대한민국인, 황국신민. 뭐가 맞는 거죠?"

"대한민국 국민이 맞겠죠. 대한민국 헌법 전문을 보면 삼일운동으로 1910년 4월 11일에 건립된 대한민국임시정부의 법통을 이어받았다고 명시되어 있거든요. 그리고 황국신민이란 말은 만주사변 이후에 한국인을 일왕의 신민으로 만들어서 우리 민족정신을 말살시키려고 사용한 말이에요. 앞으로 있을 전쟁에 마음대로 동원하려고 말이죠."

그는 턱을 쓰다듬으며 말했다.

"일본은 생각보다 더 악랄했네요."

귀가 뜨거워졌다. 대한민국을 잘 안다고 생각했었는데, 지금 보니 아는 게 하나도 없었다. 그때, 정림이 조심스레 말했다.

"동규 동지, 내일 새벽에 떠난대요."

무언가에 뒤통수를 얻어맞은 것처럼 얼얼했다.

"어디로 간다던가요?"

"글쎄요. 워낙 비밀이 많은 곳이라. 기차를 타고 간다는 걸 보면 멀리 가나 봐요."

필립은 생각에 잠겼다. 그가 동경에서 돌아왔을 때 동규가 없다는 얘기였다. 그렇다면, 밀정 동규를 죽이려면 내일 새벽 말고는 기회가 없었다.

아직 으스름달이 떠 있는 이른 새벽, 필립은 방을 나섰다. 그는 밤새 총을 쏘는 장면을 머릿속으로 되뇌며 뜬눈으로 밤을 지새웠다. 삼십 평생 살면서 상상도 해본 적 없던 일, 누군가를 향해 총을 쏴야 하는 일을 실행할 때가 온 것이다. 훈련과 실전은 달랐다. 실전에서 실수는 책임이 뒤따라야 한다. 책임은 집으로 돌아갈 기회를 잃을지도 모른다는 사실이었다. 기회는 오늘밖에 없었다.

필립은 골목 모퉁이를 돌아 멈춰 섰다. 사무실이 보였다. 사무실 문은 굳게 닫혀있었다. 모두가 잠든 새벽, 골목엔 고요한 정적이 감돌았다. 간간이 지나가는 사람이 있기는 했으나 사방이 캄캄한 탓에 얼굴은 알아볼 수 없었다. 그나마 가로등 아래를 지날 때라야만 누군지 겨우 알아볼 수 있었다.

잠시 뒤 한 남자가 사무실 문을 열고 나왔다. 그는 남자를 뒤쫓아갔다. 발소리가 나지 않게 발에 힘을 빼고, 놓치지 않게 빠른 걸음으로. 남자는 좁을 골목에서 벗어나 플라타너스 가로수길로 빠져나갔다. 그가 부리나케 뒤쫓아 갔을 땐, 남자가 첫 번째 가로등을 지나고 있었다. 가로등 불빛에 비친 남자는 예상대로 동규였다. 정림의 말이 맞았다.

가로등에 가까워지자 그는 고개를 숙였다. 온 신경이 동규의 발끝에 향했다. 동규는 프랑스공원으로 걸어갔다. 그가 어젯밤 미리 답사한 곳이었다. 주택가에서 멀리 떨어진 곳이면서, 경찰이 달려오기에도 먼 곳.

드디어 때가 왔다. 이젠 도망갈 수도, 지체할 수도 없다. 필립은 나무 뒤에 숨어 차갑게 얼어붙은 총을 꺼냈다. 가슴에서 시작된 진동이 손끝까지 이어졌다. 그는 총에 총알을 넣고 장전을 마쳤다. 총알 세 발에 모든 게 달려있었다. 숨을 고르며 적당한 때가 오기를 기다렸다. 떨리던 손이 진정되어 갔다. 동규는 아무것도 눈치채지 못한 채 앞으로 걸어가고 있었다.

필립은 동규의 뒤통수에 총을 겨누었다. 손이 파르르 떨리는 바람에 동규의 머리가 자꾸 총구를 벗어났다. 그사이 동규는 조금 전보다 조금 더 멀어졌다. 그는 두 손으로 총을 잡고서 동규의 뒤통수를 조준했다.

'절대 실패하면 안 돼. 오필립.'

심호흡을 마친 그는 방아쇠를 당겼다. 연이어 두 발의 총성이 허공에 메아리쳤다. 외마디의 비명을 내지르며 쓰러진 건 필립이었다. 그는 왼팔을 붙잡고 무릎을 꿇었다. 절절 끓는 가마에 팔을 집어넣은 것처럼 팔이 불타고 있었다. 얼굴이 터져버릴 듯 화끈거렸다.

필립은 거친 숨을 몰아쉬며 힘겹게 고개를 들었다. 동규 역시 고통스러워하고 있었다. 아파할 겨를도 없이 그는 오른손을 들었다. 동규가 그에게 총을 겨누고 있었다. 그는 다시 한 번 방아쇠를 당겼다. 이번에는 세 발의 총성이 울렸다. 동규가 쏜 총알이 그의 모자를 뚫고 지나갔다. 간발의 차였다. 하마터면 머리통이 날아갈 뻔했다. 고개를 들자 동규가 바닥에 고꾸라져 있었다.

필립은 숨죽여 동규를 관찰했다. 동규는 꿈쩍도 하지 않았다. 동규의 오른쪽 가슴과 왼쪽 허벅지에서 흘러내린 피로 바닥이 붉게 물들고 있었다. 죽은 걸까. 동규에게 다가갔다. 모든 일은 깔끔하게 처리해야 한다. 여지를 남겨선 안 된다. 그 여지가 부메랑이 되어 돌아올지도 모르니까.

그때였다. 어둠을 뚫고 누군가가 뛰어왔다. 예상치 못한 전개였다. 필립은 총을 들어 정체를 알 수 없는 누군가를 향해 조준했다. 이제 남은 총알은 단 한 발뿐이었다. 한발로 끝내지 못한다면 위험해질 수 있었다. 그 어느 때보다 신중하게 조준한 뒤 방아쇠를 당기려는데, 검은 그림자가 가로등 밑을 지나고 있었다. 정림이었다. 그녀가 달려오고 있었다. 그 모습이 슬로비디오처럼 눈 앞을 지나갔다.

"도망가야 해요. 경찰이 오고 있어요."

아무도 믿어선 안 돼

정림이 다급하게 말했다. 필립은 왼쪽 팔을 부여잡고 정림을 따라 달리기 시작했다. 등 뒤에서 발소리가 들렸다. 뒤를 돌아 동규의 상태를 확인해볼 겨를도 없었다. 발소리가 점점 가까워져 오고 있었다. 온 힘을 다해 앞만 보고 달렸다. 점점 정신이 아득해져 갔다.

그때, 정림의 손이 뻗쳐왔다. 정신을 차렸을 땐, 좁은 골목에 몸을 숨기고 있었다. 그는 거친 숨을 내뱉으며 주저앉았다. 왼팔을 움켜쥔 손이 피로 붉게 물들었다. 정림이 목에 두른 머플러를 풀어 그의 팔에 묶어주었다.

"방으로 가요. 여기 있으면 붙잡힐지도 몰라요."

필립은 일어났다. 방으로 가는 동안 몇 번이고 눈앞이 캄캄해졌다. 그때마다 정림의 목소리가 들려왔다.

"정신 차려요. 이제 얼마 안 남았어요."

필립은 가까스로 정림의 방에 도착했다. 방바닥에 풀썩 쓰러진 그는 힘겹게 입을 열었다.

"어떻게 된 거예요? 정림 씨가 왜 거기에 있었어요?"

정림은 모직 코트를 입었다. 지난번 우편총국에 갔다 돌아오는 길에 백화점에서 산 코트였다.

몇 주 전 선생님은 수십 통의 편지를 내밀며 영어를 할 줄 아느냐고 물었다. 선생님은 편지봉투에 영어로 주소를 써달라고 부탁했다. 그녀는 동규의 도움으로 주소와 이름을 받아 봉투에 영어로 주소를 써넣었다. 해외에 나가 있는 한인들에게 독립 자금 지원을 호소하는 편지라고 동규는 귀띔했다. 편지봉투에 주소를 쓰고 나면 이클립스 호텔 서쪽에 있는 상해 우정총국에 가서 편지를 부치는 일까지가 그녀의 몫이었다.

편지를 부치고 돌아오는 길에 필립에게 줄 회중시계를 사러 난징루에

갔다. 난징루에 가면 중국산 시계부터 외제 시계까지 파는 공사가 있다고 했다. 공사 옆에는 용안 백화점도 있었다.

정림은 신기한 마음에 백화점 안으로 들어갔다. 백화점에는 외국제 상품이 대다수였다. 쇼핑을 마치고 나오는 그녀의 손에는 필립에게 줄 회중시계와 그녀의 모직 코트가 들려있었다. 이렇게 겨울까지 상해에 있을 줄은 모르고.

그녀가 나갈 채비를 하느라 부스럭대는 소리에 동규가 하던 일을 멈추고 물었다.

"어디 가오?"

"선생님 심부름이요."

말하고 돌아서려는데 동규가 일어났다. 그녀의 시선이 동규를 따라갔다. 동규는 구석에 놓인 서랍장 앞으로 걸어갔다.

"안 나가오?"

서랍장 앞에서 멈춰 선 동규가 돌아보며 물었다.

"나, 나가요."

정림은 문을 열고 나가려다 다시 뒤돌아섰다.

"홍도 선생님께 가려는데, 워낙 길치라 기억이… 어디로 가야 하죠?"

동규가 담담하게 말했다.

"박판수네 잡화점에서 쭉 가다 보면 좁은 골목이 있잖소. 그 안으로 계속해서 걷다 보면 막다른 길이 나오오. 그 막다른 골목의 끝 집 2층이오."

정림은 어색한 표정을 지으며 사무실 밖으로 나왔다. 숨을 내뱉었다. 입에서 입김이 뿜어져 나왔지만, 꺼림칙한 기분은 좀처럼 사라지지 않았다.

동규의 말대로 박판수의 잡화점에서 조금 더 골목 깊숙이 들어가자 회

아무도 믿어선 안 돼

색 벽돌의 키 작은 2층 건물이 나왔다. 정림은 2층으로 이어진 계단을 올라갔다. 가뜩이나 키 작은 그녀도 허리를 숙여야 오를 수 있는 계단이었다.

간판도 없이 허름한 전당포는 창살로 가려져 있었다. 창문을 두드리자, 창살 뒤 쪽창 너머로 남자의 얼굴이 튀어나왔다. 선생님께서 말씀하신 홍도 선생인 모양이었다. 선생님은 마치 그녀를 기다리고 있었다는 듯이 아는체했다.

"어서 오게."

"선생님께서 부탁하신 물건을 찾으러 왔어요."

그녀의 말이 끝남과 동시에 홍도 선생이 어디론가 사라졌다. 선생님이 부탁하신 '물건'이 과연 뭘까 생각하던 그때, 쪽창 너머로 홍도 선생의 얼굴이 다시 나타났다.

"자, 여기 있네."

선생은 창살 아래 좁은 틈으로 상자를 내밀었다.

"감사합니다."

정림은 상자를 받아들었다. 상자 속에 뭐가 들었는지 몰라도 묵직했다.

"이게 뭔가요?"

"거사에 쓸 총과 폭탄이네."

그녀는 선 채로 얼어버렸다. '거사'는 꿈이 아닌 현실이었고, 실전이었다.

"그나저나 자네도 함께 간다고 들었네. 몸조심해서 잘 다녀오게."

정림은 폭탄이 든 상자를 품에 안은 채 돌아섰다. 한 발짝 떼는 것조차 덜컥 겁이 났다. 사무실로 돌아가는 내내 온 신경이 곤두섰다.

그녀가 박판수네 잡화점을 지날 때였다. 박판수와 이야기를 나누고 있는 동규를 발견했다. 그녀는 본능적으로 잡화점 유리창에 비켜서서 창문 너머로 두 사람을 지켜봤다. 잡화점 안에는 동규와 박판수밖에 없었다. 아무도 없는 곳에서 두 사람은 머리를 맞대고 얘기하고 있었다. 유리창으로 바짝 다가섰지만, 두 사람의 대화가 들릴 리 없었다.

그때였다. 동규가 품에서 종이뭉치를 꺼내어 박판수에게 내밀었다. 정림은 종이를 유심히 살폈다. 선생님께서 서랍장에 넣은 서류와 비슷해 보였다. 선생님께서 아무도 손대지 않게 감시를 잘하라고 하신 게 생각났다.

정림은 서둘러 사무실로 갔다. 동규가 박판수에게 건넨 서류가 선생님의 서류가 맞는지 확인해야 했다. 사무실은 마치 도둑이 훑고 간 사건 현장처럼 집기가 어질러져 있었다. 그녀는 구석에 놓인 서랍장 앞으로 걸어갔다. 난장판이 된 사무실 안에 서랍장만이 굳게 닫혀있었다. 정림은 조심스레 서랍장 문을 열었다. 서류봉투가 보이지 않았다.

그녀는 서랍장 문을 닫고 사무실 밖으로 나갔다. 오만가지 생각이 머리를 파고들었다. 선생님의 심부름은 아니었을까. 지난번 사진도, 오늘 서류봉투도. 그걸 갖다 준 곳이 일본이 아닌 박판수였으니까. 모퉁이를 돌아 걸음을 멈춰 서자, 생각도 멈췄다. 일단 동규를 기다려 보기로 했다.

정림은 고개를 빼꼼히 내밀어 사무실을 바라봤다. 별일 없다면 곧 동규가 돌아올 것이다. 예상대로 얼마 지나지 않아 동규가 모습을 나타냈다. 그녀는 동규를 뒤따라 들어갔다. 급하게 사무실을 정리하던 동규의 얼굴에 놀란 기색이 스쳐 지나갔다.

"다녀왔소?"

정림은 아무 일도 없다는 듯이 폭탄이 든 상자를 책상 위에 내려놨다. 동규는 그녀의 눈치를 살피며 어질러놓은 물건을 정리했다. 정림은 그의 모습을 하나도 빼놓지 않고 지켜봤다. 동규는 그녀의 시선을 의식하며 입을 열었다.

"정림 동지가 동경으로 떠날 때쯤엔 제가 이곳에 없을지도 모르오."

아무도 믿어선 안 돼

정림이 곁눈질로 동규를 지켜봤다.

"어디 가나요?"

"선생님 심부름으로 어딜 좀 다녀와야 할 것 같소."

"언제 가나요?"

"불조계를 벗어나 기차를 타야 하는지라 안전한 새벽에 나갈 거요. 공교롭게도 마침 정림 동지가 떠나는 날 새벽이오."

"다시, 돌아오나요?"

"정림 동지나 나나, 한 치 앞을 내다볼 수 없는 처지지 않소."

동규의 입가에 옅은 미소가 스쳤다.

"동경에 잘 다녀오시오."

동규의 마지막 인사에는 그 어떠한 감정도 섞여 있지 않았다. 정림은 고민 끝에 입을 열었다.

"궁금한 게 있어요."

동규가 돌아봤다.

"박판수 말인데요."

동규는 그녀를 향해 완전히 몸을 돌렸다.

"그 사람, 어떤 사람이에요?"

"보셨다시피 상인이오."

동규는 그녀의 눈을 피하며 말을 덧붙였다.

"독립운동을 하는 분이지요. 주변에 떠돌아다니는 이야기, 일경의 동태 등 정보를 제공해주고 있소. 또, 독립 자금도 지원해주고 말이오."

혹시 박판수가 밀정이 아니냐고 묻고 싶었지만, 이곳에서 밀정이란 단어는 금기어와 같았다. 정림은 행여나 생사람을 잡을지도 모른다는 생각에 움찔거리는 입술을 꽉 깨물었다. 동규는 마치 그녀의 생각을 읽은 듯이 말했다.

"동지에게 해줄 말이 있소. 내부에서 돌아가는 일을 절대 밖으로 누설해서는 안 되오. 항상 밀정은 우리 주변에 있소. 말 한마디에 동지의 목숨이 위태로울 수 있다는 말이오."

정림은 혼란스러웠다. 믿음이 때론 눈을 가려버리기도 한다는 걸 이곳에 와서야 깨달았다.

"아, 그리고 필립 동지를 가까이하지 않는 게 좋겠소. 알다시피 그자, 여론이 좋지 않소."

필립은 정신을 잃었다. 꿈에서 그는 길을 잃고 헤맸다. 좁은 골목을 샅샅이 뒤져봐도 정림이 보이지 않았다.

"정림 씨. 정림 씨."

꿈 속에서 그는 정림의 이름을 부르며 정신 나간 사람처럼 골목을 뛰어다녔다.

"가지 마요. 정림 씨."

그가 내지른 소리에 스스로 놀라 눈을 번쩍 떴다. 정림의 방이었다. 정림이 갓난아이처럼 몸을 웅크린 채 자고 있었다.

필립은 몸을 돌려 그녀를 마주 봤다. 정림의 숨결이 목덜미에 와 닿았다. 그의 시선이 정림의 입술로 향했다. 아랫입술을 꾹 깨물었다. 그의 가쁜 숨에 정림의 속눈썹이 휘날렸다. 잠시 뒤, 정림이 눈을 떴다.

"괜찮아요?"

그제야 필립은 왼팔을 내려다봤다. 그의 왼팔에 붕대가 감겨있었다.

"어떻게 된 거예요?"

"저, 간호사예요."

아무도 믿어선 안 돼

그는 눈을 끔뻑였다. 만난 지 몇 달 만에 처음 듣는 얘기였다.

"총상 환자를 실제로 본 적 없어서 총알이 박혔으면 어쩌나 걱정했는데 다행히 스치기만 했어요."

그는 정림과 어울리는 직업이라 생각했다.

"동규 동지는 어떻게 됐을까요?"

필립은 고개를 저었다. 뒷일은 상상하고 싶지 않았다. 그가 죽었다 해도 별로 유쾌하지 않았다. 밀정을 처단했다는 사실보다 누군가를 죽이려 했다는 사실만 가슴에 남았다.

"필립 씨가 쏜 총은 왼쪽 허벅지에, 제가 쏜 총은 오른쪽 가슴에 맞았어요."

그가 기억해낸 장면과 일치했다.

"두 곳 다 치명상이에요. 죽었을까요?"

그는 대답 대신 눈을 감으며 물었다.

"총은 어디서 났어요?"

"선생님께서 폭탄과 함께 구해주신 총이에요."

잠자코 듣던 그의 얼굴이 일그러졌다. 잊고 있던 통증과 함께 새벽의 기억이 휘몰아쳤다.

"아프죠? 진통제를 쓰긴 했는데."

필립은 헐거워진 허리춤을 발견했다.

"진통제는 엉덩이에 놔야 해서."

그는 치료하느라 풀어 헤쳐놓은 셔츠 단추를 잠그며 물었다.

"진통제는 어디서 났어요?"

"과거로 올 때, 가방에 들어있었어요. 아마도 유지 짓인 것 같은데…."

정림은 왜 프로포폴과 펜타닐이 자신의 가방에서 나왔는지 짚이는 게 있었다. 설마 윤리부에 고발한 일로 최 간호사의 앙갚음은 아닐까. 동기이 자 친구였던 최 간호사, 최유지와 적이 된 건 다 그 자식 때문이었다.

유지와는 중학교부터 대학교에 이어 직장까지 함께 다닐 만큼 둘도 없는 사이였다. 그 자식이 나타나기 전까진. 별다른 의심 없이 셋이서 함께 만난 게 화를 불러올 줄은 미처 알지 못했다. 그 일이 있기 전까진.

병원 윤리부에 유지의 짓을 알리기 한 달 전이었던 설날 연휴. 정림은 연차를 보태 연휴 내내 쉬었다. 평소대로라면 본가인 부산에 내려가 연휴 내내 부모님과 시간을 보냈을 테지만, 올해는 설날 당일에 올라왔다. 여자의 촉이었는지, 아니면 신의 도움이었는지 그날따라 그 자식, 지훈과 함께 보내고 싶었다. 본가가 인천인 그 자식은 설날 당일 점심까지 본가에서 지내고 집으로 돌아온다고 했다.

혼자 있을 그 자식을 생각해서 하루 일찍 돌아온 그녀는 현관문 앞에서 그 자식이 혼자가 아님을 깨달았다. 집 안에서 여자 목소리가 새어 나왔다. 유지의 목소리였다. 그녀의 집에서 그 자식과 유지가 행복한 시간을 보내고 있었다.

그 자식의 끈질긴 구애 끝에 그의 마음을 받아주고 만남을 이어가던 어느 날, 그 자식이 옷 가방만 달랑 들고 그녀의 집에 쳐들어 왔다. 같이 있고 싶다며 함께 살자고 했다. 허락하고 말 것도 없이 그 자식은 그녀의 집에 눌러앉았다. 그렇게 무일푼으로 엎혀살던 그 자식은 그녀가 없는 사이, 그녀의 침대에서 그녀의 제일 친한 친구 유지와 뒹굴었다. 개자식.

그녀와 똑같은 유지의 가방도, 그녀에게 유지의 흉을 본 것도 그 자식의 계획된 이간질이었다. 그것도 모르고 정림과 유지는 서로를 오해했고 서서히 멀어졌다.

아무도 믿어선 안 돼

그 자식이 양다리도 모자라 둘도 없는 친구 유지와의 우정까지 앗아간 놈이란 걸 깨달았을 땐 이미 몸과 마음을 다 주고 난 뒤였다. 그 일로 유지와는 남보다 못한 사이가 돼버렸다.

설마, 유지가 앙심을 품고서 그녀의 가방에 약품을 넣어둔 걸까. 아닐 것이다. 자신의 가방으로 착각했을 것이다. 아니, 그래야만 한다. 정림은 오랜 친구였던 유지에게 일말의 믿음이 남아있었다.

일왕의 심장에 폭탄을 던지다

**

　해가 서쪽으로 기울어질 무렵, 필립과 정림은 기모노에 하오리를 걸쳐 입고 이클립스 호텔 동쪽으로 걸어갔다. 유리창에 비친 두 사람의 모습은 영락없는 일본 상인 부부였다. 지나가는 길에 일본 국기가 내걸린 일본총영사관이 보였지만, 필립은 눈길 한 번 주지 않고 지나쳤다.

　일본총영사관을 지나 황푸로와 우창로가 만나는 지점에 홍커우 우선부두가 보였다. 항구에는 많은 사람으로 북적였다. 사람들은 가족, 친구를 배웅하느라 손을 흔들기도 하고, 손수건에 눈물을 찍어내기도 했다. 사람들 뒤로 고베로 우편을 실어나르는 우편선 히카와마루가 정박해있는 게 보였다. 건조된 지 얼마 되지 않은 것 같은 신상 배는 웅장한 자태를 뽐내고 있었다.

　필립은 검표 중인 세관원 앞으로 걸어갔다. 세관원에 가까워지자 정림이 팔짱을 꼈다. 그의 귀가 뜨겁게 달아올랐다.

　그는 세관원에 시선을 고정한 채 속삭였다.

　"폭탄은요?"

　정림이 양 허리춤을 손으로 만지작거렸다. 허리에 두른 오비 안쪽에 숨겨둔 모양이었다.

　"몸수색하고 있어요."

　그가 세관원을 턱으로 가리키자 정림의 시선이 따라왔다. 팔짱 낀 정림의 손에 힘이 들어갔다. 두 사람의 차례가 다가올수록 정림의 얼굴이 점점 굳어가고 있었다.

필립은 다른 손으로 팔짱 낀 정림의 손을 감싸며 말했다.

"긴장하지 말아요. 제가 있잖아요."

정림이 어색한 미소를 지으며 고개를 끄덕였다.

곧이어 필립과 정림의 차례가 되었다. 그는 승선표를 내밀며 능청스럽게 말했다.

"항해하기 딱 좋은 날씨네요."

하늘을 올려다봤다. 금방이라도 비가 쏟아질 듯 먹구름이 끼어있었다. 세관원은 그의 자연스러운 일본어 발음에 별 의심 없이 승선권을 검사했다.

"고향 갈 생각하니 잠을 설쳤네요."

그가 싱거운 말을 해대며 세관원의 시선을 돌린 덕분에 별 탈 없이 트렁크와 몸수색을 마쳤다.

"자, 다음"

세관원은 정림에게 시선을 돌렸다. 정림에게 다가간 세무원은 사심 가득한 손길로 정림의 몸을 훑었다. 필립은 불편한 심기를 억눌렀다. 족제비처럼 생긴 세관원은 귀신같이 정림의 오비를 가리켰다.

'저 자식이!'

주먹이 움찔거렸다. 오비를 풀면 기모노가 맥없이 벗겨져 속옷이 드러나게 된다는 것쯤을 알고 있을 텐데. 그의 마음을 읽었는지 정림이 그를 막아섰다. 그리고는 태연하게 오비를 풀었다. 두 번, 세 번. 정림은 끝없이 이어진 오비를 계속해서 풀어헤쳤다. 그 모습을 지켜보던 필립은 그만 화를 참지 못하고 소리쳤다.

"도대체 언제까지 할 작정입니까?"

일왕의 심장에 폭탄을 던지다

그의 고함에 사람들의 시선이 그에게 집중됐다. 사람들이 모여들었다. 사방에서 수군대는 소리가 들려왔다.

그때, 등 뒤에서 누군가가 그를 불렀다.

"아키야마상."

그를 '야키야마'라고 부르는 단 한 사람, 다나카가 사람들을 헤치고 걸어오고 있었다. 구원투수를 발견한 그는 다나카를 향해 손을 들었다.

"다나카. 여긴 어쩐 일이에요?"

필립 옆으로 다가온 다나카가 정림을 위아래로 훑으며 세관원에게 물었다.

"무슨 일입니까?"

세관원이 난감해하며 대답했다.

"몸수색 중이었습니다."

"내 친구이니 고베까지 잘 모시도록 하세요."

'친구?'

속으로 헛웃음을 쳤지만, 그의 호의를 마다할 이유가 없었다. 고베까지 무사히만 간다면 기꺼이 친구라 해주겠노라고.

필립은 정림에게 오비를 두르라 눈짓했다. 그 사이 다나카가 그에게 편지봉투를 내밀었다.

"이거."

편지봉투를 건네받은 그는 눈을 치켜뜨며 물었다.

"이게 뭔가요?"

"어제 부탁한 것 있지 않습니까? 아리요시상에게 전달 부탁합니다."

봉투에는 붉은 봉랍이 붙어있었다. 다나카는 아쉬워하며 그에게 작별인사를 했다.

"그럼 잘 가시오. 다시 볼 날이 있을까 싶습니다."

필립은 인사 대신 봉투를 안주머니에 넣으며 돌아섰다.

그때, 등 뒤에서 다나카의 목소리가 날아와 그의 뒤통수에 꽂혔다.

"계획한 일도 잘 처리하길 바랍니다."

필립은 걸음을 멈추고 뒤돌아봤다. 다나카가 한쪽 입꼬리를 올린 채 미소 짓고 있었다.

두 사람은 세관원을 지나쳐 배에 올랐다. 필립은 객실을 찾아가는 내내 찝찝한 기분을 떨쳐낼 수 없었다. 기분 나쁜 미소의 의미가 뭘까. 계획한 일이란 또 뭘까.

그때, 정림이 물었다.

"저 사람 누구예요?"

"상해 일본총영사관 경부보래요."

정림이 동그랗게 눈을 뜨고 물었다.

"그런 사람을 어떻게 알아요?"

"우연히 알게 됐어요."

와이탄 거리에서, 재즈바에서 우연히 만났다는 이야기를 구구절절 말할 필요는 없다고 생각했다.

"저런 사람을 가까이해서 좋을 게 없으니 조심해요. 오해받을 수도 있으니."

필립은 복도 끝 일등실 선실 문을 열고 안으로 들어갔다. 선실은 세면대를 사이에 두고 양옆으로 트윈 침대가 나란히 놓여있었다. 침대는 어찌나 작은지 새우잠을 자야 할 것 같았다.

"어떻게 된 거예요?"

정림이 어리둥절한 얼굴로 물었다.

"안전하게 가기 위해 돈 좀 썼어요. 가진 게 돈뿐이라."

그는 지갑을 흔들어 보이며 대답했다. 정림이 피식 웃으며 선실을 둘러봤다.

"앞으로 이틀이나 이 배를 타고 가야 한다는 거죠."

필립은 침대 옆에 짐을 내려놓으며 말했다.

"이틀이나 딱 붙어있고 좋은데요."

그의 농담에도 정림은 어딘가 불편해 보였다. 정림은 폭탄을 꺼내려 오비를 풀다 힐금 쳐다봤다. 이를 눈치챈 그가 일어났다.

"잠깐 둘러보고 올게요."

필립은 선실을 나가려다 돌아서서 말했다.

"아, 트렁크 비밀번호는 8888이에요."

"무슨 비밀번호가 그렇게 단순해요?"

"제 모든 비밀번호가 8이에요. 단순한 것 같지만, 8이란 숫자가 단순하지 않아요. 8이란 숫자 안에 많은 의미가 숨어있거든요."

필립은 팔짱을 낀 채 벽에 기대어 능청스럽게 말했다.

"8을 가로로 나누면 0, 타고난 팔자는 없다는 뭐 그런. 세로로 나누면 3, 누구에게나 3번의 기회가 온다는 뜻이죠. 8을 눕히면 어떻게 되냐? 무한대에요. 저의 가능성이 무한하다는 뜻이죠."

필립과 정림은 동시에 웃음을 터트렸다.

"옷 갈아입고 편하게 쉬고 있어요."

선실 밖으로 나온 필립은 갑판 위로 올라갔다. 때마침 뱃고동 소리와 함께 배가 움직이기 시작했다. 난간에 기대서자 바람을 타고 온 기름 냄새가 코를 찔렀다. 마비될 것만 같은 후각을 잠재우려 담배에 불을 붙이려는 그때, 한 남자가 다가왔다.

"불 좀 빌립시다."

일본인이었다. 남자는 그를 일본인이라 생각한 모양이었다. 남자가 주머니에서 담배를 꺼내자, 그는 라이터를 소매 안에 숨긴 뒤 주머니를 뒤져 성냥을 꺼냈다. 박판수네 잡화점에서 산 성냥이었다. 그는 부싯돌에 성냥을 그어 남자의 담배에 불을 붙여주었다.

"일본에는 무슨 일로 가십니까?"

"중요한 계약이 있어 상해에 나왔다가 돌아가는 길입니다."

필립은 미리 준비해둔 말로 대답했다.

"사업하시나 보구료."

남자는 별다른 의심 없이 담배를 태웠다. 남자의 입에서 담배 연기가 뿜어져 나왔다. 그는 고개를 돌려 점점 멀어져가는 황포항을 바라보며 다짐했다.

'꼭 다시 돌아올 거야.'

"저도 상인이요."

그는 남자에게로 고개를 돌렸다.

"동경에는 조선인이 많습니까?"

남자는 피식 웃으며 대답했다.

"조선인들이야 동경보단 오사카에 많지요."

필립은 난간에 손을 걸친 채 먼바다로 시선을 돌렸다. 수면 위로 일렁이는 붉은 태양에 동규 얼굴이 겹쳐 보였다. 붉은 혈흔이 낭자한 차가운 바닥에 쓰러진 동규의 신음이 귓속을 파고들었다. 새벽공기에 얼어붙은 총으로 동규에게 방아쇠를 당기던 그때의 그 서늘한 느낌이 손끝에 전해졌다. 손이 저릿했다.

필립은 총을 쥐었던 손에 들린 담배를 바다에 훅 던져버렸다. 동규의 얼

일왕의 심장에 폭탄을 던지다

굴이 떠 있던 바다가 배를 집어삼킬 듯 넘실거렸다. 등줄기를 타고 땀이 흘러내렸다. 현기증이 몰려왔다. 어지러움을 느낀 그는 난간에 손을 걸친 채 허리를 숙였다.

"괜찮소?"

옆에 있던 남자가 놀란 듯 물었다.

"이만 들어가서 쉬어야겠네요. 다음에 또 봅시다."

정림은 침대에 걸터앉아 노래를 흥얼거리며 창밖을 바라보고 있었다. 그녀는 노래를 흥얼거리는 방식으로 두려움을 극복하고 있었다.

"너무 걱정하지 마요. 어떻게든 성공해서 꼭 돌아갈 테니까."

어쩌면 그 자신에게 하는 말일지도 모른다. 걱정은 정림보다 그 자신이 더 하고 있었다.

"그래야죠."

필립은 어깨를 으쓱대며 말했다.

"오빠, 대한민국 국군 만기 전역한 사람이야."

"오빠?"

그는 정림의 가방을 눈으로 가리키며 말했다.

"오빠더라고."

"아. 주민등록증?"

정림은 잃어버린 지갑을 그가 찾아줬다는 걸 이제야 기억난 듯했다.

"오빠는 앞으로 어쩔 생각이에요?"

농담 섞인 진담이었다.

"거사에 성공해서 상해로 돌아갈 생각, 2021년 집으로 돌아갈 생각이죠."

밀정을 처단했으니 앞으로 두 가지 임무만 마치면 집으로 돌아갈 수 있을 것이다. 그러기 위해선 어떻게든 거사에 성공해서 상해로 돌아가야 한다는 게 그의 계산이었다. 그리고 어쩌면, 거사에 성공해서 돌아간다면 선생님께서 짠하고 집으로 돌아갈 방법을 알려줄지도 모른다는 계산도 하지 않은 건 아니었다.

"집으로 돌아갈 생각이 있긴 한 거죠?"

"그럼요. 당연히 돌아가야죠."

필립은 정림의 표정을 살피며 화제를 돌렸다.

"가는 동안 몇 가지 일본어는 배워두는 게 좋겠어요."

정림도 이에 동의했다. 기모노를 입고서 일본인 앞에서 꿀 먹은 벙어리처럼 있는 모습은 아무래도 우스꽝스럽다고. 그는 정림에게 몇 가지 일본어를 가르쳤다. 그녀는 시키는 대로 열심히 일본어를 따라 했다. 정림이 일본어를 어느 정도 익히고 나자, 그는 정림에게 손을 내밀며 말했다.

"가지고 있는 총 줘봐요."

정림은 트렁크 속에 숨겨둔 총을 꺼내어 내밀었다. 정림이 가지고 있는 총도 그가 해원에게서 받은 총과 같은 브라우닝 M1900이었다. 두 사람은 늦은 밤까지 허공에 대고 연습을 하고 또 했다.

다음 날 아침, 필립은 힘겹게 눈을 떴다. 늦은 밤까지 연습했던 탓에 정림은 아직 자고 있었다. 그는 자신도 모르게 손을 뻗어 정림의 뺨으로 가져다 대려다 멈칫했다. 긴장한 채 새우잠을 자는 그녀를 보자, 조금 더 자게 놔두기로 했다.

조용히 선실을 빠져나온 그는 뱃머리로 걸어갔다. 수평선에 해가 걸쳐있었다. 고개를 돌리자 한국 땅으로 보이는 지평선이 보였다. 여수일까, 제주

도일까. 여수일 거라는 생각에 더 가까워지던 그때, 어제 만났던 일본 상인이 아는 체하며 다가왔다.

"뭘 그리 열심히 보시오?"

남자는 그의 시선을 따라 고개를 돌렸다.

"조선에 관심 있소?"

필립이 쓴웃음을 지으며 대답했다.

"뭐, 그냥. 한국에 물건을 내다 팔면 어떨까 하고요."

남자는 작년 대공황이 몰고 온 힘겨운 경제 상황의 어려움을 토로하며 줄담배를 피워댔다. 필립은 말없이 남자의 말을 들어주었다. 남자의 푸념은 연도만 달랐지 2021년 서울에 사는 자영업자와 다를 바 없었다.

"신년 관병식에 가시오?"

남자가 그를 힐끔 쳐다보며 물었다.

"관병식이요?"

그는 먼바다를 보며 남자의 말을 따라 했다.

"운이 좋으면 천황도 볼 수 있을 텐데, 관심 없나 보오."

"천황이요?"

필립은 남자를 향해 몸을 돌렸다. 남자의 한쪽 입꼬리가 올라가 있었다.

"관심 있으면 가보겠소?"

그는 고개를 끄덕였다.

"근데, 왜 안 가시고?"

일왕이 참석할지도 모르는 관병식 초대권을 선뜻 내어주는 일본 상인의 의도가 내심 의심스러웠다.

"그날 갑자기 선약이 생기는 바람에 갈 수가 없게 됐소. 필요하면 드리리다."

남자는 초대권을 내밀었다. 미심쩍었지만 그는 초대권을 받아들었다. 한편으로는 이게 웬 횡재냐며 쾌재를 불렀다. 뭔가 일이 잘 풀릴 것만 같은 기분이 들었다.

'여유롭게 피우는 담배도 이게 끝이구나. 진짜 이야기는 지금부터 시작이야.'

"이만 가봐야겠습니다. 부인이 날 찾고 있을 것 같아서."

필립은 담배를 바다에 던진 뒤, 선실로 돌아왔다.

그날 밤, 필립과 정림은 갑판으로 나왔다. 하늘에 뜬 보름달이 밤바다를 환하게 비추고 있었다. 그의 앞날도 보름달 같을까.

"일이 잘 풀릴 것 같아요."

정림이 돌아봤다.

"일왕을 볼 기회가 생겼어요."

"어떻게요?"

"관병식에 일왕이 참석할지도 모른다는 소식을 들었어요."

정림이 짧은 탄식과 함께 말을 덧붙였다.

"해마다 신년 초에 요요기 연병장에서 일왕이 참관하는 관병식을 거행했다고 들었어요. 특히 이번 관병식은 얼마 전에 만주를 침략한 일본 제국주의가 전 세계에 과시하려는 의미가 숨겨져 있죠."

"그럼, 더 좋은 기회네요. 이날로 하죠."

"아무나 갈 수 없을 텐데요."

필립은 상인에게 받은 초대권을 내보이며 말했다.

"운 좋게도 초대권을 구했어요."

정림이 동그랗게 눈을 뜨고 쳐다봤다.

일왕의 심장에 폭탄을 던지다

"어떻게요?"

그는 두 팔을 허공에 내저으며 능청스럽게 말했다.

"적을 두지 않는 폭넓은 인간관계 덕분이라고나 할까?"

정림이 방싯 웃었다.

"위험하지 않을까요? 경비가 삼엄할 텐데요."

"이날이 아니라면, 일왕을 가까이에서 볼 기회가 없을지도 몰라요."

필립은 관병식에 계획을 실행하기로 마음먹었다. 만약 이날을 놓친다면, 집으로 돌아가는 날도 지체될 것이다. 기필코 관병식 날 거사에 성공해야 한다.

옆을 돌아보니 정림의 코가 빨개져 있었다. 그는 입고 있던 코트를 벗어 정림에게 덮어주며 물었다.

"오늘이 무슨 날인 줄 알아요?"

정림은 혼잣말하듯 대답했다.

"크리스마스."

필립은 차갑게 얼어붙은 정림의 뺨을 감싸며 그녀의 입술에 입을 맞췄다. 낯선 곳에서의 긴장된 생활 속에서 처음 느끼는 자유였다. 불안한 삶 속에서 느끼는 짧고도 강렬한 쾌락이었다. 세상이 고요해졌다. 파도 소리도 들리지 않았다. 오직 두 사람만이 세상에 존재했다.

필립이 먼저 선실로 내려갔다. 정림은 조금 더 있다가 들어가겠다고 했다. 깊은 밤, 밤바다는 아무것도 보이지 않았다. 시커먼 바다는 배를 통째로 집어삼킬 것만 같았다. 어둠은 빛을 이길 수 없다 했던가. 칠흑 같은 밤하늘과 블랙홀 같은 바다는 곳곳이 제 할 일을 하는 달빛을 이기지 못했다. 달빛은 캄캄한 밤바다를 밝혔다. 망망대해에 등대가 되어 이정표가 돼주었다.

일본으로 가는 게 맞는 길일까. 앞으로 무슨 일이 벌어질지 달빛이 비춰주면 좋으련만, 한 치 앞도 보이지 않았다. 난간에 기대서서 고민하고 있자니, 바다 냄새와 기름 냄새가 뒤섞인 냄새에 머리가 아파 왔다.

선실로 돌아가려 몸을 돌린 그녀는 소스라치게 놀랐다. 언제부터 있었는지 알 수 없는 남자가 등 뒤에 서 있었다. 뒷걸음질 쳤지만, 난간에 가로막혀 도망갈 곳이 없었다. 모두가 잠든 야심한 시각, 주위를 둘러봐도 도움을 청할 사람이 없었다. 갑판 위에는 정림과 남자 둘뿐이었다.

"여행 중이신가 봅니다."

남자의 새하얀 치아가 달빛에 반짝였다. 대꾸하지 않고 자리를 뜨려는데 남자가 다시 말을 이었다.

"저도 아주 긴 여행 중입니다."

한 발짝 떼려던 그녀는 멈칫했다. 고개를 돌려 남자의 모습을 살폈다. 정림처럼 남자도 이곳 사람들과는 어울리지 않은 차림새였다. 셔츠와 코트, 반짝이는 구두와 검정 뿔테안경도.

"당신 누구야? 긴 여행이라니?"

정림이 물었다.

"놀랄 것 없습니다. 저도 당신과 비슷한 처지입니다."

남자는 난관에 기대어 바다를 바라봤다.

"당신, 지금 무슨 말을 하는 거야."

"눈길을 걸어갈 때 어지럽게 걷지 말기를. 오늘 내가 걸어간 길이 훗날 다른 이의 이정표가 되리니."

정림은 아랫입술을 깨물었다. 김구 선생님께서 하신 말씀이었다.

"부디 짧은 여행이 되길 바랍니다. 여행이란 짧을수록 긴 여운을 주는 법이니까요."

　　　　　　　　　　　일왕의 심장에 폭탄을 던지다

그녀가 조심스레 물었다.

"여행을 마치고 돌아갈 수 있을까요?"

"여행을 시작한 것도, 끝내는 것도 당신의 선택입니다."

남자의 얼굴에 옅은 미소가 스쳤다. 정림이 남자의 말을 해석하려 머리를 굴리는 사이 남자는 마지막 말을 남기고 떠났다.

"오늘 저를 믿닌 건 당신에겐 큰 행운이 될 겁니다."

배가 느려졌다. 고베항에 도착한 것이다. 필립과 정림은 짐을 챙겨 배에서 내렸다. 황포항을 떠난 지 이틀하고도 반나절만에 일본 땅을 밟았다. 낯선 여정에서 오는 설렘 따윈 없었다. 12월의 고베항은 서울만큼은 아니지만, 입김이 나올 정도로 추웠다. 밖은 이미 어둠이 내려앉았다. 항구에는 많은 사람이 나와 가족을 기다리고 있었다. 두 사람은 사람들 눈에 띄지 않게 조용히 인파 속으로 들어갔다.

"오늘은 고베에서 자고 내일 새벽에 출발해요."

필립과 정림은 고베역 앞에 있는 작고 허름한 오와리야 여관으로 들어갔다. 숙박명부에는 아키히로 하야시. 나미코 하야시라 적었다. 일본에서만큼은 부부였기에 방도 하나였다. 두 사람은 침대도 없는 방바닥에 이불을 깔고 누웠다. 눈을 감았지만 잠을 이루지 못했다. 정림 역시 잠이 들지 못하고 뒤척였다. 동규 얼굴이 밤새 그를 따라다녔다. 찜찜한 기분을 떨칠 수 없었다. 그가 정말 밀정이었을까.

잠 못 이루는 밤이 지나고 어느새 동이 터 올랐다. 이른 새벽, 필립과 정림은 여관을 나섰다. 고베를 둘러볼 새도 없이 한신 전차를 타고 오사카로 향했다. 막상 일본에 오자, 불시 검문은 덜 했다. 그럴 만도 한 게 그의 모습은 누가 봐도 일본인이었다.

두 시간 뒤 오사카역에 도착했다. 두 사람은 역 앞에서 간단히 요기 한 뒤 곧장 츠바메 열차로 갈아타고 동경으로 향했다. 이른 새벽 고베를 출발해서 저녁이 되어서야 동경에 도착했다.

동경역을 빠져나온 두 사람은 숙소를 찾아 궁성 주변을 걸었다.

"여기가 좋겠어요."

경시청 인근의 아사히호텔로 들어간 그는 호텔 프런트로 걸어갔다.

"한 달간 묵을 방이 필요합니다."

옆에 있던 정림이 깜짝 놀라 귓속말로 물었다.

"한 달이나요?"

"혹시 모르잖아요."

그는 한 손으로 입을 가린 채 대답했다.

"숙박비는 일시금으로 낼게요."

필립은 지갑에서 한 달 치 숙박비를 꺼내었다. 직원은 이상한 눈빛으로 쳐다봤지만, 기분이 썩 나빠 보이진 않았다.

"아, 그리고. 방 청소는 필요 없어요."

직원은 고개를 끄덕이며, 숙박명부를 내밀었다. 펜을 받아든 그는 숙박명부에 이름을 써넣었다. 오타니 료헤이, 오타니 스즈.

열쇠를 받아든 두 사람은 8층으로 올라갔다. 길게 이어진 복도를 지나 808호로 들어갔다. 방에는 싱글 침대 두 개가 나란히 놓여있었다. 침대 옆에 짐을 내려놓은 그는 창가로 걸어가 커튼을 열어젖혔다. 궁성과 경시청이 훤히 내다보였다. 동경까지 무사히 왔다는 안도감에 피곤이 몰려왔다.

동경에서의 첫날이 시작됐다. 필립은 양복을 차려입었다. 손목시계도 빼

일왕의 심장에 폭탄을 던지다

놓지 않았다. 멋들어지게 차려입은 그는 혼자서 호텔을 나섰다. 호텔 대각
선 맞은편에 경시청이 보였다. 삼거리 정중앙에 자리한 경시청은 궁성을
바라보고 있었다. 마치 궁성의 사쿠라다 문 앞에서 궁을 호위하는 것처럼.

필립은 경시청으로 걸어갔다. 안으로 들어가기 전, 안주머니에서 다나카
에게 받은 봉투를 꺼내었다. 봉투 겉표지에 '수신인 경찰서장 아리요시 요
시오'라 쓰여있었다. 다나카가 건넨 봉투의 수신인이 하필 동경 경찰서장
이라니.

경시청으로 들어서자 경비가 그를 가로막았다.

"어떻게 오셨소?"

"아리요시상을 뵈러 왔습니다."

경비는 고개를 갸웃거리며 이름을 물었다.

"아키야마 요시히로입니다."

경비는 경계를 늦추지 않고 물었다.

"경찰서장과 어떻게 아는 사이오?"

그는 다나카의 편지를 보여주며 대답했다.

"다나카 아키라의 편지를 전해주러 왔습니다."

그제야 경비는 헛기침하며 안으로 들어가라고 손짓했다. 필립은 고개를
까딱이며 안으로 들어갔다. 건물 입구에 놓인 건물안내판에서 경찰서장실
을 찾은 그는 계단을 오르며 경시청을 둘러봤다.

그때, 한 남자가 다가와 물었다.

"조선인입니까?"

그는 미간을 찌푸리며 대답했다.

"일본인이오."

"앗, 죄송합니다. 실례했습니다."

남자는 당황한 나머지 뒷걸음치며 눈앞에서 사라졌다. 당황한 건 그도 마찬가지였다. 일본인처럼 보이려 애썼지만, 조선인으로 보았다.

필립은 발걸음을 재촉했다. 경찰서장실은 맨 꼭대기에 있었다. 눈 깜짝할 새 청장실 앞에 멈춰 선 그는 심호흡을 내뱉은 뒤 노크했다.

"들어오시오."

문을 열고 안으로 들어가자 방 한가운데 깔린, 호랑이 가죽으로 만든 카펫이 제일 먼저 그를 반겼다. 이어서 벽에 걸린 수 점의 일본도와 기관총이 시선을 사로잡았다. 알 수 없는 기운에 압도되는 걸 느꼈다.

"어떻게 오셨소?"

책상 앞에 앉아있던 경찰서장이 걸어 나와 소파 중앙자리에 앉았다.

"다나카 아키라의 편지를 전해주러 왔습니다."

경찰서장은 자세를 고쳐앉으며 검지로 안경을 쓸어올렸다.

"앉으시지요."

필립은 소파로 걸어가 경찰서장 맞은편에 앉았다.

"다나카 아키라와는 어떻게 아는 사이입니까?"

"상해에서 몇 번 뵈었습니다."

"오. 상해에서 오셨군요. 상해는 무슨 일 때문에."

경찰서장은 안경 너머로 그를 훑었다. 경찰서장은 그를 조선인이라 생각하지 못한 듯했다.

"사업 문제로 상해에 갔다가 다나카를 만났습니다. 제가 다시 동경으로 돌아가는 걸 알고 부탁을 하더군요."

그는 다나카에게 받은 편지를 내밀었다. 편지를 받아든 경찰서장은 그 자리에서 바로 봉투를 열어 편지를 꺼내었다. 경찰서장이 편지를 읽는 동안, 그는 방 안을 둘러봤다. 욱일기가 벽 정중앙에 걸려있었다. 눈을 굴려

일왕의 심장에 폭탄을 던지다

슬쩍 옆을 보니 편지를 읽는 경찰서장의 얼굴이 일그러져 있었다. 좋은 소식의 편지는 아닌 모양이었다. 무슨 일인지는 몰라도 그와는 아무 상관 없는 일이었다. 다나카의 편지를 전해줬으니 그가 할 일은 끝났다. 필립이 자리에서 일어날 기회를 엿보던 그때, 편지를 다 읽은 경찰서장이 말했다.

"안 그래도 편지를 기다리고 있던 참이었는데 감사하오. 동경에 있는 동안 도움이 필요하면 언제든지 연락 주시오. 내가 도울 수 있는 일이라면 도와줄 터이니."

'당신의 도움 따윈 필요 없어요.'

필립은 속으로 말을 삼키며 소파에서 일어났다. 경찰서장과 얼굴을 익혀서 좋을 게 없었다.

"그럼 바빠서 전 이만."

필립은 돌아서서 경시청을 빠져나왔다. 가는 길에 아사히신문 한 부를 사 들고 호텔로 돌아갔다. 정림이 창밖을 바라보고 있었다.

그는 정림에게 신문을 내밀며 말했다.

"관병식에 일왕이 참가한다는 기사가 났어요."

1932.1.8. 요요기 연병장에서 거행되는 신년 육군 시관병식에 천황 참가

기사를 읽던 정림이 신문 속 사진을 가리키며 말했다.

"여기, 일왕의 얼굴이 있네요."

필립은 신문 속 일왕의 얼굴을 유심히 바라봤다.

사흘 뒤 12월의 마지막 밤, 정림은 필립과 긴자 거리를 걸었다. 매년 12월 마지막 밤이 그러하듯, 1931년의 긴자 거리도 많은 사람으로 북적였다.

필립은 옷가게로 들어갔다. 필립을 따라서 옷가게로 들어간 그녀는 나가자고 곁눈질했지만, 필립은 꼼짝 않고 서서 여자 기모노를 골랐다.

"이거 어때요?"

"갑자기 웬 기모노예요?"

그녀에겐 상해에서 산 기모노가 한 벌 있었다. 게다가 여행을 온 것도 아닌데 기모노쇼핑이라니.

"거사 당일에 이 옷을 입는 게 어때요?"

"우린, 한국을 대표해서 온 건데, 기모노를 입는다는 건."

필립이 그녀의 말을 가로채며 말했다.

"놈들의 허를 찌르는 거죠."

결국, 필립은 정림의 기모노와 그의 하오리를 산 뒤에야 옷가게를 나왔다. 필립의 쇼핑은 멈추지 않았다. 신발가게에 가서 게다도 사고, 갖가지 잡동사니도 사들였다. 그런 뒤에도 그는 여전히 쇼핑 거리를 찾아 두리번거렸다. 필립의 행동이 못마땅한 정림은 앞장서서 걸었다.

바로 그때, 필립은 그녀만 남겨놓고 어딘가로 사라져버렸다.

"여기서 잠깐만 기다려요."

혼자 남겨진 정림은 망부석처럼 길 한복판에 우두커니 멈춰 섰다. 엄마를 기다리는 아이처럼 한 발짝도 떼지 않고 필립을 기다렸다. 한참을 기다려도 그는 오지 않았다. 어디 간 걸까. 점점 두려워졌다. 캄캄해진 밤거리의 짙은 어둠이 그녀를 더욱 고립시켰다. 필립이 사라진 짧은 시간이 마치 영겁의 시간처럼 길게만 느껴졌다.

정림은 제자리에 서서 사방을 둘러봤다. 스마트폰 카메라 속 파노라마뷰처럼 모든 것이 스쳐 지나갔다. 그녀만 빼고 모든 게 멈춰있는 것 같은 기분이 들었다. 평소와 다른 필립의 낯선 모습이 마치 마지막을 앞둔 사람 같았

　　　　　　　　일왕의 심장에 폭탄을 던지다

다. 어쩌면 그가 돌아오지 않을지도 모른다는 두려움이 불쑥 튀어나왔다.

그때였다.

댕. 댕. 댕. 댕. 댕. 댕. 댕. 댕.

하늘이 울리는 듯한 굉음이 고막을 밀고 들어왔다. 놀란 그녀가 고개를 들어 돌아봤다. 언제부터 있었는지 등 뒤에 커다란 시계탑이 있었다. 시계탑의 시곗바늘이 8시를 가리키고 있었다. 시계탑의 소리가 멈추자 기다렸다는 듯이 등 뒤에서 익숙한 목소리가 들려왔다.

"정림 씨. 제가 너무 늦게 왔죠?"

필립이었다. 그의 손에는 새로운 쇼핑백이 들려있었다.

1932년이 되었다. 관병식까지 일주일 남짓 남았다. 아침 일찍 호텔을 빠져나온 필립은 궁성 주변부터 경시청, 동경역까지 길이란 길은 샅샅이 뒤지고 다녔다. 큰 도로부터 좁은 골목까지. 새벽녘에 나와 해 질 녘에 호텔로 돌아갔다. 종일 돌아다니다 보니 집마다 숟가락이 몇 개인지 알 정도가 되었다. 눈감고도 목적지를 찾아갈 수 있을 것 같았다.

늦은 저녁 호텔로 돌아온 그에게 정림이 말했다.

"엿새 뒤에 관병식 예행연습을 한대요."

"어떻게 알았어요?"

그가 고개를 갸웃거리며 물었다.

"길을 걷다 우연히 엿들었어요."

그처럼 정림도 똑같이 궁성 주변을 걷다 왔다고 했다. 정림도 거사 준비를 하고 있었던 것이다.

"예행연습이 있는 날, 어디서 거사를 실행하면 좋을지 거사 장소를 미리 봐두는 게 좋겠어요."

"좋아요. 그날 우리도 거사 예행연습을 하도록 하죠. 예행연습을 하며 정확하게 계획을 세우자고요."

엿새가 지나고 정림이 말한 관병식 예행연습 날이 돌아왔다. 관병식 예행연습이 열리는 요요기 연병장에 가기 위해 필립과 정림은 일찌감치 거리로 나갔다.

두 사람은 도쿄역에서 야마노테센을 타고 하라주쿠역으로 갔다. 역 밖으로 나오자 분위기가 어제와는 사뭇 달라져 있었다. 거리 곳곳에 제복을 차려입은 수백 명의 경찰이 서 있었다. 긴장감이 감돌았다. 거사가 코앞에 다가왔다는 게 실감이 났다. 예행연습임에도 불구하고 실전처럼 느껴졌다.

"경찰이 막고 있는 저 길이 내일 일왕이 지나가는 길인가 봐요."

정림이 긴장한 얼굴로 말했다. 그도 주위를 둘러봤다. 두 사람을 경계하는 시선이 느껴졌다.

필립과 정림은 하라주쿠 역에서 오른쪽 도로를 따라 걸었다. 얼마 가지 않아 메이지 신궁으로 들어가는 진구바시가 나왔다. 두 사람은 진구바시를 건너 다리 끝에서 멈춰 섰다. 주위를 둘러보니 오른쪽은 메이지 신궁, 왼쪽은 요요기 연병장으로 가는 길이었다. 앞으로는 참배 길인 오모테산도가 넓게 뻗어 있었다. 그는 왼쪽 길을 택했다.

요요기 연병장에 들어서자 정림이 단호하게 말했다.

"여기선 안 되겠어요."

그의 생각도 그러했다. 사방이 탁 트인 데다 너무 넓었다. 게다가 수백 명의 육군이 모인 이곳에서 일왕에게 폭탄을 던지는 건 스스로 호랑이굴로 들어가는 거나 다름없었다.

요요기 연병장에서 나온 두 사람은 입구에 있는 진구바시 앞 가로수로

일왕의 심장에 폭탄을 던지다

걸어가다 가로수 아래 있던 두 명의 형사와 눈이 마주쳤다. 그는 고개를 돌려 정림에게 속삭였다.

"괜한 의심을 사면 안 되니깐 식당에 가서 얘기해요."

필립과 정림은 하라주쿠역 앞에 있는 중국 음식점으로 들어갔다. 그는 닭고기 계란덮밥을 주문한 뒤, 식당 주인에게 물었다.

"행사 당일 천황은 몇 시쯤 오는지 아시나요?"

식당 주인은 고개를 갸웃거리며 대답했다.

"9시 20분쯤 궁성문을 출발해서 10시쯤 도착한다고 들었습니다. 그리고 행사가 끝나는 11시에서 11시 15분쯤 이곳을 떠날 테고. 음. 12시쯤이면 궁성에 도착하겠네요."

그는 고개를 까닥이며 물었다.

"궁성에서 출발해서 여기로 오는 데까지 어느 길로 오시는지 아시나요?"

식당 주인은 머리를 긁적이며 대답했다.

"사쿠라다문을 지나 경시청 앞으로 해서 도라노몬 앞을 지난다고 들었습니다. 그리고는… 아, 아카사카미쓰케역 앞을 지나 오모테산도를 따라 요요기 연병장에 오실 겁니다."

"그렇군요. 감사합니다."

뒤돌아서 주방으로 가던 식당 주인이 돌아보며 물었다.

"그런데, 무슨 일 때문에 그러십니까?"

그는 미소를 지으며 대답했다.

"천황을 좀 더 가까이서 뵐 수 있을까 하고요."

"아, 네."

식당 주인은 고개를 갸웃거리며 주방으로 들어갔다.

잠시 후, 식당 주인은 주문한 닭고기 계란덮밥을 가지고 나왔다. 그는 "맛있게 드세요." 하고 말하며 돌아서는 식당 주인을 또다시 불러세웠다.

"죄송하지만, 천황은 보통 몇 번째 마차에 타십니까?"

"보통 세 번째에 타지요."

식사를 마친 필립과 정림은 왔던 길을 되돌아 야마노테센을 타고 동경역에 내렸다. 궁성 앞까지는 걸어가기로 했다. 경시청 앞에 도착하자, 필립은 손목시계를 보았다. 동경역에서 경시청까지 15분 걸렸다.

그는 경시청 맞은편 식당으로 들어갔다. 정림도 그를 뒤따라 왔다. 그는 메뉴판 첫 번째에 적힌 메뉴를 주문한 뒤 2층으로 올라갔다. 2층은 텅 비어 있었다.

두 사람은 창가 자리로 가서 앉았다. 창밖으로 맞은편 경시청과 사쿠라다 문이 훤히 보였다. 하라주쿠역 앞 식당 주인의 말에 의하면 일왕은 식당과 경시청 사이 도로를 따라 사쿠라다 문을 지나 궁성으로 들어간다고 했다. 그는 도로와 경시청, 사쿠라다 문을 유심히 살피며 폭탄의 사정거리를 눈으로 계산했다. 경시청 앞 전차 정류장의 삼각형 안전지대가 보였다. 사정거리와 조금 오차가 있긴 하지만, 나쁘지 않았다. 안전지대를 벗어나면 사정거리도 벗어나게 된다. 어떻게든 안전지대 안쪽에 자리하는 게 성공에 유리했다.

"뭘 그리 봐요?"

말없이 그를 지켜보던 정림이 물었다.

"저기 보이죠."

필립은 궁성을 둘러싸고 있는 인공연못을 가리키며 말했다.

"왕이 환궁하려면 저 해자를 건너야 해요."

일왕의 심장에 폭탄을 던지다

정림의 시선이 그의 손가락을 따라왔다.

"해자를 건너기 전, 마지막으로 시민들에게 인사를 하겠죠."

정림은 고개를 끄덕였다.

"그때가 기회예요."

정림은 여전히 말없이 듣기만 했다.

"환궁하기 직전, 경계가 느슨해진 틈을 피고드는 거죠."

그때, 식당 주인이 주문한 음식을 가지고 올라왔다. 식당 주인이 식탁에 그릇을 내려놓는 걸 보며 그가 말했다.

"이틀 후면 천황을 뵐 수 있겠군요."

식당 주인이 기대에 찬 얼굴로 미소를 지었다.

"혹시 주인도, 가십니까?"

"뵈러 가야지요. 잠깐 가게 문을 닫아놓고 갔다 올까 합니다."

"그렇군요."

식당 주인이 내려가자 그가 가게 안을 둘러보며 말했다.

"제가 사쿠라다 문 앞에서 마차에 폭탄을 던지고, 정림 씨는 이곳에서 지켜보다 혹시 폭탄이 불발되면 여기 창가에서 총으로 저격하는 게 어떨까요?"

그를 따라서 가게 안을 살피던 정림이 창밖을 내다봤다. 그리고 잠시 후 대답했다.

"좋아요. 그렇게 해요."

다음 날 아침, 빗방울이 유리창을 두드렸다. 거사를 하루 앞두고 예상치 못한 비가 내렸다. 아침부터 필립은 짐 정리를 하고 있었다.

"뭐해요?"

정림이 다가가자 필립은 지갑에서 열차 탑승권과 상해행 배 승선권을 꺼내어 내밀었다.

"이게 뭐예요?"

"무슨 일이 일어날지 모르니 각자가 가지고 있도록 하죠."

그녀가 멀뚱멀뚱 서 있자, 필립이 탑승권을 억지로 손에 쥐여주었다. 정림은 탑승권을 물끄러미 내려다봤다. 알 수 없는 감정이 마음속 깊은 곳에 자리잡았다.

"만약 도망가다 서로를 놓치게 되더라도 기다리지 말고 먼저 가서 배에 타요. 곧 따라갈 테니까."

"그게 무슨 말이에요?"

"서로를 챙기다 보면 더 위험해질 수 있잖아요. 어쩌면 따로 움직이는 게 안전할지도 몰라요."

필립의 의도를 알 수가 없었다. 대체 무슨 꿍꿍이인 걸까.

"내일 12시 30분에 동경에서 출발하는 열차예요. 무슨 일이 있어도 이 기차를 타야 해요. 그래야만 이튿날 새벽에 상해로 떠나는 배를 탈 수 있어요."

정림은 눈을 치켜뜨며 물었다.

"지금 무슨 얘길 하는 거예요?"

필립이 손을 잡으며 대답했다.

"상황이 어떻게 흘러갈지 알 수 없으니 여러 가지 경우의 수를 미리 생각해놓는 거일 뿐이에요."

정림은 필립의 손을 뿌리쳤다.

"만약, 제가 붙잡히더라도 정림 씨는 뒤돌아보지 말고 도망가요. 전, 어떻게든 뒤쫓아 갈 테니까."

그녀는 혼란스러웠다. 뭘 어떻게 해야 할지 아무것도 생각할 수 없었다.

일왕의 심장에 폭탄을 던지다

그녀의 마음을 아는지 모르는지 필립은 다시 한 번 강조했다.

"탑승권 잘 챙겨요."

탑승권을 가방에 넣는 그녀에게 필립은 은빛 반짝이는 무언가를 내밀었다.

"그리고 이건 선물이에요."

필립이 내민 건 다름 아닌 칼이었다.

"이걸 왜?"

"혹시 모를 상황에 대비해서 호신용 단검이에요. 웬만하면 사용하지 않는 게 좋겠지만, 꼭 필요한 경우에 쓰도록 해요."

정림은 칼을 내려다봤다. 요리할 때 외엔 칼을 사용해본 적 없었다.

"분명히 말하지만, 호신용이에요. 알겠죠? 단검이라 치명상을 입힐 순 없을 거예요. 잘못 사용해서 더 큰 일이 벌어질 수도 있고요."

필립이 신신당부했다. 그녀도 알고 있었다. 이까짓 단검으로 칼을 꽂은 소총을 어찌 이기랴. 정림은 일본 헌병의 허리춤에 꽂혀있는 장검을 떠올렸다.

"일본에서는 기모노 오비에 걸어서 사용한대요."

칼을 만지작거리던 그녀가 고개를 들며 말했다.

"이건 언제 샀어요?"

"지난번 긴자에서 쇼핑한 날에요."

그날 그녀만 남기고 사라졌던 그때, 필립은 그녀에게 줄 단검을 사러 갔던 거였다.

필립이 칼집에서 칼을 뽑아 들었다. 날카로운 단검이 모습을 드러냈다. 필립은 손으로 칼의 옆면을 손으로 쓸어내렸다. 그때였다.

"앗."

필립의 손에서 시뻘건 피가 칼날에 뚝뚝 떨어졌다. 칼날이 너무 날카로워 스치기만 했을 뿐인데 손을 베어버렸다. 다행히 심하게 벤 건 아니었다. 정림은 트렁크에서 구급함을 꺼내었다.

"그건 뭐예요?"

필립이 관심을 보였다. 정림은 구급함에서 꺼낸 반창고를 필립의 손가락에 붙여주며 말했다.

"혹시 다치면 필요할 것 같아 준비했어요. 이곳에선 병원에 갈 수도 없을 테니까."

"이건 언제 준비했어요?"

그녀도 아무런 준비도 없이 필립을 따라온 건 아니었다. 위조여권을 만드는 곳을 수소문해서 위조여권을 미리 만들어 두었고, 동경까지 함께할 기모노도 미리 사두었다. 만에 하나 다칠 걸 대비해 약품도 미리 사두었다. 틈나는 대로 총 쏘는 연습도 하고, 도망갈 때를 대비해 체력을 키우려 운동도 게을리하지 않았다. 필립을 도우러 왔다기보다, 그녀 역시 거사의 일원이 되려고 했다. 그런데 그에겐 그저 걸리적거리는 존재였던 걸까.

"그것도 나눠줘요."

정림이 고개를 들었다. 필립이 진지한 얼굴로 바라보고 있었다. 그녀는 필립이 하자는 대로 하기로 했다. 어쩌면 필립의 말이 맞을지도 몰랐다. 그녀는 가방 속에 들어있던 수면마취제와 진통제, 주사기도 꺼내어 필립에게 내밀었다. 주사기와 약품을 받아든 필립은 혼잣말하듯 중얼거렸다.

"부디 구급함을 꺼내는 일은 없어야 할 텐데."

"혹시 주사기 사용해본 적 있어요?"

필립이 고개를 저었다. 정림은 주사기 사용법을 필립에게 알려주었다. 필립은 습득이 빠른 남자였다. 비어버린 구급함을 정리하는 그녀에게 필립이 넌지시 말했다.

"주는 김에 정림 씨 쓰는 화장품도 나눠줘요."

"화장품이요? 어디에다 쓰려고요?"

필립이 담담하게 대답했다.

"왠지 필요한 일이 생길 것 같아요."

"화장을요?"

웃음이 터진 그녀와는 달리 필립은 그 어느 때보다 진지해 보였다.

"그러지 말고. 정말 줘봐요."

정림은 파우치를 열어 화장품 몇 가지를 필립에게 내밀었다. 필립은 파우치를 요리조리 보더니 몇 가지 더 챙겼다. 도대체 뭘 하려는 걸까. 필립의 행동은 이해되지 않는 것투성이였다. 짐 정리가 끝나갈 때쯤 필립이 하얀 봉투를 내밀었다.

"이건 또 뭐예요?"

"상해까지 가는 동안 혹시 곤란한 상황이 생기면 이 봉투를 꺼내서 보여주세요. 요긴하게 쓰일 거예요."

정림은 봉투를 받아들었다. 왠지 께름칙했지만, 말없이 가방에 집어넣었다.

짐 정리를 모두 끝낸 필립은 트렁크 깊숙한 곳에 넣어둔 폭탄 상자를 꺼내었다. 실패하지 않으려면 수류탄에 습기가 차지 않게 해야 했다. 그는 상자를 열어 수류탄 2개를 꺼내어 마른 손수건으로 닦았다. 옆에서 정림이 알려주는 대로 수류탄 주둥이에 끼워놓은 나무 마개를 뽑으려 엄지와 검지를 나무 마개에 가져다 댔다. 손에 땀이 배 하마터면 수류탄을 손에서 놓칠 뻔했다. 그는 조심스레 나무 마개를 빼낸 뒤, 그 자리에 쇠로 된 기구를 끼워넣었다. 이제 안전핀을 뽑고 던지기만 하면 수류탄은 폭발할 것이다. 긴장한 그를 보며 정림은 안전핀을 뽑더라도 손가락으로 만지는 정도로는 폭발하지 않으니 걱정하지 말라고 했다. 그녀의 말을 듣고도 왠지 입이 바짝 말랐다. 제발 잘 터져다오.

그때였다. 문 쪽에서 노크가 들렸다. 필립과 정림의 고개가 동시에 돌아갔다. 필립은 서둘러 수류탄을 상자에 넣고 침대 밑 깊숙이 밀어 넣었다.

"누구세요?"

문 뒤에서 여러 명의 발소리가 들렸다.

"문 좀 열어보시오."

그는 정림에게 욕실로 가서 물을 틀어놓고 나오지 말라고 한 뒤, 웃옷을 벗었다. 정림이 욕실 문을 닫고 사라지자, 그는 조심스레 문을 열었다. 문 뒤에는 세 명의 사복형사가 서 있었다.

"무슨 일입니까?"

그가 미간을 찌푸리며 물었다.

"내일 관병식이 있어 동경 시내에 있는 숙박시설을 수색하고 있으니 협조해주시오."

무례하게 문을 열어젖힌 형사 무리가 방 안으로 밀고 들어왔다.

"아리따운 여인이 욕실에서 씻고 있으니 빨리 수색하고 나가 주세요. 당신들만큼 나에게도 오늘은 중요한 날이니."

형사는 방 안 구석구석 뒤지고 다녔다. 가슴이 조마조마했다. 그는 안절부절못하고 형사를 따라다녔다. 만에 하나 형사가 폭탄을 발견하기라도 한다면, 거사를 실행하지도 못하고 꼼짝없이 잡혀갈 터였다.

형사가 욕실 앞을 지날 때였다. 욕실 문이 빼꼼 열렸다. 놀란 필립이 속으로 소리쳤다.

'안돼. 정림 씨.'

그때, 문틈으로 하얀 팔이 불쑥 튀어나오더니 벗은 옷가지와 속옷을 문 앞에 내려놓았다. 당황한 형사가 헛기침을 해댔다.

"수상한 건 없어 보이니 그만 가보겠소. 혹시 수상한 사람이 보이면 여 기로 연락 주시오."

형사는 명함을 건넨 뒤, 황급히 방을 나갔다.

필립은 안도의 한숨을 내뱉으며 욕실 앞으로 다가갔다.

"이제 나와도 돼요. 저 잠깐 나갔다 올 테니 문 잘 잠그고 방 안에 꼼짝 말고 있어요."

욕실 안에선 대답이 없었다.

"그리고. 좋은 전략이었어요. 덕분에 형사들이 나가버렸어요."

필립은 민망해할 정림을 생각해 호텔 밖으로 나왔다. 오전부터 내린 비 는 그칠 줄 몰랐다. 빗소리만이 동경 거리를 가득 채웠다. 그는 우산 위로 떨어지는 빗소리를 들으며 거리를 거닐었다. 거리는 온통 잿빛으로 물들어 있었다. 마치 그의 앞날을 보는 듯해서 눈을 감아버렸다. 눈을 감자 수백 명 의 사람이 행진하듯 일정하게 움직이는 발소리가 들려왔다. 무슨 일일까.

그는 발소리가 들리는 쪽으로 걸어갔다. 이천여 명은 족히 돼 보이는, 제 복을 입은 부대가 일왕이 행차하는 도로와 회장 주변에 수상한 물체나 움 직임이 있는지 확인하고 있었다.

필립은 우산을 내려 얼굴을 가렸다. 앞이 보이지 않아서인지 발소리가 더 또렷하게 들렸다. 수천 개의 발소리가 귓가에 쿵쾅거렸다. 그의 발걸음 도 점점 빨라졌다. 제복 부대에서 멀어져가는데도 여전히 귀에선 쿵쾅거렸 다. 정신없이 걷던 그는 그만 앞서가던 사람과 부딪혔다.

"죄송합니다."

뒤돌아선 남자가 그를 위아래로 훑으며 말했다.

"뭘 그리 정신없이 가시오."

사복형사였다. 정신을 차리고 주위를 둘러보니 얼핏 봐도 백여 명은 될 듯한 사복경찰이 지나가는 사람들을 검문하고 있었다. 그뿐만이 아니었다. 여관이나 음식점, 유곽, 신사, 빈집 등 쥐새끼조차 숨지 못하도록 샅샅이 뒤지고 다녔다.

그때, 옆에 있던 사복경찰이 그를 알아봤다.

"또 뵙군요. 그땐 죄송했었습니다."

며칠 전 경시청에서 조선인이 아니냐며 그를 불러세운, 눈썰미 좋은 형사였다. 필립은 주위를 두리번거리는 척하며 물었다.

"무슨 일 있습니까?"

"무슨 일은요. 천황 행차를 앞두고 으레 있는 절차지요. 그런데, 이번엔 좀 특별히 신경을 쓰고 있긴 합니다."

그는 물음 대신 눈썹을 들어 올렸다.

"천황을 암살하려는 불령자 무리가 동경에 들어왔다는 정보를 입수했지 뭐요. 물론, 그 불령자가 뜻한 바를 이루진 못하겠지만 말이오."

서늘해진 등줄기로 식은땀이 흘러내렸다.

"그렇군요. 그럼 전 이만 가보겠습니다. 수고들 하세요."

필립은 애써 침착한 얼굴로 뒤돌아섰다. 이만 호텔로 돌아가야겠다 생각했다. 거사를 치르기도 전에 검문에 걸리기라도 한다면 그간의 노력이 모두 물거품이 되고 말 것이다.

호텔로 향하는 그의 뒤통수가 따끔거렸다. 수천 개의 눈동자가 일제히 자신을 향하고 있는 것만 같았다. 한 발 한 발 뗄 때마다 심장이 요동쳤다. 요동치는 심장박동만큼이나 발걸음도 빨라졌다.

일왕의 심장에 폭탄을 던지다

필립은 앞만 보고 걸었다. 온몸에서 흘러내린 땀이 겨울바람에 닿아 온몸이 오돌오돌 떨리기 시작했다. 반대로 입에선 뜨거운 숨이 거칠게 뿜어져 나왔다. 가슴이 옥죄어왔다. 더는 한 발짝도 내디딜 수 없을 것만 같았다. 호텔을 코앞에 두고 시야가 점점 희미해져 갔다. 이대로 죽는 건 아닐까. 영영 집으로 돌아가지 못하는 건 아닐까.

정신을 잃었다. 죽은 걸까. 몸이 공중으로 붕 떠오르더니 구름 위에 뉘어졌다.

욕실로 들어간 정림은 샤워기에 물을 틀어놓고 스마트폰을 켰다. 인터넷 포털사이트 검색창에 '칼로 사람을 죽이는 법'이라 써넣었다. 마땅한 답변을 찾을 수 없자, 검색어를 수정했다.

'급소를 찌르는 법', '급소 위치'

그녀는 시간이 가는 줄도 모르고 스마트폰에 얼굴을 파묻었다.

그때, 밖에서 필립의 목소리가 들려왔다. 밖으로 나와 보니 필립은 나가고 없었다. 정림은 필립을 기다리다 잠이 들었다.

꿈속에서 정림은 시계탑 앞에서 누군가를 기다리고 있었다. 주위를 둘러보니 한글로 적힌 간판이 보였다. 다행히 집으로 돌아간 듯했다. 시간은 흘러만 가는데, 기다리는 사람은 오지 않았다. 그녀는 하염없이 기다렸다. 시계탑의 시침이 초침만큼이나 빠르게 움직였다. 시침이 빠르게 움직일수록 그녀의 얼굴도 늙어갔다. 20대의 얼굴에서 중년 여성이 되고, 노인이 되었다. 긴 세월이 지나가도록 기다리는 이는 오지 않았다. 오랜 기다림 끝에 백발노인이 된 그녀 앞에 기다리던 이가 나타났다. 그녀가 그토록 기다린 사람은 필립이었다. 그런데 웬일인지 필립의 모습은 늙지 않고 그대로였다. 필립은 백발노인이 된 그녀를 단박에 알아봤다.

필립은 몹시 지친 얼굴로 말했다.

"제가 너무 늦게 왔죠?"

꿈이라기엔 생생한 필립의 목소리에 정림은 잠을 깼다. 하필 큰일을 치르기 전날, 왜 이런 꿈을 꾼 건지. 왠지 불길한 기분이 들었다. 방안을 둘러보니 필립은 아직 들어오지 않았다. 창밖에선 제복 부대가 동네를 이 잡듯 뒤지고 다녔다. 혹시 검문에 걸린 건 아닐까.

정림은 필립을 찾으러 호텔 밖으로 나갔다. 저 멀리서 그가 걸어오고 있었다. 그녀는 손을 흔들었다. 필립은 앞을 보고 있는데도 그녀를 보지 못했다. 다시 한 번 손을 흔들었다. 조금 더 가까워졌다. 필립은 창백한 얼굴로 가슴을 움켜쥔 채 쓰러질 듯 말 듯 비틀거렸다. 필립은 죽음의 문턱을 넘나들고 있었다.

정림은 황급히 호텔 로비로 뛰어들어갔다.

"도와주세요."

두 명의 남자 경비가 그녀를 따라 호텔 밖으로 뛰어나왔다. 어느새 필립은 바닥에 쓰러져있었다.

"방으로 옮겨주세요."

"병원으로 가야 하지 않을…."

정림은 남자의 말을 가로채며 말했다.

"제가 간호사예요."

남자 둘은 필립을 번쩍 들어 안아 침대에 눕힌 뒤, 방을 나갔다.

정림은 필립의 옆에 걸터앉아 그의 뺨을 어루만졌다.

그때, 필립의 눈꺼풀이 들썩였다. 덮인 눈꺼풀 아래로 눈동자가 움직였다.

"괜찮아요?"

필립이 힘겹게 눈을 떴다. 여전히 그의 몸은 떨리고 있었다. 정림은 두

일왕의 심장에 폭탄을 던지다

손으로 그의 볼을 감쌌다. 잠시 뒤 떨림도 서서히 누그러졌다. 하얗게 질린 얼굴에도 혈색이 돌아왔다. 그녀는 눈가가 뜨거워져 오는 걸 느꼈다. 필립은 눈을 감은 채 한쪽 팔을 옆으로 뻗었다. 정림은 필립의 팔을 베고 누웠다. 왈칵 눈물이 쏟아졌다.

눈을 뜨니 성림이 눈물을 글썽이고 있었다. 다시 눈을 감았다. 몸에서 일어나고 있는 일을 그는 정확하게 알고 있었다. 공황장애.

"왜 그래요? 무슨 일 있었어요?"

대답하고 싶지만, 물먹은 솜뭉치가 목에 턱하고 걸린 기분이었다. 숨을 컥컥대던 그는 전기에 감전된 사람처럼 온몸이 파르르 떨렸다. 놀란 정림이 그의 몸을 주무르기 시작했다. 조금씩 제 호흡을 되찾았다. 떨리는 몸도 진정되어 갔다.

"언제부터 이랬어요?"

"과거로 오기 전부터요. 최근에는 많이 좋아졌었는데… 한 달 전 선생님을 만난 날부터 다시 시작됐어요."

입에서 쇳소리가 새어 나왔다. 정림의 눈썹이 '여덟 팔(八)'자를 그렸다.

"괜찮아요. 걱정 안 해도 돼요. 익숙한 상황이라."

"죽음의 문턱까지 다녀왔는데 어떻게 걱정을 안 해요. 약은 있어요?"

필립은 몸을 일으켜 가방에서 약통을 꺼내었다. 약통에는 3회분의 약이 남아있었다.

"이게 다예요. 나머지는 집에 있을 거예요. 퇴근해서 집에 가면 가방 속 물건을 책상 위에 꺼내는 습관이 있거든요."

정림이 한숨을 내쉬었다.

"어떡해요? 이곳에선 약을 구하질 못하는데."

'그러게요. 저 이제 어떡하죠.' 답답한 건 그였다.

정림이 그를 안고서 등을 토닥여주었다. 정림의 품은 엄마의 품처럼 따뜻했다. 그녀의 눈에서 떨어진 눈물이 그의 팔을 타고 흘러내렸다.

필립은 얕은 숨을 내뱉으며 노래를 불렀다.

"동해물과 백두산이 마르고 닳도록 하느님이 보우하사 우리나라 만세….'

정림도 따라 불렀다. 그는 목이 메어왔다. 필립은 조금 더 큰 소리로 불렀다.

"무궁화 삼천리 화려 강산 대한 사람 대한으로 길이 보전하세….'

밤새 내린 비가 그치고, 햇살이 쏟아졌다. 아침이 되자 구름 한 점 없이 화창한 하늘이 오늘 있을 거사를 더욱 빛내줄 것만 같았다.

준비를 마친 필립은 정림과 거리로 나왔다. 공기가 무겁게 가라앉은 거리는 긴장감이 감돌았다. 짝을 지은 경비 순사와 사복형사가 예리한 눈빛으로 주변을 살피며 돌아다녔다. 반면, 점점 모여드는 시민들의 얼굴은 열기구를 탄 것처럼 한껏 들떠 있었다. 일본인 특유의 방식처럼 들뜬 마음이 얼굴에는 드러나지 않지만, 그들을 감싸고 있는 가벼운 공기가 그들의 마음을 대변했다. 그는 거사에 성공한다면 독립은 어려울지 몰라도 일본 사회에 큰 충격을 줄 수 있겠다고 생각했다.

필립은 새로 지은 국회의사당 앞을 가로질러 참모본부 앞을 지났다. 그때, 어디선가 날아오는 시선이 느껴졌다. 그는 걸음을 멈추고 주위를 살폈다.

"왜 그래요?"

정림이 물었다.

"누가 쫓아오는 것 같지 않아요?"

일왕의 심장에 폭탄을 던지다

정림이 손을 잡으며 대답했다.

"아무도 우리에게 관심 두지 않아요. 불안한 건 필립 씨 마음일 뿐이에요."

필립은 애써 고개를 돌렸지만, 찜찜한 마음을 떨쳐낼 수 없었다. 참모본부 앞 내리막길을 걸어 내려가는 내내 그는 계속해서 주위를 힐끔거렸다. 그의 발소리와 똑같은 박자로 들려오는 발소리가 귓가에 울려댔다. 그는 불안을 몰아내려 깊은숨을 몰아쉬었다. 잠시나마 마음이 진정되었다. 정신을 차리고 보니 내리막길 끝 사거리에 멈춰서 있었다.

필립은 왼쪽 길을 선택했다. 발걸음을 떼려는데 정림이 멈칫했다.

"그쪽은 경시청이잖아요."

"사쿠라다 문 앞으로 가려면 어떤 길을 택하든 경시청을 지날 수밖에 없어요. 피할 수 없다면 정면 돌파해야죠."

정림은 썩 내키지 않는 눈치였다. 필립은 결단을 내려야 할 때가 왔다는 걸 직감했다.

"이쯤에서 따로 가죠."

정림이 입술을 지그시 깨물었다.

"계획대로만 하면 돼요."

정림은 고개를 끄덕이며 그의 손을 두 손으로 감쌌다.

"우리 꼭 돌아갈 거라는 거, 잊지 마요. 상해가 아니라, 2021년 서울이요."

필립은 정림의 두 볼을 감싸며 말했다.

"우리 꼭 돌아가서 광화문 앞에 있는 카페에서 커피 마셔요."

마지막 당부도 잊지 않았다.

"도망가다 혹시 헤어지더라도, 상해행 배 안에서 만나요."

'그러니 기다리지 말고 도망가요.'라는 말은 생략했지만, 정림의 눈가가 붉게 물들었다.

필립이 먼저 뒤돌아섰다. 정림의 눈을 똑바로 볼 자신이 없었다. 마음을 추스르며 경시청 옆길을 따라 걷다 보니 어느새 경시청 본관 북쪽에 도착했다. 경시청을 지나 사쿠라다 문 앞으로 걸어가려는데 경비 순사가 앞을 가로막았다.

"이곳은 입장권이 있어야만 들어갈 수 있습니다."

그는 입장권을 꺼내어 내밀었다. 배 안에서 만난 일본인 상인에게서 받은 입장권이 이렇게 유용하게 쓰일 줄 몰랐다. 모든 운이 그를 향하고 있었다.

"바쁜 일이 있어 관병식을 그만 놓쳤지 뭡니까. 황궁으로 들어가는 천황 폐하의 그림자만이라도 보고 싶은데 들어갈 수 없겠습니까."

필립을 위아래로 훑어보던 경비의 시선이 그의 손목시계에서 멈췄다. 시계가 햇빛에 반짝였다. 경비가 들어가라 손짓했다.

그는 경비를 지나쳐 경시청 정문 현관으로 걸어갔다. 경시청 앞은 일왕의 모습을 보려고 모여든 사람들로 발 디딜 틈이 없었다. 사람들은 큰길을 따라 여러 겹으로 줄지어 있었다. 그는 인파 속에 몸을 숨겼다. 사람들의 시선이 한곳으로 몰린 걸 보아 아직 일왕 행렬은 지나가지 않은 듯했다. 그는 큰 몸집을 이용해 사람들을 헤집고 조금씩 앞으로 나아갔다. 사쿠라다 문 앞 큰길에 다다르자 이번에는 호위 경찰이 그를 가로막았다.

"더는 나오면 안 되오."

필립은 경찰의 제지를 순순히 따랐다. 경찰의 시선을 받아서 좋을 게 없었다. 조용히 뒤돌아선 그는 수류탄의 사정거리를 계산하며 뒤로 물러났다.

필립은 사쿠라다 문과 경시청 사이 도로를 오가는 전차 정류장 잔디밭

일왕의 심장에 폭탄을 던지다

삼각형 모양 안전지대에 멈춰 섰다. 몸을 돌려 사쿠라다 문을 바라보며 수류탄이 날아가는 모습을 상상했다. 이쯤이면 될까. 경찰의 시선을 받지 않으면서 수류탄이 목표에 적중하기에도 적당해 보였다.

그때였다. 웅성거리는 소리가 들려왔다. 멀리서 마차가 다가오는 게 보였다. 필립은 주머니에 손을 넣어 수류탄을 쥐었다. 차가운 쇳덩이가 만져졌다. 귀에선 심장 소리가 울려댔다.

쿵. 쿵. 쿵. 쿵. 쿵. 쿵. 쿵. 쿵.

필립과 헤어진 정림은 길가에 세워진 택시에 올라탔다. 최대한 경시청에서 떨어져 사쿠라다 문에 접근할 셈이었다.

"동경역으로 가주세요."

택시기사는 예상대로 히비야 공원 왼쪽 길로 차를 몰았다. 공원이 끝나는 사거리에 다다를 때쯤 정림은 택시를 세웠다.

"여기서 잠시만 기다려주세요."

택시기사가 뒤로 돌아봤다.

"물건을 놔두고 왔어요. 금방 가져올게요. 기다리는 시간만큼 돈을 내겠습니다."

기사는 흔쾌히 차를 구석에 세웠다. 택시에서 내린 그녀는 사쿠라다 문을 향해 걸어갔다. 인파를 피해 사람들 옆을 지나 이틀 전 점심에 들렀던 식당으로 향했다. 문이 열려있었다. 정림은 조심스레 문을 열고 안을 들여다봤다.

"계세요."

기척이 없었다. 식당 아주머니는 어제 말했던 것처럼 일왕 행렬을 보러 나간 모양이었다. 정림은 안으로 들어갔다. 조금 후 폭탄이 터지면 식당 주인은 식당 안으로 달려올 것이고, 그전에 일왕의 심장에 총을 쏘고 식당 밖으로 나가야 한다. 마음이 급해졌다.

정림은 서둘러 2층으로 올라갔다. 창가에 빗겨선 그녀는 눈을 빼꼼 내밀어 제일 먼저 식당 아주머니를 찾아보았다. 콩나물시루처럼 빼곡히 모인 사람들의 얼굴을 분별하기란 쉽지 않았다. 오른쪽 끝에서 왼쪽 끝까지 찬찬히 훑던 그녀는 식당 아주머니 옆에 서 있는 필립을 발견했다. 필립은 호위 경찰 뒤로 셋째 줄에 서 있었다. 마차가 지나가는 길목을 생각해볼 때 가깝고도 발각되기 쉬운 위험한 지점이었다. 걱정이 앞섰다. 저기서 발각되지 않고 빠져나올 수 있을까. 필립의 어깨가 뻣뻣하게 굳어있었다. 정림은 애써 걱정을 떨쳐버리고 도주로를 눈으로 훑었다.

바로 그때, 저 멀리서 마차 행렬이 들어왔다. 재빨리 총에 총알을 넣고 장전을 마친 그녀는 창문을 열었다. 웅성거리는 소리가 들려왔다. 정림은 심호흡을 내뱉은 뒤, 총을 든 손을 창틀에 걸치고 마차에 조준했다. 필립이 폭탄을 던지고 그녀가 조준 사격을 한다고 가정했을 때, 사정거리는 오십 미터 남짓. 명중하기만 한다면 일왕을 죽일 순 없어도 충분히 타격을 입힐 수 있을 것 같았다.

마차는 점점 가까워져 오고 있었다. 손에 땀이 축축하게 배었다. 만에 하나 손이 미끄러져 타격을 비껴가면 안 되었다. 정림은 침착하게 마음을 가다듬었다. 그사이 마차가 필립 앞으로 다가오고 있었다.

"왔다. 자. 5, 4, 3, 2, 1."

필립은 모여든 사람보다 머리 하나는 더 큰 키 덕에 마차가 훤히 보였다. 마차는 총 세 대. 수류탄은 단 두 개. 하라주쿠역 앞 식당 주인의 말대로라면 마지막 마차에 일왕이 타고 있겠지만, 끝까지 방심해선 안 된다. 엉뚱한

일왕의 심장에 폭탄을 던지다

마차에 폭탄을 다 써버리는 불상사가 생겨서는 안 된다. 폭탄 하나는 투척용, 또 한발은 자살용이지만 그는 수류탄 두 발 모두 일왕에게 던질 셈이었다. 그에겐 끝까지 살아남아 돌아가야 할 곳이 있었다. 실패하더라도 최후의 수단인 정림의 총이 있지만, 어떻게든 그의 손으로 해치워야 한다. 정림이 총을 쓰는 일은 없어야 한다.

마차가 점점 앞으로 다가오고 있었다. 필립은 마차 안에 타고 있는 사람의 얼굴을 더 자세히 보기 위해 발뒤꿈치를 들어 올렸다. 모자 안에 맺혀있던 땀이 이마를 타고 흘러내렸다.

잠시 후, 마차가 코앞으로 다가왔다. 그는 사람들이 눈치채지 못하게 조심스레 안전핀을 뽑아냈다. 그때, 앞장서서 걷는 의장병 뒤로 첫 번째 마차가 지나갔다. 열린 창문 틈으로 마차 안을 살폈다. 두 명의 남자가 타고 있었다. 처음 본 얼굴이었다. 두 번째 마차가 다가왔다. 마차 안에서 누군가가 사람들을 향해 손을 흔들고 있었다. 수류탄을 잡은 손에 저절로 힘이 들어갔다. 손을 흔드는 걸로 보아 일왕이지 않을까 하는 생각을 하던 찰나 근위병 행렬이 나타났다. 설마 폭탄을 던져보기도 전에 놓친 걸까. 어떻게 해야 할지 고민하는 사이 근위병 행렬 뒤로 세 번째 마차가 다가왔다. 세 번째 마차에는 단 한 사람만이 타고 있었다. 한 사람, 일왕이었다.

필립은 오른쪽 주머니에서 수류탄을 꺼내어 있는 힘껏 던졌다. 수류탄은 포물선을 그리며 세 번째 마차를 끌던 말 뒷다리에 떨어졌다. 펑 하고 커다란 폭음과 연기가 뿜어져 나왔다. 눈을 가늘게 떠서 보니 소리만 요란했을 뿐, 터지지 않았다. 불발탄이었다. 식은땀이 흘러내렸다. 폭탄이 터지지는 않았지만, 폭음에 놀란 말이 이리저리 날뛰었고 마차에 탄 사람들이 황급히 마차에서 내렸다. 폭탄에 놀란 사람들도 우왕좌왕 사방으로 뛰어다녔다. 순식간에 아수라장이 되었다.

필립은 세 번째 마차에 시선을 고정했다. 첫 탄이 실패했기에 두 번째는 실수가 없어야 한다. 그는 혼란을 틈타 왼쪽 주머니에서 두 번째 폭탄을 꺼내어 힘껏 던졌다.

그는 폭탄이 터지는 걸 확인하지도 못하고 사람들 속에 한데 섞여 달렸다. 등 뒤에서 호루라기 소리와 군홧발 소리가 들려왔다. 뒤이어 몇 발의 총소리가 들렸다. 일경이 쏜 건지, 정림의 총소리인지 알 길이 없었다. 정림은 어찌 됐을까. 무사히 현장을 떠났을까. 히비야 공원 앞을 지나던 그는 뒤를 돌아봤다. 순사 무리가 쫓아오고 있었다.

"들켰다."

필립은 달리고 또 달렸다. 구둣발 소리가 점점 커졌다. 그를 뒤쫓는 순사의 수가 점점 많아지고 있었다. 구둣발 소리는 점점 더 가까워지고 있었다. 엎친 데 덮친 격으로 그는 막다른 골목에 가로막혔다.

필립이 두 번째로 던진 폭탄은 엄청난 폭음을 내며 터졌다. 일왕을 구하러 달려가던 두 명의 호위병이 일왕을 코앞에 두고 공중으로 날아가 바닥에 고꾸라졌다. 화염이 걷힌 자리에는 일왕이 기침을 헤대며 비틀거렸다.

정림은 창문 너머로 일왕을 조준한 다음 방아쇠를 당겼다. 탕. 탕. 탕. 소리와 함께 일왕은 주저앉았다. 아직 네 발의 총알이 남아있었지만, 시간이 없었다. 식당 주인이 오기 전에 식당을 나가야 한다. 서둘러 장전한 다음 네 번째 총알을 쐈다. 탕. 긴장한 탓인지 총알이 빗나가버렸다. 더는 지체할 수 없었다. 식당 주인이 달려오고 있었다.

정림은 계단을 뛰어 내려갔다. 간발의 차로 식당을 빠져나왔다. 고개 숙인 채 도망쳐온 식당 주인은 식당에서 나오는 그녀를 보지 못했는지 황급히 식당 안으로 들어갔다.

일왕의 심장에 폭탄을 던지다

정림은 우왕좌왕하는 사람들 속으로 뛰어들어갔다. 슬쩍 뒤돌아보니 순사 무리가 식당으로 들어가는 모습이 보였다. 그녀는 인파에 뒤섞여 히비야 공원으로 달렸다. 다행히도 택시는 여전히 그녀를 기다리고 있었다.

정림은 잽싸게 택시에 올라탔다. 그녀가 달려오는 걸 본 택시기사가 물었다.

"저 앞에 무슨 일이 있나요?"

"위험하니 어서 동경역으로 가주세요."

시계를 보니 기차 출발까지 시간이 얼마 남지 않았다. 정림은 겁먹은 표정을 지어 보이며 말했다.

"빨리 가주세요."

영문을 모르는 택시기사는 그녀의 말대로 동경역으로 내달리기 시작했다. 정림은 가쁜 숨을 몰아쉬며 뒤를 돌아봤다. 쑥대밭으로 변한 경시청이 점점 멀어지고 있었다. 필립은 어떻게 되었을까.

동경역에 도착하자 헌병이 그녀보다 먼저 도착해 진을 치고 있었다. 기차에 타기도 쉽지 않을 것 같았다. 정림은 대합실을 가로질러 화장실로 들어갔다. 그녀는 오른쪽 허벅지에 권총을, 왼쪽 브레지어 안에 스마트폰을 숨겼다. 가방에서 게다를 꺼내어 신고 오비 안쪽에 필립에게 선물로 받은 단검을 찼다. 준비를 마치자마자 열차 출발을 알리는 안내방송이 흘러나왔다.

열차표를 꺼내 든 정림은 숨을 고르며 개찰구로 걸어갔다. 긴장한 나머지 온몸이 뻣뻣하게 굳어버렸다. 열차표를 확인한 검표원이 안으로 들어가라 손짓했다. 안도의 한숨을 내뱉기도 전에 끔찍한 상황이 눈앞에 펼쳐졌다. 수십 명의 헌병이 열차 앞에 서서 열차에 타려는 사람을 검문하고 있었다. 그녀도 따라서 줄을 섰다. 입이 바짝 말라왔다. 줄은 점점 줄어들어 그녀의 차례가 다가왔다.

때마침 기차 경적이 울렸다. 기차가 곧 출발하려는 모양이었다. 헌병들이 말을 주고받더니 기다리는 사람들에게 기차에 타라며 손짓했다.

정림은 헌병과 눈이 마주치지 않으려 허공을 응시한 채 기차에 올라탔다. 사람들이 모두 기차에 탄 걸 확인한 헌병들도 기차에 올라탔다. 등에서 식은땀이 흘러내렸다. 열차표에 적힌 자리에 도착했지만, 옆자리에 타고 있어야 할 필립은 없었다. 그녀는 창문 너머 플랫폼을 둘러봤지만, 필립은 보이지 않았다.

야속하게도 기차는 움직이기 시작했다. 어쩌면 필립이 먼저 기차에 탄 뒤, 화장실에 숨어있을지도 모른다는 생각에 그녀는 브래지어 안에 숨겨둔 스마트폰을 꺼내어보았다. 와이파이 안테나가 꺼져있었다. 필립은 근처에 없었다. 설마 기차에 타지 못한 걸까.

필립을 찾아 두리번거리던 그때, 헌병이 들이닥쳤다. 정림은 황급히 왼쪽 브래지어 속에 스마트폰을 집어넣었다. 헌병은 앞자리에 앉은 사람부터 검문하기 시작했다. 열차표를 쥔 그녀의 손이 떨리기 시작했다.

헌병이 그녀의 앞에 앉은 사람에게 멈춰 섰을 때였다. 정림은 다리를 슬쩍 내밀었다. 기모노 밖으로 그녀의 하얀 다리가 삐져나왔다. 기모노 상의를 아래로 슬쩍 잡아당겼다. 하얀 가슴이 옷 밖으로 고개를 내밀었다. 앞사람 검문이 끝나고, 두 명의 헌병이 그녀에게 다가왔다. 정림 앞에 멈춰 선 헌병의 시선이 그녀의 가슴으로 향했다.

"어디 가는 길이오?"

"오사카에 가는 길입니다."

헌병은 정림의 대답에는 관심이 없다는 듯 그녀의 다리와 가슴을 번갈아 보며 들고 있던 봉으로 옆자리를 가리켰다.

"옆에는 어디 갔는가?"

일왕의 심장에 폭탄을 던지다

"모릅니다."

그때, 갑자기 헌병이 허리를 숙여 그녀의 얼굴 앞으로 다가왔다. 헌병의 얼굴과는 불과 손가락 하나만큼 가까워졌다. 숨이 멎었다. 가슴이 뛰기 시작했다. 헌병은 마치 비웃기라도 한 듯 음흉한 미소를 지었다.

그 순간, 헌병의 손이 다리 사이를 파고들었다. 놀란 그녀의 손이 허공을 가르며 헌병의 뺨을 내리쳤다. 짝, 소리와 함께 열차 안은 일순간 고요해졌다. 모든 시선이 헌병에게 집중됐다. 화가 난 헌병이 허리를 펴고 일어서더니 들고 있던 봉으로 그녀의 오른쪽 가슴을 찌르며 말했다.

"이런 창녀 주제에."

옆에 있던 헌병이 낄낄거리며 웃어댔다. 그녀를 유곽에서 일하는 여급 정도로 여긴 모양이었다. 그녀의 계획대로 된 것이다. 헌병은 순순히 다음 사람에게로 넘어갔다. 정림은 티 나지 않게 숨을 골랐다. 이대로 무사히 오사카까지 가기를.

검문을 마친 헌병은 다음 칸으로 넘어갔다. 손에 맺힌 땀을 허벅지에 쓱쓱 닦으며 정신을 차리니 그제야 사람들의 시선이 느껴졌다. 정림은 옷매무시를 가다듬었다. 그사이 기차는 혼란에 빠진 동경을 벗어나고 있었다. 비어있는 옆자리가 문득 그녀의 신경을 건드렸다. 필립은 어디에 있는 걸까. 기차는 캄캄한 터널 속을 지나고 있었다. 필립은 끝내 자리로 돌아오지 않았다.

고통의 여덟 시간이 지나고 오사카에 도착했다는 안내방송이 흘러나왔다. 무사히 오사카 역에 도착한 정림은 짐을 챙겨 줄을 섰다. 열차 밖에선 헌병이 열차에서 내리는 사람들을 살피고 있었다. 날이 어두워진 탓인지 별 의심을 사지 않고 무사히 헌병무리를 통과했다. 여자라는 이유가 한몫

했다. 그렇다면 남자인 필립은 무사할까.

오사카역 밖으로 나왔다. 어느덧 해가 지고 사방이 캄캄해졌지만, 왠지 배는 고프지 않아 곧장 고베행 한신 전차를 타러 갔다. 내일 새벽 상해행 우편선을 타려면 오늘 밤은 고베에서 잠깐 눈을 붙여야 한다.

전차를 탄 지 두 시간 뒤, 자정이 되어서야 고베에 도착했다. 정림은 지난번 필립과 묵은 여관으로 갔다. 여관에도 역시 필립은 없었다. 밤이 깊어갈수록 필립을 만날 수 있을 거란 희망이 점점 옅어져 갔다. 정림은 뜬눈으로 밤을 지새웠다.

동이 터오자 정림은 고베항 제3도크 M부두로 갔다. 항구에는 수많은 헌병이 승선객을 검문하고 있었다. 사람들 뒤로 줄을 선 그녀가 승선권을 꺼내려는데, 승선권이 보이지 않았다. 당황한 그녀는 그 자리에 멈춰 서서 정신없이 가방을 뒤지기 시작했다.

바로 그때였다. 그녀의 모습을 수상하게 여긴 헌병이 다가왔다.

"부인. 무슨 일이오?"

"아, 어. 저기."

정림은 헌병과 가방을 번갈아 봤다. 앞에 선 헌병 뒤로 다른 헌병 한 명이 걸어오는 게 보였다. 빨리 승선권을 찾아야만 이 상황에서 벗어날 수 있다.

"배에 타실 겁니까?"

그녀는 고개를 끄덕였다.

"그러면 승선권 좀 보여주시죠."

"잠시만요."

정림은 다시 가방을 뒤지기 시작했다. 발소리가 점점 가까워지고 있었다. 마음이 급한 나머지 눈앞에 승선권이 있는데도 알아차리지 못했다.

고개를 숙여 승선권 찾는 일에 몰두한 사이, 검은 그림자가 그녀를 둘러

일왕의 심장에 폭탄을 던지다

쌌다. 또 한 명이 헌병이 옆에 도착했다는 신호였다. 등골이 서늘해졌다. 그 때였다. 하얀색 봉투가 눈에 띄었다. 문득 필립이 한 말이 떠올랐다.

혹시 곤란한 상황이 생기면 이 봉투를 꺼내서 보여주세요. 요긴하게 쓰일 거예요.

봉투를 꺼내려는데 옆에 승선권이 나란히 놓여있었다. 정림은 안도의 한숨을 내쉬며 고개를 들었다. 그 사이 헌병이 한 명 더 늘어 세 명의 헌병이 그녀를 둘러싸고 있었다.

"여기."

정림은 여유로운 미소를 지으며 승선권과 봉투를 건넸다.

"상해에는 무슨 일로 가시죠?"

헌병은 승선권과 봉투를 살피며 물었다. 자세히 보니 봉투 겉면에 '회신. 다나카 아키라에게, 경찰서장 아리요시 요시오가'라는 글이 적혀있었다.

"사업차 나가 있는 남편을 만나러 가는 길입니다."

헌병은 봉투와 그녀를 번갈아 보더니 배에 타라고 눈짓 했다. 뒤돌아선 정림은 등을 꼿꼿이 세워 배로 걸어갔다. 여섯 개의 눈동자가 그녀의 뒤통수에 달라붙었다. 정림은 주먹을 불끈 쥐었다.

'굿바이. 일본 제국주의여.'

필립이 준 승선권은 이번에도 일등실이었다. 혹시 필립이 먼저 와서 기다리고 있는 건 아닐까. 희망을 품고서 선실 문을 열었지만, 필립은 없었다. 그나마 남아있던 희망은 파도가 되어 하얗게 부서졌다. 출항하기까지는 이제 한 시간 남짓 남았다. 먼저 배에 가서 기다리고 있으면 꼭 돌아오겠다고 했으니 조금 더 기다려 보기로 했다.

정림은 창가에 턱을 괴고 앉아 창밖을 내다봤다. 지나가는 사람들의 얼굴에 필립이 겹쳐 보였다. 그녀는 몇 번이나 웃다 실망하기를 반복했다. 끝내 선실 문은 열리지 않았다. 배는 경적과 함께 서서히 움직이기 시작했다.

정림은 힘없이 침대로 걸어가 누웠다. 몸을 돌려 비어있는 옆 침대를 바라봤다. 필립이 누워있을 것만 같은데 그의 흔적은 어디에도 없었다. 필립이 왜 그렇게 일본어를 가르쳤는지, 왜 새로운 여권과 승선권을 미리 나눠줬는지, 왜 기모노를 새로 사줬는지. 모든 게 필립의 계획대로 되었다. 여자인 정림은 일본 경찰의 의심을 사지 않을 거라고. 그녀 혼자라면 일본을 무사히 빠져나갈 수 있으리라고 필립은 예상했을 것이다. 눈에서 눈물이 흘러내렸다. 필립은 왜 바보 같은 일을 계획한 걸까. 필립에게 아무런 도움이 되지 못했던 걸까. 왜 혼자서 위험을 무릅쓰려 한 걸까. 바보같이.

정림은 흐르는 눈물을 닦지도 못하고 그대로 흘려보냈다. 필립은 지금쯤 어찌 됐을까. 잡혔을까. 아니면, 어딘가에 몸을 잘 숨기고 있는 걸까. 역사 다큐멘터리 프로그램에서 본 끔찍한 고문 장면이 머릿속을 비집고 들어왔다. 뜨겁게 달군 쇳덩어리가 허벅지에 들러붙었다. 고통이 채 가시기도 전에 수건을 덮은 얼굴 위로 뜨거운 물이 떨어졌다. 흠뻑 젖은 팔다리로 전기가 흘렀다. 뜨거운 불구덩이가 그녀의 목구멍에서 들끓었다. 숨이 껄떡껄떡 넘어갔다. 숨을 쉴 수 없어 고통에 몸부림치던 그때, 전기에 감전된 것처럼 온몸에 경련이 일었다. 정림은 정신을 잃었다.

배에 탄 뒤 한 번도 선실을 나간 적 없었지만, 그 누구도 알지 못했다. 드나드는 사람 없는 일등실은 누구의 시선에도 들지 못했다.

"부인. 일어나시오."

힘겹게 눈꺼풀을 들어 올렸다. 얼마 동안이나 잠들어 있었던 걸까. 눈꺼

일왕의 심장에 폭탄을 던지다

풀 사이로 희미한 형체가 보였다. 형체는 점점 또렷해졌다. 승선원이었다.

"상해에 도착했소."

이틀을 꼬박 잠들어 있었다는 얘기였다. 정림은 힘겹게 몸을 일으켰다.

"일어날 수 있겠소?"

승선원이 부축하려 그녀의 팔을 잡았다.

"이거 놔요."

그녀의 앙칼진 목소리가 그녀와 승선원 사이를 갈랐다.

"창녀 조센징."

승선원은 그녀의 얼굴에 침을 뱉고는 나가버렸다. 정림은 기모노의 펄럭이는 소매로 침을 닦아냈다. 짐 정리랄 것도 없었다. 가방을 푼 적이 없었기에 침대 옆에 놓인 가방을 그대로 들고 선실을 나왔다.

현기증이 몰려왔다. 눈앞이 아득해져 왔다. 다리가 의지와는 상관없이 제멋대로 움직였다. 트렁크에 질질 끌려가는 모양새였다. 마지막 곡기가 사흘 전 필립과 함께한 아침 식사였다는 사실을 깨닫던 그때, 익숙한 이름이 고막에 내리꽂혔다.

"정림 씨."

간신히 고개를 들었다. 그녀를 막아선 사람은 다름 아닌 동규였다. 다신 볼일 없을 줄 알았다. 그런데 그가 왜. 꿈을 꾸고 있는 걸까. 정림은 눈을 끔뻑거렸다. 입이 바짝 말랐다. 목이 타들어 갔다. 의식이 점점 흐려져 갔다. 정림은 또다시 정신을 잃었다.

정림 씨. 정신 차려요. 눈떠봐요. 어서.

필립의 목소리였다. 정림은 번쩍 눈을 떴다. 천장과 벽. 그리고 방 안의 모습이 서서히 눈에 들어왔다. 시야 가장자리에 걸친 익숙한 뒷모습도 함께. 뒷모습의 주인은 필립이 아닌 동규였다. 낯선 장소가 주는 묘한 긴장감이 온몸을 타고 흘렀다.

정림은 실눈을 뜨고 동규를 숨죽여 지켜봤다. 동규는 권총에 총알 여섯 발을 넣은 뒤, 허리춤에 찔러넣고 코트를 입었다. 그녀는 다시 눈을 감았다. 동규가 다가오고 있었다. 정림은 오른쪽 다리에 신경을 집중해 다리 감각을 느꼈다. 오른쪽 다리에 있어야 할 총이 느껴지지 않았다. 어렴풋이 동규가 들고 있던 총이 떠올랐다. 그녀의 총이었다.

동규의 발소리가 점점 가까워져 왔다.

'어떻게 해야 하지.'

비쩍 말라버린 머리는 도통 대답이 없었다.

"정림 동지. 일어나시오."

낮게 깔린 동규의 목소리가 들려왔다. 정림은 망설이다 눈을 떴다.

"일어나서 밥 먹으시오."

몸을 일으켰다. 동그란 탁자 위에 놓인 그릇이 보였다. 침대에서 내려와 탁자로 걸어가는 동안 몇 번이나 동규를 힐끔거렸다. 동규는 평소와 다름없는 얼굴로 탁자로 그녀를 안내했다. 정림은 탁자 앞에 앉았다. 탁자 위에는 하얀 쌀밥과 고깃국이 놓여있었다.

"식기 전에 어서 먹으시오."

정림은 머뭇거리다 고깃국을 떠먹기 시작했다. 흰 쌀밥에 국물을 먹으니 조금씩 정신이 들었다. 그릇을 모두 비우고 나자 정신이 명료해졌다. 동시에 등줄기가 서늘해졌다. 그러고 보니 동규는 아까부터 다리를 절뚝거리고 있었다. 필립이 쏜 총에 맞아서였다.

"떠나기로 한 날 새벽에 기습을 당했소."

일왕의 심장에 폭탄을 던지다

동지를 기습한 사람이 누구냐고 물어야 마땅할 차례였지만, 정림은 묻지 않았다. 동규의 표정에도 변화가 없었다.

"필립 동지. 그자 밀정이오."

동규는 혼잣말하듯 읊조렸다. 동규의 말은 그녀에게 전달되지 못했다.

"일왕에게 폭탄을 던진 자가 정말 그자 맞소? 정말 그자와 동지가 함께 한 일 맞소?"

정림은 '일왕'이라는 말에 눈을 번쩍 떴다.

"일왕은 어떻게 됐나요?"

"죽진 않았소. 일단 기사로는 그렇소. 죽었어도 죽었다 발표할 수 없을 거요."

"필립 동지는 붙잡혔나요?"

"모르오. 그자는."

동규가 힐끗 쳐다보며 말했다.

"암살범이 현장에서 잡혔다는 기사는 봤소. 일본 내에서는 오후에 호외로 기사가 났을 거요. 그런데 웬일인지 오늘 아침 정정 보도가 있었소. 암살범이 아니었다고 말이오. 진짜 암살범을 뒤쫓고 있다고."

동규의 말대로라면, 필립이 현장에서 잡혔고, 그래서 정림은 순조롭게 동경을 빠져나올 수 있었을 것이다. 정정 보도가 나왔을 땐 그녀는 이미 상해에 도착한 뒤였다.

정림은 궁금했다. 과연 붙잡혔다는 암살범이 필립이 맞는지, 맞다면 왜 다시 풀려난 건지. 그 기사는 믿을 수 있는 건지. 설마 지금쯤 유치장에 갇혀 고문을 당하고 있는 건 아닌지. 추격 중 사망했으나 그렇게 기사를 낸 건지. 무엇이 진실인지 알 수가 없었다.

"정말 필립 동지가 폭탄을 던지긴 했소?"

동규는 그가 이미 정해놓은 대답을 요구하고 있었다.

"제 두 눈으로 똑똑히 봤어요."

"그렇다면, 밀정인 그자가 일본총영사관 경부보와 꾸며낸 일이라 풀어준 것 같소."

'일본총영사관 경부보'란 단어가 귀에 들러붙었다. 정림과 필립이 일본으로 떠났던 날, 필립에게 편지봉투를 건넨 사람이 일본총영사관 경부보라고 했다. 동규의 말처럼 필립이 경부보와 꾸며낸 일인 걸까. 편지에 지령이라도 적혀있었던 걸까. 그래서 미리 그녀를 대피시킨 걸까.

"꾸며낸 일이라고요?"

"그자가 상해 일본총영사관 경부보와 아주 가까운 사이라는 얘길 들었소. 두 사람이 함께 있다는 걸 봤다는 사람도 있소. 그자가 놈들과 작당한 게 아니라면, 대역죄를 저지른 그가 풀려날 수 없었을 거요."

동규의 말엔 오류가 있었다. 그들이 신이라 여기는 일왕을 위험에 빠뜨려놓고 놈들이 얻는 게 무엇이란 말인가. 반대로 선생님과의 약속을 필립이 일본총영사관에 알린 건 아닐까. 아니었다. 그렇다면 필립이 일왕에게 폭탄을 던질 리 없었다. 폭탄을 던지는 그 순간만큼은 그는 진심이었다. 정림은 필립의 눈에서 열망과 의지와 분노를 읽었다.

"어쩌면 그자가 정림 동지를 노린 걸 수도 있소."

그녀는 눈썹을 찌푸렸다.

"그자가 나를 죽이려고 했소. 선생님 곁에 있는 나부터 죽이려 했을 거요. 선생님의 팔다리를 잘라놓은 다음…."

정림은 눈을 치켜뜨고 다음 말을 기다렸다.

"결국. 선생님까지 노릴 것이오."

동규가 하는 말이 그 혼자만의 생각이 아니라면, 동규를 둘러싼 모든 이

일왕의 심장에 폭탄을 던지다

가 필립을 밀정으로 오해하고 있을지도 몰랐다. 정림은 와이탄 거리에서 죽은 경훈의 끔찍한 얼굴이 떠올랐다. 병원에서 수많은 죽음을 목격했지만, 경훈의 죽음은 그녀가 본 죽음 중 가장 끔찍한 모습이었다. 형섭은 경훈을 동지라고 불렀다. 이곳은 동지였던 이도 죽일 수 있는 곳이었다. 그 얘긴 필립이 살아 돌아온다 하더라도 목숨이 위태로울 것이다. 그들은 필립을 죽일 수도 있었다. 그렇다면, 필립을 위해 무엇을 도울 수 있을까. 답은 딘 하나. 동규가 밀정이라는 사실을 선생님께 알려야 한다.

"선생님은 어디 계시죠?"

"동경 의거가 있고 이틀 뒤, 프랑스 공무국에서 비밀 통지가 왔소. 앞으로 선생님의 신변을 책임질 수 없으니 급히 피신하라는."

선생님을 만날 수 없다는 얘기였다. 정림은 말없이 자리에서 일어났다. 아무 일 없는 것처럼 태연하게 이곳을 빠져나가야 한다.

"피곤해서 이만 가볼게요. 나머지 얘기는 다음에 하죠."

동규도 일어났다. 정림은 가방을 들고 문으로 걸어갔다. 등 뒤에서 동규의 발소리가 들렸다.

"그런데 말이오. 그자가 쏜 총알은 왼쪽 다리에, 다른 한 발은 등 뒤에서 날아왔소."

정림은 멈칫, 걸음을 멈췄다.

"그자 혼자가 아니란 얘기요."

절뚝거리는 동규의 발소리가 점점 가까워지고 있었다. 정림은 오비로 손을 갖다 댔다. 단검이 만져졌다. 어느새 옆에 다가온 동규가 귓속말로 속삭였다.

"누구겠소?"

등줄기가 서늘해졌다. 정림은 호흡을 가다듬으며 물었다.

"왼쪽 다리에 쏜 총이 필립 동지가 쏜 건지는 어떻게 알았나요?"

"가로등 밑을 지날 때 얼굴을 봤소."

그녀는 그날 자신의 주변에 세워진 가로등을 떠올렸다. 동규는 그녀의 얼굴도 봤다. 이제 더는 지체할 시간이 없었다. 정림은 힘차게 문을 열고 밖으로 달려나갔다. 등 뒤에서 세 발의 총소리가 들렸다. 그녀는 죽을힘을 다해 골목을 빠져나왔다. 숨이 턱 끝까지 차올랐다. 넓은 도로로 나가자 길가에 세워진 택시가 보였다. 택시만 보고 달렸다. 택시를 놓쳐선 안 된다. 동규의 총엔 아직 총알이 세 발이나 남아있었다. 택시 문짝 손잡이가 손끝에 닿았다. 정림은 단숨에 문을 열고 택시에 올라탔다.

"와이탄으로 가주세요."

택시가 움직이기 시작했다. 뒤를 돌아보자 다리를 절뚝거리며 달려 나온 동규가 보였다. 필립의 총알이 동규의 다리를 맞추지 못했다면 동규의 총알이 그녀의 등에 박혔을 것이다.

정림은 이클립스 호텔 앞에서 내렸다. 고급 호텔이라면 동규가 찾지 못할 것이다. 호텔 프런트로 걸어가자 금발미녀가 그녀를 맞이했다.

"808호에 묵고 싶어요."

금발미녀의 얼굴에 언짢은 기색이 스쳤으나 이내 808호 열쇠를 내밀었다. 다행히 방이 비어있다고 했다. 열쇠를 받아든 정림은 808호로 올라갔다. 808호 문 앞에 선 그녀는 807호를 슬쩍 쳐다봤다. 필립이 807호 문을 열고 나올 것만 같았다. 고개를 돌려봤지만, 기대는 더 큰 실망을 안겨줄 뿐이었다.

객실 안으로 들어간 그녀는 곧장 커튼을 닫았다. 햇빛 한 점 들지 않아 방안은 캄캄해졌다. 정림은 입고 있던 기모노를 벗어던졌다. 브래지어 속에

일왕의 심장에 폭탄을 던지다

숨겨둔 스마트폰이 둔탁한 소리를 내며 바닥에 떨어졌다. 정림은 스마트폰을 주워 침대 발치에 걸터앉았다. 당연한 일이지만 와이파이 안테나는 연결되지 않았다. 그녀는 부질없는 짓인 걸 알면서도 필립에게 메시지를 보냈다.

[살아있는 거죠?]

메시지는 진송되지 않았다. 메시지 옆에는 '재선송', '삭제' 붉은 글자가 쓰여있었다. 스마트폰 화면을 꺼버렸다. 기다리자. 돌아올 거야. 약속했으니까.

다음 날, 정림은 모자를 깊게 눌러쓰고 거리로 나왔다. 그녀는 일본총영사관 앞에서 걸음을 멈췄다. 영사관 앞에는 호위병이 지키고 있었다. 그녀는 준비해온 기모노와 게다를 바닥에 내려놓았다. 그리고는 가방에서 성냥을 꺼내 부싯돌에 쓱 그었다. 성냥이 붉은빛을 내며 타올랐다.

정림은 불이 붙은 성냥을 기모노 위에 툭 던졌다. 순식간에 화염이 번졌다. 두 벌의 기모노와 나무 게다가 타기 시작했다. 그녀는 가만히 서서 활활 타오르는 불꽃을 지켜봤다.

그때, 호위병이 다가왔다.

"무슨 일입니까?"

그녀는 한국말로 대답했다.

"쓰레기를 태우는 중입니다. 금방 불이 꺼질 테니 신경 쓰지 말고 가서 일 보세요."

호위병은 이를 악물었다. 턱 근육이 씰룩거렸다.

'난, 니들 언어 따윈 알고 싶지 않아.'

정림은 재로 변한 기모노와 게다를 보며 뒤돌아섰다.

'니들이 싼 똥은 니들이 치워.'

등 뒤에서 호위병의 고함이 터져 나왔다. 호위병의 위협에도 아랑곳하지 않고 정림은 유유히 그곳을 빠져나왔다.

정림은 플라타너스 가로수 길을 지나 골목으로 걸어 들어갔다. 골목에는 알 수 없는 긴장감이 감돌았다. 어디선가 동규가 튀어나올 것만 같았다. 지금 동규를 만나는 건 낭패였다. 그녀에겐 총이 없었다. 예민했던 걸까. 수상한 사람이라곤 보이지 않았다. 정림은 다시 발을 뗐다.

며칠 만에 찾아간 사무실은 텅 비어있었다. 집기가 그대로 있는 걸 보아 완전히 떠난 건 아니었다. 동규의 말처럼 잠시 어딘가에서 몸을 숨기고 있는 듯했다.

이대로는 필립을 향한 오해를 풀 수 없었다. 오해를 풀지 못한 채 필립이 상해에 온다면? 그녀에게 그랬던 것처럼 필립이 오는 걸 미리 알고 밀정으로 처단당하기라도 한다면? 상상만으로도 끔찍했다. 필립이 밀정인지 아닌지는 그녀에겐 그다지 중요하지 않았다. 필립은 그녀와 함께 2021년에서 온 사람이었고, 함께 제자리로 돌아가야 한다. 두 사람에게 제자리는 그들을 반겨줄 대한민국이자 집이었다. 끝내 선생님은 나타나지 않았다. 결국, 정림은 선생님을 만나지 못하고 돌아서야 했다.

호텔로 돌아가는 길에 그녀는 신문가판대에 놓인 상해 〈국민일보〉호외를 샀다. 호외를 겨드랑이에 끼운 뒤, 마침 들어오는 전차에 올라탔다. 정림은 빈자리로 걸어가 앉아 겨드랑이에 끼워놓은 호외를 펼쳤다.

한인 오필립이 저격일황불행부중 – 한인이 일본 천황을 저격하였으나 불행히도 맞지 않았다.

일왕의 심장에 폭탄을 던지다

거짓말이다. 일왕은 주저앉았다. 그녀가 똑똑히 보았다. 기사 작성 일자
가 1932.01.09. 사흘 전 호외였다. 정림은 필립의 소식을 찾아 좀 더 꼼꼼히
읽기 시작했다.

천황에게 폭탄을 던진 것으로 추정되는 한인을 현장에서 검거

설마. 기사를 믿어도 될까. 기사가 사실일지도 모른다는 생각에 아무것
도 손에 잡히지 않았다.
그때, 앞에 서 있던 중국인 무리가 웅성거렸다.
"그래서 천황은 어찌 됐소?"
"총에 맞아 병원에서 치료받는 중인데, 놈들이 쉬쉬하는 모양이오."
남자의 입술이 씰룩거렸다. 주먹 쥔 남자의 손이 파르르 떨리고 있었다.
남자의 주먹에는 많은 게 함축되어 있었다.
"범인이 한인이라던데."
"한인 남녀라고 했소."
"붙잡힌 남자는 어찌 되었소?"
"체포하는 과정에서 경찰 총에 맞았다고 하는데, 총에 맞아 죽든 잡혀서
매 맞아 죽든 매한가지 아니겠소?"
"그 사람이 범인이 아니라고 풀어줬다지 않았소?"
"잡고 보니 일본인이었다고 풀어줬다는 것 같소. 원체 놈들 말을 믿을
수가 있어야지. 두들겨 패서 죽으니 무마하려고 하는 소린지. 원."
이야기의 끝은 세 가지 사실만 남았다. 일왕은 죽지 않았다. 범인은 남자
와 여자이며 붙잡힌 남자는 총에 맞았다.
호외를 들고 있던 정림의 손이 파르르 떨려왔다. 하마터면 남자들의 대

화에 끼어들 뻔했다. 전차가 마침 목적지에 멈추지 않았더라면.

그녀에게도 먹구름이 드리웠다. 범인 중 여자가 있다는 건 그녀도 범인으로 지목된 것이다. 경찰에게 붙잡히는 날엔 필립을 찾는 것도, 서울로 돌아가는 것도 그 어떤 것도 할 수 없게 된다.

호텔로 돌아간 정림은 침대에 누워 꿈쩍할 수 없었다. 가만히 필립을 기다리는 일 말고 할 수 있는 게 없었다.

정림은 닷새 만에 문을 열고 나왔다. 방 안에 누워서는 밖에서 무슨 일이 어떻게 돌아가고 있는지 알 수 없었다. 상황이 어떻게 돌아가고 있는지 알아보려 호텔 밖으로 나가려는데 어디선가 재즈가 들려왔다. 정림은 입구에 서 있는 경비에게 걸어가 물었다.

"이 음악, 어디서 들리는 거죠?"

경비는 로비 끝 아치형 방음문을 가리켰다. 정림은 재즈바로 걸어갔다. 세계 각국의 사람이 모이는 호텔. 그중 호텔 안 재즈바라면 정보를 가진 이들의 아방궁일지도 몰랐다. 하찮은 정보라도 하나 얻을 수 있겠단 생각에 재즈바로 들어갔다. 재즈바에는 다양한 국적의 사람들이 음악을 들으며 술을 마시고 있었다. 그녀는 연주자 옆으로 다가가 앉았다. 평소 즐기지 않는 와인도 주문했다. 바로 옆 테이블에는 일본 제복을 입은 두 명의 남자가 앉아있었다. 남자 둘은 시답지 않은 얘기로 시간을 보내고 있었다. 정림은 주문한 와인을 마시며 재즈를 들었다.

바로 그때, 옆 테이블에 앉아있던 일본 제복을 입은 남자가 앞에 앉은 남자에게 말했다.

"준비는 잘 돼갑니까?"

"중국인 두 명을 샀습니다."

일왕의 심장에 폭탄을 던지다

제복 입은 남자의 입꼬리가 씰룩거렸다.

"언제 실행할 계획입니까?"

"내일 실행하기로 했습니다."

남자는 만족스러운 표정을 지으며 술잔에 담긴 술을 들이켰다. 남자의 미소가 왠지 불길했다. 슬픈 예감은 틀린 적이 없다던 노래 가사처럼 그들의 작당 모의는 열흘 뒤 상해 일대에 울려 퍼진 총소리로 화답했다. 그녀가 상해에 돌아온 지 17일째 되던 1932년 1월 28일이었다.

창밖에서 들려오는 총소리는 밤이 깊어가도 멈출 줄 몰랐다. 무슨 일인지 알아보려 그녀는 프런트로 전화를 걸었다.

"신문 좀 볼 수 있을까요?"

잠시 뒤, 노크 소리가 들렸다. 문 앞에 다가가니 금발의 남자가 신문을 내밀었다.

"고마워요."

정림은 신문을 들고 침대로 걸어갔다.

중국 제19로군, 조계를 경비하던 일본 해군육전대와 전투

상해사변. 역사책에서 무심히 읽고 넘어갔던 사건이었다. 더 자세한 내막을 알아보려 그녀는 습관처럼 스마트폰을 집어 들었다. 화면을 켠 순간, 아차 싶었다. 될 리가 없지. 자각보다 빨리 움직인 손가락은 이미 포털사이트 아이콘을 누른 뒤였다. 포털사이트 앱은 느리고도 천천히 메인화면이 튀어나왔다. 놀란 정림이 상단 알림바를 보니 될 리 없는 와이파이 안테나에 신호가 잡혔다.

그때였다. 노크 소리가 들렸다. 조심스레 문 앞으로 다가간 정림은 떨리는 손으로 문고리를 돌렸다.

**

막다른 골목에 가로막힌 필립은 입고 있던 옷을 벗었다. 옷을 한 꺼풀 벗
자 또 다른 옷이 나왔다. 사실 그는 발각될 경우를 대비해 아침에 두 겹을
껴입고 나왔다. 상황은 예상대로 흘러가고 있었다. 그는 순사가 들이닥치기
전에 벗은 옷을 서둘러 담장 안에 던졌다. 그러고는 모자를 벗어 가방에 넣
고 안경을 꺼내어 썼다. 시계가 보이게 소매를 정리하는 것도 빼놓지 않았
다. 간발의 차로 수십 명의 순사가 들이닥쳤다.

"거기 서."

앞장선 순사가 필립에게 총을 겨누었다. 수십 개의 총부리가 그에게 향
했다.

"무슨 일이죠?"

놀란 순사들이 어리둥절한 얼굴로 서로를 마주 봤다.

"여기로 들어간 조선인 못 봤나?"

필립은 태연하게 순사 무리를 지나 막다른 골목을 빠져나오며 말했다.

"조선인? 아. 조금 전 담을 넘은 사내 말인가요?"

그의 말이 끝나기가 무섭게 뒷줄에 있던 순사들이 달려 나와 담을 넘었
다. 그사이 필립은 유유히 골목을 빠져나왔다. 그가 무사히 골목을 빠져나
와 모퉁이를 돌 때였다. 등 뒤에서 순사가 외쳤다.

"저놈이다. 저놈 잡아라."

뒤를 돌아보자 순사 한 명이 그가 벗어 던진 옷을 들고 뛰쳐나왔다. 순
사 한마디에 그곳에 모인 순사들이 일제히 그를 뒤쫓기 시작했다. 필립은
앞만 보고 있는 힘껏 달렸다. 숨이 턱까지 차올랐다. 저 멀리 동경역이 보였

일왕의 심장에 폭탄을 던지다

다. 지금쯤 정림은 기차에 탔을까.

달리고 달려 아사히호텔을 코앞에 두고 모퉁이를 도는 순간, 어디선가 나타난 순사 무리가 그를 가로막았다. 뒤로 돌자 그를 쫓아온 순사 무리도 도착했다. 순식간에 수십 명의 순사에게 둘러싸였다. 주위를 둘러봐도 도망 갈 곳이 없었다.

눈을 떴을 땐, 의자에 꽁꽁 묶여있었다. 빛조차 들지 않는 어두컴컴한 방 안엔 두 명의 남자가 그를 지키고 서 있었다. 가슴에 형사과장이라 적힌 명찰을 단 남자가 들고 있던 봉으로 그의 다리를 짓누르며 소리쳤다.

"자. 어서 말해. 누가 시킨 거야."

그의 입에서 짐승 같은 신음이 터져 나왔다. 뼈를 파고드는 통증이 머리부터 발끝까지 전해졌다. 또 다른 남자가 옆에 있던 얼음장 같은 물을 그의 몸에 끼얹었다. 빛이 들지 않아 서늘한 방 안 공기에 차가운 물까지 뒤집어 쓰고 나니 온몸이 오돌오돌 떨려왔다. 사방이 꽉 막힌 방안에서 탈출할 수 있을까. 어떻게 해서든 이곳을 나가야 한다. 필립은 희미해져 가는 의식을 부여잡으려 안간힘을 썼다. 무거워진 눈꺼풀을 들어 올리려 눈에 힘을 주고, 머리를 흔들었다.

그때, 천국으로 가는 문이 딸깍 하고 열렸다. 돌아보니 아는 얼굴이 문 앞에 서 있었다. 경찰서장 아리요시였다. 경찰서장이 들어오자 두 남자가 옆으로 비켜섰다. 경찰서장은 허리를 굽혀 그의 귀에 입을 가져다 대고 말했다.

"구면이오. 오필립 씨."

그는 움찔했다. 경찰서장에게 그는 일본인이어야 한다. 일본에 온 후 그는 철저하게 일본인이었다. 필립은 애써 미소를 지으며 물었다.

"오필립이 누군가요?"

경찰서장이 그의 귀에 대고 속삭였다.

"다 알고 있습니다. 당신이 조선인이라는 걸요."

온몸의 털이 쭈뼛 섰다. 그때, 경찰서장이 그의 앞에 놓인 의자에 앉으며 말했다.

"야키야마상, 내가 알아본 바로는 오사카에서 시계를 파는 상인이라 들었소. 이번에 사업을 넓히려 상해에도 다녀오셨다죠. 동경에는 뭣 하러 왔소. 사업 확장차 동경에 온 게 맞소?"

이건 또 무슨 얘긴가. 나를 두고 하는 얘긴 건가. 그는 경찰서장의 말을 곱씹었다.

"대답하시오? 맞소?"

필립은 고개를 끄덕이며 세 사람의 표정을 살폈다. 그들의 표정을 읽을 수가 없었다.

"그럼, 범인도 아닌데 왜 그렇게 도망갔소?"

경찰서장의 '범인도 아닌데'란 말이 머리에 콱 들어박혔다. 그는 혼란스러웠다. 경찰서장의 눈에는 다른 이들 눈에 득실하는 살기가 보이지 않았다. 필립은 경찰서장의 눈을 응시하며 대답했다.

"순사가 쫓아오길래 뭣도 모르고 달렸습니다."

대답이 썩 마음에 들었는지 경찰서장의 얼굴에 미소가 스쳤다.

경찰서장이 뒤돌아보며 물었다.

"들었나?"

멍하니 서 있던 두 형사가 흠칫 놀라 대답했다.

"네."

"뭣들 하는가. 어서 풀어주지 않고."

형사들은 서로 마주 보며 우물쭈물했다.

"이자는 오사카에서 시계를 파는 상인이오. 사업 확장차 동경에 왔다가 우연히 이 앞을 지났다고 하니 어서 풀어주시오."

형사 둘은 주저하며 서로 눈치만 보았다.

"왜 아직도 그러고 서 있나."

형사과장이 허겁지겁 밧줄을 풀기 시작했다. 필립의 얼굴이 일그러졌다. 잠시 잊고 있던 통증이 손가락, 발가락 끝까지 뻗쳐나갔다.

경찰서장이 미소를 지으며 말했다.

"가셔도 좋습니다."

필립은 눈치를 살피며 의자에서 일어났다. 금방이라도 무릎이 꺾여버릴 것만 같았다. 그는 다리를 절뚝이며 방을 빠져나왔다. 뒤로 돌아보니 방 앞에 '형사부장실'이라 적힌 명패가 걸려있었다. 그가 1층 현관을 지나 경시청 현관에 다다랐을 때였다. 누군가가 그를 불렀다.

"야키야마상."

돌아보니 경찰서장이 뒤따라오고 있었다.

"이거 두고 갔소."

경찰서장은 하얀 봉투를 내밀었다. 그는 물끄러미 봉투를 내려다봤다.

"다신 이 앞에 얼씬거리지 마시오. 조심해서 가시오."

그는 뒤돌아서서 경시청 앞마당을 지나 맞은편 호텔로 걸어갔다. 멍청한 것들. 코앞에 범인을 두고도 풀어준 꼴이란.

그때였다. 등 뒤에서 그를 불렀다.

"오필립."

뒤돌아보니 형사부장과 형사과장이었다. 두 명의 형사가 달려오고 있었다. 위험을 직감한 그는 앞을 보고 달렸다. 경시청을 빠져나오며 뒤를 돌아보자 형사과장이 입꼬리를 올리며 방아쇠를 당겼다. 탕! 하는 총소리와 함께 묵직하고도 뜨거운 쇳덩어리가 왼쪽 다리에 박혔다. 피가 솟구치는 기분과 함께 통증이 뼛속까지 파고들었다. 그는 이를 악물고 달렸다. 끝이 보였다. 호텔이 가까워지고 있었다.

그는 아사히호텔을 끼고 모퉁이를 돌았다. 은신처가 발각되어선 안 되었다. 온 힘을 다해 형사를 따돌린 뒤, 청소부가 드나드는 쪽문으로 들어갔다. 호텔 안은 아무 일도 없는 것처럼 평온했다.

필립은 비상계단으로 들어갔다. 계단을 하나씩 오를 때마다 다리에서 뻗친 통증이 머리까지 저릿했다. 힘겹게 계단을 올라 8층에 도착한 그는 비상문을 열고 복도로 걸어 들어갔다. 형사가 들이닥치기 전에 어서 객실로 숨어야 한다. 복도에는 몇 명의 사람이 지나다니고 있었다. 그는 사람들의 의심을 사지 않게 태연하게 복도 끝 객실로 걸어갔다. 복도가 끝없이 길게 느껴졌다.

마침내 방문 앞에 다다른 그는 문을 열고 들어가 잽싸게 문을 닫았다. 곧 형사가 들이닥칠지도 몰랐다. 필립은 문을 걸어 잠그고 창가로 걸어가 커튼을 모두 닫았다. 만일에 대비해 탁자와 의자를 모두 문 앞으로 가져다 놓았다. 이곳에서 얼마나 버틸 수 있을까. 숨 고를 새도 없이 계단을 뛰어오르는 둔탁한 구둣발 소리가 들려왔다.

필립은 총에 총알 여섯 발을 넣고 문 앞으로 걸어갔다. 문 두드리는 소리가 여기저기서 들려왔다. 그는 숨을 고르며 때를 기다렸다. 문 두드리는 소리가 점점 가까워져 왔다. 총을 장전한 뒤 문을 겨눴다. 정적이 흘렀다.

잠시 후, 그의 방 앞에 형사가 다가왔다. 형사는 문이 부서질 듯 두드렸다. 갑자기 들이닥친 형사에 놀란 여자의 비명도 들려왔다. 그는 잠자코 있었다.

일왕의 심장에 폭탄을 던지다

그때, 밖에서 한 남자가 소리쳤다.

"무슨 일입니까?"

"천황에게 폭탄을 던진 조선인이 이 호텔로 도망쳤소."

형사가 씩씩거리며 말했다.

"저희 숙박명부에 조선인은 없습니다."

형사는 잠시 말이 없었다. 무슨 상황일까 궁금했다.

"숙박명부 좀 볼 수 있겠소?"

"따라오시죠."

둔탁한 발소리가 어지럽게 들린 뒤, 금세 조용해졌다. 필립은 창가로 걸어가 커튼을 열어 창밖을 내려다봤다. 수십 명의 순사가 호텔밖에 진을 치고 있었다. 언제 또다시 들이닥칠지 몰랐다. 그는 창가를 등지고 서서 형사가 돌아갈 때까지 지켜봤다.

잠시 후 사방이 조용해졌다. 형사 무리가 모두 떠나고 그는 벽에 기대어 앉았다. 바닥에 붉은 피가 떨어져 있었다. 그는 입고 있던 셔츠를 벗어 다리에 묶고 피가 멎기를 기다렸다.

그 사이 방안에는 칠흑 같은 어둠이 내려앉았다. 그간의 일이 머릿속을 스쳐 지나갔다. 과거로 오기 전부터 지금까지의 일들이 모두 한 장 한 장의 사진으로 머릿속에 남아있었다. 그는 머릿속에 꽂힌 사진첩을 꺼내어 사진을 한 장씩 넘겼다. 미처 사진이 채워지지 않은, 사진첩의 빈 장이 얼마나 남았을까.

필립은 벽에 기댄 채 잠이 들었다. 다시 눈을 떴을 땐 여전히 방 안이었다. 밤사이 아무 일도 일어나지 않았다. 다리를 내려다봤다. 흰 셔츠에 검붉은 피가 얼룩져있었다. 피가 멎은 것이다. 그는 손을 뻗어 구석에 놓여있는 트렁크를 끌어당겼다. 끌려온 트렁크에서 구급함을 꺼내었다. 지금쯤이면 정림은 상해 땅을 밟았을까. 그녀는 무사히 상해로 가야 한다. 그의 판단이 틀리지 않아야 한다. 난리통 속에 서로를 챙기며 도망가다가는 둘 혹은 둘 중 누구 하나는 잡힐 것이다. 필립은 알고 있었다. 정림보다는 그가 놈들의 표적이 될 거란 걸. 일왕 암살범으로, 독립운동가로 여자보다는 남자가 지목되기 쉬운 시대였다. 만에 하나 도주에 실패해 그가 붙잡히면 정림은 좀 더 수월하게 일본을 빠져나갈 수 있을지도 모른다는 게 그의 판단이었다. 그러기 위해선 따로 움직여야 했다. 일행처럼 보여선 안 되었다.

구급함을 열었다. 한 손에는 핀셋을 다른 한 손에는 거즈를 들었다. 허벅지에 박혀있는 총알을 찾았다. 핀셋을 든 그의 손이 떨려왔다. 그는 핀셋을 총알에 갖다 댔다. 심장 소리가 귓가에 울려댔다. 몇 번의 심호흡을 내뱉어도 쉽사리 용기가 나지 않았다. 시간은 흘러만 갔다. 귀에서 째깍째깍 초침 소리가 들렸다.

그때였다. 정림이 주고 간 진통제가 생각났다. 그는 펜타닐과 주사기를 꺼내어 들었다. 주사기를 앰플에 꽂은 다음 펜타닐을 쭉 뽑아냈다. 그런 다음 팔뚝을 지나는 정맥을 찾아 주사기를 찔러넣었다. 주사기를 서서히 눌렀다. 약물이 혈관을 타고 몸속으로 들어가는 게 느껴졌다.

그는 심호흡하며 다시 핀셋을 총알에 가져다 댔다.

"하나. 둘. 셋. 윽!"

핀셋이 허벅지를 파고들었다. 금속이 부딪히는 청량한 소리가 들렸다. 핀셋으로 총알을 잡았다. 허벅지를 타고 붉은 피가 흘러내렸다. 그는 미끄러지지 않게 총알을 살살 잡아당겼다. 아직 진통제가 온몸으로 퍼지지 않아서인지, 살을 후벼 파는 고통이 온몸으로 뻗쳐나갔다. 아래턱이 덜덜 떨렸다. 거친 숨을 내뱉으며 천천히 총알을 뽑아냈다. 일그러진 얼굴에 땀이 흘러내렸다. 그가 정신을 잃기 직전, 총알은 둔탁한 소리를 내며 나무 바닥

일왕의 심장에 폭탄을 던지다

에 떨어졌다.

그는 총알이 박혔던 자리에 재빨리 거즈로 눌렀다. 다른 한 손은 소독약을 꺼냈다. 소독약 뚜껑을 입으로 돌려서 연 뒤, 거즈를 걷어 천천히 부었다.

"으윽…."

털이 쭈뼛쭈뼛 서고 다리가 타들어 가는 기분이 들었다. 그는 거친 숨을 내뱉으며 다리에 붕대를 감았다. 진통제의 약효가 이제야 온몸으로 퍼져나간 듯했다. 한차례 폭풍이 몰아친 뒤 고요가 찾아왔다.

필립은 창밖으로 눈을 빼꼼 내밀었다. 캄캄해진 거리에 사복형사로 보이는 몇몇 사람이 주위를 서성이고 있었다. 떠들썩한 지금 동경을 빠져나가는 건 무리였다. 며칠 동안 방 안에 머무르다 잠잠해지면 나가기로 마음먹었다. 며칠이면 상처도 조금은 아물리라.

그는 눈을 감았다. 긴장이 풀려서인지 잠이 쏟아졌다. 그는 며칠째 깊은 잠에 빠져들었다.

필립 씨. 일어나요. 그만 돌아가요.

정림의 목소리에 잠에서 깼다. 주위를 둘러봤지만, 그녀는 없었다. 다행이었다. 지금쯤 정림은 상해에 도착해 있어야 한다.

필립은 창문 너머 바깥상황부터 살폈다. 평소와 다를 게 없어 보였다. 그러고 보니 아까부터 누군가가 방마다 다니며 노크를 하고 있었다. 노크 소리가 점점 가까워져 오고 있었다. 그가 노크의 정체를 채 깨닫기도 전에 그의 방문에서도 소리가 들렸다.

"누구시죠?"

"형삽니다. 혹시 투숙객 중에 조선인 남녀를 보신 적 있습니까?"

순간 뜨끔했지만, 그는 순발력을 발휘해서 적절한 답변을 내놓았다.

"조선인이 이런 값비싼 호텔요금을 낼 수나 있습니까?"

"네. 잘 알겠습니다. 실례했습니다."

발소리가 점점 멀어져갔다.

필립은 다시 창문으로 다가가 눈을 빼꼼 내밀었다. 해가 지고 있었다. 잠시 후 호텔을 빠져나간 두 명의 형사가 경시청으로 걸어가고 있었다. 아직도 검문은 계속되고 있었다.

그는 이제 동경을 벗어나야겠다고 마음먹었다. 내일 아침 일찍 기차를 타고 동경을 떠나기로 하고 짐을 정리하기 시작했다. 그가 트렁크를 집어들었을 때였다. 바로 옆에 나뒹굴고 있는 편지봉투를 발견했다. 경찰서장에게 받은 편지봉투였다. 도망치듯 방에 들어와 던져놓은 뒤 잊고 있었다.

필립은 봉투를 열었다. 봉투 안에는 웬 여권과 편지가 들어있었다. 잘못준 건가 싶어 봉투와 여권을 이리저리 살폈다. 여권에는 모르는 사람의 이름이 적혀있었다. 그는 함께 들어있던 편지를 꺼내어 들었다.

상해로 가는 배는 경비가 삼엄하니, 시모노세키에서 부산으로 가는 연락선을 타는 게 좋겠소.

필립은 물끄러미 편지를 내려다봤다. 동경의 경찰서장이 왜 이런 편지를 준 걸까. 혹시 덫일까. 생각이 많아졌다. 차라리 아무런 편지도 받지 않는 게 좋을 뻔했다. 그는 이러지도 저러지도 못하는 상황에 놓였다.

필립은 프런트로 전화를 걸어 오늘 자 신문을 가져다 달라고 부탁했다.

잠시 후, 직원이 신문을 가져다주었다. 신문에는 일왕을 노린 암살범이 상해에서 건너왔다고 적혀있었다. 그렇다면 경찰서장 말처럼 시모노세키

　　　　　　　　　일왕의 심장에 폭탄을 던지다

로 연락선을 타고 부산으로 가서 기차를 타고 상해로 가는 게, 돌아가더라도 안전한 방법이긴 했다.

필립은 일어나 욕실로 향했다. 거울 속에 낯선 남자가 있었다. 그는 며칠 사이 덥수룩해진 수염을 보기 좋게 다듬었다. 내친김에 면도칼로 눈썹이 날렵해 보이도록 정리했다. 한결 달라 보였다. 샤워까지 마치고 나자 점점 정신이 돌아왔다.

그는 정림에게 받은 화장품을 꺼내어 얼굴의 멍과 흉터를 티 나지 않게 화장하고, 긴자의 화장품가게에서 산 포마드를 꺼내어 머리카락을 머리 뒤로 빗어넘겨 이마를 드러냈다.

마지막으로 긴자 옷가게에서 산 새 하오리를 꺼내입고 거울 앞에 섰다. 거울 속에는 조금 전 초췌한 남자의 모습은 온데간데없고 일본 상인이 서 있었다.

이른 아침, 필립은 숨어 지낸 지 열흘 만에 호텔을 나섰다. 그는 주위를 의식하며 동경 신바시역으로 걸어갔다. 그때, 어디선가 날아든 시선이 느껴졌다. 그는 눈동자를 굴렸다. 어디서 날아든 시선일까. 주변에는 행인뿐 수상한 사람이라곤 보이지 않았다. 필립은 또다시 걷기 시작했다. 그는 누구의 의심도 사지 않게 앞만 보고 꼿꼿이 걸었다.

그가 역에 가까워질 때였다. 등 뒤에서 낮게 깔린 목소리가 그를 불러세웠다.

"거기 앞에 가는 양반, 거기 서보시오."

필립은 발걸음을 멈추고 태연하게 돌아섰다.

"무슨 일입니까?"

두 명의 형사가 그에게 다가왔다.

"이 아침에 어디 가시오?"

필립은 침착하게 대답했다.

"시모노세키로 가는 중입니다."

"시모노세키에는 왜 가는 거요?"

"상인이라 물건을 팔러 여기저기 다니는 중입니다."

미리 준비해둔 대답이었다.

"가방 좀 열어보시오."

그는 자신 있게 트렁크를 열어젖혔다. 긴자에서 사둔 잡동사니가 들어있었다. 형사는 고개를 갸웃거리더니 가도 좋다고 손짓했다.

필립은 끝까지 침착하게 가방을 닫고 다시 걷기 시작했다. 아물지 않은 다리가 아파 왔다. 그는 허리에 힘을 주고 걸었다. 한겨울임에도 불구하고 이마에 땀이 맺혔다.

역에 들어서자 헌병이 무리를 지어 돌아다녔다. 그는 매표소에서 시모노세키역으로 가는 열차표를 사고서 사람들 사이를 파고들었다. 파도처럼 사람들에 휩쓸리다 보니 어느새 플랫폼까지 걸어 나왔다. 그러나 그의 큰 키는 헌병의 눈을 피하지 못했다.

"어이. 거기. 거기 서시오."

그는 한숨을 내쉬며 뒤돌아섰다.

"무슨 일입니까?"

필립은 치켜뜬 눈에 힘을 줬다. 헌병은 그를 위아래로 훑어보더니 기차에 타라고 손짓했다. 그가 기차에 오르려 왼쪽 다리를 굽히는 순간, 외마디 비명이 터져 나왔다.

"윽."

"왜 그러시오?"

일왕의 심장에 폭탄을 던지다

헌병이 다가왔다. 그는 애써 미소를 지으며 대답했다.

"갑자기 배가 아파서… 화장실이 급해서 이만."

헌병은 한심하다는 표정을 지으며 뒤돌아 가버렸다. 이를 악물고 열차에 올라탄 그는 열차표에 적힌 자리로 걸어가 앉았다. 창문 너머로 수많은 헌병이 보였다. 무사히 동경을 벗어날 수 있을까.

열차가 출발하기 시작했다. 필립은 좀처럼 긴장을 풀지 못하고 객차 문이 열릴 때마다 신경을 곤두세웠다. 헌병이 짝을 지어 열차 칸을 오가며 사람들을 검문했다. 그는 창밖으로 눈을 돌렸다. 태양이 떠오르고 있었다. 그의 눈은 창밖을 보고 있지만, 온 신경은 등 뒤에 꽂혀있었다.

그때, 필립의 바로 등 뒤에서 발걸음이 멈췄다. 필립은 창가에 비친 형사의 얼굴을 살폈다. 경시청에서 그를 고문했던 바로 형사부장이었다. 심장이 덜컹 내려앉았다. 형사는 고개를 갸웃거리며 변장한 그를 몇 번이고 살폈다.

필립은 숨죽인 채 창밖을 응시했다. 형사는 그의 등 뒤에 한참을 머물다 지나갔다. 초조해진 그는 객실 반대 방향으로 나가 화장실로 향했다. 옆 객실을 순찰하던 헌병이 막 나오려 하고 있었다.

필립은 발걸음을 재촉했다. 왼쪽 다리가 뻐근해졌다. 그는 이를 꽉 물고 서둘러 화장실로 들어갔다. 화장실 문이 닫히고 발걸음 소리도 지나쳐갔다. 이마에 맺힌 땀을 닦으며 거울을 봤다. 낯선 남자가 거울에 비쳤다. 일왕을 향해 수류탄을 던진 그의 모습은 온데간데 없었다.

안심한 그는 땀에 지워진 화장을 수정한 뒤 자리로 돌아갔다. 몇몇 사람이 신문으로 얼굴을 가리고 잠을 자고 있었다. 헌병은 신문을 들춰 보지 않고 지나쳤다. 거사가 있은 지 열흘이 지나서인지 경비가 느슨해진 것이다. 기차 안 수색은 말 그대로 요식행위일 뿐이었다. 범인이 이미 동경을 빠져나갔다고 판단한 모양이었다.

필립은 바닥에 떨어진 신문을 주워 자리에 앉았다. 곁눈질로 주변을 살 핀 뒤, 신문을 덮고 눈을 감았다. 눈을 가리니 청각이 더 뚜렷해졌다. 잠이 들려는 순간마다 들려오는 발걸음 소리에 좀처럼 잠이 들 수 없었다. 얼마 쯤 남았을까. 시모노세키로 향하는 아홉 시간이 일 년처럼 길게만 느껴졌다.

시모노세키에 도착했다는 안내방송에 선잠을 깼다. 필립은 열차에서 내 려 역 밖으로 나왔다. 항구와 가까워질수록 조선인의 수가 많아졌다. 그는 매표소로 걸어갔다.

"부산으로 가는 연락선 삼등칸 주세요."

"여권을 보여주시오."

필립은 아리요시에게 받은 여권을 내밀었다. 매표소 직원이 그를 힐끔 보더니 승선권과 여권을 내밀었다. 그는 승선권과 여권을 받아들고 유유히 뒤돌아섰다. 해가 지기까지 한 시간 남짓 남았다. 출항까지는 네 시간이나 남았다.

필립은 허기진 배를 채우려 항구 앞 식당으로 들어갔다. 식당은 밥을 먹 고 배에 타려는 사람들로 북적였다.

"미안하지만, 같이 앉으세요."

식당 주인은 난처한 얼굴로 식사 중인 일본인과 함께 앉으라며 그를 안 내했다. 그는 괜찮다고 말하며 일본인 남자 앞에 마주 앉았다. 남자는 그를 힐끔 보더니 이내 밥을 먹었다. 필립은 남자에게 말을 건넬 기회를 엿보다 은근슬쩍 말을 흘렸다.

"전부 부산으로 가는 장사치인가 봅니다."

남자는 밥을 먹다 말고 물었다.

"형씨도 부산에 장사하러 가는 거요?"

"처자식 먹여 살리려다 보니, 한번 가볼까 합니다."

일왕의 심장에 폭탄을 던지다

"저런. 어떤 물건을 들고 가는 게요?"

"잡다한 물건으로 몇 개 좀 챙겼습니다."

"잡상인이신가 보오."

필립은 멋쩍게 웃는 척하며 남자의 눈치를 살폈다.

"그쪽은 뭘 팔러 가십니까?"

"조선 쌀을 사 올까 하고 동향을 보러 가는 중이오."

"쌀이요?"

"일본은 쌀이 부족하고, 조선에는 쌀이 넘쳐나니 조선 쌀을 모조리 들여오고 있소."

"모조리 들여오면 조선인은 뭘 먹고 삽니까?"

"조선인이 뭘 먹든 알게 뭡니까. 뭐, 들리는 얘기로는 만주에서 가져온 잡곡을 먹는다 합디다."

남자와 이야기를 나누는 사이, 그가 주문한 음식이 나왔다. 며칠째 끼니를 제대로 먹지 못한 그는 허겁지겁 먹었다. 정신없이 먹는 와중에 생각한 건데, 일본인 상인과 동업자인 것처럼 함께 탄다면 의심받지 않고 부산까지 갈 수 있을 것만 같았다.

"부산에 가본 적 있습니까?"

"몇 달 전에 한 번 다녀왔소."

"그럼, 도움을 좀 받아도 되겠습니까? 부산은 처음이라."

남자는 흔쾌히 그러겠다고 했다.

"은혜는 잊지 않겠습니다."

필립은 고맙다는 말과 함께 남자를 따라나섰다. 출항시간이 되자, 필립과 일본 상인은 배에 타려는 사람들 뒤로 줄을 섰다.

"검문하는가 보오."

연락선 앞에 헌병이 몰려들었다. 필립은 얼굴이 신경 쓰였다. 밥을 먹으며 흘린 땀에 화장이 지워지진 않았을까. 그는 짐을 든 양손에 힘을 주었다.

줄은 점점 짧아져 어느덧 헌병의 코앞에 다다랐다.

"여권 좀 봅시다."

남자가 먼저 여권을 내밀었다. 헌병은 여권과 남자의 얼굴을 번갈아 보더니 이내 고개를 돌렸다. 그도 여권을 내밀었다. 이번에도 헌병은 여권과 그의 얼굴을 몇 번이고 번갈아 봤다.

그사이 다른 헌병이 필립과 남자의 가방을 검사했다. 필립은 잡동사니로 채워 넣은 트렁크를 내밀었다.

"상인이오?"

옆에 있던 남자가 고개를 끄덕이자 헌병은 배에 타도 좋다고 손짓했다.

필립은 안도의 한숨을 삼키며 트렁크를 들고 배에 올랐다.

그때였다. 등 뒤에서 헌병의 목소리가 들렸다.

"조센징?"

필립은 움찔했지만, 발걸음을 멈추지 않고 계속해서 걸었다. 조금이라도 주춤했다간 한국인인 걸 인정하는 꼴이 된다. 다행히 그를 다시 부르지 않았다.

남자는 삼등칸 승선권을 산 그에게 본인이 산 이등칸에 함께 가자고 제안했다. 말인즉슨, 함께 가기로 한 동업자의 승선권이 있는데, 오늘 동업자가 나타나지 않았다는 것이었다. 필립은 고맙다고 인사하며 이등칸에 짐을 풀었다.

잠시 후, 배가 움직이기 시작했다. 일본 땅이 점점 작아져 갔다. 멀어져 가는 일본을 바라보며 그는 다짐했다. 상해로 돌아가면 독립운동을 계속하겠노라고. 제일 먼저 일본총영사관부터 박살 내 버리겠다고.

일왕의 심장에 폭탄을 던지다

내일이면 한국 땅을 밟는다는 생각에 긴장이 풀렸다. 어떻게 잠이 들었는지 몰라도 눈을 떠보니 아침이 밝아오고 있었다. 주위를 둘러보니 사람들이 배에서 내리려 짐을 싸고 있었다. 짐을 챙겨 줄을 선 그에게 일본 상인이 물었다.

"이젠 어디로 가시오?"

필립은 대답하지 못하고 눈만 끔뻑거렸다. 분명 어제 잡화를 팔러 간다지 않았던가.

그때, 남자가 귓속말로 말했다.

"오동지. 상해까지 무사히 돌아가시오."

필립은 눈을 크게 뜨고 남자를 쳐다봤다.

"오동지와 같은 목적을 가지고 동경에 왔다가 동지에게 영광을 빼앗겼지만, 그게 무슨 소용이오. 조선인이 한뜻을 가지고 있다는 게 중요하지 않겠소."

필립은 손을 내밀었다. 남자는 그의 손을 잡았다. 두 사람은 서로 얼굴을 마주 보며 악수했다. 그와 동행해준 남자 덕분에 필립은 무사히 배에서 내렸다.

"뜻이 같으니 언젠가 또 보겠지요."

남자와는 부산항에 내리자마자 헤어졌다.

필립은 부산역으로 걸어갔다. 기다리고 있을 정림을 생각하며 발걸음을 재촉했다. 제일 먼저 화장실로 들어가 말끔하게 수염을 깎고 세수도 마쳤다. 숨겨뒀던 시계를 차고, 모자와 안경을 쓰고 양복도 꺼내 입었다. 일본 상인의 모습은 지우고 모던보이로 변신했다. 신고 있던 게다짝은 하오리와 함께 화장실 쓰레기통에 던져버리고 구두로 갈아신었다.

그는 매표소로 가서 경성행 열차표를 사고서 기차에 올랐다. 기차 안에는 한국인과 일본인이 뒤섞여 있어 이곳이 한국인지 일본인지 가늠되지 않았다. 그래도 마음만은 편안했다. 경성으로 향하는 여덟 시간 동안 차창 밖으로 보이는 풍경을 보느라 시간 가는 줄 몰랐다.

경성역에 도착한 필립은 명동쪽으로 걸어갔다. 지금의 서울 중앙우체국 자리에 경성 우편국이 보였다. 그는 우편국 안으로 들어갔다.

"전보를 보낼 수 있을까요?"

그는 프랑스 조계지에 있는 정림의 방으로 전보를 보냈다.

돌아왔죠? 저도 가고 있어요.

정림의 답장을 기다리며 경성에서 머물렀다. 사흘째 되는 날, 우편국을 다시 찾은 그는 예상치 못한 답변을 들었다.

"보내신 전보가 수취 불능으로 되돌아 왔어요."

놀란 나머지, 그는 갈 곳을 잃어버린 사람처럼 멍하니 멈춰 섰다. 정림은 상해로 돌아가지 못한 걸까. 이러고 있을 때가 아니었다. 무슨 일이 있어도 그녀를 찾아야 한다. 어서 상해로 가야 한다. 상해에서 정림을 찾지 못한다면, 다시 일본으로 넘어가는 방법도 불사할 것이다.

경성에서 열차를 탄 필립은 평양을 지나고, 신의주에서 압록강 철교를 지나 단둥을 거쳐 난징으로 갔다. 난징에서부터는 배를 타고 황포항까지. 먼 길을 돌고 돌아 상해에 도착했다.

어
디
로

가
고

있
는
가

**

저녁부터 시작된 총성이 잠시 잦아들었다. 신문을 보던 정림은 습관적으로 스마트폰을 집어 들었다. 상해사변을 검색해 보고 싶었다. 스마트폰이 되지 않을 거란 걸 깨달았을 땐, 이미 포털 앱을 누른 뒤였다.

스마트폰을 끄려던 그녀는 그대로 얼어버렸다. 포털사이트의 첫 화면이 느리지만, 천천히 나타나고 있었다. 놀란 그녀는 상단 알림바로 시선을 옮겼다. 신호가 잡히지 않아야 할 와이파이 안테나가 켜지고 있었다. 한 칸. 두 칸. 세 칸.

그때였다. 방문에서 노크가 들렸다. 반사적으로 고개가 돌아갔다. 온몸이 뻣뻣하게 굳었다. 찾아올 사람이라곤 아무도 없었다. 부탁한 신문은 아까 가져다주었으니 호텔 직원이 올라올 일도 없었다. 그렇다면, 누굴까. 설마, 기어코 동규가 찾아낸 걸까. 아니면, 일본 경찰?

정림은 스마트폰을 내려놓고 살금살금 문 앞으로 다가갔다.

"누⋯구세요?"

떨리는 목소리로 물었다. 대답이 없었다. 그녀는 조심스레 문고리를 돌렸다. 문이 딸깍 하고 열렸다. 호흡을 가다듬으며 문고리를 잡아당겼다.

놀랍게도 문 앞에 필립이 서 있었다.

"필⋯ 립⋯ 씨⋯."

정림은 놀란 나머지 필립을 멀뚱멀뚱 쳐다봤다. 필립은 어제 만난 사람

어디로 가고 있는가

처럼 능청스럽게 말했다.

"들어오라고 안 할 거예요?"

그제야 정림은 옆으로 비켜섰다. 필립이 다리를 절뚝이며 방 안으로 들어왔다. 툭 튀어나온 광대뼈와 움푹 팬 눈두덩이, 허옇게 일어난 입술이 그의 힘들었던 여정을 말해주고 있었다. 동경에서 마지막으로 봤을 때보다 십여 킬로그램은 족히 빠져 보였다.

"경성에 도착했을 때 여관 주소로 전보를 보냈는데 수취 불능이라더군요. 그래서 그때부터 쉬지 않고 왔어요. 혹시나…."

필립은 말을 잇지 못했다. 정림은 말 줄임표 뒤에 숨겨진 말을 알고 있었다. 필립이 자신의 안위보다 그녀를 더 걱정했다는 걸.

지칠 대로 지친 필립은 침대에 눕자마자 잠이 들었다. 정림은 옆에 앉아 필립이 자는 모습을 지켜봤다. 목숨이 위태로운 상황에서도 필립처럼 사랑하는 이를 지키려 할 수 있을까. 고개를 저었다. 그녀는 알고 있었다. 자신은 결코 그럴 수 없다는 걸. 머리로 계산하지 않고 마음이 시키는 대로 할 수 없을 거라는 걸.

하루를 꼬박 깊은 잠에 빠져있던 필립이 뒤척이기 시작했다. 필립이 깨기만을 기다렸던 그녀는 필립에게 다가갔다. 필립이 눈을 떴다. 시커멓게 그늘졌던 그의 눈가에 혈색이 돌았다.

정림은 필립의 셔츠를 벗겼다. 동규가 쏜 총알에 스친 상처가 드러났다. 치료를 제대로 받지 못해 좀처럼 낫지 않고 있었다. 동경에서 총에 맞았다는 왼쪽 다리는 더욱 처참했다. 총상 주변이 짓무르고 고름이 흘러나왔다. 여름이 아닌 겨울이어서 그나마 다행이라면 다행일 정도였다. 그녀는 소독약으로 필립의 총상을 닦으며 말했다.

"상해는 위험해요. 우리 여길 떠나요."

필립은 고개를 가로저으며 단호하게 말했다.

"비겁하게 도망가자고요? 안 돼요. 함께 독립운동해야죠."

정림은 달라진 필립의 모습이 왠지 낯설게 느껴졌다. 필립의 입에서 독립운동이란 단어를 듣게 될 거라곤 생각도 하지 못했다. 그녀는 필립의 눈치를 살피며 조심스럽게 말을 꺼냈다.

"필립 씨를 밀정으로 오해하고 있어요."

필립의 눈에 검은 눈동자가 가득 찼다.

"동규 동지가 살아있어요. 필립 씨가 일본영사관 경부보와 만나는 걸 본 사람이 있다고 했어요."

필립의 눈동자가 불안하게 흔들렸다.

"다나카와 함께 있었던 건 박판수예요. 박판수와 다나카를 잇는 자가 다나카에게 어떤 서류와 사진을 몰래 갖다 주는 걸 제 두 눈으로 똑똑히 봤다고요."

"역시. 그랬군요."

그녀는 머리가 복잡해졌다. 사진 심부름을 하는 게 아니었다. 어쩌면 밀정을 오해받아 마땅한 건 필립이 아닌 자신일지 모른다는 생각에 얼굴을 들 수가 없었다.

그때, 필립이 침대에서 벌떡 일어났다. 당장에라도 어디론가 달려갈 기세였다

"어딜 가려고요?"

"선생님을 좀 만나봐야겠어요."

"갑자기 선생님은 왜요?"

"혹시 모르잖아요. 집으로 돌아갈 방법을 알려주실지."

정림은 고개를 저었다.

　　　　　　　　　　　　어디로 가고 있는가

"선생님과는 관련이 없는 것 같아요."

"어떻게 알아요?"

"선생님과 관련이 있었다면, 지금까지 아무 말씀 없을 리 없잖아요. 그리고 가도 만날 수 없을 거예요."

"왜요?"

"놈들이 동경 거사의 배후로 신생님을 지목했다는 기사가 났어요. 이미 놈들을 피해 숨어 계실 거예요. 물론, 저도 아직 선생님을 만나 뵙지 못했고요."

필립이 두 손으로 얼굴을 쓸어내렸다. 필립은 말없이 방 안을 서성였다.

"동경 거사가 있고 나서 중국 신문에 '불행부중(不幸不中)'이란 기사가 났는데, 그 기사를 빌미로 놈들이 일을 일으켰어요. 명분이 필요했던 놈들에게 어쩌면 잘 된 셈이죠."

"무슨 명분이요?"

"동경 거사가 있고 열흘 뒤에 놈들이 중국인을 매수해서 일본 승려를 폭행하는 사건이 있었어요. 엿새 후에 승려 중 한 분이 돌아가셨고요. 그 일로 일본해군과 중국군의 내전이 시작됐어요."

필립의 미간이 일그러졌다.

"내전이요? 전쟁 말인가요?"

"정확하게는 상해사변이요."

필립의 입에서 짧은 탄식이 흘러나왔다.

"놈들을 막을 수 있을까요? 놈들의 의도와 목적을 전 세계에 알려서…"

정림은 단호하게 고개를 저었다. 필립은 당장에라도 무슨 일을 저지를 것처럼 아슬아슬해 보였다. 그녀는 필립의 손을 잡고서 말했다.

"섣불리 행동했다가 어떻게 역사가 뒤바뀔지 몰라요. 그랬다간 우리가 돌아갈 곳이 없을 수도 있어요. 그러니 우린 그저 집으로 돌아갈 방법을 찾아서 돌아가요."

말이 끝나기가 무섭게 건물이 무너지는 소리와 함께 진동이 일었다. 놀란 정림과 필립은 바닥에 엎드렸다. 생전에 들어본 적 없는 엄청난 굉음이었다.

정림은 창가로 기어가 창문 너머로 눈을 빼꼼 내밀었다. 세상이 온통 암흑으로 변해버렸다. 셀 수 없이 많은 비행기가 거먹구름처럼 하늘을 뒤덮었고, 비행기에서 떨어진 폭탄이 비처럼 내렸다. 폭탄이 떨어져 내리는 거리에는 대포를 장착한 탱크부대가 줄지어 다녔고, 놀란 시민들이 건물 안으로 뛰어들어갔다. 황푸강에는 일본 군함이 빼곡히 섬을 이뤘다. 바람을 타고 창틈을 비집고 들어온 화약 냄새가 방안에 진동했다. 와이탄은 불바다가 되었다.

**

이틀 뒤, 포성이 잦아들자 필립은 거리로 나왔다. 와이탄 거리는 장갑차가 점령했고 모래포대를 쌓아 만든 진지가 곳곳에 널려있었다. 일본 제복을 입은 군인의 숫자도 전보다 많아졌다. 정림의 말에 의하면 영국과 미국의 주선으로 사흘간 휴전할 거라고 했다. 사흘 뒤부턴 하루가 다르게 전투의 규모가 커질 거라는 말도 덧붙였다. 택시를 타려 했지만, 여의치 않았다. 택시는 물론 인력거조차 자취를 감췄다.

그가 시계탑 앞에 다다랐을 때였다. 중국 군인이 그를 막아섰다. 군인은 팔을 포개어 엑스자로 만든 다음 고개를 가로저었다.

"오늘은 이곳에 머무는 게 좋겠소."

그는 할 수 없이 돌아섰다. 호텔로 돌아가는 길에 항구 옆에 모여있는 사람들이 보였다. 필립은 담배 한 개비를 꺼내 들고 그들 옆으로 다가갔다. 사람들은 일본어로 말하고 있었다. 그는 담배를 태우는 척하며 얘기를 엿들었다. 사람들은 일왕 암살사건부터 이틀 전부터 시작된 전쟁 이야기를 나누고 있었다.

필립은 담배를 태우며 넌지시 물었다.

"천황은 어찌 됐나요?"

옆에 있던 남자가 그를 힐끔 보더니 대답했다.

"도통 얼굴을 내비치지 않는 걸 보니 위중한 것 같소."

옆에 있던 키 작은 남자가 끼어들었다.

"신민들이 동요할까 봐 상태를 발표하지 않는 게지요."

그는 고개를 끄덕이며 다시 물었다.

"용의자는 잡혔나요?"

"상해에서 온 남자라 들었는데, 도망쳤다는 것 같소."

필립은 눈을 가늘게 뜨며 물었다.

"왜 아직 못 잡는 거죠?"

"몇 번이고 잡을 기회가 있었는데, 미꾸라지처럼 도망갔다지요."

키 작은 남자가 담배를 발로 비벼끄며 말했다.

"다시 상해로 돌아왔다 하니 조만간 잡히겠지요."

필립은 짧아진 담배를 강물에 던져버리고 뒤돌아섰다. 손에 땀이 배었다. 그들은 일왕에게 폭탄을 던진 자가 누군지 이미 다 알고 있는 듯했다. 어쩌면 여태 그만 몰랐을지도 몰랐다. 그는 얼굴이 화끈거렸다. 사람들의 시선이 자신을 향하고 있는 것만 같았다.

호텔로 돌아가는 동안, 오만 잡생각이 머릿속을 파고들었다. 조금 전 그들은 과연 상해 거류민이 맞는 걸까. 그를 옥죄기 위해 일본 경찰이 심어둔 사람들은 아닐까.

바로 그때, 필립은 거리 한복판에서 불기둥이 치솟고 있는 걸 보았다. 화염과 함께 생선 썩는 냄새 같은 지독한 냄새가 코를 찔렀다. 한 번도 맡아본적 없는 냄새였다. 필립은 코를 막고 주위를 둘러봤다. 일본 제복을 입은 헌병이 불구덩이에 뭔가를 집어 던졌다. 그는 더 자세히 보려 눈을 찌푸렸다. 불구덩이로 던지고 있는 건 사람이었다. 놈들은 남녀노소 할 것 없이 닥치는 대로 끌고 와 불구덩이 속에 던져버리고 있었다. 그는 입을 틀어막았다. 숨이 턱하고 막혔다. 고개를 저어봐도 눈앞에 보이는 건 변하지 않고 그대로였다. 그는 휘청대며 뒷걸음질 쳤다. 등에서 식은땀이 흘러내렸다.

도망치듯 와이바이두교를 건널 때였다. 뒤돌아보니 아니나 다를까 조금전 일본인 무리가 뒤쫓아오는 게 보였다.

필립은 뛰다시피 걸어 호텔 안으로 들어왔다. 빠른 걸음으로 엘리베이터 앞으로 걸어가 타자기를 치듯 버튼을 눌러댔다. 엘리베이터는 8층에 멈춰있었다. 뒤를 돌아보자 일본인 무리가 호텔 안으로 들어오는 게 보였다. 그는 엘리베이터를 포기하고 비상계단으로 달려갔다. 긴 다리로 한 번에 두세 칸씩 점프하듯 계단을 뛰어올랐다. 숨이 턱까지 차올랐지만 멈출 수가 없었다.

가까스로 808호 앞에 다다른 필립은 문을 쾅 닫고 안으로 들어갔다. 상해에 오면 안전할 줄 알았다. 그의 예상과는 달리 놈들은 턱밑까지 그를 쫓아왔다. 다시 목숨이 위태로운 상황에 놓일 거라곤 생각도 하지 못했다. 불안감이 스멀스멀 가슴속을 파고들었다. 불안은 순식간에 이성을 제압했다. 심장이 몸부림치기 시작했다. 입에서 거친 숨이 뿜어져 나왔다. 불안정한 호흡이 계속됐다. 숨이 막히고 시야가 점점 흐려져 갔다. 그는 깊은 잠에 빠져들었다. 그를 깨운 건 정림의 목소리였다.

"필립 씨. 정신 차려요."

필립은 힘겹게 눈꺼풀을 들어 올렸다. 정림이 뺨을 두드리고 있었지만, 감각이 없었다.

"왜 그래요? 무슨 일 있었어요?"

"놈들이 쫓아왔어요. 놈들은 제가 상해에 들어온 것도 이미 알고 있어요."

정림은 고개를 저었다.

"쫓아온 사람은 아무도 없었어요."

믿기지 않았다. 그럼 그자들은 뭐란 말인가. 필립은 몸을 일으키며 말했다.

"그럴 리가요. 분명히 쫓아왔다고요."

정림이 고개를 저으며 말했다.

"필립 씨가 여기에 있다는 거 아무도 모르니 걱정하지 말아요. 그리고 당분간은 호텔 밖으로 나가지 말아요."

그를 안심시키려 하는 말이란 것쯤은 그도 잘 알고 있었다.

필립은 정림의 감시 아래 호텔에 갇혀 지냈다. 호텔 방에 갇힌 그는 매일 아침 정림이 가져다주는 신문으로 하루를 보냈다. 전쟁이 한 달 가까이 되어가던 어느 날, 그는 눈길을 끄는 헤드라인을 발견했다.

맥캘란을 좋아하던 조선 청년, 일왕의 심장에 폭탄을 던지다.

필립은 기사를 작성한 기자 이름을 확인했다. 역시나, 알베르토였다. 알베르토는 거사의 주인공이 그인 걸 알아본 모양이었다. 알베르토는 기사의 마지막 줄에 이렇게 써놓았다.

조선인은 나라를 되찾기 위해 20년 넘게 싸움을 이어가고 있다.

다음 날, 필립은 정림 몰래 호텔을 나섰다. 호텔 밖은 딴 세상이었다. 와이탄은 신음하고 있었다. 불바다로 변했던 거리는 전쟁의 흔적으로 짓이겨져 있었다. 거리 곳곳에는 꺼지지 않은 불씨와 총탄의 흔적이 아직도 전쟁 중이라 말하고 있었다. 매캐한 화약 냄새가 거리에 진동했다. 그는 손으로 코와 입을 가렸다. 그는 한참이나 거리를 방황한 뒤에야 겨우 택시 한 대를 잡아탈 수 있었다.

상해를 떠난 지 두 달 만에 프랑스 조계지 땅을 밟았다. 발걸음을 뗄 때마다 귀에서 쿵쾅대는 소리가 들려왔다. 지나가는 사람들의 발소리가 귀에서 울려댔다. 불안한 마음에 가다 서다 반복하며 쉴 새 없이 두리번거렸다. 조금이라도 수상한 발소리가 들리기라도 하면 온 신경이 곤두섰다.

일 년 같은 한 시간이 흘러서야 월광사진관 앞에 도착했다. 그는 문을 열고 안으로 들어갔다. 이상기류를 느낀 고양이처럼 해원이 기척 없이 걸어 나왔다.

"대단한 일을 하셨더군요."

"덕분에 목숨이 위태로워졌죠."

주머니에 손을 쑤셔 넣은 그는 사진관을 서성이며 말했다.

"일본놈들이, 밀정으로 오해한 독립운동가 동지들이, 죽지 않고 살아난 동지까지. 사방에서 나를 뒤쫓고 있어요. 이게 당신이 원한 건가요? 이러려고 나를 과거로 데려온 건가요?"

"동경에 간 건 당신의 선택이었습니다."

필립은 해원의 눈을 응시하며 말했다.

"당신이 나를 그 상황에 놓이게 했잖아. 나를 과거로 데려온 건 당신이

어디로 가고 있는가

잖아. 내가 눈을 떴을 땐 이미 선생님과 거사를 약속한 후였다고."

울분이 뒤섞인 포효가 뿜어져 나왔다. 끓어오르는 분노를 참지 못하고 그는 해원에게 바짝 다가갔다. 해원은 눈 하나 깜짝하지 않고 그를 올려다 봤다. 필립은 턱을 치켜들며 말했다.

"그래. 좋아. 내가 선택했다 쳐. 그래서 뭐. 이제 어떡할 건데? 말해봐. 이 제 날 더러 뭘 어떡하라는 거야."

손이 부들부들 떨려왔다. 끓어오르는 분노가 머리를 열고 용암처럼 뿜어 져 나올 것만 같았다.

"좋아요. 이렇게 하죠. 당신을 일본으로 데려간 그 사람. 그 사람을 죽이 는 건 어때요?"

그는 동작도, 숨도 멎은 채 해원을 쳐다봤다.

"뭐? 일본으로 데려간 사람? 그게 누군데? 설마… 당신. 무슨 생각을 하 는 거야?"

해원이 미친 사람처럼 웃어댔다.

"왜요? 문제 될 게 있나요? 그 사람을 죽여선 안 될 이유라도 있나요?"

필립은 해원의 옷깃을 움켜잡았다.

"당신 뭐야. 도대체 왜 이렇게까지 하는 거야. 이건 아니잖아."

"설마 개인의 희생에 의존한 테러가 독립을 가져다준다고 믿는 건 아니 겠죠? 시간이 얼마 남지 않았습니다. 상대는 곧 이곳을 떠날 겁니다."

그의 눈동자가 흔들렸다.

"떠나다니. 왜?"

해원은 그의 손을 털어내며 뒤돌아섰다.

"임무를 끝내고 뵙죠."

할 말을 끝낸 해원이 눈앞에서 연기처럼 사라졌다.

사진관을 나온 필립은 혼란에 빠졌다. 머릿속에서 여러 가지 생각이 충돌했다. 대한민국 위인으로 국민에게 존경받는 그분을 감히 어떻게. 게다가 미래가 바뀔 수도 있다고 하지 않았던가. 그렇다고 아무것도 하지 않으면 집으로 돌아가지 못할 것이다. 눈앞이 캄캄했다. 아니, 정말 캄캄했다. 어느새 날이 저문 골목은 밤하늘의 달빛과 창틈으로 새어 나오는 불빛이 아니라면 어둠이 집어삼킬 것만 같았다.

그는 어두워진 골목을 터덜터덜 걸었다. 조용한 골목에 발소리만 요란하게 들여왔다. 발소리는 그의 발소리와 박자 맞춰 들려왔다. 누군가가 따라오고 있었다. 발걸음을 재촉했다. 어디에도 안전한 곳이 없었다. 일본에선 일왕 암살 용의자로, 상해에서는 밀정으로 오해받아 쫓기는 신세가 돼버렸다.

필립은 수상한 발걸음에서 벗어나려 밤새 도망 다녔다. 팔다리가 그의 옷만큼이나 너덜거렸다. 지칠 대로 지친 그는 골목에 멈춰 서서 지평선을 바라봤다. 동이 터오고 있었다.

'그래. 정림의 말대로 집으로 돌아가야 해.'

필립은 유리창에 비친 자신의 얼굴을 발견했다. 서울에서의 그는 온데 간데없고 웬 낯선 남자가 서 있었다. 툭 튀어나온 광대와 움푹 들어간 눈과 볼, 검붉은 피부까지. 그는 손을 들어 얼굴을 쓰다듬었다.

'넌 누구야.'

그가 거울 속 자신의 낯선 모습과 마주한 그때, 멀리서 정림이 걸어왔다. 필립은 정림을 처음 만났던 날을 떠올렸다. 정림은 그때나 지금이나 하나도 변하지 않았다.

"그동안 어디 갔었어요?"

정림의 입술이 움찔거렸다. 그녀는 무슨 말을 하려는 건지 주저하고 있

어디로 가고 있는가

었다.

"부탁이 있어요. 선생님 어디 계신지 알아봐 줘요."

그가 먼저 말을 꺼냈다.

"선생님은 왜요?"

정림이 되물었다.

"오해를 풀어야죠."

정림은 한 글자 한 글자 힘주어 말했다.

"우린. 그냥. 돌아가기만. 하면. 돼요."

정림 특유의 완곡한 간청의 표현이었다.

"그럼 밀정인 채로 살라고요?"

"이대로 돌아가기만 하면 우린, 기억 속에서, 역사 속에서 사라질 거라고요."

정림은 한숨을 내쉬었다. 뭔가를 아는 얼굴이었다. 알지만 말할 수 없는 사람의 눈빛이었다.

'나한테 뭘 숨기고 있는 거야. 정림 씨.'

필립은 고개를 세차게 흔들었다. 정림을 믿지 못해서가 아니었다. 그녀마저 믿지 못한다면 그동안 아무것도 할 수 없었을 것이다. 그에게 누군가를 믿는다는 건 언제 어떻게 될지 모르는 현실에서 그를 지탱하는 힘과 같았다.

"동경 거사에서 썼던 폭탄 심부름을 했다고 했죠. 거기가 어디예요?"

정림이 물끄러미 그를 바라봤다.

"말해줘요. 꼭 필요해서 그래요."

정림이 미간을 찌푸리며 물었다.

"폭탄으로 뭘 하려고요?"

"뭐라도 해야죠."

정림은 체념한 듯 대답했다.

"박판수네 잡화점에서 좀 더 안쪽으로 들어가면 작고 낡은 건물이 있어요. 그 건물 2층이에요."

필립은 정림에게 몸조심하라는 말을 남기고 뒤돌아섰다.

**

정림은 동경에서 돌아온 필립이 낯설게 느껴졌다. 필립은 외모뿐만 아니라 많은 게 변해버렸다. 동경에서 무슨 일이 있었던 걸까. 확실한 건 필립의 불안 증상이 점점 더 심해지고 있다는 거였다. 시종일관 두리번거리는 행동은 물론, 확실치는 않지만 환청까지 듣는 것 같았다. 그에게 불안이 덮치면 숨을 헐떡대다 결국은 바닥에 쓰러졌고, 숨을 쉬지 못해 꺼억꺼억 대다 의식을 잃었다. 정림은 그런 환자를 수없이 봐왔다. 그런 환자에겐 약이 필요한데, 상해를 샅샅이 뒤져도 같은 성분의 약을 찾을 수 없었다.

얼마 전 필립이 호텔 8층 계단을 뛰어올라 정신을 잃었을 땐, 그의 팔에 수면마취제인 프로포폴을 주사했었다. 안 된다는 건 알고 있지만, 그가 잠깐이라도 편안해지길 바랐다. 잠에선 깬 필립은 팔에 남은 주사 자국도 알아보지 못할 만큼 정신이 불안정해 보였다. 그런 필립을 그저 지켜보고 있을 수만은 없었다. 그를 살리기 위해선 꼭 2021년으로 돌아가야 한다. 그의 예전 모습을 다시 보고 싶었다.

필립과 헤어진 정림은 사무실로 걸어갔다. 필립의 불안을 없앨 수 있다면 선생님의 행방을 알아내는 건 어려운 일이 아니었다. 그녀는 사무실 창문 앞에 서서 사무실 안 상황을 엿봤다. 1층에 있어야 할 동규도, 다른 누구도 보이지 않았다.

어디로 가고 있는가

정림은 문을 열고 안으로 들어갔다. 긴장감이 사무실 안 공기를 무겁게 짓눌렀다. 그녀는 조심스레 한 발짝씩 내디뎠다. 걸을 때마다 삐걱대는 마룻바닥 소리가 적막을 깨웠다.

그때, 어디선가 날아온 시선이 느껴졌다. 정림은 2층과 연결된 계단을 올려다봤다. 계단 끝에 멈춰 선 두 눈동자와 눈이 마주쳤다. 선생님이었다. 선생님은 계단을 내려오며 말했다.

"무사히 다녀왔구나. 장하다. 어떻게 일본을 빠져나온 게냐."

"성공했어야 했는데…."

그녀는 울컥 목이 메었다.

"비록 일왕을 죽이진 못했지만, 성공한 거나 진배없다. 조선인이 식민통치를 즐겨 받고 있다고 선전해온 놈들의 식민정책이 실패했음을 보여주었지 않은가. 전 세계에 한국인이 일본에 동화되지 않았음을 증명했으니 그거면 됐다."

선생님 말씀 한마디에 그간의 힘겨웠던 시간이 떠올랐다.

'그래. 이거면 됐어. 이제 집으로 돌아가기만 하면 돼.'

그녀는 선생님의 눈치를 살피며 조심스레 입을 열었다.

"필립 동지가 밀정으로 오해받고 있다고 들었어요."

선생님은 손사래를 치며 되물었다.

"그게 무슨 소리냐? 그 얘긴 어디서 들은 게냐? 그럴 리가 없다. 모두 부끄러워졌지. 일인(日人)인 줄 알았던 그가 큰일을 했으니."

정림은 둔탁한 무언가에 머리를 얻어맞은 듯 혼란스러워졌다.

"동규 동지에게 들었어요."

선생님의 낯빛이 어두워졌다. 슬픈 예감은 틀린 적이 없다 했던가. 선생님은 잠시 망설이다 말했다.

"그렇구나. 언제 만난 게냐?"

"일본에서 돌아오던 날 부둣가에 마중 나왔었어요."

선생님은 생각에 잠긴 듯 천천히 고개를 끄덕였다. 정림은 곁눈질로 선생님을 슬쩍 쳐다보며 말했다.

"혹시, 서랍장에 넣어두신 중요한 서류 말인데요."

선생님은 대답 대신 다른 얘길 들려줬다.

"지난번에 내가 아무도 믿지 말라고 한 말 기억하느냐."

정림은 짧게 "네" 하고 대답했다.

"그 말에 미처 덧붙이지 못한 말이 있다. 믿음이란 건 무서운 거다. 특히 우리 대한민국에 믿음이 사라진다는 건 아주 슬픈 일이지. 동지가 밀정일지도 모른다고 의심하거나 밀정으로 단정 지어 버리기도 하고, 자신과 사상이 다른 이를 밀정으로 몰아붙이기도 하더라. 거기다 개인의 악감정으로 동지를 밀정으로 몰아 명예를 훼손시키기도 하고 의견이 조금만 충돌해도 한 사람을 의심하고 몰아가기도 하더란 말이지."

정림은 장단을 맞추듯 고개를 끄덕였다.

"우리 국민이 왜 그렇게 되었는고 하니, 왜놈들의 이간질 때문이다. 그러니 우리가 동지를 믿지 못하고 밀정으로 단정 짓는 일은 왜놈의 뜻대로 되어가는 것이다. 내가 무슨 말을 하려는지 알아듣겠느냐."

그녀는 "네" 하고 대답했다.

"이곳에선 그 누구도 믿어선 안 되지만, 가슴이 아픈 건 서로를 믿고 의지해야 하는 동료조차 믿지 못한다는 사실이다."

정림은 할아버지의 말씀이 떠올랐다. 동지의 손에 목숨을 잃었다는 증조할아버지. 동지마저 믿지 못한다면 누굴 믿을 수 있을까. 세상에 믿을 사람이 나밖에 없다는 사실은 고립감과 외로움을 가져다주었을 것이다.

어디로 가고 있는가

"그동안 어찌 지내셨나요?"

"왜놈들이 전쟁 중이라 그런지 심한 교섭은 없구나. 그래도 혹시 몰라 낮에는 활동을 쉬고 밤에는 동포들의 집을 전전하며 지내고 있다. 상해 전쟁에서 다친 병사들 치료를 돕고 있다는 네 소식은 들었다."

"할 수 있는 일을 했을 뿐이에요. 선생님께선 앞으로 어쩌실 생각인가요?"

"계속해야지."

선생은 목을 가다듬은 뒤, 이어서 말했다.

"동경 거사에 감명받은 많은 청년이 찾아왔었다. 그중 둘은 경성으로 입국시켰고, 또 둘은 만주로 보냈다. 그리고 홍커우 시장에서 채소장사를 하던 청년도 찾아와 중대 임무를 계획하고 있다. 그러니 너도 당분간 몸조심하거라."

정림은 일어나 허리 숙여 인사했다.

'4월 29일이 지나면 다신 뵙지 못하겠죠. 부디 몸조심하세요.'

＊＊

정림과 헤어진 필립은 정림이 알려준 전당포를 찾아갔다. 전당포는 꼭꼭 숨겨둔 보물처럼 골목을 몇 바퀴나 돌고 돌아서야 찾을 수 있었다. 손을 뻗으면 닿을 것 같은 작은 건물은, 건물 뒤쪽에 2층과 이어진 계단이 있었다. 동경에 가기 전이라면 몸이 끼어 오를 수 없었을 것 같은 좁은 계단이었다.

그는 허리를 직각으로 굽혀 계단을 올랐다. 2층으로 올라가자 창문이 보였다. 얼굴만 겨우 보일 듯한 작은 창문은 굳게 닫혀있었다.

그는 창문을 두드렸다. 잠시 후 검은 뿔테안경을 쓴 선생이 눈을 빼꼼 내밀었다. 선생은 물건을 달라고 중국말로 말했다.

"선생님께서 폭탄을 구해주신다는 얘기를 듣고 찾아왔습니다."

선생은 한국말로 얘기하는 그의 얼굴을 찬찬히 뜯어봤다.

"뭔가 잘못 알고 왔나 본데, 폭탄 같은 건 취급하지 않소."

선생은 여전히 중국말로 대답했다.

"그럼 폭탄을 구하려면 어디로 가야 하나요?"

선생은 단호하게 대답했다.

"글쎄. 난 모르오."

"선생님께서 구해주신 폭탄을 일왕에게 던진 사람이 바로 접니다."

선생은 창문 밖으로 얼굴을 쑥 내밀었다.

"당신이 오 동지요?"

"네. 맞습니다."

선생은 검지로 안경을 들어 올렸다. 선생은 고민 끝에 대답했다.

"알았네. 시간이 좀 걸릴걸세. 두 달 뒤에 오게나."

"두 달이나요?"

"전쟁을 치르느라 지금 무기 사정이 좋지 않네. 구하려면 시간이 좀 걸릴걸세."

필립은 고맙다는 말과 함께 뒤돌아섰다.

전당포를 빠져나온 필립은 문라이트 댄스홀을 찾았다. 역시나 알베르토가 혼자 바에 앉아 술을 마시고 있었다. 그는 알베르토 옆으로 가서 앉았다. 알베르토는 눈치채지 못하고 바텐더와 얘기를 나눴다. 그가 술잔 옆을 노크하자, 알베르토가 돌아봤다.

"오. 필립, 오랜만이야."

알베르토의 얼굴에 반가운 기색이 스쳤다.

어디로 가고 있는가

"네가 쓴 기사 잘 봤어."

"멋진 일을 했더군."

알베르토는 떠들썩했던 동경 거사의 주인공이 필립이라는 걸 단번에 알아봤다고 했다. 그는 씁쓸한 미소를 지으며 슬쩍 이야기를 흘렸다.

"이번에도 자작극이야."

"그게 무슨 말이야?"

"지난번 류탸오거우에서 있었던 일과 쌍둥이 사건이야. 중국인 인부로 위장한 일본군 장교가 철로에 폭탄을 설치했던 것처럼 이번에도 중국인을 매수해서 일본 승려를 죽였어."

알베르토가 눈을 휘둥그레 떴다.

"말도 안 돼. 대체 왜 그러는 걸까? 저들의 목적이 뭐야?"

"저들의 진짜 목적은 중국이 아니야. 중국 땅은 그저 발판이자, 병참기지일 뿐이지."

필립은 몸을 돌려 알베르토를 보며 말했다.

"알베르토. 네가 나설 차례야."

"내가? 어떻게? 난 그저… 기자일 뿐이야."

"기사를 내줘. 그들의 야욕을 막아야 해. 놈들은 3월 1일에 괴뢰국인 만주국을 세울 거야. 그걸 막아야 해."

그는 그 어느 때보다 간절하게 알베르토를 바라봤다.

"일본의 야욕은 대한민국으로 끝나지 않아. 다음은 중국, 그다음은 너희가 사는 나라. 놈들은 전 세계를 제패하기 위해 침략전쟁을 이어갈 거야. 전쟁으로 죄 없는 많은 시민이 희생될 거라고. 놈들의 만행을 전 세계에 알려야 해."

알베르토의 눈동자가 흔들렸다.

"놈들이 진실을 감추고 있어. 사람들의 눈과 귀를 막고 있어. 네가 전 세계에 진실을 알려줘."

알베르토는 난처한 얼굴로 그를 바라봤다.

"알베르토."

필립은 간절한 눈으로 알베르토를 바라봤다.

"너, 기자잖아. 진실을 말할 수 있는 가장 용기 있는 사람."

정적이 흘렀다.

"미안하지만, 다음에 널 도울 일이 있다면 기꺼이 도울게. 이건 안 되겠어."

알베르토의 대답은 예상 밖이었다. 적어도 친구의 부탁쯤은 들어줄 줄 알았는데.

"왜 안된다는 거야?"

"확실하지 않잖아. 추측기사일 뿐이야. 그리고 내가 상해에 있는 한, 그런 기사를 낸 나 역시 안전하지 못할 거야. 도망친다 하더라도 놈들은 끝까지 쫓아올 거라고."

그는 한숨을 내쉬었다. 물론 그 자신도 신문기사 하나로 놈들을 막지 못할 거란 건 알고 있었다. 그래도 국민은, 죄 없는 국민은 진실을 알아야 하는 거 아닌가.

필립은 알베르토의 어깨를 두드리며 자리에서 일어났다. 알베르토를 만나고 돌아온 그는 생각이 많아졌다. 생각이 꼬리에 꼬리를 물어 밤새 잠을 이루지 못했다. 마음 같아선 독립을 위해 뭐라도 하고 싶은 마음이 굴뚝 같았지만, 정림은 집으로 돌아가야 한다고 했다.

보름 뒤, 필립은 정림과 함께 프랑스공원을 걸었다. 봄이 오고 있었다.

어디로 가고 있는가

겨우내 자취를 감췄던 사람들도 공원으로 모여들었다. 그는 벤치에 앉아 지나가는 사람들의 이야기를 엿들었다. 중국군이 닷새 전 퇴각했다고 했다. 닷새 전이라면 일본이 만주국을 세운 날이었다. 나흘 전에는 양측이 전투를 끝내기로 합의했다고 했다. 중국이 항복한 것이다. 전투는 끝났지만, 전투의 흔적은 고스란히 남아있었다.

"선생님 어디 계신지 알아봤나요?"

"동경 사건 이후로 낮에는 몸을 숨기고 계시다 저녁에 사무실에 들러 업무를 보신다고 들었어요."

"그러면 저녁에 사무실로 찾아가면 뵐 수 있겠네요."

정림이 걱정스러운 눈빛으로 물었다.

"도대체 뭘 하려고 그래요? 역사책에 적힌 대로라면, 선생님은 곧 상해를 떠나실 거예요."

시간이 얼마 남지 않았다는 해원의 얘기가 사실이었다. 그는 초조한 얼굴로 물었다.

"왜요? 선생님께서 어디 가시나요?"

"조만간 떠들썩한 일이 일어날 거예요. 그 일로 놈들은 거액의 현상금을 내걸고 선생님을 잡으려 할거고요."

정림은 떨리는 목소리 탓에 몇 번이고 말을 멈추었다.

"아…."

그의 입에서 짧은 탄식이 터져 나왔다. 귀가 빨갛게 달아올랐다. 현상금을 내걸고 선생님을 잡으려 할 정도의 일을 나만 몰랐던 건가.

"그럼, 짐을 싸러 사무실에 오시겠군요."

"그래야겠죠. 사무실 안에는 역사에 남을 많은 자료가 있으니까요."

"그때 했던 얘기, 마저 해줘요. 왜 독립운동가인지, 친일파, 밀정이었는지 잘못 알려진 분들이 계신 거죠?"

필립은 그동안 정림에게서 들은 이야기를 머릿속으로 정리했다.

"해방 이후에 반민족행위특별조사위원회가 구성되었지만, 결국 해산되고 말았어요. 그러면서 반민족행위를 했던 사람들 조사도 흐지부지 끝나버렸죠."

"왜 해산된 거예요?"

정림이 의미심장한 미소를 띤 채 대답했다.

"반민족행위 조사를 원치 않는 사람들이 있었겠죠."

"자신의 과거가 세상에 드러나고, 처벌받아야 할 사람들이겠네요."

필립은 한숨을 내쉬었다.

"독일이 해낸 걸, 대한민국은 해내지 못했군요. 그래서 지금까지 이렇게…."

"분열된 거죠. 아직도."

2차 세계대전이 끝나고 독일이 유대인학살 전범을 처벌한 일을 두고 하는 말이라는 걸 정림은 용케 알아들었다. 그렇다면 대한민국은 지금 어떻게 돌아가고 있을까. 필립은 주머니에서 스마트폰을 꺼내어 뉴스 기사를 보았다.

북한군, 8발의 총상 입고 JSA 귀순. 한때 군사분계선에서 총격전

그때, 하늘을 올려다보던 정림이 목이 멘 목소리로 말했다.

"왜 꼭 우리여야만 했을까요? 우리, 집으로 돌아갈 수 있을까요?"

그도 정림을 따라 하늘을 올려다봤다. 햇살이 눈을 파고들었다. 그는 실눈을 뜨고서 해를 바라보며 물었다.

어디로 가고 있는가

"지금이 몇 시죠?"

정림이 주머니에서 회중시계를 꺼내었다.

"4시네요."

"저길 봐요."

필립은 해를 가리켰다. 달을 품은 해가 반지 모양으로 빛을 내고 있었다. 금환일식이었다.

"해를 베어 문(moon) 날이에요."

그는 한쪽 눈을 찡그려 해와 달로 손을 뻗었다. 엄지와 검지로 해를 감싼 다음 달 밖으로 삐져나온 해를 똑 떼어냈다. 그리고 떼어낸 해를 정림의 손가락에 끼우며 말했다.

"돌아가야죠. 집으로 돌아가면, 오늘처럼 개나리꽃 피는 날 같이 영화 보러 가요."

＊＊

필립과 헤어진 정림은 낡고 허름한 건물 앞에 멈춰 서서 간판을 보았다.

월광사진관(月光寫眞館)

그녀는 문을 열고 안으로 들어갔다. 벽 선반 위에서 초가 타고 있었다. 사진 속에서 본듯한 초는 이미 다 타버리고 밑동만 남아있었다. 그녀가 초에 정신이 팔린 그때, 해원이 걸어 나왔다.

"살아 돌아오셨군요."

정림은 대꾸하지 않았다. 그녀가 사진관에 온 데는 그럴만한 이유가 있었다. 필립이 폭탄을 구하는 걸 보면 뭔가 일을 꾸미고 있는 게 분명했다. 그 일이 뭘까. 누구의 지시를 받은 게 아닐까. 그게 누굴까 고민하던 그때, 문득 해원이 떠올랐다. 그녀가 아는 필립의 인맥이라면 선생님과 다나카,

해원밖에 없었다. 선생님은 다른 동지의 거사 준비에 정신없이 바빴고, 다나카와는 손을 잡지 않을 거로 생각했다. 그렇다면 해원밖에 없었다.

"다신 못 볼 줄 알았는데."

해원이 피식 웃으며 혼잣말하듯 말했다.

"두 번째 임무가 뭐죠?"

정림은 동경으로 떠나는 날 새벽, 동규를 뒤쫓던 길에 필립을 보았다. 동규를 쫓는 필립의 모습에 그 역시 해원의 임무를 하고 있단 사실을 깨달았다. 그렇지 않고선, 동규를 뒤쫓을 리 없었다. 물론, 그녀 역시 해원의 임무를 하고 있단 사실을 필립에게 말하지 않았다. 아무에게도 말하지 말라는 해원의 말을 따를 수밖에 없었다. 집으로 돌아가야 하기에.

해원은 에두르지 않고 바로 요점을 말했다.

"두 번째는 선생님을 처단하세요."

정림은 머릿속 스위치가 꺼지는 걸 느꼈다. 머릿속이 캄캄해져 아무 생각도 할 수 없었다.

'당신 지금 무슨 말을 하는 거야.'

해원은 웃지 않았다. 농담이 아니라고 표정으로 말하고 있었다.

"왜죠? 왜 그분을."

목울대가 울렁거렸다.

"미래가 바뀔 수도 있다고 했잖아요. 그랬잖아요."

목소리가 파르르 떨려왔다. 정림은 목소리를 애써 가다듬으며 말을 이어나갔다.

"당신이 선생님을 처단하려는 이유가, 그 이유가 대체 뭐야?"

"일인자가 되는 것. 그게 이유입니다."

헛웃음이 터져 나왔다.

어디로 가고 있는가

"그걸 지금 말이라고 해? 고작, 당신의 사사로운 소망 하나 때문에 선생님을 처단해야 한다는 거야?"

해원이 기분 나쁜 미소를 지었다.

"그럼 밀정은 왜 처단하라 한 거야?"

"우리의 숨통을 막아버리는 건 일본이 아닌 밀정입니다. 저 역시 독립운동을 향한 열망은 누구 못지않습니다. 그러니 누군가에게 힘을 빌려 가장 먼저 처리하고 싶은 건 당연히 밀정이겠지요."

불현듯 그녀의 시선이 해원의 오른손으로 향했다. 오른손 검지에 비어 있는 손마디 하나. 그의 손가락은 총을 쏠 수 없다고 말하고 있었다. 정림은 한 글자씩 힘주어 말했다.

"그래서. 제가 2021년으로 돌아갈 수 있는 열쇠가. 당신이 시키는 임무라는 거죠?"

해원이 미소로 대답을 대신했다.

"그럼 전 그만, 여기까지 할게요. 당신이 시키는 그 임무. 선생님을… 전할 수 없어요. 다신 당신을 찾아오는 일 없을 거예요."

그녀의 할아버지는 늘 말씀하셨다. 길이 아닌 곳엔 가지 말거라. 돌아가더라도 정도(正道)를 가거라. 정림은 할아버지의 가르침대로 미련 없이 돌아서서 문을 열었다. 지금의 선택이 어떤 결과를 불러일으킬지는 알 수 없었다. 해무가 잔뜩 낀 상해처럼 한 치 앞도 보이지 않았다.

정림은 나가려다 말고 뒤돌아보며 물었다.

"혹시 저 말고도 당신의 임무를 하는 사람이 있나요? 또 다른 시간 여행자요."

해원의 눈썹이 들썩였다.

"있군요. 그럼 제가 아니라도 선생님을 처단할 다른 사람이 있겠군요."

정림은 입술을 깨물었다. 해원이 한쪽 입꼬리를 올리며 미소를 지었다.

'그래서 폭탄이 필요했던 거야. 필립을 막아야 해.'

**

알 수 없는 누군가의 계속된 미행에 필립은 점점 피폐해져 갔다. 그러는 동안에도 점점 더 선명해지는 게 있었다. 대한독립. 그에게 드리워진 불안은 독립만이 떨쳐낼 수 있을 것만 같았다. 다시 집으로 돌아간다 하더라도, 돌아가는 그 날까지 끝까지 싸우고 싶었다.

그는 두 달 만에 전당포를 다시 찾았다. 창문을 두드리자 선생이 고개를 내밀었다.

"물건 찾으러 왔습니다."

선생은 눈을 내리깔며 손가락으로 탁자를 두드렸다. 생각에 잠긴 얼굴이었다. 순간, 불안감이 엄습했다.

"뭐가 잘못됐나요?"

선생은 망설인 끝에 탁자 밑에 놓아둔 작은 상자를 내밀었다.

"아닐세. 여기 있네."

그는 떨리는 손으로 상자를 건네받았다.

"그런데 자네. 이걸 가지고 무얼 하려고 그러나?"

고개를 들어 선생을 바라봤다. 선생이 걱정스러운 눈으로 그를 바라보고 있었다.

"꼭 해야 할 일이 있습니다."

"그 일이라는 게 무엇인지 내게 말해줄 수 있겠나?"

선생은 반쯤 뜬 눈으로 그를 올려다봤다. 그는 입술을 깨물었다. 선생은 그의 생각을 꿰뚫어 본 듯 경고했다.

어디로 가고 있는가

"부디 어리석은 일은 벌이지 않는 게 좋을 걸세. 지금 우리의 행동은 역사가 심판할 걸세."

필립은 상자를 챙겨 뒤돌아섰다.

**

사흘 뒤 해거름에 사빙이 검기울어갈 무렵, 정림은 시무실을 찾았다. 그녀가 알고 있는 게 맞는다면, 사흘 뒤 일본 경찰이 사무실에 들이닥칠 테고, 선생님은 미국인 선교사 집으로 피신해 있다 자성으로 떠날 것이다. 필립은 어디서 뭘 하는지 한 달 넘도록 코빼기도 보이지 않았다. 그가 정말 선생을 뒤쫓는 거라면 반드시 사무실에 나타날 것이다.

사무실은 여느 때와 다름없었다. 동규가 없는 것만 빼면.

"동지. 이 시간에 여긴 어쩐 일이오?"

그녀를 바라보는 형섭과 석현의 시선이 낯설게 느껴졌다. 이전에 느껴본 적 없는 경계심이었다.

"선생님을 뵙고 싶어서 왔어요."

"선생님은 오늘 오시지 않을게요."

형섭이 말했다. 차라리 형섭의 말이 진짜이길 바랐다. 필립이 선생님을 만나선 안 되었다.

정림은 동지들의 관심이 멀어진 틈을 타 도둑고양이처럼 계단을 올라 2층 집무실로 갔다. 선생님의 책상 앞에 멈춰 선 그녀는 가방에서 편지를 꺼내어 책상 위에 내려놓았다.

바로 그때, 1층에서 문이 열리는 소리가 들렸다. 계단 가까이 다가가자, 형섭과 석현이 사무실을 나서는 게 보였다.

정림은 두 남자가 모두 나간 걸 확인한 뒤 사무실 밖으로 나왔다. 그새

어두워진 골목은 가로등 불빛조차 들지 않아 스산한 기운이 감돌았다. 그녀는 골목을 빠져나가려 무거운 발걸음을 뗐다. 몇 발자국 걸었을까. 등 뒤에서 시선이 느껴졌다.

정림은 골목 끝 모퉁이를 돌아 걸음을 멈췄다. 골목 안으로 안개가 밀려들고 있었다. 그녀는 눈을 빼꼼 내밀어 시선의 정체를 확인했다. 안개가 내려앉은 골목 맞은편에 검은 형체가 어른거렸다. 형체의 주인공은 필립이었다. 예상대로 그가 나타났다. 지금 당장 필립에게 말해야 한다. 선생님을 죽이면 안 된다고. 해원, 그자의 말을 믿어서는 안 된다고.

그녀가 필립에게 가려던 그때, 먼 곳에서 발소리가 들려왔다. 고개를 돌리자, 맞은편에서 세 명의 남자가 걸어오고 있었다. 조금 전 사무실을 나간 형섭과 석현, 그리고 선생님이었다.

정림은 잽싸게 등을 돌렸다. 지금 필립에게 갔다간 선생님의 눈을 피할 수 없게 된다. 결국, 필립에게 말해줄 수 없는 건가. 안타깝게도 동규에게 총을 빼앗긴 정림에겐 총이 없었다. 손쓸 방법이 없었다.

그녀가 고민하는 사이, 발소리가 멀어졌다. 정림은 걸음을 멈추고 뒤로 돌아봤다. 동지와 선생님이 모퉁이를 돌아 골목으로 접어들고 있었다. 선생님 맞은편에 필립이 있었다. 가슴이 조마조마했다. 그는 정말 선생님을 죽이려는 걸까. 정림은 왔던 길을 되돌아가 고개를 내밀었다. 아무것도 모르는 선생님과 동지가 사무실 앞에 다다르고 있었다.

**

필립은 사무실 근처에 있는 아담한 찻집으로 들어갔다. 찻집에는 중국인들로 가득 차 있었다. 그는 사무실로 이어진 골목이 훤히 보이는 창가 자리로 가서 앉았다. 주문을 마친 뒤 창밖을 바라봤다. 날이 저물려면 조금 더

어디로 가고 있는가

기다려야 했다. 이쯤에서 그만두면 어떻게 될까. 정말 돌아갈 수 없게 되는 걸까. 포기하고 싶은 순간이 불쑥불쑥 찾아왔다. 정림은 하루빨리 집으로 돌아가길 원했다. 2021년으로 돌아가 정림과 평범한 사랑을 하고 싶은 건 그 역시 마찬가지였다. 집으로 돌아가려면 해원이 시키는 대로 할 수밖에 없었다. 믿을 사람은 이제 해원밖엔 없었다. 머리로는 그랬다. 하지만 마음은 달랐다. 독립운동의 열망이 뜨겁게 디오르고 있었다. 독립운동과 집으로 돌아가는 일은 양립할 수 없었다. 그는 여전히 갈림길에 서서 갈팡질팡했다. 그러는 사이 시간은 흘러갔다. 그는 둘 중 그 어떤 것도 포기할 수 없다는 걸 깨달았다. 포기한다는 건 그로선 용납할 수 없는 일이었다. 그는 해원이 시키는 임무를 하면서 집으로 돌아가는 그 날까지 대한독립을 위해 할 수 있는 모든 걸 하겠노라 다짐했다. 머리와 마음이 따로 놀 듯, 오늘의 계획도 그의 머리와 마음처럼 따로 놀았다.

필립 앞에 찻잔이 놓였다. 그가 찻잔을 들어 마시려는데 대각선 맞은편 탁자에 앉은 남자와 눈이 마주쳤다. 그곳엔 한국인으로 보이는 두 남자가 차를 마시고 있었다. 선생님께서 보낸 자들일까, 아니면 놈들이 보낸 밀정일까. 온 신경이 곤두섰다. 손이 떨리는 바람에 찻잔에 담긴 차가 흘러넘쳤다.

붉어진 손등을 감싸며 창밖을 바라봤다. 거짓말처럼 정림이 창밖에 있었다. 정림은 주위를 살피더니 사무실로 이어진 골목으로 들어갔다. 사무실엔 웬일일까. 정림을 마지막으로 본지 한 달하고도 보름이 지났다. 그동안 그는 차마 호텔에 가지 못하고 여관방을 전전하며 다녔다. 정림마저 위험에 노출 시킬 순 없었다.

필립은 차를 마시며 정림이 나오길 기다렸다. 그의 계획을 정림이 알게 된다면, 실행하지 못할뿐더러 집으로 돌아갈 기회마저 잃게 될 것이다.

날은 저물어가는데, 정림은 나오지 않았다. 점점 초조해졌다.

그때, 찻집 주인이 다가와 말했다.

"문 닫을 시간이오."

고개를 돌려 찻집을 둘러보니 그와 한국인 남자 두 명만 남아있었다.

필립은 두 남자를 곁눈질로 살피며 찻집을 나왔다. 두 남자도 그를 흘끗 살피더니 반대편으로 사라졌다. 그의 주변을 맴도는 사람들의 며칠째 같은 행동이었다.

필립은 사무실을 지나쳐 골목 반대편으로 걸어갔다. 골목은 지나가는 사람 하나 없이 고요했다. 그는 골목 끝에서 모퉁이를 돌아 얼굴을 내밀었다. 사무실이 보였다.

그때, 사무실 문이 열리고 정림이 나왔다. 그는 잽싸게 몸을 숨겼다. 사무실을 빠져나온 정림은 다행히도 골목 반대편으로 걸어갔다. 정림이 큰길로 나가 자취를 감추자 골목은 또다시 적막감이 감돌았다. 그의 심장 뛰는 소리만이 귓가에서 울려댔다. 그는 긴장을 풀어보려 후하고 숨을 내뱉었다. 긴장과 불안이 뒤섞여 몸 밖으로 뿜어져 나왔다.

바로 그때, 발소리가 들려왔다. 그는 골목에 바짝 몸을 기대섰다. 고개를 슬쩍 내밀어 보니, 형섭과 석현 그리고 선생님이 걸어오고 있었다. 그가 선생님을 주시하던 그때, 선생님의 등 뒤에서 검은 형체가 눈 깜짝할 새 나타났다 사라졌다.

필립은 눈을 끔뻑거렸다. 방금 본 게 뭐였을까. 도둑고양이는 아니었다. 사람이었다. 누구였을까. 선생님을 노리는 또 다른 자가 있는 걸까. 숨이 가빠왔다. 그는 숨을 고르며 총에 총알을 채워 넣고 때를 기다렸다. 아직은 때가 아니었다. 그는 선생님 혼자 있을 때를 기다렸다. 사무실로 들어간 두 동지와 선생님은 한참 동안 나오지 않았다.

그가 기다림에 지쳐갈 때쯤 문이 열리는 소리와 함께 형섭과 석현이 밖

어디로 가고 있는가

으로 나왔다. 필립은 사냥을 기다리는 맹수처럼 등을 잔뜩 웅크린 채 선생님이 나오길 기다렸다. 형섭과 석현이 큰길로 사라진 그때, 사무실 문이 열리고 선생님이 모습을 드러냈다. 그는 침을 꿀꺽 삼켰다. 총을 든 손이 부들부들 떨려왔다.

선생님이 골목 중간쯤 걸어갔을 때였다. 골목 맞은편 입구에 차 한 대가 나타났다. 차는 골목 끝에서 멈춰 섰다. 차 안에는 조금 전 사무실을 나간 형섭과 석현이 선생님을 기다리고 있었다. 예상치 못한 상황에 그는 당황했다. 지금 기회를 놓치면 언제 다시 기회가 올지 몰랐다.

필립은 심호흡을 내뱉은 뒤, 모퉁이를 돌아 골목으로 걸어나갔다. 선생님의 뒷모습이 보였다. 그는 빠른 걸음으로 선생님 뒤를 바짝 쫓았다. 사정거리에 다다르자 그는 나지막하게 불렀다.

"선생님."

선생님이 뒤를 돌아보는 그 순간, 그는 방아쇠를 당겼다. 두 발의 총성이 울리고 그는 바닥에 나자빠졌다. 뎇이야. 정신이 번쩍 든 그는 고개를 들었다. 형섭과 석현이 선생님 주위를 둘러싸고 있었다. 그는 두 남자의 다리 사이로 보이는 선생님을 향해 다시 방아쇠를 당겼다. 이번에도 두 발의 총성이 울렸으나 다행히도 그를 빗나갔다.

필립은 몸을 일으켜 세워 선생님에게로 걸어갔다. 그 사이 형섭과 석현이 양옆에서 선생님을 부축해서 차로 걸어가고 있었다. 발소리를 들은 형섭이 뒤로 돌아 연달아 총을 쐈다. 그도 다리를 절뚝이며 총을 쏴댔다. 고요했던 골목은 순식간에 아수라장이 됐다. 그가 쏜 총에 맞은 파편이 여기저기 사방으로 튀었다. 한바탕 난리통에 선생님을 태운 차가 달리기 시작했다.

필립은 달리는 차를 향해 총을 쐈다. 차 뒷유리창이 깨지고 차가 휘청거렸다. 그는 다리를 절뚝거리며 달리는 차를 뒤쫓았다. 마지막 한 발이 타이

어에 명중했다. 한쪽 타이어가 터진 차는 휘청거리다 가로수를 들이박았다.

'이제 끝났어.'

필립은 멈춰 선 차를 향해 저벅저벅 걸어갔다.

그때였다. 어디선가 나타난 총알이 그의 팔을 스쳤고, 손에 쥐고 있던 총이 바닥에 떨어졌다. 고개를 들었을 땐 선생님을 태운 차가 요란한 소리를 내며 시야에서 멀어졌다. 숨돌릴 틈도 없이 등 뒤에서 발걸음 소리가 들렸다. 소리는 점점 가까워져 오고 있었다. 그는 위험을 직감했다.

필립은 죽기 살기로 달렸다. 등 뒤에선 여전히 그를 뒤쫓는 소리가 들려왔지만, 뒤를 돌아볼 여유가 없었다. 길이 보이는 곳이라면 어디든 달렸다. 그는 길이 보이지 않을 때까지 달리고 또 달렸다.

필립은 폭풍우가 휘몰아치는 심해 한가운데 혼자 남겨졌다. 이제 어떻게 해야 하지. 뭘 해야 하지. 내리치는 비바람이 그를 채찍질했다. 대체 왜 그랬어. 비바람을 온몸으로 맞아낸 사람처럼 몸을 떨었다.

그가 정신을 차렸을 땐, 같은 자릴 맴돌고 있었다. 가로등 불빛 하나 없는 막다른 골목길이 그의 마음 같았다. 그는 혼잣말로 중얼거렸다.

"난 그저 시키는 대로 했을 뿐이야. 집으로 돌아가려면 어쩔 수 없었어."

옷을 벗어 총에 맞은 곳을 살폈다. 다행히도 큰 부상은 아니었다. 운 좋게도 총알은 두 번이나 몸을 스쳐 지나갔다.

필립은 여관으로 가려고 발길을 돌렸다. 땀에 찌든 몸을 씻고 싶었다. 씻고 나면 어젯밤의 기억도 깨끗이 씻겨나가리라. 마침 길 건너에 세워진 빈 택시를 발견했다.

그가 길을 건너려던 그때, 검은 그림자가 그를 에워쌌다. 고개를 들자 살아있다고 말로만 들었던 동규가 서 있었다.

어디로 가고 있는가

"동지. 오랜만이오."

필립은 초점 없는 눈으로 동규를 한참이나 바라봤다.

"동경에 갔다고 들었는데. 사지에서 용케 살아 돌아왔소. 나처럼."

동규의 검은 눈동자가 번뜩였다.

"동지를 얼마나 찾아다녔는지 아시오."

정신이 번쩍 들었다. 동규가 정림의 총을 들고 갔다는 말이 생각났다. 그는 온몸에 뻗은 감관을 총동원해서 몸을 더듬었다. 총을 찾아야 한다. 입은 거들뿐이었다.

"날 찾아다녔다고요? 그거 참… 꽤 감사한 일이네요. 나를 위해… 귀한 시간을 내고…."

왼쪽 허리춤에서 묵직한 게 느껴졌다. 총이었다. 이제는 손이 움직여야 할 차례였다. 동규는 그의 흔들리는 눈빛을 눈치채지 못했는지 눈을 가늘게 뜨며 말했다.

"어젯밤 선생님께서 괴한의 습격을 받았소."

입이 바싹 말라왔다. 눈으로는 동규의 머리 뒤로 뻗어 있는 골목길을 확인했다. 골목까지 도망가는 시간이 총보다 빠를 수는 없겠지.

필립은 여러 가지 시나리오를 머릿속에 펼쳤다.

"혹시 괴한을 보셨소? 범인은 분명 범행 장소에 다시 나타나는 법인데."

이제 안 사실이지만, 그는 어젯밤 선생님을 저격한 장소에 와있었다. 무의식이 그를 이곳에 데려다 놓은 것이다. 골목엔 어젯밤부터 짙은 안개가 깔려있었다. 그가 뭔가 잘못됐다는 사실을 깨달은 그때, 동규의 손이 분주하게 움직였다.

"나 하나로도 모자라서 선생님까지. 오필립. 당신을 민족배반자로 처형하겠…."

필립은 왼쪽 허리춤으로 오른손을 뻗었다. 그와 동시에 왼쪽 팔꿈치로 동규의 명치를 세게 밀쳐냈다. 동규가 바닥으로 나가떨어졌다.

그는 왼쪽 허리춤에서 꺼낸 총을 동규에게 겨누며 뛰기 시작했다. 두 발의 총성이 고요한 새벽을 깨웠다. 총성이 멈추고 정적이 흘렀다. 어떤 소리도 들리지 않았다. 뛰는 걸 멈추고 뒤로 돌아봤다. 등에서 식은땀이 흘러내렸다. 총에 맞은 걸까. 기분 나쁜 정적이 계속됐다. 빨리 벗어나고 싶었다.

필립은 빠른 걸음으로 걷기 시작했다. 걸으면서도 찜찜한 기분을 떨쳐낼 수 없었다. 밀정이 아니었던 걸까. 그게 아니라면 왜. 어젯밤 일을 안다는 건 동규도 그곳에 있었다는 얘기였다. 그는 어디에 숨어서 지켜봤던 걸까. 사무실엔 왜 나타났던 걸까.

필립은 애써 외면했던, 어젯밤의 검은 형체를 떠올렸다. 선생님을 사이에 두고 반대편에서 움직이던 검은 형체. 설마. 걸음을 멈추고 뒤를 돌아봤다. 가로등 아래로 검은 그림자가 지나갔다.

필립은 이성을 잃고야 말았다. 캄캄한 골목을 향해 연이어 방아쇠를 당겼다. 아무것도 보이지 않는 곳을 향해. 아무것도 보이지 않는 무언가를 향해 울부짖듯 허공에 난사했다.

그때였다. 등 뒤에서 누군가가 그를 덮쳤다. 그는 바닥에 나뒹굴었다. 나자빠진 그의 몸 위로 동규가 올라탔다. 차갑고 묵직한 물체가 이마에 닿았다. 동규가 총으로 그의 이마를 짓누르며 말했다.

"당신 때문에 모든 게 어긋나 버렸소. 당신만 나타나지만 않았어도 지금쯤 내 계획은 성공했을 거라고."

필립은 눈을 부릅뜨려 안간힘을 썼다.

"네 계획이 뭔데. 돈 몇 푼 벌자고 나라와 민족을 팔아넘기는 거? 선생님을 없애는 거, 그게 고작 네 계획이야? 그래서 얻는 게 뭔데. 나라와 민족을 배반해서 얻는 게 뭐냐고."

동규가 발끈했다.

"당신이 밀정에 대해 뭘 안단 말이오. 얼마 전, 동지였던 경훈이 동지의 손에 죽었소. 고향에 어린 두 자녀를 놔두고 독립운동을 하겠다고 상해에 온 자였소."

와이탄에서 죽은 남자의 얼굴이 떠올랐다.

"한날 그자가 일본총영사관에 폭탄을 설치했다가 왜놈에게 붙잡혔소. 영사관에서는 고향에 있는 가족을 들먹이며 그자를 겁박했소. 그 상황에 당신이라면 어떻게 했겠소?"

필립은 대답 대신 침을 꿀꺽 삼켰다.

"동지들은 어쩌면 그가 공산주의 단체에 가입했던 게 못마땅했던 건지도 모르겠소. 그자가 정말 밀정 노릇을 했는지 확인된 게 없으니 말이오."

그날 불안에 떨던 정림이 떠올랐다. 정림은 알고 있었던 걸까. 그녀가 엿들었다던 동지들의 대화가 뭐였을까.

"민족주의고 공산주의고 그게 다 뭔 소용이란 말이오. 민족주의도 공산주의도 우리의 목표는 하나지 않소. 대한의 독립 말이오."

총에 짓이겨진 이마에서 흘러내린 시뻘건 피가 눈에 스며들었다.

"우리 민족끼리 편을 갈라서 어떻게 목표를 이룰 수 있겠소. 우리 민족의 분열이야말로 왜놈들이 원하는 바요. 놈들은 자신들이 원하는 바를 이루기 위해 똘똘 뭉쳐 우리 민족을 이간질하고 있소. 우리가 총을 겨눠야 할 곳은 동지가 아니라 왜놈이란 말이요."

붉은 피가 눈에 스며들어 동규의 얼굴이 붉게 보였다.

"그렇다고 해도 밀정 짓을 한 네 죄가 없어지는 건 아냐."

"지금 내가 밀정이라는 얘기요? 밀정은 바로 당신이잖소. 당신이 밀정이 아니라면, 어젯밤에 왜 선생님을 쐈소.”

필립은 숨을 들이켰다. 뜨거운 숨이 목에서 들끓었다.

“난 시키는 대로 했을 뿐이야.”

“시키는 대로? 누가 당신에게 시켰소? 선생님을 죽이라는 지시를 내린 자가 누구냐 말이오. 그게 밀정이오. 바로 당신이 밀정이라고.”

동규의 무릎이 깔아뭉갠 그의 손끝에 총이 닿았다. 필립은 손끝을 더듬어 총을 집었다. 그는 있는 힘껏 동규의 무릎을 밀쳐내어 곧장 동규의 턱 밑으로 총을 가져갔다.

“그럼, 넌 어젯밤에 왜 거기 있었어? 네가 거기 있었던 이유가 뭐야.”

동규의 눈썹이 움찔거렸다.

“난… 선생님을 지키려 했을 뿐이오.”

필립은 온 힘을 다해 몸을 일으켜 동규를 밀쳐냈다. 그 바람에 동규가 길바닥에 나뒹굴었다. 그는 동규가 움직이지 못하게 동규의 몸에 타올라 동규의 목구멍 깊숙이 총을 쑤셔 넣었다.

“지킨다고? 그럼 선생님이 위험에 처했는데 왜 가만히 있었지?”

“….”

동규는 그에게서 벗어나려 몸부림쳤다. 그럴수록 필립은 총을 든 손에 힘을 주었다.

“박판수가 다나카의 심부름꾼에게 서류와 사진을 주는 걸 내 눈으로 똑똑히 봤어. 그런데도 네가 밀정이 아니라고?”

겨우 손을 빼낸 동규가 주먹으로 총을 쳐냈다. 그 바람에 총이 입에서 빠져나가면서 입술 옆으로 길게 찢어졌다. 찢어진 피부에서 피가 흘러내렸다. 동규의 입은 마치 피를 흘리며 웃는 삐에로 같았다.

“내가 만약 이중첩자라면? 선생님께서 일본총영사관의 계획을 파악하기 위해 심어놓은 이중첩자라면?"

둔탁한 무언가에 머리를 맞은 듯 머릿속이 하얘졌다. 미처 생각지도 못한 얘기였다. 필립은 뭔가가 잘못됐음을 깨달았다. 생각을 정리할 시간이 필요했다. 그는 바닥에 떨어진 총을 주워 서둘러 그 자리를 도망쳐 나왔다. 등 뒤에서 총성이 울렸다.

필립은 목적지를 잃은 배처럼 망망대해를 떠다녔다. 동력을 잃은 배처럼 캄캄한 바다 위에 떠 있었다. 어딘지도 모르는 곳에 다다른 그는 주저앉았다. 이마에서 흘러내린 피가 뺨을 가로질러 굳어버렸다.

떠나야겠다. 이곳을.

동살이 잡히고 있었다. 곧 해가 돋을 모양이었다. 필립은 힘겹게 몸을 이끌고 전차 정류장으로 걸어갔다. 그는 전차 정류장 앞 신문가판대에 놓인 상해 〈일일신문〉을 집어 들었다.

4월 29일 홍커우공원에서 천장절 축하식을 거행하니 그날 식장에 참례하는 자는 물통 한 개, 점심 도시락, 국기 하나씩을 가지고 입장하시오.

필립은 전차를 타고 홍커우공원으로 갔다. 많은 이가 지켜보는 기념식에 폭탄을 던진다면 세계 이목을 집중시킬 수 있지 않을까. 일본총영사관에 폭탄을 설치하려 했던 그는 계획을 수정하기로 했다. 일본 고위관료가 모인 천장절에 폭탄을 던지는 것을 마지막으로 집으로 돌아가겠노라고.

드넓은 공원을 돌아봤다. 과연 이곳에서 신분이 노출되지 않고 폭탄을 던질 수 있을까. 지난번 실패를 거울삼아 이번에는 좀 더 확실한 계획을 세워야 했다.

공원을 둘러본 그는 정문 입구로 나왔다. 공원 앞은 일본인들로 가득했다. 길 건너엔 일본군 사령부가 보였다. 들리는 얘기로는 일본인 거리의 중심지라고 했다.

필립은 정문 입구 옆에 늘어선 시장으로 걸어갔다. 채소가게에서 과일도 팔고 있었다. 그는 정림에게 줄 과일을 사러 채소 장수에게 다가갔다. 눈이 움푹 들어가 이국적으로 생긴 채소 장수는 왠지 낯익은 얼굴이었다.

"과일 좀 주세요."

채소 장수는 그의 어색한 중국어를 알아듣고서 과일을 담았다. 남잔 아무리 봐도 중국인이나 일본인처럼은 보이지 않았다.

"혹시 한국인인가요?"

채소 장수가 돌아봤다.

"혹시 우리 만난 적 있나요? 왠지 낯이 익어서."

채소 장수는 빙긋 웃더니 고개를 저었다.

"프랑스 조계지에서 오며 가며 당신을 봤습니다. 대단한 일을 하셨더군요. 기사로 봤습니다."

필립은 머쓱해 하며 과일을 받아들었다. 그는 과일을 들고서 호텔로 갔다. 정림이 보고 싶었지만, 그는 차마 문을 열지 못하고 과일이 담긴 봉투를 문에 걸어두고 뒤돌아섰다.

하늘이 온통 보랏빛으로 물들었다. 해가 땅속으로 자취를 감추려 하고 있었다. 신비로운 모습에 사람들이 가던 길을 멈추고 하늘을 올려다봤지만, 필립의 눈엔 들지 못했다. 그는 하늘을 올려다볼 여유가 없었다. 그에게 해가 저문 저녁이란 밖으로 나갈 수 있는 시간일 뿐이었다. 방에 처박힌 채 해가 지기를 기다리다 땅거미가 내려앉은 뒤에야 도둑고양이처럼 살금살금 거리로 나왔다.

어디로 가고 있는가

거리로 나온 필립은 곧장 사진관으로 향했다.

"이리 나와 보시죠."

"오셨군요."

해원이 어디선가 튀어나왔다.

"올 걸 알고 있었잖습니까?"

"앉아서 흥분 좀 가라앉히시죠."

해원의 비아냥이 돌아왔다. 비아냥은 기름이 되어 활활 타오르는 그에게 들이부었다.

"당신. 나에게 무슨 짓을 한 거야."

"무슨 짓이라니요. 전 당신에게 도움을 주었을 뿐."

필립은 해원의 말을 가로챘다.

"도움? 무슨 도움? 나도 모르는 사이에 밀정이 되어 쫓기고, 일본 경찰에게 쫓기고. 지금 내 꼴을 보고도 도움을 줬다고? 두 명의 사내에 대해 알아본다고 했잖아. 그런데 왜 아직 아무 말이 없는 거야."

"밀정으로 오해를 받고 있다…."

해원이 피식 웃으며 혼잣말하듯 그의 말을 따라 했다.

"제가 아무나 만나지 말라고 했잖습니까. 동지들을 위험에 빠뜨린 건 당신이라고요."

"그게 무슨 말이야?"

"당신을 미행하던 두 명의 사내. 바로 다나카의 하수인들이었습니다."

혼란이 파도처럼 밀려들었다. 필립은 머리를 흔들었다. 그럴 리 없었다. 말도 안 되는 얘기였다. 다나카는 그를 친구이자 일본인으로 여기고 있었다. 그는 정신을 부여잡고 해원을 노려봤다.

"당신이 독립운동가라 생각하십니까?"

필립은 눈살을 찌푸렸다.

"설마. 내가 밀정이란 얘기야? 적어도 난, 밀정 따윈 되고 싶지 않아."

해원의 얼굴에 의미를 알 수 없는 미소가 언뜻 스쳤다.

"독립운동가, 밀정, 친일파. 그들의 얘기가 아주 먼 옛날이라고 생각하십니까? 당신의 할아버지, 할아버지의 아버지 얘기입니다. 당신 할아버지가 독립운동가였다고 자신할 수 있습니까?"

"할아버지가 밀정이었다고? 웃기지 마. 그럴 리 없어."

"과연 그럴까요? 밀정이 된 사람들은 과연 몇몇 개인의 문제였을까요?"

해원이 찬웃음을 지었다. 해원의 웃음에 피가 거꾸로 솟았다. 놈의 입을 다물게만 할 수 있다면 재갈이라도 물리고 싶은 심정이었다. 필립은 불끈 쥔 주먹을 해원의 턱밑까지 가져갔다 멈추었다. 아직 열쇠는 해원이 가지고 있었다.

그는 낮게 깔린 목소리로 말했다.

"세 번째 임무나 말해. 어서."

해원의 눈이 번뜩였다. 검은 눈동자가 눈자위를 가득 채워 마치 짐승의 눈깔 같았다.

"이제 마지막 한 가지만 하면 되는 거 아니야. 그러면 돌아갈 수 있다며."

해원의 눈이 흑점처럼 타올랐다. 눈에서 연기가 피어오를 것만 같았다.

필립은 두 손으로 해원의 옷깃을 잡고 흔들며 소리쳤다.

"말해, 어서. 어떻게 하면 돌아갈 수 있는지. 말하란 말이야."

입에서 으르렁대는 짐승의 목소리가 튀어나왔다. 해원의 얼굴에서 또다시 기분 나쁜 미소가 나타났다. 그를 불 지핀, 그 미소였다.

"열쇠는 이미 드렸습니다."

"줬다고? 언제?"

필립은 손바닥을 번갈아 봤다. 손은 비어있었다. 헛웃음이 새어 나왔다. 해원이 AI도, 마술사도 아닌 걸 알면서도 또 당한 기분이었다.

"제가 드린 열쇠가 뭔지는 당신이 알아내셔야죠."

필립은 두 손에 얼굴을 파묻었다. 그간의 일들이 눈앞을 지나갔다. 감정이 북받쳐 올랐다. 그는 흐느끼기 시작했다.

"대체 왜… 나한테 왜…."

자꾸만 목이 메어 말을 이어나갈 수 없었다. 뭐가 잘못된 걸까. 아니, 뭐를 잘못한 걸까. 무슨 죽을죄를 지었기에 이렇게 엄청난 고통을 주는 걸까. 한참 눈물을 쏟고 나니 텅 빈 기분이 들었다. 감정이 한 방울도 남지 않은 것처럼 아무 생각도, 아무 기분도 들지 않았다. 고개를 들어보니 해원이 말없이 지켜보고 있었다.

필립은 감정을 추스르며 물었다.

"세 번째 임무를 마치면 돌아갈 열쇠를 알려준다고 했죠. 말해봐요. 세 번째 임무가 뭔지."

해원이 의미심장한 미소를 지으며 말했다.

"당신과 함께 시간여행을 온 사람이 있습니다. 정. 정. 림. 그자를 죽이면 돌아갈 방법이 뭔지 알려드리죠."

"네? 뭐라고요? 지금 뭐라고 했죠?"

그는 스위치를 꺼버린 듯 뇌가 정지된 것 같았다. 그에게 끔찍한 임무를 던져놓고 해원이 일어났다.

"자, 그러면 전 이만 들어가 보겠습니다."

필립은 뒤따라 일어나 해원의 허리춤을 붙잡았다.

"그 여자를 죽이기만 하면 돌아갈 수 있다고? 그 여자가 죽고 나면 어떻게 2021년으로 돌아갈 수 있다는 거야? 그럼 그 여자는?"

그에게서 또다시 짐승의 목소리가 튀어나왔다.

해원은 반쯤 감긴 눈으로 물었다.

"죽일 마음은 있는 건가요? 그럼 그 여자를 죽이고 다시 뵙도록 하죠."

"말도 안 돼. 그 여자를 죽이고 나면 그 여잔… 그 여자도… 나와 함께 집으로 돌아가야 한다고."

가늘게 떨리던 목소리가 절규로 이어졌다. 그에게 너무 가혹한 임무였다. 나 살자고, 집으로 돌아가자고 사랑하는 정림에게 총을 겨누란 말인가. 차마 그럴 수 없었다. 정림이 없었다면 지금까지 버티지도 못했을 것이다. 힘들 때 그의 옆을 지킨 정림이었다.

슬픔이 휘몰아쳤다. 신음에 가까운 소리가 터져 나왔다. 정림의 까만 눈동자가 잡힐 듯 눈앞에 아른거렸다. 다리가 풀려버렸다. 바닥에 주저앉은 그는 폭풍우가 몰아치는 망망대해에서 세찬 비바람을 고스란히 받아냈다.

넋 나간 사람처럼 발이 이끄는 대로 걷다 보니 어느덧 이클립스 호텔 앞에 와있었다. 그는 어깨를 축 늘어뜨린 채 호텔 안으로 들어갔다. 달라진 건 없었다. 달라진 건 오직 그뿐이었다. 허리케인이 마을을 집어삼키고, 바이러스가 인구를 집어삼켜도 지구는 늘 같은 방향, 같은 속도로 돌았다. 부모가 세상을 떠나고, 자식을 잃어도 시간은 멈추지 않고 흘러갔다.

호텔 안으로 들어간 필립은 그에게 집중된 시선을 느꼈다. 그가 유리창에 비친 자신을 발견했을 땐 이미 경비가 다가와 그를 가로막았다.

"투숙객만 들어갈 수 있습니다."

필립은 안주머니에서 808호가 적힌 열쇠를 꺼내었다. 열쇠를 확인한 경비가 고개를 갸웃거리더니 옆으로 비켜섰다. 그는 808호가 아닌 루나틱 재

어디로 가고 있는가

즈바로 걸어갔다. 술을 마시지 않고는 오늘 밤을 견딜 수 없을 것만 같았다.

재즈바에선 한결같이 재즈가 흘러나오고 있었다. 그는 힘겹게 문을 열고 안으로 들어갔다. 지칠 대로 지친 그는 문 앞에 서서 안을 둘러봤다. 마침 누구의 시선도 닿지 않는 구석진 곳에 빈자리가 보였다.

그는 구석으로 걸어갔다. 오늘만큼은 혼자 있고 싶었다. 그의 바람에도 불청객이 그가 주문한 술과 함께 등장했다. 다신 마주칠 일 없을 줄 알았던 다나카였다. 다나카는 자연스럽게 다가와 앞에 앉았다.

"아키야마 요시히로, 동경은 잘 다녀왔습니까?"

다나카의 날카로운 눈빛이 날아와 그의 눈에 박혔다. 필립은 대답 대신 술 한 모금 들이켰다. 다시 말하지만 혼자 있고 싶었다. 누군가와 시답지 않은 대화나 나눌 기분이 아니었다.

"동경에서의 일은 잘 처리했습니까?"

"뭐, 그럭저럭."

필립은 다른 테이블에 앉은 사람들에게로 시선을 돌렸다.

"부탁한 일은 어찌 되었습니까?"

고개를 돌린 그는 다나카의 이글거리는 눈빛과 마주했다. 눈이 마주치자 다나카가 입꼬리를 올리며 미소를 지었다.

"동경 경찰서장 방이. 아주. 멋지더군요."

필립은 이를 악물고 말했다.

"동경에서 봉변을 당했다고 들었습니다."

입술을 잘근잘근 씹던 그가 한 글자 한 글자 힘주어 말했다.

"그러게요. 저를 조선인으로 착각하는. 어처구니없는. 일이 벌어졌지 뭡니까."

술잔을 꽉 쥔 탓에 잔이 튕겨 나갔다. 엎질러진 잔에서 흘러나온 술이 다나카의 바지 위로 떨어졌다. 다나카는 바지에 흐른 술을 신경질적으로 털어내며 말했다.

"상해를 떠나시오."

"그게 무슨 말입니까?"

다나카가 표정 없는 얼굴로 말했다.

"오필립."

말문이 막혀버렸다. 잊고 사실이 있었다. 다나카의 하수인이 그를 미행했었다는 사실을 말이다.

"아리요시상 덕분에 풀려날 수 있었지만, 더는 안 돼. 다시 한 번 내 눈에 띄는 날엔 쥐도 새도 없이 없애버릴 테니 썩 꺼져."

"그게 무슨 말이야? 아리요시 덕분이라니."

"당신이 아리요시상에게 전해준 편지에 뭐라고 적혀있었는지 아십니까?"

다나카가 덤덤히 편지를 읊었다.

"야키야마 요시히로라 신분을 위장한 한인 오필립이라는 자가 천황을 노리고 동경으로 가니 처리를 잘 부탁합니다."

필립은 다나카를 노려봤다. 주먹 쥔 손이 바르르 떨렸다.

"내 이름을 어떻게 알아낸 거야?"

"일본총영사관에서는 독립운동이다 뭐다 하는 쥐새끼들에 대해 모르는 게 없어. 네놈들은 우릴 몰라도 우린 네놈들의 일거수일투족을 모두 파악하고 있다고."

필립은 마른 침을 삼켰다. 떨어진 컵을 주워든 다나카가 탁자에 힘껏 내려놓으며 말했다.

"그러니 죽기 싫으면 지금 당장 내 눈에서 썩 꺼져버려."

어디로 가고 있는가

필립은 온몸이 제각기 떨렸다. 다리는 다리대로, 손가락은 손가락대로, 호흡은 호흡대로.

"왜 날 풀어주는 거야?"

다나카는 허리를 숙이더니 그에게 다가와 속삭였다.

"토끼몰이라고 들어봤나?"

다나카는 한쪽 입꼬리를 올리며 말했디.

"꽤 재밌거든. 제 발로 걸어 들어온 먹잇감은 재미없잖아."

필립은 도망치듯 계단을 뛰어올랐다. 단숨에 여덟 층을 뛰어 올라온 그는 808호 문을 열고 안으로 들어갔다. 영혼이 빠져 나가버린 사람처럼 침대에 풀썩 쓰러졌다. 비 오듯이 땀이 흘러내렸다. 침대 시트가 금세 젖어버렸다. 물웅덩이에 누워있는 기분이 들었지만, 몸을 일으킬 수 없었다. 걸리버처럼 침대에 몸이 묶인 듯 꼼짝할 수 없었다. 그는 천장을 바라보고 있지만, 아무것도 보지 못했다. 아까부터 누군가가 문을 두드리고 있었지만, 아무 소리도 듣지 못했다.

정림이 다가와 몸을 세차게 흔든 뒤에야 정신이 들었다.

"왜 그래요? 며칠 동안 어디 갔었어요? 이마는 또 왜 그래요?"

정림의 보드라운 손이 뺨을 쓸고 지나갔다.

"제가 얼마나 찾아다닌 줄 알아요?"

손을 뻗으려 해도 몸이 말을 듣지 않았다. 그는 목소리를 짜내어 힘겹게 말을 내뱉었다.

"우리 도망가요."

"왜요? 무슨 일 있었어요?"

그는 간신히 몸을 일으켜 앉았다.

"내일 오전에 다녀올 곳이 있어요. 그 일만 끝내고 나면 상해를 떠나 다른 곳으로 가요."

"지금 이 상태로 어딜 다녀오겠다는 거예요. 무슨 일을 하려고요."

그는 침대 밑에 숨겨둔 폭탄 상자를 가리키며 말했다.

"내일 홍커우공원에서 천장절 겸 승전축하기념식이 있대요."

정림은 낯익은 상자를 힐끔 보며 고개를 저었다.

"안 돼요. 가지 마요. 가면 안 돼요."

"왜 가지 말라는 거예요!"

그는 버럭 고함을 내질렀다.

"내일 그곳엔 다른 누군가가 갈 거예요. 당신이 아니어도 내일 거사는 성공할 거예요."

"거길 누가 간다는 거예요?"

"내일 오후가 되면 기사가 날 거예요. 우린 그냥 가만히 있어요. 그나저나 갑자기 어디로 도망가자는 거예요? 혹시 선생님 일 때문에 그래요?"

필립은 정림의 눈을 보았다. 모든 걸 알고 있는 눈이었다.

"봤어요?"

담담하게 고개를 끄덕이던 정림은 끝내 울음을 터트렸다.

"왜 그랬어요. 왜….."

정림은 그의 옷깃을 붙잡고서 울부짖었다. 그의 몸이 풍선 인형처럼 흩날렸다. 기억하고 싶지 않아 술기운으로 애써 지워버린 지난밤의 일. 목울대가 울렁거렸다. 그 어떤 말도 할 수 없었다. 그 어떤 말도 변명이 되리라는 걸 잘 알고 있었다.

"우리의 행동이 역사를 바꿀 수도 있다고 말했잖아요. 선생님께서 돌아가시면, 그땐 어떡하려고…."

어디로 가고 있는가

"집으로 돌아가려고. 돌아갈 수 있다고 해서."

자꾸만 목이 메어왔다.

"해원. 그자가 시킨 일이죠?"

필립은 정신이 번쩍 들었다.

"어떻게 알았어요?"

"저에게도 똑같은 임무를 줬으니까."

필립은 두 손으로 얼굴을 쓸어내렸다. 그가 간과했던 사실이 있었다. 정림 역시 시간 여행자인데 해원 그자가 접근하지 않았을 리 없었다. 가까이에선 보이지 않아도 한걸음 떨어지면 보인다는 사실을 왜 미처 깨닫지 못했을까. 후회하기엔 이미 많은 일이 벌어진 후였다.

"처음 주어진 임무는 밀정을 처단하는 거였어요."

그는 동규에게 총을 쐈던 새벽을 떠올렸다. 그날 새벽에 들었던 두 발의 총성. 그 시각 그곳에 있던 정림을 왜 그땐 알아차리지 못했을까.

정림은 한숨을 내뱉은 뒤, 다시 말을 이었다.

"두 번째 임무는 선생님이었고요. 그때 알았어요. 만약 당신에게도 같은 임무가 주었다면, 선생님을 찾아올 거라고요."

"그럼?"

그날 밤, 골목 맞은편에 있던 그림자가 동규가 아니었던 걸까.

"전 거절했어요. 그 뒤로 해원을 찾아가지도 않았고요."

필립은 미간을 찌푸렸다.

"그래서 정림 씨가 미리 선생님께 말씀드린 거군요."

정림은 고개를 가로저었다.

"편지를 남기고 오긴 했지만, 선생님은 이미 알고 계셨을지도 몰라요."

"어떻게요?"

"어딘가에 소식통이 있겠죠."

정림의 뺨 위로 눈물이 흘러내렸다.

"말해봐요. 일부러 빗겨 쏜 거죠? 선생님에게 쏠 마음이 없었던 거예요. 그렇죠?"

그는 입술을 깨물고서 긍정도 부정도 하지 않았다.

"두 번째 임무는 왜 거절했어요? 우리 돌아가야 하잖아요."

정림이 어렵게 입을 열었다.

"그동안 말하지 못했던 게 있어요."

필립은 정림의 다음 말을 기다렸다.

"고베로 가는 배 안에서 또 다른 시간 여행자를 만났어요."

남자는 안경 너머로 정림의 차림새를 살피며 물었다.

"혹시 당신을 과거로 데려온 자를 만났나요?"

정림은 "네." 하고 짧게 대답했다. 그녀는 여전히 남자에게 경계를 풀지 못했다.

"그렇다면 그자가 시키는 '임무'라는 걸 하고 있겠네요. 임무를 다하면 열쇠를 준다는 말을 믿고 말이죠."

정림은 남자의 말을 가만히 듣기만 했다.

"열쇠란 건 애초에 없어요."

열쇠를 찾기 위해 난생처음 총이란 걸 들고 동규를 쐈는데, 대체 그게 무슨 말인가.

"저 역시 그랬죠. 뒤늦게 안 사실이지만, 그자에게 놀아난 거였어요. 그 사실을 알게 됐을 땐, 이미 위험에 빠진 뒤였고요. 그자가 말한 '임무'란 것 때문에."

257   어디로 가고 있는가

남자는 옅은 미소와 함께 고개를 내저었다.

"물론 세 가지 임무를 끝냈을 땐 돌아갈 방법을 알려줬으니 그자가 한 말이 거짓은 아니겠네요."

남자는 그녀를 힐끔 보며 헛웃음을 지었다.

"그자의 도움은 거기까지였어요."

모든 걸 해발한 웃음이었다.

"그 임무를 하든 하지 않든 돌아갈 방법은 이미 정해져 있었어요. 결국, 세 가지 임무를 하지 않아도 스스로 답을 찾을 수 있다는 얘기죠."

"그게 무슨 말이에요? 그자가 말한 임무를 하지 않고도 돌아갈 수 있다는 건가요?"

"선택해야 했던 거예요. 세 가지 임무를 마치고 나면 돌아갈 방법을 손쉽게 듣든지, 아니면 스스로 돌아갈 방법을 찾든지."

남자가 하는 말을 이해하지 못한 그녀는 눈썹을 찌푸렸다.

"쉬운 길이냐, 아니면 돌아가더라도 스스로 길을 찾느냐란 거죠. 아이러니하게도 그자에게 받은 임무 또한 쉬운 길은 아니었네요."

남자는 또다시 쓴웃음을 지었다.

"돌아갈 방법은 오직 그자만 알고 있다는 건가요?"

"그자가 당신을 여기로 데려왔으니까요. 물론 저도 그 방법은 알고 있습니다만…."

"그런데 왜 돌아가지 못한 거죠?"

"놓쳤어요. 기회를."

"그게 무슨 말이에요?"

"돌아갈 날은 당신이 과거로 오기 전부터 정해져 있었어요. 전, 그날 돌아가지 못했고요."

"그날은 어떻게 알 수 있죠?"

"그자에게서 받은 게 있을 거예요. 그 날을 찾는 게 여행자의 몫입니다."

"그날이 오면….'"

정림은 하던 말을 멈췄다. 그날이 오면 과거로 올 때처럼 저절로, 알아서, 돌아갈 수 있냐고 물으려 했다. 그런데 남자는 그날 돌아가지 못했다고 했다. 그날 무언가를 해야만 돌아갈 수 있다는 얘기였다.

"돌아갈 방법을 알려줬는데도 왜 돌아가지 못한 거죠? 그날이 오면, 제가 뭘 해야 하죠?"

"과거와 현재, 그리고 미래는 연결되어 있어요. 과거 없는 현재 없고, 현재가 없는 미래는 없어요. 현재는 과거가 되고, 미래는 현재가 되죠. 시간은 돌고 돌고, 역사는 반복되죠. 끊임없이."

남자가 무슨 말을 하는 건지 도통 이해할 수 없었다.

"그런데 그자는 어리석게도 그 연결고리를 끊어버리고 싶었나 봅니다. 과거를 끝내고 현재로 돌아가려 했던 거 같아요."

정림은 남자의 말을 해석하느라 쉴 새 없이 머리를 굴렸다.

"저는 미련을 뒀고요. 두려웠거든요. 그래서 돌아가지 못했어요."

"그게 무슨 말이죠?"

"시간이 계속해서 앞으로 나아간다고 생각하십니까?"

정림은 남자를 물끄러미 바라봤다.

"시계가 왜 원을 그리며 돌아가는 줄 아십니까? 시간은 앞으로 나아가는 것처럼 보이지만, 실은 돌고 돌기 때문이지요. 시계가 발명되기 전에도 마찬가지였습니다. 날짜를 세던 달이 지구 주위를 공전하는 것처럼 말이죠."

정림은 바다에 떠 있는 달을 바라봤다.

　　　　　　　　　　　　　　어디로 가고 있는가

"그런데 그자는 둥글게 원을 그리는 고리의 한 부분을 끊으면 일직선, 그러니까 앞으로 나아갈 거로 생각한 거죠. 어리석게도 말입니다."

남자는 할 말을 모두 끝냈는지 돌아섰다. 캄캄한 바다 위로 그녀의 눈동자가 떠다녔다. 남자가 내준 수수께끼를 과연 풀 수 있을까.

"당신은 몇 년도에서 왔죠?"

"2021년이요."

"그렇군요. 전 2022년에서 왔어요. 그때의 대한민국이 어떤 모습일지 궁금하시나요?"

정림은 고개를 가로저었다. 목적지로 항해하는 배에 선장이 있듯, 대한민국호에 탄 이상 선장의 항해를 믿어야겠지.

정림의 얘기를 잠자코 듣던 필립은 지갑에서 사진을 꺼내었다.

"시간 여행자의 말이 사실이라면 해원에게서 받았다는 열쇠는 바로 이 사진이겠네요."

정림도 과거에 끌려왔던 날 찍은 사진을 꺼내었다. 그와 같은 날 찍은 사진이었다. 두 장의 사진에는 초가 합성되어 있었다. 다른 점이 있다면 두 사진 속 초의 크기였다. 정림은 타오른 지 10분쯤 지나 조금은 짧아진 초라면, 그의 초는 이제 막 타오르고 있었다. 초에 어떤 의미가 있는 걸까. 필립은 이마를 긁적였다.

그때, 정림은 가방에서 또 다른 사진을 꺼내 내밀었다.

"그건 무슨 사진이에요?"

"작년에 상하이로 여행 갔을 때 찍은 사진이요."

2020년 2월 28일, 정림은 퇴근하자마자 공항으로 달려갔다. 상하이로 여행을 떠나기로 마음먹은 건 그녀가 일하는 병동의 단골 환자 때문이었다. 백 세를 훌쩍 넘긴 그 환자는 삼일절을 앞두고 사진 한 장을 보여줬다. 넓은 공원에 모인 이백여 명의 독립운동가를 찍은 사진이었다. 동지의 손에 죽음을 맞이한 증조할아버지도 사진 속에 계실까. 노인이 보여준 사진은 그녀의 마음에 불을 지폈다. 그 길로 상하이로 달려갔다. 상하이는 일요일인 삼일절까지 2박 3일 일정의 짧은 여행에 안성맞춤이었다.

푸동공항에 도착한 정림은 자기부상열차 '마그레브'를 타고 종점인 롱양루역에서 지하철로 갈아탄 뒤 난징동루역에서 내렸다. '남경로'라는 이름이 더 친숙한 난징동루는 상해 최대 번화가답게 세계 유명브랜드가 입점한 고층빌딩과 호텔이 줄지어 있었다.

그녀는 난징동루 보행가 동쪽으로 걸어갔다. 난징동루 보행가 동쪽 끝에 황푸강이 있다고 했다. 강 건너에는 밤에 보면 더 멋지다는 '동방명주'도 보였다. 블로그에선 황푸강 서쪽은 와이탄 지구, 동방명주가 있는 동쪽은 푸동 지구라 부른다고 했다.

난징동루 보행가가 끝나는 곳과 남북으로 이어진 와이탄 지구가 교차되는 곳에 초록색 지붕의 페어몬트 피스호텔이 보였다. 과거에는 케세이 호텔이라 불렀다고 했다. 그녀는 호텔을 끼고돌아 강변을 따라 북쪽으로 걸었다. 와이탄에는 유럽식 건물이 줄지어 있어 이곳이 중국인지 유럽인지 분간이 되지 않을 만큼 이국적이었다.

정림은 와이탄 북쪽 끝에서 소주하를 가로지르는 와이바이두교를 건너 갔다. 목적지는 소주하 건너에 있는 이클립스 호텔이었다. 출국 전 미리 호텔예약 앱으로 예약해둔 곳이었다. 1846년에 완공된 상해 최초의 호텔이자 100년을 훌쩍 넘긴 역사만큼 찰리 채플린, 아인슈타인 등 세계인사들이 묵었던 호텔이라고 했다. 그녀는 고민의 여지 없이 이클립스 호텔을 선택했

어디로 가고 있는가

다. 짐을 내려놓고 진짜 목적지인 상해임시정부가 있었던 프랑스 옛 조계지에 갈 계획이었다.

체크인을 마친 정림은 왔던 길을 되돌아갔다. 지하철을 타고 신천지역 6번 출구로 나온 그녀는 제일 먼저 임시정부청사로 향했다. 미리 블로그를 보고 공부한 바로는 최근 상해임시정부를 찾아가는 '임정로드'라는 이름의 여행코스가 한국 여행객에게 인기가 많다고 했다. 아니나 다를까 삼일절을 앞두고 많은 관광객이 임시정부청사를 찾았다. 카메라 앱을 켜려는데 사진을 찍을 수 없다는 안내문을 붙어있었다.

아쉬운 마음을 달래며 관람을 마친 그녀는 신천지 중앙광장에 있는 스타벅스에 들러 커피를 사 들고 회해중로로 갔다. 높은 빌딩이 들어선 회해중로를 걷다 보니 어느새 뒷골목 깊숙한 곳까지 걸어 들어갔다. 정림은 그곳에서 낡고 허름한 사진관을 발견했다.

月光寫眞館(월광사진관)

이유는 알 수 없지만, 빈티지한 분위기가 그녀를 사진관으로 이끌었다. 사진관 안에는 아무도 없었다. 그녀가 벽에 걸린 사진을 둘러보는 사이 어디선가 나타난 사진사가 등 뒤에 서 있었다.

"어서 오세요."

뜻밖에도 한국인이었다.

"사진 찍을 수 있을까요?"

혹시나 해서 물어봤다. 사진사는 당연하다는 듯 견본 사진 여러 장을 탁자 위에 펼쳐 보였다.

"한번 골라보세요."

견본 사진은 모두 흑백 사진이었다. 안 그래도 SNS에선 한창 흑백 사진이 유행하고 있었다. 정림은 여러 장의 흑백 사진 중 총을 들고 찍은 사진을 골랐다. 역사책 속에서 많이 봤던 구도의 사진이자 영화 포스터 속 여전사 같은 사진이 마음에 들었다.

"저쪽으로 가시죠."

사진사는 카메라 앞을 가리킨 뒤, 소품을 가지러 사진관 안쪽으로 사라졌다. 카메라 앞으로 가던 그녀는 벽에 걸린 낯익은 사진을 발견했다. 독립운동가였다던 단골 환자가 보여준 사진이었다. 이 사진이 왜. 고개를 갸웃거렸지만 대수롭지 않게 여겼다. 요즘은 인터넷 검색만으로도 옛 사진쯤은 손쉽게 출력할 수 있었다.

정림이 사진을 지나쳐 카메라 앞으로 걸어가자. 어느새 나타난 사진사가 모형 총을 건네줬다. 총을 받아든 그녀는 총을 내려다봤다.

그때였다.

"여기 보세요."

사진사가 카메라 렌즈를 손가락으로 톡톡 두드렸다. 고개를 들자 사진사의 오른손 검지에 손마디 하나가 없었다. 섬뜩한 기분이 들었다. 그녀는 애써 외면한 채 카메라를 보았다. 카메라 뒤편에 선 사진사와 눈이 마주쳤다. 사진사는 억지로 입꼬리를 양옆으로 끌어 올리며 물었다.

"저와 함께 시간여행을 떠나시겠습니까?"

정림은 어색한 미소를 지으며 대답했다. "네."

대답과 동시에 번쩍하고 플래시가 터졌다. 순식간에 눈앞이 캄캄해졌다. 암흑 속에서 사진사의 목소리가 들려왔다.

"잠시만 기다리세요. 사진 금방 나올 거예요."

시각이 돌아오기를 기다렸다. 잠깐이었지만, 암흑 속에서 누군가가 자신을 향해 총을 겨누는 형상이 보였다. 조금 이상하긴 하지만, 잘못 봤겠지 싶었다. 시각을 되찾은 정림은 소파에 앉아 다음 행선지 정보를 검색했다.

어디로 가고 있는가

그때였다. 문이 열리는 소리가 들렸다. 고개를 들어보니 한국인으로 보이는 남자가 들어왔다. 남자는 사진관 안을 둘러보더니 맞은편에 앉았다. 다시 고개를 돌려 스마트폰으로 시선을 옮긴 그때, 남자가 아는 체 해왔다.

"한국분이세요?"

그녀는 남자의 시선을 피하며 짧게 대답했다.

"네."

남자는 허리를 숙여 정림에게 가까이 다가왔다.

"여행 오셨나 봐요."

"네."

"혼자 오셨어요?"

남자의 숨결이 그녀의 볼에 닿았다.

"네."

그녀의 쌀쌀맞은 대답에도 남자는 굴하지 않고 말을 걸어왔다.

"어디 어디 가보셨어요?"

"…."

정림은 더는 대답하지 않았다. 계속 대답하다간 대화가 길어질 것 같았다.

"저는 와이탄 클럽, 브런치 카페. 맛집 위주로 다니고 있어요."

"…."

때마침 사진사가 사진을 들고 나왔다. 절묘한 타이밍이었다. 사진사는 사진 두 장을 들고 나왔다. 남자는 사진을 찍고 잠시 나갔다 온 모양이었다. 사진사는 남자와 정림에게 각각 사진을 내밀었다.

정림은 서둘러 계산을 마치고 사진관을 빠져나왔다. 몇 발자국 뗐을까 등 뒤에서 남자의 목소리가 들렸다.

"저기요. 사진 바뀌었어요."

돌아보니 조금 전 그 넉살 좋은 남자가 사진을 흔들고 있었다. 정림은 지갑에 넣어둔 사진을 다시 꺼내보았다. 남자의 말대로 지갑에는 남자의 사진이 들어있었다. 남자는 긴 다리로 성큼성큼 다가왔다.

"여기요."

정림이 사진을 내밀자 남자는 사진을 덥석 받으며 말했다.

"조금만 걸으면 오래된 카페가 있는데, 같이 커피 한 잔 해요."

남자는 그녀의 사진을 돌려줄 생각이 없어 보였다.

"제가 왜 그래야 하죠? 어서 사진 주세요."

"카페도 너무 예쁘고 거기다 커피까지 너무 맛있어서 소개해주고 싶어서 그래요. 그러니 딱 커피만 마시고 헤어져요."

"소개하고 싶으면 어딘지만 말해줘요. 그쪽하고 같이 커피를 마셔야 할 이유는 없으니까."

"따라와요."

남자는 앞장서서 걸었다. 정림은 하는 수없이 처음 본 남자를 따라나섰다. 남자의 행동이 못마땅했지만, 사진을 되찾으려면 어쩔 수 없었다.

남자를 따라 도착한 곳은 'Bluemoon coffee'라 적힌 카페였다. 안으로 들어가자 베토벤 피아노 소나타 14번 1악장이 흘러나오고 있었다. 남자의 말대로 카페는 마음에 쏙 들었다. 카페는 서울의 흔한 빈티지 느낌이 아닌 고풍스럽고 우아한 느낌이었다. 마치 공작부인이 드나들 법한 카페랄까.

"제 이름은 오필립이에요. 혹시 이름을 물어보면 실례일까요?"

"정정림이에요."

어색한 분위기 속에 주문한 커피가 나왔다.

"어때요. 여기 커피."

필립은 목마른 사람처럼 뜨거운 커피를 단숨에 마시려다 멈추었다.

"왜 안 마셔요?"

커피잔을 두 손으로 감싸고 있는 그녀를 보고 한 소리였다. 사실 정림은 커피가 식기를 기다리고 있었다.

"뜨거운 커피를 못 마셔서 식혀서 마시려고요."

"그럼 아이스로 시키지 그랬어요?"

"따뜻한 커피가 마시고 싶어서요."

필립이 장난스럽게 고개를 갸웃거렸다. 그 모습을 본 그녀는 피식 웃음을 터트렸다. 스스로 생각해도 정말 엉뚱한 대답이었다.

"전 상해임시정부 청사에 다녀왔어요."

아까 사진관에서 필립의 질문에 대한 대답이었다.

"상해에 임시정부가 있어요?"

필립이 형식적인 어조로 되물었다. 정림은 말문을 닫아버렸다. 어차피 카페를 나가면 다신 보진 않을 사람인데 구구절절 설명할 필요가 없었다. 필립은 그녀의 기분을 눈치채지 못한 채 물었다.

"상해하면 동방명주죠. 오늘 저녁에 시간 되시면 함께 가실래요?"

정림은 잠시 고민했다. 처음 보는 남자와 동방명주라니.

그녀가 또다시 대답하지 않자, 필립은 어제 다녀왔던 루프탑바에서 있었던 얘기를 늘어놓았다. 필립은 유머와 센스가 있는 남자였다. 정림은 필립의 얘기에 점점 빠져들었다. 정신없이 웃다 보니 어느새 커피잔이 바닥을 보였다. 그녀가 커피잔을 내려놓자 필립도 기다렸다는 듯이 커피잔을 내려놓았다.

"여기서 이야기만 하고 있기엔 시간이 아까우니 나갈까요?"

정림과 필립은 카페를 나왔다. 곧 해가 질 것 같았다.

"전 와이탄으로 가서 식사하고 동방명주에 갈 거예요. 같은 방향이라면 같이 가고 아니면 여기서 헤어져요."

조금 전까지 화기애애했던 분위기는 어디 가고 필립은 한치의 미련도 없는 말투로 말했다. 세상 쿨한 남자라니. 왠지 섭섭한 기분이 들었다. 물론 딱 커피 한 잔만 마시자 했으니 당연한 일이기도 했다.

정림은 애써 아무렇지 않은 척 말했다.

"저도 숙소가 와이탄에 있어요."

의도한 건 아니지만 그녀는 필립과 동행하게 되었다. 지하철을 타고 난징동루역으로 가는 내내 필립은 쉴 새 없이 농담을 던졌다. 필립은 뼛속까지 개그 유전자가 있다고 했다. 덕분에 일 년 치 웃음을 다 웃었다. 정신없이 웃다 보니 어느새 난징동루역에 도착해 있었다.

"혼자 식사하는 거면, 같이 저녁 먹고 쿨하게 헤어질래요?"

정림은 고개를 끄덕였다. 어느새 필립을 경계했던 마음은 사라지고 없었다. 필립은 미리 알아둔 곳으로 그녀를 데려갔다. 걷다가 느낀 거지만, 필립은 그녀의 발걸음에 발을 맞추고 있었다. 카페에서도 그녀의 커피 마시는 속도에 맞춰 천천히 커피를 마시는 것 같았지만, 긴가민가했었다. 뼛속까지 파고든 건 개그 유전자만이 아니었다. 매너와 센스가 몸에 밴 남자였다.

상해세관을 지날 때였다. 상해세관의 시계탑에서 종이 울렸다. 종이 울린 건 시계탑만이 아니었다. 그녀의 배꼽시계도 막 울어대던 참이었다. 때맞춰 필립은 건물 안으로 들어갔다. 그의 뒷모습이 왠지 신이 나 보였다. 블로그에서 봐둔 미슐랭 레스토랑이라고 했다. 그는 왜 고급 레스토랑을 일면식도 없는 사람과 온 걸까. 뭐 어쨌든 레스토랑은 아주 멋졌다. 창밖으론 황금빛으로 물든 푸동지구와 화려하게 빛나는 동방명주의 야경이 한눈에 들어왔다.

어디로 가고 있는가

정림이 창밖을 보느라 정신없던 그때, 필립이 물었다.

"무슨 일 하세요? 저는 기자예요."

필립은 사람의 눈을 똑바로 보진 못했지만, 상대방의 행동 하나하나 눈여겨보고 있었다. 왠지 모든 걸 간파당하고 있다는 느낌이 들었다.

"간호사예요."

"의왼데요?"

의외라니. 왜. 내가 뭐 어때서.

"필립 씨가 기자라는 사실이 더 의왼데요?"

화기애애한 분위기 속에 식사를 마친 정림과 필립은 황푸강 변을 걸었다. 마침 유람선이 지나가고 있었다. 정림과 필립은 마치 짠 것처럼 동시에 말했다.

"탈래요?"

유람선에 올라탄 두 사람은 각자의 시간을 가졌다. 필립은 휘황찬란한 와이탄 야경을 배경 삼아 그의 얼굴을 스마트폰 카메라에 담았고, 정림은 눈에 담았다. 그녀가 한창 감상에 빠져있던 그때, 필립이 다가와 말했다.

"서울에 가면 밥 한 끼 해요."

필립은 그녀에게 스마트폰을 내밀었다. 정림은 연락처를 입력한 뒤 다시 필립에게 내밀었다.

유람선에서 내리자마자, 두 사람은 미련 없이 헤어졌다. 필립은 동방명주에 간다고 했다. 그날 필립에 대해 알게 된 거라곤 이름 석 자와 직업뿐이었다.

그 후, 서울로 돌아온 정림은 필립의 존재를 까맣게 잊고 살았다. 서울에 가면 밥 한 끼 먹자던 필립에게선 아무런 연락도 없었다.

"그때 이후로 잊고 살았어요."

"그랬겠죠. 반나절 함께했을 뿐이니까요."

필립은 고개를 끄덕이며 말을 이었다.

"그나저나 해원, 그자가 우릴 여기로 데려왔다는 건 어떻게 알았어요?"

정림의 미간이 일그러졌다.

"사진 찾으러 갔던 그 날, 필립 씨와 헤어진 뒤 돌아오는 길에 사진을 보게 됐어요."

정림이 사진 뒷면을 가리켰다.

return - photo by 해원

"이걸 보고 사진관에 찾아갔어요. return. 다시 돌아간다는 말을 사진에 적어놓은 것 같아서요."

그 역시 사진에 적힌 repeat이란 글자를 보고 찾아갔었다. 정림의 말대로 return이 다시 돌아간다는 뜻이라면 그의 사진에 적혀있는 repeat은 뭘 의미하는 걸까. 정림의 또 다른 사진에도 'return - photo by 해원'이라 적혀 있었다.

그때, 정림이 고개를 갸웃거리며 물었다.

"필립 씨는요? 작년 상하이에 여행 가서 찍은 사진은 없어요?"

그는 고개를 저으며 대답했다.

"아날로그적이긴 하지만, 전 여행에서 돌아오면 사진첩에 사진을 정리해요. 그때 찍은 사진도 물론 사진첩에 있을 거고요."

그날 밤, 필립은 밤새 잠을 이루지 못했다. 머릿속에선 미처 가져오지 못

어디로 가고 있는가

한 사진이 꽂혀있는 사진첩을 수없이 꺼내었다. 사진을 떠올리려 애써보았지만, 도무지 생각나지 않았다. 당연한 일이었다. 여행에서 돌아온 후 곧장 사진첩에 끼워 넣었으니까. 그로부터 1년이 지났으니 생각날 리 없었다.

결국, 기억 속에서 사진을 꺼내는 건 포기하고 사진 세 장을 탁자 위에 나란히 올려놓았다. 사진에 뭐가 있는 걸까. 그는 밤새 사진을 뚫어지게 쳐다봤다. 밤이 깊어갈수록 그의 한숨도 깊어만 갔다. 정신을 차리고 보니 동쪽 하늘이 붉게 물들고 있었다. 그는 무릎을 '탁' 치고 일어났다. 믿고 싶지 않지만, 오늘이 정림과의 마지막 날이었다.

필립은 침대에 걸터앉았다. 침대에선 정림이 자고 있었다. 마지막이 될지 모를 정림의 얼굴을 찬찬히 뜯어봤다. 함께 할 시간이 얼마 남지 않았다는 사실이 실감 나지 않았다.

그는 정림의 하얀 뺨으로 손을 뻗었다. 손이 그녀의 뺨에 닿았다. 솜털의 감촉이 느껴졌다. 손끝에 닿은 따뜻한 체온이 그를 끌어당겼다. 당장에라도 그녀를 끌어안고 싶었지만, 그는 정림에게서 손을 뗐다. 이별에 미련을 남기지 않아야 한다. 미련은 미련을 낳을 뿐이었다.

필립은 베개 밑으로 손을 넣었다. 묵직한 쇳덩어리가 손에 닿았다. 총은 그대로 있었다.

그때, 정림의 감은 눈꺼풀 아래로 눈동자가 움직이는 게 보였다. 일어난 모양이었다. 잠에서 깬 정림의 얼굴은 표정 없이 뻣뻣하게 굳어있었다. 들뜨지도, 그렇다고 불안해하지도, 그 어떤 감정도 읽을 수 없었다. 침대에서 일어난 정림은 곧장 욕실로 들어갔다.

필립은 방 안을 서성였다. 아무것도 손에 잡히지 않았다. 모든 신경이 곤두섰다. 욕실에서 들려오는 물소리, 창밖에서 들려오는 차 엔진 소리, 객실 문을 여닫는 소리가 귓가에 울려댔다. 곧이어 정림의 샴푸 향기와 창밖에서 풍겨오는 음식 냄새가 코로 스며들었다. 그가 괴로움에 몸부림치는 사이 창밖에서 웅성거리는 소리가 들렸다.

필립은 벽을 등지고 서서 창밖으로 고개를 빼꼼 내밀었다. 제복을 입은 형사 무리가 호텔로 모여들고 있었다. 그는 다급히 침대로 다가가 베개 밑에 놓아둔 권총을 손에 들었다.

때마침 욕실에서 나온 정림과 마주쳤다. 정림은 권총을 손에 든 그를 보고 놀라 물었다.

"무슨 일이에요?"

"밖에 형사가 와있어요."

정림의 얼굴이 굳어버렸다.

"사실, 오늘은 대한민국의 역사적인 날이에요."

"무슨."

그가 되물었다.

"윤봉길 의사의 홍커우 의거가 있는 날이에요. 놈들은 선생님을 비롯해 관련자를 닥치는 대로 잡아들일 거예요. 우리도 사무실을 드나들었으니 우리 정보도 이미 그들 손에 넘어갔을 거고요."

필립은 손으로 뺨을 쓸어내렸다. 얼굴이 화끈거렸다. 다나카는 모든 걸 알고 있었다. 반면 그는 아무것도 아는 게 없었다. 이제 그 사실을 인정해야 한다. 내가 사는 이 땅, 나의 조국, 대한민국. 난 여태 어디서 살았던가.

정림이 회중시계를 꺼내어 시간을 확인했다.

"어쩌면 지금쯤이면 거사가 일어났겠네요."

필립은 정림을 왈칵 끌어안고 싶은 마음을 꾹꾹 눌러 담은 채 눈을 질끈 감았다. 그리고 정림에게 총을 겨눴다.

"왜 그래요?"

어디로 가고 있는가

정림의 떨리는 목소리가 그의 마음을 쥐어흔들었다. 목울대가 울렁거렸다. 용광로처럼 뜨거운 숨은 입 밖으로 터져 나오지 못하고 목구멍에 턱하고 막혀버렸다.

필립은 차마 방아쇠를 당길 수 없었다. 그녀와의 이별을 받아들일 수 없었다. 살면서 수많은 이별이 있었다. 이별 앞에서 그는 언제나 덤덤했다. 지나간 인연 후에는 새로운 인연이 다가왔다. 그는 이제야 깨달았다. 그동안의 이별은 이별이 아니었음을. 진심을 다하지 않은 관계에서의 이별은 그저 버스정류장에 불과했다는 걸. 이제는 담담할 수 없을 것만 같다. 그도 정림도 누구도 원치 않는 이별이었다.

"우리 다시 만날 수 있을까요."

필립은 정림의 눈을 바라봤다. 떨리는 총구 위로 그녀의 눈동자도 흔들리고 있었다. 그는 끝내 총을 내려놨다. 총을 내려놓자 격한 감정이 몰아쳤다. 입 밖으로 터져 나온 뜨거운 숨이 눈물로 변해갔다. 바닥에 풀썩, 무릎을 꿇고 주저앉은 그는 어깨를 들썩이며 울었다.

"뭐가 뭔지 모르겠어요."

정림이 다가와 말없이 안아주었다.

"이게 맞는 건지 모르겠어요."

그는 머리를 흔들며 손목시계를 풀었다.

"뭐 하는 거예요?"

정림이 물었다.

"저의 세 번째 임무가… 정림 씨예요. 미안해요."

필립은 이제는 쓸모없는 그의 주민등록증과 함께 손목시계를 정림의 손에 쥐여줬다.

그때, 계단을 오르는 구둣발 소리가 들려왔다.

"안 돼요. 필립 씨. 그러지 마요. 그자의 말을 믿으면 안 돼요."

정림의 다급한 외침을 뒤로 한 채 그는 바닥에서 일어났다. 정림도 따라 일어났다. 발소리가 점점 가까워지고 있었다. 그는 다시 총을 들어 정림의 심장에 겨누었다.

"안 돼요. 안 돼… 필립 씨… 그러지 마요…."

"잘 가요. 정림 씨. 곧 따라갈게요."

탕.

섬광이 방 안을 가득 채웠다. 앞이 보이지 않았다. 블랙홀 같은 섬광 속으로 모든 게 빨려갔다.

어디로 가고 있는가

집
으
로

가
는
길

**

정림이 거짓말처럼 눈앞에서 사라졌다. 고개를 휘저으며 방 안을 두리번거렸지만, 정림은 어디에도 없었다. 필립은 가슴 속에 머금었던, 불구덩이처럼 뜨거운 숨을 거칠게 몰아냈다.

안 돼요. 안 돼. 필립 씨. 그러지 마요.

정림의 울부짖는 목소리가 귓가에 맴돌았다. 돌아갔을까.

그는 머리를 좌우로 흔들었다. 그가 미처 슬퍼할 겨를도 없이 형사 무리가 문을 박차고 들이닥쳤다. 뒤이어 발소리가 요란하게 들려왔다. 언뜻 보기에도 몇 명인지 셀 수 없을 만큼 많은 형사가 방 안으로 들어왔다. 그의 시선은 형사에 향해 있었지만, 여전히 정림이 눈앞에 어른거렸다. 그 사이 두 명의 형사가 다가왔고, 정신을 차렸을 땐 손목에 수갑이 채워져 있었다. 필립은 저항하지 않았다. 방을 뒤지는 소리가 들려왔지만, 미동도 하지 않았다. 넋을 잃은 그의 눈동자가 허공을 떠다니던 그때, 옆에 있던 형사가 소리쳤다.

"함께 다니는 그 년, 어디에다 숨겼어?"

필립은 말없이 고개를 가로저었다.

'글쎄요. 잘 갔을까요. 정말 집으로 돌아갔을까요. 집으로 돌아갈 수 있

기는 한 걸까요.'

구둣발이 날아들었다.

"억." 그는 외마디 비명과 함께 바닥에 고꾸라졌다.

"어서 말해. 그년, 어디에다 숨겼어?"

바닥에 쓰러진 그의 등위로 구둣발이 소나기처럼 떨어졌다. 그는 입을 꾹 다문 채 어떤 소리도 내지 않았다. 마치 무슨 소리라도 내면 지는 것처럼 묵묵히 발길질을 받아냈다. 그러자 옆에 있던 형사가 또다시 소리쳤다.

"끌고 가."

상관의 명령에도 놈들의 발길질은 멈추지 않고 더욱 거세어졌다. 필립은 결국 양손을 들었다. 조금 전 소리친 형사가 입꼬리를 올리며 한 손을 들었다. 발길질이 멈추었다. 온몸에 힘이 쭉 빠진 그는 물먹은 스펀지처럼 바닥에 축 늘어졌다. 제일 말단으로 보이는 두 명의 형사가 다가와 그를 일으켜 세웠다. 그는 그 길로 놈들에게 끌려갔다. 어디로 가는지 알지 못한 채 인간 손수레가 되어.

의식이 흐려졌다 되찾기를 몇 차례 반복했다. 육체와 영혼이 서로 분리된 채 공중을 떠다녔다. 두 다리로 땅을 딛고 일어선 게 언제인지 기억나지 않았다. 희미하게 끊겨버린 의식 속에 유일하게 의식할 수 있는 건 빛이 들지 않는 캄캄한 방안에 몸이 꽁꽁 묶인 채 있다는 거였다. 딱딱한 의자에 오래 앉아서인지 엉덩이 감각이 사라진 지 오래였고 움직일 때마다 밧줄이 살을 파고들었다. 살갗에는 피딱지가 굳어버렸고 온몸은 멍으로 얼룩진 채 욱신거렸다. 손톱은 성한 곳 없이 다 뽑혀나갔고, 입안에는 모래를 머금은 듯 거칠거렸다.

필립은 눈동자를 굴려 주위를 살폈다. 두 명의 형사가 그를 마주 보고 서 있었다.

"제가 왜 여기에 있는 거죠? 언제 왔나요?"

그가 앉아있는 곳은 동경 경시청 형사부장실이었다. 어떻게 동경까지 왔는지 기억나지 않았다.

"이제야 정신이 좀 드나 보군요."

등 뒤에서 귀에 익은 목소리가 들려왔다. 힘겹게 고개를 돌려 위를 올려다봤다. 아리요시 경찰서장이 서 있었다.

그는 타들어 가는 목으로 간신히 소리를 내뱉었다.

"물… 물 좀 주세요."

앞에 서 있던 형사가 양동이에 차가운 물을 길어 그의 몸에 들이부었다. 차가운 물이 몸을 덮치고 나자 방의 서늘한 기온과 더해져 온몸이 오돌오돌 떨렸다. 정신이 든 뒤부터 오롯이 느껴지는 고통에서 그나마 견딜 수 있는 건, 아리요시가 가져다준 음식 덕분이었다.

"며칠 안으로 곧 형무소로 이송되게 될 거요. 재판을 받게 될 거고요. 물론 형식적인 재판이 되겠지만."

아리요시는 깊은숨을 내뱉으며 말을 이었다.

"사형선고가 내려질 것이오. 사형선고가 내리기 전까진 죽음이 코앞으로 다가올 때까지 괴롭힐 거고요. 신과 같은 존재인 천황을 죽이려 했으니 당연한 일이오."

필립은 퉁퉁 부은 눈을 있는 힘껏 떠서 아리요시를 바라봤다. 아리요시가 측은한 눈으로 바라보고 있었다.

필립은 목소리를 쥐어짜며 물었다.

"왜 날 도와주는 거예요?"

"나 같은 사람도 있어야 하지 않겠소?"

집으로 가는 길

"여기서 나갈 수 있을까요?"

"쉽지 않을 거요. 좋은 계획이 있으면 말해주시오. 도울 것이 있다면 도와주겠소."

필립은 눈을 끔뻑이는 거로 대답을 대신했다. 문밖에서 발소리가 들리자 아리요시는 그를 다시 한 번 쳐다본 뒤 방을 나갔다.

아리요시가 나가고 자신을 검사라고 소개한 남자가 들어왔다. 서양 양복을 차려입은 검사는 앞에 놓인 책상에 걸터앉아 그를 내려다보며 말했다.

"대역죄로 기소되어 내일 형무소로 이송될 것이오."

며칠째 갇혀있던 경시청 밖으로 나왔다. 나무로 짠 용수를 머리에 쓰고 일경의 손에 이끌려 이치가야 형무소로 향했다. 내리쬐는 뙤약볕에 등줄기에서 땀이 흘러내렸다. 이송 도중 도망가려는 어리석은 생각은 하지 않았다. 고된 고문으로 온몸에 성한 곳이 없었다. 아리요시가 간간이 가져다주던 보리밥 한 줌은 그의 체격을 유지하기엔 턱없이 부족했다. 이대로 도망쳤다간 멀리 가지도 못하고 붙잡힐 게 뻔했다. 여긴 대한민국이 아닌 일본이었다.

경시청 밖으로 나오자 정림이 생각났다. 1931년 12월 31일 정림과 함께 긴자 거리를 걸었던 날. 그 날은 정림과 평온한 하루를 보낸 마지막 날이었다. 비록 거사 후 도주에 쓰일 물건을 사는 쇼핑이었지만, 잠시나마 현실을 잊은 날이기도 했다. 정림에게 선물할 단검을 사고 돌아오던 그때, 시계탑 앞에서 그를 기다리던 정림에게 다가가던 순간이 주마등처럼 스쳐 지나갔다. 지금쯤 정림은 어떤 하루를 보내고 있을까. 평온한 일상으로 다시 돌아갔을까.

과거로 끌려와 낯설고 두렵고, 막막하기만 하던 날, 거짓말처럼 정림이 나타났다. 블루문 카페에서 계산을 마치고 나온 정림은 한마디 인사도 없이 차갑게 뒤돌아섰다. 멀어져가는 정림의 뒷모습을 지켜보다 발길을 돌리려는데 뭔가가 발끝에 걸렸다. 고개를 숙여보니 바닥에 지갑이 떨어져 있었다. 정림의 지갑이었다. 돌려주려 뒤쫓아갔지만, 정림은 어디론가 사라지고 없었다. 그러고 보니 지갑이 어째 익숙한 현대식 디자인이었다. 호기심에 열어본 지갑에는 뜻밖의 물건이 들어있었다. 정림의 주민등록증이었다. 정정림. 곧을 정(貞), 임할 림(臨). 그보다 4살이나 어린 정림은 그녀의 이름 그대로 곧은 사람이었다.

더욱 놀라운 사실은 그녀가 바로 그의 아랫집에 살고 있다는 거였다. 아랫집 여자라면 그에겐 두 가지 기억이 있었다. 하나는 종종 층간소음을 호소해왔단 사실이었다. 어떤 날은 영화를 보느라 소파에서 한 발짝도 떼지 않은 날도 있었다. 아주 예민한 여자라 생각했다.

두 번째는 그로부터 며칠 뒤 일이었다. 국회의원 H가 사주한 놈들에게 감금됐다 풀려난 날, 누더기처럼 너덜너덜해진 몸과 마음을 이끌고 빌라로 들어가려는데 일층 현관 앞에서 연인으로 보이는 남녀와 마주쳤다. 스쳐지나가며 들은 얘기로는 남자가 바람을 피우다 들킨 것 같았다. 그뿐이었다. 워낙 캄캄한 밤이고 남의 연애사에 관심을 가질 여유가 없던 그는 여자의 얼굴은 보지 못했다. 그가 집에 들어오고 바로 아랫집에서 현관문 닫히는 소리가 들렸기 때문에 아랫집 여자구나. 그래서 예민했던 걸까 생각했었다.

얼굴도 모르는 아랫집 여자가 함께 과거로 왔다는 사실에 왠지 모를 동지애를 느꼈다. 함께하는 날이 더해질수록 동지애는 호감으로 변했다. 호감은 그를 정림의 흑기사로 만들었다.

크리스마스날 밤, 먼저 선실로 돌아온 그는 스마트폰 사진첩을 보다 1년

집으로 가는 길

전 상하이 여행에서 찍은 사진을 보았다. 황푸강 유람선에서 찍은 셀카 사진 속 그의 등 뒤에 정림이 찍혀있었다. 정림은 회해중로의 낡은 사진관에서 만났던, 바로 그녀였다. 이런 기막힌 인연이 또 있을까.

정림이 그를 믿지 못하고 모든 걸 말하지 않아도 괜찮았다. 가장 믿었던 연인에게 배신당한 여자였다. 세상이 무너지는 고통을 겪은, 아픔을 가진 여자였다. 그런 여자가 다시 누군가를 쉽게 믿는다는 게 오히려 우스운 일이었다. 내가 정림을 믿으니까. 정림을 사랑하니까. 누가 뭐라 해도 정림을 믿었다. 이곳에서 정림을 믿지 못한다는 건, 망망대해로 몸이 빨려가도 몸을 받쳐줄 널빤지 하나 없다는 것과 같았다. 정림이 보고 싶다. 그녀에게로 가고 싶었다. 그는 다짐했다. 이대로 좁은 골방에서 삶을 끝낼 수는 없어. 돌아갈 방법을 찾아야 해.

형무소는 경시청의 서늘한 골방보다는 나았다. 더 이상의 고문도 없었다. 끼니라 해봐야 이것저것 섞은 보리밥 한 줌이 전부였지만 밥은 제때 나왔다. 그는 끼니를 거르지 않고, 매끼 허겁지겁 해치웠다. 날이 갈수록 의식도 점점 또렷해졌다.

기운을 되찾은 그는 몸을 움직이기 시작했다. 운동을 하며 하루를 보냈다. 어떻게든 살아남아야 집으로 돌아갈 수 있을 것만 같았다. 버티는 건 그의 주특기였다. 그가 운동하는 게 못마땅한 교도관은 수시로 다가와 소리 쳤다.

"곧 죽을 몸인데, 운동은 뭐 하려 하시오."

필립은 자리에서 일어나 교도관 앞으로 다가갔다. 교도관의 눈이 그의 가슴팍과 나란히 마주 봤다. 그는 능청스럽게 웃으며 말했다.

"난 네놈들 손에 절대 죽지 않아."

교도관은 주먹으로 문을 있는 힘껏 내리치며 소리쳤다.

"한 번만 더 조선말로 지껄이면 가만두지 않겠소."

강한 척 내질렀지만, 그의 몸집에 위축된 교도관이 슬그머니 내뺐다. 필립은 교도관이 뭐라 하든 아랑곳하지 않고 운동에만 열중했다. 머릿속으로는 어떻게 이곳에서 살아남을지 고민했다. 모두 그에게 사형선고가 내려질거라고 했다.

**

감긴 눈을 떴다. 익숙한 천장이 보였다. 새하얀 벽지와 LED 형광등. 서울 서대문구 광복동 블루문 하우스 701호. 정림의 방이었다. 꿈인가. 며칠간 '나이트' 근무를 선 것처럼 잠이 쏟아졌다. 정림은 다시 잠이 들었다. 모처럼 만에 깊은 잠에 빠져들었다.

다시 눈을 떴을 땐, 상해에서 눈을 떴을 때처럼 오랜 피로가 풀리듯 몸이 공중으로 붕 떠오르는 기분이 들었다. 가벼운 몸과는 달리 악몽을 꾼 듯한 묵직한 감정이 가슴을 짓눌렀다. 주먹으로 가슴을 내리쳤다. 어젯밤 꾼 꿈이 영화의 한 장면처럼 불쑥불쑥 튀어나왔다. 악몽이라기엔 너무나도 생생한 꿈이었다. 갈증이 일었다.

정림은 물을 마시려 몸을 일으켜 세웠다. 지끈거리는 머리를 부여잡고 침대에서 내려오는데 둔탁한 소리와 함께 손에서 무언가가 떨어졌다. 허리를 굽혀 바닥에 떨어진 걸 주워들었다. 필립의 신분증과 손목시계였다. 신분증을 무심히 보던 그녀는 잠에서 깨기 전에 있었던 일들이 생각났다.

"꿈이 아니야."

등줄기가 서늘해졌다.

"돌아왔어. 돌아온 거야."

집으로 가는 길

벌떡 일어나 집 안을 뛰어다녔다. 요리 보고 저리 봐도 그녀의 집이 맞았다. 정림은 침대를 뒤져 베개 옆에 놓여있는 스마트폰을 집었다. 손이 떨리는 바람에 메시지를 보내는데 몇 번이고 썼다 지우기를 반복했다.

"맞다. 2021년이지."

정림은 필립의 번호를 찾아 통화버튼을 눌렀다. 통화연결음이 울렸다. 필립은 전화를 받지 않았다. 통화연결음이 계속될수록 점점 불안해졌다. 실마. 불안은 현실이 되었다. 결국, 전화는 연결되지 않았다. 아닐 거야. 자느라 전화를 못 받는 거야. 정림은 애써 불길한 생각을 접어둔 채 침대에 걸터앉아 스마트폰을 켰다.

불매운동 1년, 일본기업 한국서 철수 속출

기사를 읽고 난 후에도 필립에게선 전화가 없었다.

[저 돌아왔어요. 메시지 보면 연락줘요.]

메시지 전송을 마친 정림은 스마트폰 속 날짜를 발견했다.
2021. 03. 09.

어젯밤에 집으로 돌아왔으니 집을 떠나 다시 돌아오기까지 일주일이 걸렸다. 그녀가 사라진 일주일 동안 난리가 났었던 것 같았다. 스마트폰에 수백 통의 메시지와 부재중 전화가 와있었다. 누군가는 정림의 집 도어락을 열고 들어왔던 것 같기도 했다. 여전히 필립에게선 연락이 없었다. 몇 번이고 다시 전화를 걸어봤지만, 계속해서 음성사서함으로 넘어갔다.

'설마, 돌아오지 않은 건 아니겠지.'

정림은 필립의 주민등록증을 챙겨 집을 나왔다. 필립의 집 주소를 확인하려 주민등록증을 보는 순간, 그녀는 얼어버렸다. 서울특별시 서대문구 광복동 블루문 하우스 801호, 바로 그녀의 윗집이었다.

정림은 혼란스러웠다. 필립이 지갑을 찾아줬던 기억이 떠올랐다. 필립은 알고 있었던 걸까.

정림은 801호라 적힌 문 앞에 서서 심호흡을 내뱉었다. 정말 필립의 집이 맞을까. 확신이 서질 않았다. 떨리는 손으로 초인종을 눌렀다. 인기척이 없었다. 세 번의 초인종에도 문은 열리지 않았다. 조심스레 도어락 숫자를 생각나는 대로 눌러보았다. 문이 열릴 리 없었다. 계속된 오류로 도어락이 요란한 소리를 내며 울려댔다. 그 바람에 802호에 사는 젊은 여자가 현관문을 열고 고개를 빼꼼 내밀었다. 정림은 모자를 푹 눌러썼다. 진땀이 흘렀다. 마음이 급해질수록 오류는 계속됐다. 그때, 문득 필립이 한 말이 떠올랐다.

제 모든 비밀번호가 8이거든요.

정림은 떨리는 손으로 조심스레 8을 여덟 번 눌렀다. 도어락이 조금 전과 다른 알림음을 냈다. 천천히 문을 잡아당기자 거짓말처럼 문이 열렸다.

정림은 문을 열고 들어갔다. 현관에 남자 신발이 놓여있었다. 얼핏 봐도 필립의 발 크기와 비슷해 보였다. 필립의 집인 걸 확신한 그녀는 신발을 벗고 안으로 들어갔다. 코를 찌르는 락스 냄새가 제일 먼저 그녀를 맞이했다. 손으로 코와 입을 막고 집안을 둘러봤다. 필립은 빨래를 돌려놓고 잠이 들었었는지, 인덕션 아래 설치된 드럼세탁기에 널지 못한 이불빨래가 그대로 들어있었다.

집으로 가는 길

다음은 락스 냄새가 새어 나오는 화장실 문을 열었다. 화장실은 호텔을 방불케 할 정도로 물 때 하나 없이 깨끗했다. 보기보다 깔끔한 성격인듯했다. 이상한 건 화장실 앞 거실 바닥에 떨어진 핏자국이었다. 검게 말라버린 핏자국은 어딘가로 이어져 있었다.

정림은 핏자국을 따라 걸었다. 핏자국은 침대 끝에서 멈췄다. 동선이나 형태로 봐선 화장실에 있던 그가 코피가 나자 침대로 걸어간 모양이었다. 침대에도 필립은 없었다. 그녀는 3월 1일 밤 필립이 그랬을 것처럼 그의 침대에 걸터앉았다. 침대에는 필립의 마지막 밤 흔적이 고스란히 남아있었다. 마치 필립의 체온이 느껴질 것만 같았다. 필립의 모습이, 필립의 기억이 그녀를 에워쌌다.

"말도 안 돼. 나만… 왜 나만 돌아온 거야."

딸꾹질처럼 새어 나온 감정은 걷잡을 수 없이 커졌다. 입에서 신음에 가까운 슬픔이 터져 나왔다. 믿기지 않는 현실에 침대에 얼굴을 파묻은 그녀는 흐느꼈다. 흐느낌을 넘어선 슬픔은 꺼이꺼이 목놓아 울고서야 몸에서 빠져나갔다. 울다 지친 그녀는 눈을 끔뻑거렸다. 자신에게 총을 겨누려다 무릎 꿇고 앉아 아이처럼 울던 필립의 모습이 아른거렸다. 그 눈물의 의미를 이제야 알 것 같다. 필립은 함께 돌아가지 못한다는 걸 알고 있었던 것이다. 그는 어떻게 알았을까.

정림은 지난밤을 상기했다. 필립은 세 장의 사진을 탁자에 올려둔 채 밤새 들여다봤다. 그녀와는 달리 필립은 사진을 한 장밖에 가지고 있지 않았다. 세 장의 사진 속에서 뭘 찾은 걸까. 곰곰이 생각하던 그녀는 침대에서 벌떡 일어났다. 이러고 있을 때가 아니었다.

책상 앞으로 다가갔다. 필립의 책상에는 기자답게 다양한 분야의 책이 꽂혀있었다. 그 중 '독립운동가 한서원'이라 적힌 서류파일을 집어 들었다.

숨죽여 서류를 넘기던 그녀는 첫 장에 붙어있는 한서원의 90년 전 사진을 보고 숨이 턱하고 막혀버렸다. 그녀가 일하는 병원의 단골 입원환자이자, 상해에서 만난 밀정, 김동규였다. 필립이 과거로 가기 전 마지막으로 만났다던 독립운동가 한서원이 바로 김동규였다. 게다가 필립이 취재했다는 그날, 정림도 병동에서 근무 중이었다. 설마 그녀와 필립이 과거로 간 데는 한서원과 관련이 있었던 건 아닐까.

정림은 새로운 단서를 찾은 듯 가슴이 뛰기 시작했다. 뒤이어 책갈피처럼 꽂아둔 사진도 발견했다. 이백여 명의 사람이 프랑스공원에 모여 찍은 흑백 사진이었다. 그녀도 알고 있는 사진이었다. 동규의 심부름으로 박판수에게 가져다준 사진이자, 작년에 한서원이 보여준 사진이었다. 동규가 박판수에게 사진을 전해달라 했을 때, 정림은 단번에 그 사진을 알아봤다. 그런데도 독립운동을 하는 동규가 한국인 박판수에게 사진을 전달한 거라 동규가 밀정일 거라는 의심을 하지 못했다.

정림은 사진을 꺼낸 뒤, 취재 파일을 내려놓았다. 지금 찾아야 하는 사진은 한서원의 사진이 아닌 필립이 작년 상하이 여행에서 찍은 사진이었다. 그녀의 눈길은 책장에 꽂힌 사진첩으로 향했다. 색깔만 다른, 같은 모양의 사진첩이 나란히 꽂혀있었다.

정림은 손을 뻗어 사진첩을 꺼냈다. 사진첩 표지에 '2020년 상하이 여행'이라고 적혀있었다. 웃음이 터져 나왔다. 어울리지 않게 아날로그 감성이라니. 조심스레 사진첩을 넘기던 그녀는 월광사진관에서 찍은 필립의 사진을 발견했다. 황푸강 유람선에서 그녀가 찍어준 사진도 함께.

정림은 사진첩에서 사진을 꺼냈다. 사진 속 필립은 태극기를 하늘 높이 들고 있었다. 마치 만세를 부르고 있는 것처럼. 독립운동가를 연상케 하는 모습이었다. 필립은 사진에서 뭘 본 걸까.

집으로 가는 길

정림은 사진을 주머니에 넣은 뒤, 필립의 집을 빠져나왔다.

집으로 돌아온 정림은 쌓여있는 메시지와 부재중 전화목록을 보다 뭔가 잘못됐음을 깨달았다.

[너, 무슨 일 있는 거 아니지? 이 메시지 읽으면 뉴스 좀 봐.]

정림은 스마트폰을 켜서 포털사이트를 열었다. 가장 먼저 눈길을 끈 건, 실시간 검색어였다.

광복동 oo빌라 남녀 실종사건
광복동 oo빌라 실종女 무사 귀가

해당 검색어를 눌러보았다. 실종사건과 관련된 수많은 기사가 화면에 나타났다. 정림은 '흔적도 남기지 않고 증발한 oo빌라 남녀 실종사건'이란 제목의 기사를 눌렀다.

서울의 한 빌라 위아래층에 사는 남녀가 갑자기 자취를 감춰 경찰은 수사에 나섰지만, 일주일째 뚜렷한 단서를 찾지 못해 경찰이 애를 먹고 있다.

서울 서대문경찰서에 따르면 서대문구 oo빌라에 사는 남녀가 3월 1일 귀가하는 모습을 마지막으로 흔적도 없이 증발해버렸다.

당시 두 남녀의 마지막 모습이 담긴 CCTV에는 귀가하는 모습은 있으나 빌라를 나가는 모습은 없는 것으로 알려졌다. 해당 빌라는 CCTV를 피할 수 있는 사각지대는 없는 것으로 확인됐다.

그 점을 미뤄 빌라 안, 옥상은 물론 물탱크까지 모두 수색했으나, 두 사

람의 행방을 유추할 수 있는 단서를 발견하지 못했으며, 3월 1일 이후 카드 사용 내역 등 생활반응이 전혀 없는 것으로 알려졌다.

특이한 점은 두 사람은 서로 모르는 사이로 알려져 각각 다른 이유로 실종됐을 것도 염두에 두고 있다. 아랫집에 사는 실종女는 평소 층간소음으로 몇 차례 고통을 호소했던 것으로 알려졌다.

두 사람의 이야기였다. 두 사람이 사라진 이후 인터넷 포탈 기사란에는 '흔적없이 사라진 두 남녀'라는 제목의 기사가 실시간으로 게재되고 있었다. 정림은 주먹으로 가슴을 내리쳤다. 한입 가득 베어 문 고구마를 꿀떡 삼킨 것처럼 숨이 한 덩이가 되어 목에 턱하고 걸려버렸다.

그때였다. 전화벨이 울렸다. 모르는 번호였다. 그녀는 고민 끝에 전화를 받았다.

"여보세요?"

"정정림 씨?"

수화기 너머로 낯선 남자의 목소리가 흘러나왔다.

"무슨 일이시죠?"

"오필립 씨 실종사건 관련하여 참고인 조사가 필요하니 경찰서로 출석 바랍니다."

기사 속 '남녀실종사건'이 '오필립 실종사건'으로 변해있었다. 정림은 며칠 안으로 경찰서에 찾아가겠다는 약속을 하고서 전화를 끊었다.

다음 날 아침, 정림은 병원으로 달려갔다. 서원을 만나봐야 했다. 엘리베이터에서 내린 그녀는 복도를 따라 저벅저벅 걸어갔다. 정림이 간호사 데스크 앞을 지날 때였다. 그녀를 발견한 유지가 자리에서 일어났다.

집으로 가는 길

"정정림."

정림은 돌아보지 않고 복도 끝 병실 문을 열고 안으로 들어갔다. 창가 쪽 침대에 누워있어야 할 서원의 모습이 보이지 않았다.

"정정림. 그동안 어디 갔었어?"

유지가 뒤따라 들어왔다.

"한서원 환자 어디 가셨어?"

유지가 어리둥절한 눈으로 대답했다.

"니가 그분을 왜 찾아? 무슨 일인데?"

그녀는 다시 물었다.

"어디 가셨냐고?"

"퇴원하셨어."

정림은 병실을 빠져나왔다.

"야, 너 왜 그래? 그동안 어디 갔었던 거야? 얼마나 찾았는지 알아?"

유지의 재잘거림은 한 귀로 들어와 한 귀로 빠져나갔다.

정림은 간호사 데스크로 걸어가 컴퓨터 앞에 앉았다. 모니터에는 병원 전산 시스템 프로그램이 열려있었다. 그녀는 환자명에 '한서원'이라고 입력했다. 같은 이름의 환자가 줄지어 나왔다. 그중 1910년생 한서원을 클릭했다. 1910년생 한서원은 이틀 전에 퇴원했다고 기록되어 있었다. 정림은 화면에 나타난 서원의 주소를 메모 앱에 입력했다.

유지는 그녀 대신 주위를 살피며 말했다.

"야, 정정림. 너 뭐해? 개인정보야. 너 그러다 큰일 나."

정림은 유지의 말을 무시한 채 자리에서 일어났다.

"너, 무슨 일 없는 거지? 대체 왜 그러는데? 그동안 어딜 갔었던 거야?"

고개를 돌려 유지를 바라봤다. 유지의 걱정 어린 말은 진심이었다.

정림은 유지의 어깨를 가볍게 두드린 뒤 병원을 나왔다. 병원 앞에 줄지은 택시에 올라탄 그녀는 뒤를 돌아봤다. 택시 뒷유리창 너머로 아침부터 그녀를 미행하고 있는 건장한 체격의 남자 두 명이 보였다.

택시는 어느 낯선 골목 입구에서 멈췄다. 택시기사는 더는 차로 올라갈 수 없다고 했다. 정림은 지도 앱을 켜고 주소를 검색했다. 서원의 집은 택시에서 내리고도 오르막길을 한참 올라야 했다. 지도가 가리키는 목적지를 따라 오르막을 오르고 다시 좁은 골목으로 걸어간 뒤, 또다시 계단을 내려가기를 반복했다.

택시에 내려서 10분을 더 걸어서야 서원의 집에 도착했다.

정림은 녹색 칠이 벗겨져 녹슬고 낡은 문을 두드렸다.

"계세요."

몇 번 더 두드리자, 안에서 한 노인이 문을 열고 나왔다. 서원이었다.

"안녕하세요."

서원은 그녀를 단번에 알아봤다.

"간호사 선생이구료. 그런데 여긴 어쩐 일이오?"

서원은 안으로 들어오라고 손짓했다.

정림은 머뭇거리다 안으로 들어갔다. 집 안에 들어서자마자 퀴퀴한 냄새가 코끝을 파고들었다. 신발을 벗자마자 마주한 단칸방은 천장이 머리에 닿을락 말락 했다. 서원은 어정쩡한 모습으로 서 있는 그녀를 보며 앉으라 손짓했다.

정림은 서원을 따라 차가운 바닥에 앉았다. 천장과 맞닿은 작은 창문으로 햇살이 새어 들어왔다. 햇살과 맞닿은 맞은편 벽에는 붓글씨로 쓴 사자성어 액자가 걸려있었다.

집으로 가는 길

共命之鳥(공명지조)

서원의 집과는 어울리지 않는, 고급스러운 액자였다.

"퇴원하셨더라고요."

그녀는 창밖으로 보이는 사람들의 발로 시선을 옮기며 말했다.

서원은 고개를 끄덕이며 물었다.

"한동안 선생이 보이지 않던데, 어디 다녀왔었소?"

정림은 필립의 취재 파일에서 꺼내온 사진을 건네며 말했다.

"이 사진을 전해주러 왔어요."

사진을 건네받은 서원의 눈동자가 흔들렸다.

"이 사진을 왜 선생이 들고 있소?"

그녀는 대답 대신 물었다.

"혹시 박판수라고 아시나요?"

"모르오."

서원은 단호하게 대답했다.

"선생님께서 가지고 있던 이 사진을 박판수라는 사람이 일본총영사관에 넘겼어요. 그 때문에 독립운동가들의 목숨이 위태해졌고요."

서원의 미간이 일그러졌다.

"글쎄 난 모르오."

서원은 차갑게 식은 얼굴로 손사래를 쳤다.

"선생님께서 그 사진을 준 기자가 실종됐어요."

"실종이라니, 대체 무슨 일이오?"

서원의 얼굴이 흙빛으로 변했다.

"선생님, 혹시 아시는 게 있나요?"

서원의 눈동자가 컴컴한 방 안을 휘저었다.

"사실 기자 양반이 병실 문을 열고 들어오는데 깜짝 놀랐소. 상해에서 봤던 동지와 너무 닮아서. 게다가 이름까지 똑같았소."

정림은 흠칫 놀랐다.

"그분이 누군가요?"

"오필립이라고."

서원은 사진 속 누군가를 손가락으로 짚었다. 정림은 사진을 들어 서원이 가리킨 곳을 보았다. 그곳엔 필립과 정림을 쏙 빼닮은 두 남녀가 있었다. 정림은 마른침을 꿀꺽 삼켰다.

"90년 전 나에게 총을 쏜 동지가 들어오는 줄 알았지 뭐요."

"총이요?"

서원은 웃옷을 들쳐 오른쪽 가슴에 남은 흔적을 손가락으로 가리켰다. 그녀의 총에 맞은 흉터였다. 손에서 땀이 배어 나왔다.

"그분은 왜 선생님께 총을 쏜 거죠?"

"그 당시 독립운동가에게 일본 경찰만큼이나 두려운 존재가 있었소. 바로 밀정이오."

정림은 숨죽여 서원의 얘기를 들었다.

"누구의 얘기를 믿어야 할지 제 옆 사람조차 믿을 수 없는 때였소."

그녀는 자기도 모르게 고개를 끄덕였다.

"지금에 와서 생각해보니 나를 밀정으로 오해하고 총을 쐈던 것 같소."

서원의 얼굴에 의미를 알 수 없는 그늘이 드리웠다. 정림은 서원의 눈치를 살피며 조심스레 물었다.

"그렇군요. 그분은 그 후에 어떻게 되었나요?"

"홍커우 의거가 있던 날, 일본 경찰에 끌려갔다고 들었소."

숨이 턱하고 막혔다. 일본 경찰에게 끌려갔으면 적어도 무사하진 않다는 얘기였다.

"그 후에는 어떻게 되었는지, 소식 못 들었나요?."

서원은 고개를 가로저었다.

"그 이후 소식은 나도 모르오. 허나, 일왕을 암살 시도한 죄로 사형을 받았으니 죽지 않았겠소?"

정림은 서원을 만나고 돌아가는 길에 경찰서에 들렀다. 경찰서 안으로 들어서자, 그녀를 기다리고 있던 형사가 손을 들었다. 며칠 전부터 그녀를 미행하던, 바로 그 남자였다. 집으로 돌아오기만 하면 모든 게 제자리를 찾을 줄 알았다. 그녀를 기다리고 있는 게 평온한 일상이 아닌 형사라곤 미처 생각지도 못했다.

정림은 형사 앞에 마주 앉았다. 어깨가 다부진 형사는 게슴츠레 뜬 눈으로 그녀를 쳐다봤다.

"본명이 정정림 씨 맞나요?"

"네."

그녀는 짧게 대답했다.

"801호에 사는 오필립 씨가 실종됐어요. 혹시 아는 거 있나요?"

정림은 입술을 달싹거리다 고개를 저었다. 사실대로 말한다고 한들 형사가 믿어줄 리 없었다.

"실종 당일인 3월 1일 필립 씨는 아침에 집을 나가서 정림 씨가 일하는 병원 7병동에 입원해 있는 환자를 취재하고 4시에 집으로 돌아왔어요. 정림 씨는 4시에 근무를 마치고 5시에 집으로 돌아왔고요. 그런데, 이상한 건 두 사람 다 이후에 밖으로 나간 흔적이 없어요."

형사는 모니터에 시선을 떼지 않고 조사한 내용을 읊었다.

"그런데 실종됐단 말이죠. 조사해본 결과 두 사람이 사는 빌라는 외부와 연결된 통로가 두 곳뿐이더라고요. 1층 현관출입문과 옥상 출입문. 주차장은 1층 현관출입문을 지나야만 갈 수 있고."

정림은 눈동자를 굴려 주위를 둘러봤다. 그녀를 힐끔거리던 눈동자들과 눈이 마주쳤다.

"CCTV는 1층 현관 입구, 1층 비상계단 출입구 앞, 엘리베이터 안, 옥상으로 나가는 출입문 앞. 이렇게 총 네 군데에 설치되어 있어요."

형사는 그녀가 듣든 말든 아랑곳하지 않고 기계처럼 말했다.

"필립 씨가 마지막으로 찍힌 곳은 1층 현관 입구 CCTV를 지나 엘리베이터 안 CCTV예요. 본인 집이 있는 8층에 내리는 것까지 찍혔어요. 그런데 문제는 그 이후에 CCTV에 찍힌 게 없어요. 결론은 빌라 안에서 실종됐단 얘기죠."

경찰의 조사는 틀리지 않았다. 틀린 건, 상식을 벗어난 시간 이동일뿐이었다.

"CCTV 사각지대는 비상계단뿐인데, 비상계단으로 1층으로 나가든 옥상으로 나가든 CCTV에 찍힐 수밖에 없어요. 그 얘긴, 비상계단을 이용해서 다른 층, 다른 세대로는 갈 수 있다는 얘기예요. CCTV에 찍히지 않고."

모니터를 응시하던 형사가 눈을 치켜뜨고 그녀를 봤다.

"그래서 빌라 안에 모든 세대를 수색하고 빌라를 오간 사람들 참고인 조사까지 끝마쳤지만, 현재까지도 오필립 씨를 찾지 못하고 있어요."

필립과 정림이 사는 빌라는 8층짜리였다. 각층 마다 두 집뿐이어서 총 열여섯 세대가 살고 있었기에 각 세대를 탐문 하는 건 그리 어렵지 않았을 것이다.

"마지막으로 정정림 씨 댁에 찾아갔는데 안 계시더군요. 때마침 정정림 씨도 실종 신고되어있었고요. 같은 빌라에 사는 두 사람이 실종신고가 된 게 우연이 아니라면 분명히 이상한 사건이죠. 게다가 같은 날, 같은 방법으로 실종됐다는 건요."

형사가 소설을 쓰는 동안, 정림은 딴생각에 빠졌다. 빌라와 연관이 있었던 걸까. 그렇다면 왜 하필 열여섯 세대 중 필립과 나였을까. 형사는 계속해서 이야기를 이어나갔다.

"중요한 건 두 사람이 같은 날, 같은 방법으로 실종됐다가 정림 씨만 나타났다는 거예요."

형사는 잠시 말을 멈추고 그녀의 표정을 살폈다.

"필립 씨와는 실종되기 전부터 알고 지낸 사이였나요?"

"일주일 전에는 모르던 사이였어요. 물론, 지금은 아니지만."

"모르는 사이였던 두 남녀가 같이 도망갔다? 아니, 실종됐다?"

형사는 눈을 치켜뜨며 그녀의 눈을 보았다. 정림은 형사의 눈을 피했다.

"뭐. 좋아요. 그래요. 그래서 일주일 동안 어디 다녀오셨어요?"

"…상해요."

형사들의 빈정거리는 웃음소리가 비수가 되어 날아왔다.

"이봐요. 정림 씨. 우리가 출입국기록도 확인 안 해봤겠어요?"

정림은 입술을 질끈 깨물었다.

"뭐. 알겠어요. 출입국기록도 남기지 않고, 상해에 가셨는데. 상해는 왜 가신 거죠?"

정림은 입을 꾹 다물었다. '저도 몰라요. 정신을 차려보니 상해였어요'라고 했다간, 또다시 웃음거리가 될 게 뻔했다.

"상해 방문목적은 대답을 못 한다. 음. 그런데 왜 정림 씨만 돌아온 거죠?"

형사는 키보드를 두드리면서 계속해서 그녀의 표정을 살폈다.

"왜 저만 돌아온 건진 저도 몰라요. 저도 필립 씨와 함께 돌아오고 싶었으니까요."

그녀의 얘기를 받아쓰던 형사가 코웃음을 쳤다.

"어제 오필립 씨 집에 가셨죠. 거긴 왜 갔어요?"

"뭘 좀 찾으려고요."

형사는 고개를 끄덕이며 되물었다.

"뭘요?"

"필립 씨를⋯ 구할⋯."

정림은 대답을 얼버무렸다.

"구하다니요? 필립 씨가 뭘 구해달라 했나요?"

정림은 고개를 저었다.

"그러면요?"

"그를 구할 방법을 찾으러."

정림은 눈동자를 이리저리 굴리며 작은 목소리로 대답했다.

"구하다니요? 필립씨 지금 어디 있는데요?"

정림은 형사의 반응을 살피며 대답했다.

"아마도. 상해요?"

"이봐요. 정림 씨. 아까부터 자꾸 상해 상해 하는데 청춘남녀가 홍콩에 갔는지, 상해에 갔는지 그건 모르겠고, 조사한 바로는 두 사람 출입국기록이 없어요. 계속 한국에 있었다고요. 심지어 국내선 비행기나 기차를 탄 적도 없어요. 적어도 수도권 내에 있었다는 얘긴데. 더 정확하게는 빌라를 나간 흔적조차도 없어요. 그 얘기는 두 사람이 무슨 타임머신이나 순간이동하는 초능력을 쓰지 않는 이상 빌라 건물 안에 있어야 해요. 정림 씨도 빌라 안에서 다시 나타났고요."

정림은 좀 더 적극적으로 고개를 끄덕였다. 형사의 이번 소설은 꽤 그럴싸했다.

"아니면 뭐 두 사람이 홍콩, 아니, 거 뭐시기냐 상해에 가려고 밀항이라도 한 거예요?"

형사는 그녀의 표정과 행동 하나하나를 놓치지 않았다.

"자. 솔직하게 말해봐요. 필립 씨 지금 어디 있어요?"

정림은 대답하지 못했다. '필립이 직접 간 게 아니라 누군가에게 끌려갔다. 독립운동을 하고 있다'라고 말하면 정신병원에 끌려갈 분위기였다.

계속되는 묵비권에 몸을 숙인 형사는 눈을 가늘게 뜨고 물었다.

"필립 씨, 지금 살아있는 거죠?"

등골이 오싹해졌다. 뭔가 잘못됐다는 예감이 들었다. 앞에 앉은 형사가 그녀 뒤에 서 있는 형사에게 눈짓을 보냈다. '오필립 실종사건'이 '오필립 살인사건'으로 바뀌고 있었다. '참고인 조사'라 말했지만, 실은 살인사건 용의자로 그녀가 지목된 것이다. 필립을 제일 찾고 싶은 사람은 형사가 아닌 그녀였다. 형사가 필립을 찾아줄 수만 있다면 누구보다 적극적으로 조사에 협조할 것이다.

"언제 끝나죠?"

앞에 앉은 형사가 뒤에 서 있는 형사와 눈빛을 주고받았다.

"오늘은 그만 돌아가시고, 다시 한 번 나와주셔야겠습니다."

정림은 일어나 경찰서를 나왔다.

'당신들은 필립을 찾을 수 없어요.'

**

첫 번째 공판을 앞두고 누군가가 찾아왔다. 찾아올 사람이 없는 필립은 별 기대 없이 면회실로 갔다. 창살 너머에는 일면식도 없는 남자가 앉아있었다.

"누구시죠?"

"후지타 카즈마 입니다. 당신의 변호를 맡고 싶습니다."

일본인 변호사였다. 카즈마는 한국말로 또박또박 말했다.

"저는 일본의 도움 따윈 필요없어요."

카즈마는 빙긋 웃으며 말했다.

"일본은 당신을 돕지 않아요. 일본 재판부는 당신에게 사형선고를 내릴 겁니다."

그도 따라 웃었다. 사형선고가 내려질 거란 걸 알면서, 왜 변호를 하겠다고 나섰단 말인가.

"당신이 도울 일은 없을 것 같습니다. 돌아가세요."

필립은 단호하게 말한 뒤, 돌아섰다.

"사형선고만은 피해야 합니다."

카즈마가 다급하게 내뱉은 말이 그를 붙잡았다. 그는 돌아서서 물었다.

"왜 이렇게까지 하는 겁니까?"

"일본에 나 같은 사람도 있어야 하지 않겠습니까?"

필립은 카즈마의 눈에서 아리요시 경찰서장의 눈을 보았다. 그는 잠시 뜸을 들이다 이마를 긁적이며 말했다.

"누굴 좀 만나고 싶습니다. 가능할까요?"

첫 번째 비공개 재판에서 필립은 사형선고를 받았다. 예상했던 일이라

변호사 카즈마를 원망하지 않았다. 그 대신 카즈마는 큰 선물을 가지고 찾아왔다.

"조금 늦었습니다. 공판 전에 모셔 왔어야 했는데."

"고생하셨습니다."

"말씀대로 문라이트 댄스홀에 가니 알베르토가 있더군요."

알베르토가 문을 열고 들어왔다. 필립은 카즈마에게 목인사를 건넨 뒤 알베르토에게 시선을 돌렸다. 알베르토는 그의 모습에 적잖이 놀란 얼굴이었다.

"필립. 이게 무슨 일이야? 무슨 일이 있었던 거야?"

필립은 멋쩍게 웃으며 별일 아니라는 듯 허공에 손을 내저었다. 알베르토의 눈동자가 그의 손을 따라왔다.

"손, 손이⋯."

알베르토는 손톱이 남아있지 않는 그의 손을 보고 얼굴이 하얗게 질려버렸다.

"이런 것쯤은 별일 아니야"로 운을 띄운 그는, 상해에서 일본 경찰에게 붙잡힌 뒤 지금까지의 일들을 능청스럽게 늘어놓았다.

"말도 안 돼. 어떻게 그럴 수 있어."

알베르토는 믿기 힘들다는 듯 고개를 내저었다. 필립은 조금 전까지의 여유로운 미소를 거두며 말했다.

"그래서 말인데, 알베르토. 네가 나를 좀 도와줘야겠어."

알베르토는 고개를 까딱이며 대답했다.

"좋아. 그때 기사를 쓰지 않아서 계속 마음의 짐이었어. 네 말대로 난 기자답지 못했어. 빚을 갚게 해줘서 고마워."

필립은 옅은 미소를 지었다. 이번에는 부탁을 거절하지 못할 거란 예상이 맞아떨어졌다.

"놈들이 끔찍한 일을 계획하고 있어. 만주를 점령한 관동군이 하얼빈에 '관동군 방역급수부'를 설립했어."

"그게 뭐야?"

알베르토가 눈을 휘둥그레 뜨고서 물었다.

"그곳에서 놈들은 세계 각국의 눈을 피해 세균전을 준비하고 있어. 세계 전쟁을 일으키려고 말이야. 전쟁에서 쓸 화학무기 개발을 위해 실험하는 것뿐만 아니라 입에 담을 수 없이 끔찍한 생체실험까지 할 거야."

"그게 사실이야? 말도 안 돼. 어떻게 그럴 수 있어?"

알베르토의 벌어진 입은 다물 줄 몰랐다.

"물론, 지금은 설립단계에 불과해. 지금 놈들을 막지 않으면 중국인과 한국인, 그리고 그 외 아시아인들이 생체실험에 희생될 거야. 놈들의 끔찍한 만행을 막아야 해."

"필립. 난 널 믿어. 지난번 네 말도 맞았어."

필립은 알베르토의 입에서 기사를 써주겠다는 확답이 나올 때까지 얌전히 기다렸다.

"그렇지만, 네 말이 사실이 아니라면 그땐 날 가만두지 않을 거야."

필립은 팔짱을 끼고 몸을 뒤로 젖히며 말했다.

"믿지 않아도 좋아. 하지만 이번에도 정말 사실이야. 확인해봐도 좋아."

"좋아. 하얼빈으로 건너가 취재해보고, 그게 정말 사실이라면 기사를 쓸게."

알베르토는 얼빠진 얼굴로 의자에서 일어났다. 그는 뒤돌아서 나가는 알베르토의 뒷모습을 보며 머지않아 닥칠 독일의 만행을 떠올렸다. 알베르토는 알까. 자신의 나라 역시 일본과 다를 바 없이 같은 길을 걸을 거라는 걸.

집으로 가는 길

＊＊

참고인 조사를 마치고 돌아온 정림은 다음날 곧장 공항으로 갔다. 공항은 여전히 여행객들로 가득했다. 그녀는 가방에서 여권을 꺼내었다. 여권에는 '대한민국'이라 적혀있었다. 그녀는 한참 동안 여권을 바라봤다. 왠지 모르게 마음 한구석이 뭉클해졌다. 항공기탑승권에는 '인천-상해 10:50-11:55'라 적혀있었다. 인천에서 두 시간이면 갈 수 있는 곳. 상해. 그녀는 울컥 올라온 감정을 억누르려 깊은숨을 내쉬었다. 감상에 젖어있을 여유가 없었다.

정림은 출국심사를 마치고 게이트로 걸어갔다. 많은 사람이 상해행 비행기에 탑승했다. 잠시 뒤, 그녀를 태운 비행기가 하늘로 날아올랐다. 창밖을 내려다봤다. 고층빌딩이 점점 작아졌다. 서울이, 대한민국이 점점 작아졌다. 햇빛에 숨은 달이 손끝에 닿을 것만 같았다.

두 시간 후, 정림은 상하이 푸동공항에 도착했다. 상하이는 국제도시답게 여전히 각국 사람들로 붐볐다. 그녀는 인파를 뚫고 나와 마그레브를 타고 몇 번의 환승 끝에 회해중로역에서 내렸다.

그녀가 제일 먼저 찾아간 곳은 사진관이었다. 상하이에 가면 해원을 만날 수 있지 않을까, 해원에게서 필립의 소식을 들을 수 있지 않을까 지푸라기라도 잡는 심정으로 상하이에 왔다. 필립을 데려올 방법을 알아내는 게 상하이로 날아온 목적이자 그녀의 마지막 임무였다.

사진관은 폐업한 곳처럼 텅 비어있었다. 그녀는 소파에 앉아 누구라도 나오기를 기다렸다. 시계 초침 소리가 적막을 깨고 째깍째깍 들려왔다. 그녀의 심장도 시계 초침에 맞춰 뛰어댔다. 기나긴 기다림 끝에 등 뒤에서 기척이 들렸다. 등을 돌려 뒤를 돌아보자, 한 남자가 걸어 나오고 있었다. 남잔 다름 아닌 해원이었다.

"오셨군요. 기다리고 있었습니다."

"당신."

온몸에서 소름이 돋아났다. 입이 다물어지지 않았다. 너무 놀란 나머지 어떤 말도 할 수 없었다. 1932년 해원과 똑 닮은, 전혀 늙지 않은 모습이었다.

"무사히 시간여행을 끝내고 돌아오셨군요. 여행은 즐거우셨나요?"

해원은 반가운 얼굴로 맞은편에 앉았다. 해원의 미소는 여전히 기분 나빴다.

"그게 무슨 말이에요. 즐거웠다뇨."

정림은 목소리도, 손도 파르르 떨렸다.

"필립이 돌아오지 않았어요. 아직 그곳에 있다고요."

"저런. 안타깝네요."

해원의 무미건조한 말투가 그녀의 심기를 건드렸다.

"대체 우리에게 무슨 일을 저지른 거야! 대체 왜 그런 거야!"

그녀의 카랑카랑한 목소리가 사진관에 메아리쳤다.

"무슨 일을 저지르다뇨. 전 그저 시간여행을 떠날지 물었을 뿐이고, 선택은 당신들이 했습니다."

그녀는 입술을 질끈 깨물었다.

"그럼 왜 하필 우리 두 사람이야?"

"그건 저의 선택이 아닙니다. 당신들이 저의 사진관을 찾아왔으니까요."

정림은 한 손으로 이마를 짚었다. 관자놀이에서 맥이 팔딱팔딱 뛰었다.

"좋아요. 필립이 어떻게 하면 돌아올 수 있는지 알려줘요. 거기는…."

목이 메었다. 필립만 생각하면 나오는 현상이었다. 눈에 보이지 않으니

집으로 가는 길

더 애가 닳았다. 그녀는 목소리를 가다듬으며 말을 이었다.

"거기는. 너무 위험해요."

정림은 머릿속으로 시간을 계산했다. 오늘이 3월 13일이니 필립이 있는 곳은 어느덧 1932년 9월이었다. 그녀가 집으로 돌아온 사이 필립은 그곳에서 5개월이란 시간을 더 보내고 있었다. 지금쯤 그는 어떻게 됐을까.

"제가 돌아온 이후에 그 사람 어떻게 됐어요? 그를 만났나요?"

"한 번, 봤습니다."

"잘 있나요? 잘 지내고 있는 거죠?"

해원은 대답 대신 다른 얘길 들려줬다.

"두 분이 시간여행을 떠나기 전 상하이 여행에서 찍은 사진이 있을 겁니다. 그 사진에 돌아오는 날짜를 적어뒀습니다."

심장이 곤두박질쳤다. 사진. 필립이 사진에서 발견한 건, 다름 아닌 날짜였다.

"그가 돌아올 수 있단 얘긴가요?"

해원의 얼굴에 옅은 미소가 스쳤다. 미소에 담긴 의미를 읽을 수 없지만, 왠지 불길했다.

"제가 왜 사진을 찍는 줄 아십니까?"

정림은 잠자코 다음 얘기를 기다렸다.

"일본은 역사의 산증인이자 피해자들이 대한민국 땅에서 사라지길 기다리고 있습니다. 그들만 없다면 자신들의 만행이 이 지구상에서 영원히 숨어버릴 거라 믿는 거지요."

해원의 목소리가 떨리고 있었다.

"시간이 지난다고, 그 시대를 살았던 증인들이 눈을 감는다고 그들의 만행이 없던 일이 됩니까? 누군가는 기억해야 하지 않습니까?! 누군가는!!"

해원이 소리쳤다. 해원의 얼굴이 벌겋게 달아올랐다. 처음 본 모습이었다. 해원은 흥분을 애써 꾹꾹 누르며 말을 이었다.

"사람의 기억은 시간이 지날수록 사라지기도 하고 때론 왜곡되기도 하죠. 사진만은 진실을 말합니다. 그러니 사진을 찍어 증거를 남겨야 하고요. 계속해서 알려야 합니다. 사람들이 기억할 수 있도록 말이죠."

정림은 혼란스러웠다. 도대체 어떤 모습이 해원의 진짜 모습인 걸까.

"당신, 정체가 뭐야. 선생님을 죽이려 했잖아. 선생님께는 왜 그런 거야. 역사를 거스르고 과거를 바꿔서 당신이 얻으려는 게 뭐야."

"역사를 거스르다니요. 역사는 끊임없이 반복되고 있습니다."

해원은 검지 두 번째 마디로 안경을 끌어 올리며 말했다.

"대한민국의 미래가 어떻게 바뀔지는 아무도 모릅니다. 그렇지만 한 나라의 미래가 한 사람의 업적만으로 좌지우지할 수 있는 것도 아닙니다. 선생님은 미래를 내다본 사람처럼 남북 통합정부를 수립하려 하셨죠. 선생님의 선구안은 존경스러울 따름입니다."

해원은 깊은숨을 내뱉으며 말을 이어나갔다.

"선생님을 처단하라는 임무는 유감입니다만, 그때의 저는 1932년을 사는 사람이었습니다. 그분의 정책이 옳은지 그른지는 동시대를 살아가는 사람은 알 수가 없습니다. 역사적 인물의 평가는 후대에서 가능한 거니까요."

정림은 두 손에 얼굴을 묻었다. 시간을 되돌릴 수는 없었다. 필립과 함께 돌아오지 못한 건, 다른 누구도 아닌 그녀의 책임이었다. 변명의 여지가 없었다. 동규에게 총을 뺏기지 않았더라면, 시간 여행자의 얘기를 숨기지 않고 필립에게 했더라면 함께 돌아올 수 있었을지도 모른다. 아무도 믿지 마라. 결국, 끝까지 필립을 믿지 못했던, 시간 여행자의 말을 믿지 못했던 그녀의 잘못이었다.

　　　　　　　　　　　　　　　집으로 가는 길

사진관을 나온 정림은 필립과 마지막을 함께한 곳, 이클립스 호텔로 갔다. 혹시나 필립의 흔적이 남아있지는 않을까. 정림은 프런트로 걸어갔다. 다행히도 808호는 비어있었다. 카드키를 받아든 정림은 8층으로 올라가 붉은 카펫이 깔린 복도를 지나 808호 앞에 섰다. 문을 열면 침대에 걸터앉은 필립이 '왜 이제야 왔어요?' 하고 말할 것만 같았다. 떨리는 마음으로 문을 열고 들어갔지만, 필립은 없었다.

한국으로 돌아온 지 일주일이 지난 어느 날, 정림은 문을 두드리는 소리에 잠에서 깼다.

"누구세요?"

그녀는 검지로 눈곱을 떼어내며 문을 열었다. 문밖에는 낯익은 남자 세 명이 서 있었다. 지난번 경찰서에서 만난 형사들이었다.

"아침부터 무슨 일이시죠?"

정림은 심상치 않은 일이 일어났음을 직감했다. 그때, 어깨가 다부진 형사가 우렁찬 목소리로 말했다.

"정정림 당신을 오필립 살해사건 용의자로 긴급체포합니다."

쿵 하고 머리 위로 돌덩어리가 떨어졌다.

"네? 제가. 누굴…."

계속된 형사의 미행을 몰랐던 건 아니다. 알고는 있었지만, 경찰의 의심을 살 만한 일이 전혀 없었기에 정말 체포되리라곤 미처 생각하지 못했다.

"누가 죽었다는 거예요? 필립 씨는 죽지 않았어요."

정림이 소리쳤다.

"죽지 않았다면, 필립 씨는 지금 어디에 있죠?"

**

최종공판을 이틀 앞두고 형무소가 술렁이기 시작했다. 필립이 무슨 일인 가 궁금해하던 그때, 카즈마가 찾아왔다.

"지난번에 알베르토에게 부탁한 일 말이죠."

그는 침을 꿀꺽 넘겼다.

"여기."

카즈마가 신문을 내밀었다. 신문을 받아든 그의 입가에 미소가 번졌다. 그는 알베르토가 쓴 기사를 단번에 찾아냈다. 알베르토는 그가 부탁한 대 로 하얼빈에 주둔한 '이시이부대'를 세상에 알리는 기사를 썼다. 정림이 떠 나기 전날 밤에 검색했던 바로는 1932년은 아직 2차 세계대전이 발발하기 전이라 일본의 만행이 활개 치기 전이었다. 그래도 놈들이 끔찍한 일을 계 획하고 있을 때 놈들의 만행을 세상에 알린다면, 저지할 수 있을 거로 생각 했다.

"알베르토가 약속을 지켜줬네요."

눈가가 뜨거워졌다.

"이것도 있어요."

카즈마가 또 다른 신문을 내밀었다. 알베르토가 쓴 또 다른 기사였다.

일본 제국주의에 대항한 한국인 오필립, 비공개로 진행된 첫 공판서 사 형선고, 재판 결과의 객관성 의문

목이 메었다. 필립은 젖먹던 힘을 다해 눈물을 참아냈다. 카즈마는 알베 르토 덕분에 한 번뿐이었을 재판이 한 번 더 열리게 됐다는 좋은 소식도 함 께 전해줬다.

집으로 가는 길

1932년 9월의 마지막 날, 필립은 최종공판을 위해 법정에 섰다. 법정에는 재판을 보기 위해 많은 사람이 몰려들었다. 특히 국내 기자와 알베르토를 포함한 외신기자가 대부분이었다. 알베르토의 기사가 나가고 그의 재판 결과에 세계 이목이 쏠렸다. 부담을 느낀 일본 법정은 재판을 공개하기로 했다. 그는 뒤로 돌아보며 알베르토에게 고맙다고 인사했다.

잠시 뒤, 웅성거리는 소리와 함께 검사를 비롯해 재판관이 재판정 안으로 들어왔다. 검사는 그가 일왕에게 폭탄을 던진 사실에 대해 나열하며 기소이유를 발표했다. 그는 시종일관 당당한 얼굴로 재판관의 눈을 뚫어지게 쳐다봤다.

"피고인 오필립은 천황을 죽이려 한 이유가 무엇인가? 혹시 누가 시켰나?"

필립은 자리에서 일어나 당당하게 말했다.

"대한민국 국민의 한 사람으로서, 제 마음이 시켜서 한 일입니다. 조선의 국모를 끔찍하게 시해하고 불법적인 방법으로 대한민국 국권을 빼앗은 당신들이, 신이라고 부르는 자의 불의에 항거했을 뿐입니다. 이 일은 정당방위로 저는 죄가 없습니다. 그런데도 저를 처벌하는 건 당신들 법정이 신성하지 못함을 전 세계에 알리는 일이자 판결의 신뢰를 잃는 일입니다."

재판정은 일순간 조용해졌다. 등 뒤에선 날 선 일본어가 여기저기서 튀어나왔다. 재판관과 검사는 당혹스러운 얼굴로 알베르토와 외신기자들의 눈치를 살폈다. 한바탕 소란이 사그라들자, 재판관이 그에게 시선을 돌리며 물었다.

"마지막으로 할 말 있는가?"

"거짓은 진실을 이길 수 없습니다. 당신들이 저지른 역사의 진실은 숨길 수 없을 것이며, 진실은 반드시 밝혀질 겁니다."

재판관이 헛기침하며 재판정을 둘러봤다. 외신기자들의 눈이 재판관에게 집중됐다. 여세를 몰아 그는 큰소리로 외쳤다.

"저에게 형을 내리려거든 저를 경성으로 보내주십시오. 내 나라 내 땅에서 죽을지언정 결코 당신들 땅에선 죽지 않을 겁니다."

재판정이 또다시 술렁였다. 여기저기서 각국의 언어가 뒤섞여 나왔다. 얼굴이 붉게 물든 재판관은 목소리를 가다듬으며 재판봉을 두드렸다.

"형법 제73조 대역죄 및 폭발물 취급을 위반한 피고 오필립에게 무기징역을 선고한다."

사형선고를 뒤엎고 무기징역이 내려졌다. 이례적인 일이었다. 재판관은 뒤도 돌아보지 않고 서둘러 재판정을 나갔다.

그날 오후 필립의 재판 결과가 세계로 퍼져나갔다.

**

경찰서 앞마당이 카메라를 든 사람들로 가득 찼다. 차에서 내린 정림은 어리둥절한 얼굴로 멀뚱멀뚱 섰다. 마중 나온 형사는 아무 일도 없다는 듯 턱으로 입구를 가리켰다. 세 명의 형사가 그녀를 둘러쌌다. 정림은 쭈뼛거리며 형사를 따라갔다. 계단을 올라 경찰서 현관으로 걸어가자 등 뒤에서 기자들의 질문세례와 함께 카메라 플래시가 터졌다. 정림은 고개를 숙인 채 몸을 움츠렸다.

경찰서 안 공기는 며칠 전과는 사뭇 달랐다. 무겁게 가라앉은 공기가 그녀를 범인으로 지목하고 있었다. 형사는 그녀의 핸드폰을 가져갔고, 그녀의 집도 샅샅이 수색할 거라고 했다.

'침착해. 곧 무혐의로 풀려날 거야.'

필립을 죽였다는 증거가 없으니 그녀를 경찰서에 가둬둘 이유가 없다.

집으로 가는 길

필립은 죽지 않았고, 집과 핸드폰을 압수수색 해도 증거가 될 만한 단서를 찾아내지 못할 것이다. 결과를 가지고 돌아올 형사를 기다리는 시간이 상해에서의 시간보다 길게만 느껴졌다.

한나절이 지난 뒤에야 기다리던 형사가 조사실로 들어왔다. 형사는 그녀를 보며 미소를 지었다. 정림은 눈을 치켜뜬 채 형사의 움직임에 시선을 고정했다. 형사는 맞은편에 놓인 철제의자를 당겨 앉아 나긋한 목소리로 물었다.

"정정림 씨. 지금 오필립 씨는 어디 있죠?"

"저도 몰라요."

형사는 한쪽 입꼬리를 올리며 물었다.

"죽였죠?"

순간 머릿속이 하얘졌다. 무슨 말을 어떻게 해야 할지, 아무 생각도 나지 않았다.

"솔직하게 말해봐요. 죽였죠? 죽여서 어떻게 했어요?"

정림은 고개를 저었다.

"필립 씨 실종 추정시간에서 정림 씨가 돌아왔던 날까지 정림 씨가 연락한 사람은 필립 씨밖에 없었어요."

형사의 말이 맞았다.

"두 사람이 실종인지 자발적 가출인지 몰라도 함께 사라졌고, 사라진 일주일 동안 두 사람이 함께 있었든, 있지 않았든 간에 두 사람은 긴밀한 연락을 주고받을 만큼 뭔가 함께해야 하는 상황에 놓였다가, 어떤 이유 때문인지 몰라도 정림 씨 혼자만 돌아올 수 있는 상황이 됐단 거죠."

형사의 추리는 정확했다.

"그러면 왜 필립 씨는 돌아올 수 없었던 걸까. 바로, 정림 씨 스마트폰 속에서 중요한 걸 찾아냈어요."

형사는 책상을 손으로 가볍게 내리치며 말했다.

"과연 그게 뭘까. 필립 씨가 왜 돌아올 수 없었을까 하는 의문을 추정할 만한 중요한 기록이 정림 씨 스마트폰에 있더라고요."

정림은 형사가 찾아냈다는 스마트폰 속 흔적을 찾으려 머릿속을 헤집었다. 형사는 비밀이야기를 하듯 몸을 숙여 작은 목소리로 속삭였다.

"칼로 급소를 찌르는 방법은 왜 검색하셨죠?"

"아, 그건."

그녀는 말을 잇지 못했다. 딱히 둘러댈 말이 떠오르지 않았다.

"그뿐만 아니라 정림 씨 가방 안에 프로포폴과 펜타닐이 있었어요. 프로포폴과 펜타닐은 어디에 사용하신 거죠? 간호사니 잘 아시잖아요. 두 가지 약품은 향정신성의약품으로 전문의 처방 없이는 투약할 수 없다는 거 말에요."

그녀는 고개를 끄덕였다.

"정림 씨가 돌아왔을 때 제일 먼저 찾아간 곳이 필립 씨 집이었어요. 거긴 왜 가셨죠? 증거를 인멸하려 했던 거 아닙니까?!"

형사의 목소리가 조사실 안에 쩌렁쩌렁 울려 퍼졌다.

"이 모든 정황이 정림 씨가 필립 씨를 죽였다고 말하고 있어요. 자. 이제 말해보세요. 죽인 다음 어떻게 하셨죠?"

그녀는 풀죽은 목소리로 말했다.

"저는 그 사람을 죽이지 않았어요."

형사는 혀를 내둘렀다.

"이봐요. 정정림 씨. 직접 증거가 될 수 있는 피해자가 눈앞에 없다고 죄가 없어지는 게 아니에요. 죄를 지었으면, 떳떳하게 밝히고 사과를 하든 해

집으로 가는 길

야지."

"전 정말 죽이지 않았어요. 그 사람, 살아있을 거예요."

그녀의 목소리가 떨려왔다.

"그럼 필립 씨가 정말 살아있다면, 지금 어디 있는지 알려주시죠. 필립 씨를 마지막으로 본 곳이 어디죠?"

"그건…."

정림은 얼굴을 찌푸렸다. 필립이 쏜 총알이 날아오는 그 순간이 주마등처럼 스쳐 지나갔다. 그 장면이 떠오를 때면 총알과 함께 필립의 얼굴이 겹쳐 보였다. 아랫입술을 깨문 필립의 얼굴. 그리고 그의 눈. 한동안 필립의 눈동자가 그녀를 쫓아다녔다. 필립의 눈동자를 마주할 때면 정림은 참을 수 없는 괴로움에 시달려야 했다. 말했어야 했다. 하나도 숨기지 말고 다 말했어야 했다. 진작에 모든 걸 말했어야 했다. 그랬다면 그도 같이 돌아올 수 있었을지도 모른다. 정림은 차가운 유치장 바닥에서 눈을 떴다.

'이제 어떻게 해야 하지?'

긴급체포되어 경찰서에 온 지 이틀 후, 구속영장 실질심사가 있을 거라고 알려왔다. 정림은 호송경찰관과 함께 영장심사를 위해 법원으로 향했다. 차창밖에는 개나리꽃이 줄지어 피어있었다. 봄바람에 휘날리는 개나리꽃이 마치 그녀에게 손을 흔드는 것 같았다. 개나리꽃 옆으로는 많은 사람이 연인과, 가족과 봄을 만끽하고 있었다.

"봄이 왔어요."

그녀는 혼잣말로 중얼거렸다.

"네?"

앞에 앉은 형사가 뒤돌아봤다.

"오늘이 며칠이죠?"

그녀는 개나리꽃에 시선을 고정한 채 물었다.

"4월 1일이에요."

집으로 돌아온 지 24일이 지났다. 2021년은 24일이 지났지만, 필립이 있는 곳은 2년이 지났다. 지금쯤 필립은 어떤 하루를 보내고 있을까. 살아있을까.

정림은 개나리꽃 배웅을 받으며 법원으로 들어갔다. 법원의 무거운 공기가 어깨를 짓눌렀다. 어쩔 줄 몰라 하는 그녀에게 한 남자가 앉으라고 말했다. 정림은 시키는 대로 했다. 그다음부턴 정체를 알지 못하는 사람들이 그녀를 둘러싸고 영화 같은 이야기를 나눴다. 이를테면,

"2021년 3월 2일 밤 피의자 정정림은 층간소음을 참지 못하고 피해자 오필립의 집에 찾아가 피해자에게 프로포폴을 투약한 뒤 호신용 단검으로 피해자를 죽이고 피해자의 집 욕실에서 사체를 훼손하고 유기하였습니다. 피의자 정정림이 살해를 계획하고 피해자에게 다량의 프로포폴과 펜타닐을 투약한 점, 사체 훼손 후 증거인멸을 시도한 점, 피해자가 살아있는 것처럼 꾸미기 위해 피해자의 핸드폰으로 연락을 주고받는 등을 미뤄 증거인멸 및 도주 우려가 있는바 구속영장을 신청하는 바입니다."

정림은 구속영장을 받고 구치소에 수감됐다.

**

무기징역을 받은 뒤에도 변한 건 없었다. 끼니를 꼬박 챙겨 먹는 건 물론이고, 잠자고 밥 먹는 시간을 빼놓고는 운동에 열중했다. 필립은 희망을 놓지 않았다. 사형을 피하고 무기징역으로 시간을 벌었으니, 이젠 돌아갈 방법을 모색해야 했다. 카즈마는 재판이 끝난 후에도 잊지 않고 한 달에 한 번

씩 찾아왔다. 주로 그의 부탁을 심부름하는 정도였지만, 그는 카즈마의 도움을 톡톡히 보고 있었다. 물론, 모든 게 그의 뜻대로 되는 건 아니었다.

"부탁이 있습니다. 하비로에 있는 월광사진관을 운영하는 서해원이라는 자를 만나게 해주세요."

한 달 뒤, 카즈마는 좋지 않은 소식을 가지고 찾아왔다.

"월광사진관이 문을 닫았더군요. 서해원이란 자를 찾으러 수소문해봤지만, 찾을 수 없었어요."

알베르토는 최종공판이 끝나자 일본을 떠났고, 카즈마는 그의 제보를 상해에 있는 알베르토에게 전달했다. 알베르토는 카즈마에게 전달받은 제보를 기사로 옮겨줬다. 필립의 부탁은 한결같았다. 전 세계 이목을 집중시킬 수 있는 신문사에 일본의 만행을 알리는 내용을 기고하는 것과 국내 신문사에는 대한민국 국민에게 독립운동의 필요성을 고취하는 기사를 내보내 달라는 것이었다.

놈들이 알베르토가 쓴 기사의 배후를 찾는 데는 석 달이 걸렸다. 추운 겨울, 검사가 서늘한 한기를 몰고 그를 찾아왔다.

"기자와 접촉하는 일을 당장 멈추시오."

검사는 분을 못 이겨 온몸을 부들부들 떨었다.

"당신이 기자와 접촉하는 한, 편히 지내지 못할 것이오. 난 당신이 편한 게 싫거든. 당신이 이 안에서 고통을 받으며 죽어가는 모습을 내 두 눈으로 똑똑히 지켜볼 것이야."

"과연 내가 당신 원하는 대로 해줄까?"

필립은 검사를 보며 빙긋 웃은 뒤, 혀를 깨물었다. 형무소 안은 쑥대밭으로 변했다. 검사 옆에 서 있던 교도관이 그에게 달라붙었다. 교도관은 그의 입에 옷가지를 욱여넣은 뒤 발길질해댔다. 필립은 쉴 새 없이 쏟아지는 발길질에도 꿋꿋이 버텨냈다. 그가 쓰러지지 않자 교도관은 적잖이 당황했다. 그럴수록 교도관의 발에는 점점 힘이 들어갔지만, 자신들보다 머리 하나는 더 큰 그를 쓰러뜨리기에는 역부족이었다.

검사와 교도관이 포기하고 돌아가려는 그때, 필립은 소리쳤다.

"경성으로 보내주세요. 그렇지 않으면, 당신들의 가혹 행위가 실린 기사를 며칠 뒤에 보게 될 겁니다."

그의 입에서 선홍빛 붉은 피가 흘러내렸다. 입이 반쯤 벌어진 검사가 말없이 그를 쳐다봤다.

"내선일체라 한 건 네놈들이잖아. 그렇다면 내가 경성에 있든, 동경에 있든 뭐가 중요해."

말문이 막혀버린 검사는 머리를 좌우로 흔들며 돌아섰다.

"두고 봐. 곧 나를 경성으로 보내게 될 테니까."

필립은 멀어져가는 검사의 뒤통수에다 고래고래 소리쳤다. 검사는 콧방귀를 끼며 사라졌지만, 3개월 후 그늘이 드리워진 얼굴로 그를 다시 찾아왔다.

"당신이 자꾸 기자를 접촉하는 바람에 온 나라가 시끄럽게 되었소."

그는 미소를 지었다.

"당신 뜻대로 경성 형무소로 보내주겠소. 단, 조건이 있소. 경성으로 가게 되면, 그 누구의 접견도 힘들 것이오. 오직 혼자서 평생 독방에서 죽어갈 것이오."

필립은 고개를 끄덕였다. 평생 형무소에 있진 않을 것이다. 1945년 8월 15일 대한민국은 광복을 이룰 테니까.

며칠 뒤, 필립이 경성으로 이감될 거라는 소식을 들은 카즈마가 마지막으로 그를 찾아왔다. 그는 처음으로 카즈마의 손을 잡고 말했다.

집으로 가는 길

"마지막 부탁이 되겠네요. 상해 이클립스 호텔 808호 침대 밑에 양철통이 있을 겁니다. 양철통 안에 보자기로 싼 물건을 경성 형무소로 갖다 주세요."

카즈마는 측은한 얼굴로 그를 바라봤다.

"결국, 뜻을 이루셨군요."

"다 변호사님 덕분입니다. 그동안 감사했습니다."

필립은 내일 새벽 동경을 떠난다는 사실에 잠이 오질 않았다. 그가 잠을 이루지 못하고 이리 뒹굴 저리 뒹굴 하던 그때, 교도관이 다가와 말없이 문을 열었다.

"무슨 일이죠?"

"누가 찾아왔소."

카즈마가 벌써 물건을 찾아왔을 리는 없을 텐데. 불길한 기분이 들었다. 복도를 걸어나가는 내내 어디선가 쏟아지는 시선이 느껴졌다. 이대로 나가 쥐도 새도 없이 없애버리려는 걸까. 그는 경계를 늦추지 않고 온 신경을 곤두세웠다. 면회실 앞에 다다르자 교도관은 문을 열며 말했다.

"들어가 보시오."

방안에 누가 기다리고 있을까. 몽둥이를 든 교도관? 아니면 검을 꽂은 소총으로 무장한 군인?

그는 쭈뼛거리며 안으로 들어갔다. 방 안에는 뜻밖의 사람이 그를 기다리고 있었다.

"야키야마상. 아니, 오필립. 잘 지냈습니까?"

그를 기다리고 있는 사람은 다름 아닌 다나카였다. 필립은 걸음을 멈추고 문 앞에 멈춰 섰다.

"많이 놀란 모양입니다. 뭘 그렇게 보고만 있습니까."

다나카는 맞은 편에 놓인 의자를 손으로 가리켰다. 썩 내키지 않았지만, 그는 다나카 앞에 마주 앉았다.

"여긴 웬일이죠?"

"뭘, 그렇게 말합니까? 서운하네요. 그래도 옛정으로 멀리 동경까지 왔는데."

다나카는 큰소리로 웃었다. 그는 시선을 돌렸다. 다나카의 웃음 따윈 보고 싶지 않았다.

"용건만 말하죠. 당신하고 노닥거릴 기분은 아니니."

"가히 대단합니다. 진작 사형당한 줄 알았는데 용케 빠져나갔더군요. 게다가 내일 경성으로 간다 들었습니다."

필립은 다나카의 눈을 뚫어지게 쳐다봤다.

"그런데 이렇게 당신 뜻대로 되는 건 재미없지 않습니까."

"그래서 뭘 어쩌겠다는 거야?"

"행운아답게 너를 도와준 사람이 꽤 많더군."

다나카가 입꼬리를 올리며 말했다.

"아리요시상은 자결했어."

"그게 무슨 말이야?"

"불령선인을 풀어준 댓가지."

아리요시의 얼굴이 눈앞에 떠올랐다. 위조여권을 쥐여주던, 아리요시의 두 눈이 어른거렸다.

그때, 다나카가 속삭이며 말했다.

"당신의 변호를 맡은 카즈마, 당신이 하는 말을 기사로 쓰는 알베르토. 과연 그들은 무사할까."

집으로 가는 길

필립은 주먹으로 책상을 내리쳤다.

"무슨 말을 하려는 거야. 그들에게 뭘 어쩌겠다는 거야."

"그건 네가 더 잘 알잖아."

"내 친구들에게 털끝 하나라도 건드리기만 해. 내가 가만 안 있을 테니까."

"가만있지 않으면, 이 안에 있는 네가 뭘 할 수 있는데."

다나카가 큰소리로 웃었다. 분을 못 이긴 그는 의자를 박차고 일어나 방을 나왔다. 다나카의 말대로 감옥 안에선 친구들을 위해 할 수 있는 일이 아무것도 없었다. 알베르토와 카즈마, 과연 무사할까.

아침이 되었다. 필립은 두 팔을 뻗어 기지개를 켰다. 그 어느 때보다 기분이 상쾌했다. 내일이면 대한민국 땅을 밟고, 대한민국의 공기를 마실 수 있겠지. 그는 일본 역사상 가장 골치 아픈 수형자였다. 쥐도 새도 모르게 처형하자니, 보는 눈이 많았다. 결국, 일본은 그에게 두 손 두 발 다 들고야 말았다. 그의 계획대로 된 것이다.

동경에서 경성까지의 여정에 네 명의 일본 경찰과 네 명의 헌병이 동행했다. 목줄을 한 개처럼 일경은 그의 얼굴에 용수를 씌우고 포승줄로 묶어 잡아끌었다. 동경에서 경성까지는 이틀 남짓 걸리는 긴 여정이었지만, 그는 소풍 가는 아이처럼 들떴다. 일 년 전 일왕에게 폭탄을 던지고 상해로 돌아가던 그때와는 사뭇 다른 느낌이었다.

도쿄 신바시역에서 국제열차를 타고 시모노세키로 향했다. 머리에 씌워진 용수로 앞이 보이지 않았지만, 마치 차창 밖 풍경이 보이는 것만 같았다. 해가 넘어간 뒤에야 시모노세키에 도착했다. 숨돌릴 틈도 없이 곧바로 부관연락선에 올라탔다. 바다 내음이 용수를 파고들었다. 한국말도 들려왔다. 그들이 어디로 데려가는지 몰라도 이끄는 대로 끌려갔다. 삼등 칸인듯했다.

아무래도 상관없었다. 내일 아침 눈을 뜨면 부산 땅을 밟을 테니까. 휘파람이 절로 나왔다.

"조용히 해. 또다시 휘파람을 불었다간 가만두지 않겠어."

놈들이 앉으라는 곳에 그는 드러누웠다. 일찌감치 잠을 잘 생각이었다. 자고 일어나면 부산에 도착하겠지.

다음 날 아침, 뱃고동 소리에 옆에 있던 일경이 어깨를 툭툭 쳤다. 일어나란 뜻이었다. 배에서 내려 기차역으로 가는 길엔 일본말보다 한국말이 더 많이 들려왔다. 그는 깊게 숨을 들이마셨다. 바다 내음이 몸속을 파고들었다. 날씨도 적당히 따뜻하고 포근했다.

필립은 가던 길을 멈추고, 함께 따라온 일경에게 물었다.

"오늘이 며칠인가요?"

일경은 귀찮은 듯 대답했다.

"1933년 4월 1일이오."

정림이 집으로 돌아갔던 4월이 되돌아왔다. 코끝이 시큰거렸다. 그녀가 떠나고 일 년이란 시간을 버텨냈다. 앞으로 얼마나 더 많은 시간을 버텨내야 할까. 얼마나 더 버티면 집으로 돌아갈 수 있을까.

"뭐하시오. 빨리 오시오."

앞서가던 일경이 포승줄을 끌어당겼다. 그러거나 말거나 그는 귀를 쫑긋 세웠다. 한국어로 수군대는 사람들의 말소리가 좋았다. 그가 경성 형무소로 이감된다는 소식을 들었는지, 그를 보려는 많은 사람이 길 양옆으로 서 있는 듯했다. 예상치 못한 인파에 일경은 서둘렀다.

잠시 뒤, 경적과 함께 기차가 덜컹거리며 출발했다. 필립은 창밖으로 고개를 돌렸다. 파릇해진 들판과 나무에 걸린 꽃봉오리, 기찻길 옆 개나리꽃을 상상했다. 닫힌 창문에도 봄바람이 불어와 그의 코를 간지럽혔다. 개나

집으로 가는 길

리꽃이 흐드러지게 핀 한강 변을 다시 걸을 수 있다면 얼마나 좋을까.

작년 봄, 그러니까 2020년 4월쯤이었나. 그는 도심을 걷던 중 '옛 경성 형무소 터' 표지석을 본 적 있었다. 이화여대에 다니던 소개팅녀를 만나러 가던 길에 서대문형무소도 본 기억이 있다. 안으로 들어가진 않았다. 한 번도 안에 들어가 볼 생각은 하지 않았다. 서대문형무소를 기념관으로 시민에게 개방하고 있다는 사실조차 일지 못했었다. 한 번이라도 다녀왔더라면, 구조를 알고 있었더라면, 탈옥이라도 꿈꿀 수 있었을까. 일경이 포승줄을 잡아당겼다. 내리라는 신호였다.

드디어 서울, 아니 경성에 도착했다. 동경에서 경성까지 서른 시간 가까이 걸렸다. 기차에서 내리자 경성의 공기가 그를 따뜻하게 맞아주었다. 밤샘 근무 후 지친 몸을 이끌고 집에 돌아와 침대에 누운 것처럼 편안했다. 콧노래가 절로 나왔다. 필립은 경성 형무소에 있는 동안, 집으로 돌아갈 방법을 알아내기로 다짐했다.

** **

정림은 한동안 아무것도 할 수 없었다. 구치소에 수감된 상태에서 할 수 있는 일은 아무것도 없었다. 혐의를 벗는 유일한 방법은 필립이 돌아오는 건데, 구치소에 갇혀서는 필립이 돌아올 수 있도록 도울 수 있는 건 아무것도 없었다.

무기력한 하루하루가 흘러가던 어느 날, 누군가가 찾아왔다.

"면회 왔습니다."

정림은 교도관을 따라나섰다. 길게 이어진 복도에 햇살이 들어찼다. 드라마의 한 장면처럼, 복도 끝에 필립이 서 있을 것만 같았다. 누가 찾아온 걸까. 창밖을 보니 개나리꽃은 지고 없었다. 봄이 오면 함께 개나리꽃 길을 걷자던 약속은 어디 가고 어느덧 봄은 가버렸다.

정림은 교도관을 따라 복도를 걸었다. 당연한 말이지만, 복도 끝에 필립은 없었다. 면회실로 들어가자 마른 체구의 한 남자가 그녀를 기다리고 있었다. 처음 보는 남자였다. 그녀는 문 앞에 우두커니 서서 물었다.

"절 찾아오신 거 맞나요?"

남자는 의자에서 일어나 자신을 소개했다.

"안녕하세요. 저는 국선변호사 강준영이라고 합니다. 정정림 씨 변호를 돕고 싶어 찾아왔습니다."

비쩍 마르고, 머리카락이 듬성듬성 빠진 준영은 그녀를 예리한 눈으로 살펴봤다.

"이곳 생활은 어떤가요? 불편한 점은 없나요?"

정림은 반쯤 풀린 눈으로 준영을 바라봤다. 불편한 건 너무 많다. 무엇보다 그녀를 살인마로 보는 시선이 제일 불편했다.

"왜 저 같은 살인마를 변호하려 하시나요?"

준영의 눈동자가 잠시 흔들렸으나, 이내 제자리를 찾았다.

"사건에 허점이 많더군요. 정림 씨가 필립 씨를 죽이지 않았을 것 같다는 확신이 생겼어요. 진실을 꼭 밝혀내고 싶습니다."

정림은 고개를 가로저었다. 그녀를 도울 수 있는 건 필립이 돌아오는 것, 단 한 가지였다. 필립만 돌아온다면, 살인혐의에서 벗어날 수 있을 테니까.

"저는 정림 씨가 필립 씨를 죽이지 않았다고 믿고 있습니다. 휴대전화 검색기록과 정황증거만으로 살인혐의를 받아선 안 되지요. 우리 사회에 아직 정의는 살아있으니까요."

정의니 뭐니 뭐가 어떻든 상관없었다. 중요한 건 살인혐의 재판이 아니었다. 그녀에게 중요한 건 필립이 살아서 돌아오는 것. 단 한 가지였다.

　　　　　　　　집으로 가는 길

"그럼, 부탁 하나만 해도 될까요?"

준영은 미소를 지으며 대답했다.

"그럼요. 얼마든지요."

"누굴 좀 만나고 싶어요."

1차 공판일이 되었다. 정림은 밤새 잠을 자지 못했다. 먹는 둥 마는 둥 밀어 넣은 밥이 가슴 한가운데 돌덩이처럼 얹혔다. 주먹으로 내리쳐도 돌덩어리는 좀처럼 내려가지 않았다. 법원으로 향하는 호송차 안에서도 답답한 가슴은 나아지지 않았다. 습도가 높아서일까. 며칠 전부터 시작된 장마로 차창밖엔 비가 내렸다. 기다리는 필립의 소식은 들리지 않고, 애꿎은 비 소식만 계속 들려왔다. 지독한 장마 소식과 함께 찾아온 사람은 필립이 아닌 준영이었다. 안 그래도 핼쑥한 얼굴이 몇 달 사이 광대가 더욱 도드라졌다. 준영은 손수건으로 연신 이마를 닦으며 말했다.

"쉽지 않은 재판이 될 것 같아요."

"왜죠?"

시체 없는 살인사건이라 그 누구도 변호를 맡지 않으려 했다. 부모님이 힘겹게 선임한 몇몇 변호사는 며칠도 못 가 여론의 뭇매를 맞고 모두 사퇴했다. 준영 역시 그러한 절차를 밟는 거라 생각했다.

"필립 씨 측에서 여덟 명의 변호인단을 구성했어요. 그것도 국내 최대 로펌에서요."

"네?"

그녀는 눈을 휘둥그레 떴다.

"필립 씨 집안이 대단한 집안이더라고요. 증조부께선 일제강점기 때 금광산업으로 돈을 끌어모아 재산 일부를 신문사 설립에 후원하고, 할아버지께서는 1960년대 장관 출신에다 아버지께서도 알만한 사람은 다 안다는 기업을 운영하는 집안의 막내아들이더군요."

혼란스러워하는 그녀에게 준영은 덧붙였다.

"그 당시 그런 재력을 가지려면…."

그녀가 준영의 말을 가로채며 말했다.

"친일파 집안이라는 얘기군요."

정림은 고개를 푹 숙였다. 긴 머리카락이 얼굴을 덮었다. 여기저기서 플래시가 터졌다.

"머리 들어. 살인마야!"

등 뒤에서 원성이 터져 나왔다. '살인마'란 말이 비수가 되어 등에 꽂혔다. 숨을 쉴 수가 없었다. 교도관의 손에 이끌려 재판정으로 들어간 그녀는 영화에서나 보던 재판정의 모습에 숨 쉬는 조차 버겁게 느껴졌다. 세간의 이목이 집중된 사건이라 아침부터 포털사이트 간판 뉴스를 장식했다고 준영이 귀띔했다. 준영이 얼마만큼 준비했는지 몰라도 예상하건대, 결과는 비관적이었다. 검사 측이 준비한 시나리오를 뒤엎을 극적인 시나리오는 도무지 떠오르지 않았다.

그사이 검사와 판사가 차례로 들어왔다. 판사는 그녀의 인적사항을 물었고, 정림은 침착하게 대답했다. 판사는 두 번째로 공소사실을 검사에게 물었다. 검은 뿔테안경을 쓴 검사는 자리에서 일어나 대답했다.

"피의자 정정림은 2021년 3월 2일 밤 피의자 정정림은 층간소음을 참지 못하고 피해자 오필립의 집에 찾아가 피해자에게 프로포폴과 펜타닐을 다량 투약한 뒤 호신용 단검으로 피해자를 죽이고 피해자의 집 욕실에서 락스 등을 이용해 사체를 훼손하고 유기한 점으로 살인 및 사체 훼손, 유기혐의로 사형선고를 신청하는 바입니다."

검사는 공소사실을 말하는 내내, 안경 너머로 그녀를 뚫어지게 노려봤다. 정림은 점점 기억에 자신이 없어졌다. 기억에 안개가 자욱하게 드리웠다. 어쩌면 자신이 필립을 죽여놓고 두려움에 상해에 갔었다는 망상에 빠진 건 아닐까. 상해의 기억이 진짜라 해도 사지에 필립을 남겨두고 혼자 돌아왔으니 죽인 거나 다름없었다. 그렇다면 정말 죽였다고 해야 하나. 눈앞이 흐릿해지고 머리가 욱신거렸다. 그녀는 손가락으로 관자놀이를 꾹 눌렀다.

검사의 발표가 끝나자, 판사가 물었다.

"피의자 성정림은 검사가 말한 공소사실을 인정합니까?"

정림은 떨리는 목소리로 간신히 대답했다.

"저는 누구도 죽이지 않았습니다."

판사가 검사에게 증거자료를 요청했다. 검사는 그간에 수집한 증거를 하나씩 읊기 시작했다.

"피의자 성정림은 피해자 오필립 씨를 살해하기로 계획한 뒤, 자신이 일하는 병원에서 프로포폴과 펜타닐을 상습 절도해왔습니다. 해당 병원의 의약품관리 명세서와 의약품을 대조해본 결과, 정정림은 올해 1월부터 피해자가 실종되기 전인 3월 1일까지 프로포폴과 펜타닐을 수병을 절도하였고, 압수수색 당시 피의자의 가방에서 각 3병씩이 남아있는 것으로 확인됐습니다."

검사의 얘기에 정림은 고개를 가로저었다. 이 모습을 본 판사가 그녀에게 물었다.

"피의자, 해당 증거자료에 대해 이의 사항 있으면 의견 제시하세요."

"저는 병원에서 프로포폴과 펜타닐을 훔친 적이 없습니다. 제 동료인 윤간호사가 프로포폴과 펜타닐을 가져가는 걸 보게 되었고, 병원 측에 알린 사실이 있습니다."

그녀의 말이 끝나기가 무섭게 검사가 말했다.

"피의자가 병원에 알린 사실을 확인하였으나, 병원 측에서 자체 조사한 결과 피의자가 자신의 행동을 감추고자 동료간호사에게 혐의를 씌우려 했다는 증언이 나왔습니다."

"말도 안 돼."

정림은 고개를 가로저으며 작은 목소리로 말했다.

"자, 검사 측은 다음 증거를 제시해주세요."

"피의자의 가방에서 발견된 호신용 단검에서 혈흔이 발견됐고, DNA 감식 결과 피해자의 혈흔으로 확인됐습니다."

정림은 한숨을 내쉬었다. 검사가 제시하는 증거가 아주 그럴싸했다.

"또 다른 증거가 있나요?"

"네. 마지막으로 피의자의 스마트폰을 조사해본 결과, 피의자가 '칼로 급소를 찌르는 법'을 검색한 걸 확인했습니다. 모든 증거를 종합해볼 때, 피의자는 피해자의 집에 찾아가 186cm 80kg의 거구인 피해자에게 프로포폴과 펜타닐을 치사량에 가까운 양을 주사한 뒤, 칼로 급소를 찔러 사망케 하였습니다."

헛웃음이 나왔다. 모든 정황이 퍼즐처럼 딱딱 맞아떨어졌다. 무엇보다 '칼로 급소를 찔러 죽이는 법'을 검색했던 상황을 설명할 수 있는 말이 떠오르지 않아 망연자실했다.

"피해자의 마지막 행적 이후 피해자가 연락을 주고받은 사람은 피의자 정정림이며, 연락을 주고받은 시간을 확인해본 결과 피해자 사망 이후로 추정되는바, 이는 피해자가 살아있는 것처럼 꾸미기 위해 피의자가 피해자 핸드폰을 들고 가 자작극을 벌인 것으로 보입니다."

모든 정황이 그녀가 필립을 살해했다고 가리키고 있었다.

집으로 가는 길

"피의자. 검사가 주장하는 증거가 사실입니까?"

정림은 자포자기하는 심정으로 대답했다.

"만약 제가 그가 살아있는 거로 꾸미려 했다면, 제가 용의자로 몰릴 수 있는 상황인데 왜 제 핸드폰으로 연락을 주고받았겠어요? 말도 안 돼요."

강 검사는 마치 기다렸다는 듯 대꾸했다.

"방심했던 거죠. 완전범죄를 꿈꿨기 때문에 붙잡히지 않을 자신이 있었던 겁니다."

강 검사의 대응에 그녀는 한숨을 내뱉었다.

"피해자의 집 거실 바닥에서 혈흔이 발견된 점, 피해자의 집 드럼세탁기 속에서 세탁된 이불이 발견된 점, 욕실에서 락스 냄새에 진동한 거로 보아 다량의 락스로 욕실 안 흔적을 모두 지운 점 등을 미뤄볼 때 피해자가 사망했고 욕실에서 사체 훼손이 이뤄졌음을 추측할 수 있습니다."

끔찍한 얘기에 그녀는 눈을 질끈 감았다.

"피해자의 욕실에서는 유전자감식이 어려웠지만, 욕실 입구에 소량의 피해자 혈흔이 발견됐습니다. 그뿐만이 아닙니다. 피해자 집 현관문 손잡이와 책상, 책상 서랍 등에서 피의자의 지문이 검출되었고, 바닥에 피의자의 머리카락 3점이 떨어져 있었습니다."

그때, 준영이 일어났다.

"피해자 집에서 발견된 혈흔은 사망에 이르기에는 매우 적은 양이었습니다."

강 검사는 준영의 말을 가로채며 말했다.

"피의자는 거실에 흘린 혈흔을 모두 닦았고, 미처 닦지 못한 한 두 방울의 혈흔이 남아있었던 겁니다."

이에 질세라 준영은 강 검사를 보며 물었다.

"그렇다면, 이불을 세탁했다고 했는데 통상적으로 침대에서 살해당했고 많은 양의 혈흔이 남았다면 왜 침대 매트리스에는 혈흔이 남지 않았나요?"

"세탁기 안에는 이불과 함께 매트리스 방수커버도 있었습니다. 피해자 몸에서 흘러나온 혈흔은 방수커버만 적셨을 뿐 매트리스에는 스며들지 않았던 거죠."

정림은 자신이 없었다. 강 검사가 만든 영화에서 빠져나갈 구멍이 보이지 않았다.

"피고인, 공소사실을 인정하십니까?"

그녀가 고개를 저으며 대답했다.

"저는 그 사람을 죽이지 않았어요."

정림을 유심히 지켜보던 판사가 손가락으로 안경을 쓸어올리며 말했다.

"이보세요. 피고인. 언제까지 잘못을 인정하지 않고 회피하기만 할 거예요?"

정림은 눈을 질끈 감았다. 필립이 죽었을지도 모른다는 사실을 인정하고 싶지 않았다. 무엇보다 그녀를 괴롭게 만드는 건 필립을 사지에 홀로 남겨두고 왔다는 죄책감이었다.

"피고인. 피해자 가족이 받는 고통을 생각해서 지금이라도 자신의 죄를 인정하고 사과하는 게 피해자와 남은 유족을 위로하는 길입니다."

판사가 재판봉을 두드려 상황을 정리했다.

"자, 피고인. 마지막으로 할 말 있으면 해보세요."

정림은 머리를 흔들며 말했다.

"필립은 살아있습니다. 그는 반드시 돌아올 겁니다."

형사가 집에 들이닥치기 일주일 전, 상하이에서 돌아온 정림은 도서관에 갔다. 그녀는 독립운동가를 주제로 한 책이란 책은 모두 골라서 책상에

　　　　　　　　　　　집으로 가는 길

앉았다. 책 어딘가에 필립의 행적을 알 수 있을 만한 정보 한 줄 정돈 실려 있지 않았을까 희망을 품었다. 더불어 두 사람을 과거로 데려간 해원과 뭔가를 아는 듯한 서원도.

반나절이나 도서관에서 시간을 보냈지만, 그녀는 결국 포기하고야 말았다. 필립도, 서원도, 해원도 그 어떤 것도 찾을 수 없었다.

답답한 마음에 도서관을 나와 벤치에 앉았다. 어느덧 꽃샘추위가 가시고 꽃봉오리가 움트고 있었다. 정림은 인터넷 검색창을 켜고 '서해원'이라 검색해 보았다. 대한민국 국민이라면 누구나 아는 배우의 사진이 튀어나왔다. 화면을 아래로 내려 '동명이인 더보기'를 눌렀다. 11명의 '서해원'이 튀어나왔다. 정림은 그 중 '독립운동가'라고 적힌 사진을 눌렀다.

사회주의 계열의 독립운동가. 조선혁명당원
1910년 황해도 해주 출생
1928년 상해로 건너가 독립운동 전개

해원에 대해 알 수 있는 정보는 단 세 줄이 전부였다. 그중 '독립운동가'라는 글자에 눈길이 멈췄다. 그자가 독립운동가라고. 자신도 독립운동가라던 해원의 말이 생각났다. 다음은 '한서원'을 검색해 보았다.

한인애국단 단원이자 한국광복군 출신의 독립운동가
독립운동을 위해 상해로 망명하여 독립운동에 몸 바치다.

두 줄이 전부였다. 밀정일지도 모르는 두 사람의 행적은 그저 '독립운동가' 글자 뒤에 숨겨졌다.

정림은 한숨을 내쉬며 하늘을 올려다봤다. 구름 한 점 없는 하늘이 붉게 물들어가고 있었다. 그녀는 필립의 사진첩에서 가져나온 사진을 꺼냈다. 사진에는 그녀의 사진과 똑같은 '2021.03.08'이라 적혀있었다. '혹시' 하고 그녀를 괴롭혔던 사실을 눈으로 확인한 순간이었다. 필립이 사진을 들고 있었더라면, 그녀가 동규에게 총을 뺏기지 않았더라면, 시간 여행자에게 들은 정보를 필립에게 빨리 말했더라면, 그래서 필립이 열쇠를 좀 더 빨리 찾았더라면 필립도 돌아올 수 있었던 것이다.

정림은 무릎에 얼굴을 파묻었다. 눈에서 눈물이 흘러내렸다. 봄바람이 불어와 귀를 간지럽혔다. 한참을 울던 그녀의 귓가에 봄바람이 말했다.

"네가 뭘 잘했다고 울어. 그럴 시간에 필립을 데려올 방법이나 알아내."

그녀는 눈물을 닦아내며 시간 여행자와의 대화를 떠올렸다.

'정해진 날 돌아오지 못하면 어떻게 된다고 했지?'

미처 묻지 못했다. 그렇다면 필립은 어떻게 되는 걸까. 이대로 시간에 갇혀버린 걸까. 아니면 더 알아낸 게 있을까.

정림은 다시 자세를 고쳐앉았다. 사진을 스마트폰 카메라로 찍었다. 전송되지 않을 걸 알면서 필립과의 대화창을 열었다. 그녀는 반신반의하며 조심스레 사진을 전송했다. 메시지도 써넣었다.

[해원을 만났어요. 사진 속에 돌아오는 날을 적어뒀다고 했어요.]

메시지가 전송되고 얼마 지나지 않아 메시지 옆에 있어야 할 숫자 '1'이 사라졌다. 몇 번이고 다시 보았지만, 여전히 '읽음'이라 선명하게 적혀있었다. 가슴이 빠르게 뛰었다. 혹시나 하고 기대해보았지만, 답장은 없었다. 시스템 오류가 난 거겠지. 그가 봤을 리가 없었다. 그리고 만약 그가 메시지를 읽었다면, 답장이 없을 리 없었다.

정림은 다른 두 장의 사진도 꺼냈다. 두 사람이 과거로 끌려갔던 날 찍은 사진이었다. 그녀의 사진에는 '1932.04.29.'이라 적혀있었다. 그녀가 돌아온 날이었다. 필립의 사진으로 시선을 옮겼다. '1945.08.15.'이라 적혀있었다. 필립과 함께한 마지막 밤, 필립은 두 사진을 보며 너무 다른 날짜에 확신하지 못했을 것이다. 필립의 사진에 적힌 날짜 '1945.08.15.'은 뭘 의미하는 걸까.

정림은 검색창에 '오필립'이라 적어보았다.

독립운동가.

1932.01.08. 일왕투탄의거로 무기징역을 선고받고 이듬해 1933.04.01. 경성 형무소로 이감. 광복된 해에 수형 생활을 마치고 풀려남. 이후 행적 묘연함.

그녀는 입을 다물지 못했다. 필립이 1945년도까지 14년 동안이나 과거에 있었다는 얘긴 걸까. 정림은 말없이 벤치에서 일어나 거리로 걸어나갔다. 발길이 닿는 대로 걸었지만 결국, 몇 발짝 떼지 못하고 길바닥에 주저앉고야 말았다.

**

경성 형무소에 입감된 필립의 삶은 동경에 있을 때보다 더욱 고됐다. 눈 뜨면 보리쌀로 만든 주먹밥 한 줌 겨우 먹고서 작업장으로 보내졌다. 매일 고된 노동으로 손이 마를 날이 없었다. 손가락의 갈라진 피부 사이로 진물이 새어 나오고 그 위에 딱지가 앉고, 딱지가 뜯겨나간 곳에선 피가 흘러나왔다. 그 과정이 반복되자 손가락 감각도 점점 무뎌졌다. 그래도 그가 버틸 수 있는 건, 그가 있는 곳이 대한민국 경성이라는 사실 때문이었다.

그가 작업장에서 한창 일을 하고 있을 때였다. 누군가가 인기척 하며 다가왔다. 고개를 들자 뜻밖의 사람이 서 있었다.

"당신이 여길 어떻게….."

해원이었다. 다시 만나리라곤 꿈에도 생각지 못한 해원이 눈앞에 서 있었다. 필립은 할 말을 잃고서 멍하니 해원을 바라봤다.

"우리 아직 할 말이 남아 있잖습니까?"

해원이 한쪽 입꼬리를 올리며 웃었다. 필립은 주먹을 불끈 쥐었다. 놈의 미소를 보니 그간의 고통이 고스란히 되살아났다. 그는 해원의 멱을 움켜잡으며 말했다.

"당신 말대로 했는데, 왜 아직도 여기야?!"

해원은 침착한 얼굴로 대답했다.

"약속을 지키지 않았잖습니까."

"그게 무슨 말이야. 난 당신이 하라는 대로 다 했어."

해원은 여전히 표정 없는 얼굴로 말했다.

"하기는 했죠. 하지만 모두 실패했어요. 밀정도, 선생님도."

필립은 미간을 찌푸렸다. 해원이 밀정이라 여기는 동규. 그자가 한서원이라는 사실을 미리 알았더라면 달라지는 게 있었을까. 월광사진관 앞에서 동규와 처음 맞닥뜨렸던 그 순간도, 사무실에 찾아가 다시 동규를 만났던 그 순간도, 그는 동규가 서원이라는 사실을 꿈에도 생각하지 못했다. 서원이 가명을 사용했고, 무엇보다 서원의 젊은 시절 얼굴을 알아보지 못했다.

알아보지 못한 건 서원만이 아니었다. 그가 박판수에게 넘긴 사진이, 한서원을 인터뷰하고 받은 사진이란 것조차 알지 못했다. 서원에게 받은 사

집으로 가는 길

진을 무심코 취재 파일에 끼워뒀기에.

동규가 서원이라는 걸 알아챘을 땐, 이미 너무 늦어버렸다. 선생님께 총을 겨눴던 그 날 밤, 동규와 몸싸움 후 돌아선 뒤에야 그가 한서원이라는 사실을 깨달았다. 인터뷰에서 만난 서원의 볼에 사선으로 그어진 흉터와 오른쪽 가슴의 총상. 동규의 상처와 일치했다. 그 흉터가 새겨지던 그때 그곳에 자신이 있었나.

"그럼, 난 이제 어떻게 되는 거야? 돌아갈 수 있기는 한 거야?"

"글쎄요. 지금 이 상황은 저도 예상치 못한 일이라. 당신이 동경으로 가기 전에 제가 뭐라고 했습니까? 일을 그르친다고 하지 않았습니까? 제 말을 무시해버린 건 당신입니다."

필립은 고개를 떨구었다. 해원의 옷깃 쥐고 있던 손도 놔버렸다. 맞는 말이었다. 그땐 알지 못했다. '일왕 처단'도 해원이 쓴 시나리오에 포함된 내용인 줄만 알았다. 그의 동경행으로 해원이 짜놓은 시나리오에 변수가 생겨버린 것이다. 그는 머리를 쥐어뜯었다.

"시간을 되돌릴 순 없잖습니까. 그럼 전 이제 어떻게 해야 하죠? 돌아갈 수 있나요?"

"죽지 않고 버텨낸다면 돌아갈 수는 있을 겁니다. 언젠가는."

"그게 무슨 말인가요?"

그가 소리쳤다.

"형무소에서의 삶이 녹록지 않을 겁니다. 교도관의 눈 밖에 나면 모진 고문이 이어질 겁니다. 형무소에서의 여름은 그동안 한 번도 겪어보지 못한 여름을 겪게 될 거고요. 똥통이 끓고 구더기와 벼룩이 들끓을 겁니다. 겨울이 오면 온몸이 얼어붙을 거고, 옆에선 추위를 견디지 못하고 죽어 나갈 겁니다."

필립은 입술을 질끈 깨물었다.

"무기징역을 받은 당신은 광복이 될 때까지 이곳에서의 삶을 견뎌내야 하겠지요."

"그 전에 돌아가진 못하나요?"

그는 간절한 눈으로 해원을 바라봤다.

"당신이 돌아가는 날은 제가 드린 사진 속에 있습니다."

"사진은 제게 없어요. 그러지 말고, 제가 어떻게 하면 돌아갈 수 있는지 알려줘요."

해원은 가슴팍에서 검은색 물체를 꺼내어 내밀었다. 그의 시선이 자연스레 검은색 물체로 옮겨갔다.

"아니. 이걸 왜 당신이."

해원이 건넨 건 그의 스마트폰과 정림에게 선물 받은 회중시계였다.

"카즈마가 당신에게 주려고 며칠 전부터 이곳 주변을 서성이더군요."

카즈마 생각에 콧잔등이 시큰거렸다.

"카즈마는 잘 지내고 있나요?"

해원은 대답하지 않았다. 때마침 맞은편에서 교도관이 오는 걸 보며 말했다.

"이제 곧 여름이 오겠군요."

마지막 말을 남기고 해원은 황급히 자리를 떴다.

해원이 떠나고, 홀로 남겨진 필립은 작업장을 등지고 서서 스마트폰 전원을 눌렀다. 스마트폰이 켜지기를 기다리며 그는 고개를 들어 하늘을 올려다봤다. 해가 머리 위에 떠 있었다. 지금쯤이면 점심시간일 것이다. 우진이는 오늘도 회사 앞 일식집에서 초밥과 우동을 먹고 있겠지. 필립은 씁쓸한 미소를 지었다.

집으로 가는 길

그때였다. 톡. 톡.

한동안 들어본 적 없었던 메신저 앱의 알림음이었다. 가슴이 두근거렸다. 그는 조심스레 전원 버튼을 눌러 스마트폰 화면을 켰다. 상단알림창에 LTE 안테나가 켜져 있었다. 무슨 일이지. 떨리는 손으로 노란색 메신저 앱을 눌렀다. 수많은 메시지가 와있었다. 언제 들이닥칠지 모르는 교도관 탓에 수백 통이 넘는 메시지를 지금 다 읽어볼 순 없었다. 읽지 않아도 내용은 며칠째 실종된 그를 찾는 내용일 것이다.

필립은 대화창 중 제일 위에 있는 정림과의 대화창을 눌렀다. 집으로 돌아간 그녀에게서 메시지가 와있었다.

[저 돌아왔어요. 메시지 확인하면 연락 줘요. - 2021.03.09.]

두 번째로 정림이 보낸 건 사진이었다. 그가 두고 온 작년 상하이 여행에서 찍은 사진이었다. 눈가에 눈물이 차올랐다.

[해원을 만났어요. 사진 속에 돌아오는 날을 적어뒀다고 했어요. - 2021.03.21.]

조금 전에 만난 해원과 같은 얘기였다. 물론 그도 아는 사실이었다.

정림과 보낸 마지막 밤, 그녀가 잠이 들자 필립은 세 장의 사진을 탁자에 펼쳤다. 정림이 만났다던 시간 여행자의 말대로 이미 열쇠를 받았다면, 그 열쇠라는 건 사진밖에 없었다. 사진 속에 뭐가 있단 말인가.

그는 과거로 끌려온 날 찍은 사진과 정림의 사진을 뚫어지게 쳐다봤다. 두 사진 속 양초에만 집중했던 시선이 빨간색으로 적힌 날짜로 향했다. 보통은 사진 찍은 날짜가 표시되는 그곳. 정림과 그의 사진의 다른 점이 양초만이 아니었다. 정림의 사진에 적힌 날짜는 '1932.4.29.' 그의 사진에 적힌 날짜는 '1945.08.15'이었다. 그는 눈살을 찌푸렸다. 두 날짜 모두 사진 찍은 날짜와는 거리가 멀었다. 무엇보다 의아한 건 정림의 사진은 1932년이고, 그의 사진은 1945년이란 사실이었다. 뭘 의미하는 걸까. 이유 모를 불안감이 덮쳐왔다. 1932년 4월 29일은 바로 내일이었다. 내일이라. 설마.

필립은 손을 뻗어 작년 상하이 여행에서 찍었다는 정림의 사진을 들었다. '2021.03.08' 역시나 날짜가 적혀있었다. 필립은 스마트폰을 켰다. 오늘이 바로 2021년 3월 8일이었다. 물론 내일이 되어도 2021년의 시간상으로는 3월 8일이었다. 그렇다면 혹시 내일이 그녀가 떠나는 날일까.

사진 속 날짜가 떠나는 날짜라면 그의 사진에 적힌 1945년 8월 15일은 무슨 뜻일까. 정확한 의미를 알려면 작년 여행에서 찍은 사진이 필요하지만, 그에겐 없었다.

'return. 돌아가다. repeat. 반복하다.'를 몇 번이나 곱씹던 필립은 주먹으로 다리를 내리쳤다. 내일은 정림이 돌아가는 날이었다. 가슴이 뛰기 시작했다. 의자에서 일어선 그는 이마를 문지르며 방 안을 서성였다. 사진 속 날짜가 정말 집으로 돌아가는 날짜라면 그녀는 당장 내일 돌아갈 수 있게 된다.

문제는 그였다. 그에겐 중요한 단서 하나가 없었다. 앞이 캄캄했다. 한숨을 내쉬어봐도 달리 방법이 없었다. 그는 퍼즐을 완성하지 못했다. 그래도 다행인 건 내일 정림이 돌아갈 수 있다는 사실이었다.

필립은 일단 그의 사진을 제쳐놓고 정림의 문제를 고민하기로 했다. 돌아갈 날짜는 내일이라 치더라도, 어떻게 하면 돌아갈 수 있단 말인가. 시간 여행자는 돌아갈 수 있는 날이 오면 무언가를 해야만 돌아갈 수 있다고 했

집으로 가는 길

다. 뭘 해야 하는 걸까. 머리가 지끈거렸다. 그동안 알아낸 걸 하나하나 되짚었다. 그때, 정림이 한 말이 떠올랐다.

플래시가 터질 때, 총소리를 들었어요. 플래시가 번쩍이는 바람에 눈앞이 캄캄해졌고 그 순간 누군가가 나를 향해 총을 겨누는 형상을 보았어요.

설마. 1년 전 상하이 여행에서 찍었다는 정림의 사진을 다시 보았다. 정림의 손에 들려진 권총. 그리고 그의 세 번째 임무. 세 가지 사실이 가리키는 것. 그가 정림에게 총을 쏘는 게 그녀가 돌아갈 방법인 듯했다. 만약 그게 아니라면, 그의 손으로 정림을 죽이게 될 것이다. 그가 정림에게 총을 겨누던 순간, 손끝에 전해진 떨림과 공포, 정림이 연기처럼 사라진 뒤의 불안감이 아직도 생생했다.

결국, 그의 예상이 맞았다. 정림이 집으로 돌아갔으니 그거면 됐다. 필립은 정림에게서 온 사진을 보며 미소를 지었다.

그때, 정림이 보낸, 그가 상하이 여행에서 찍은 사진에 적힌 날짜가 눈에 들어왔다.

return by 서해원 – 2021.03.08.

정림과 같은 날이었다. 원래라면 그도 정림과 같은 날 돌아가기로 되어 있었다는 얘기였다. 과거로 오기 전까진. 그런데 과거로 온 그에게 변수가 생겨 예정대로 돌아가지 못한다는 걸 미래에서 과거로 온 해원은 알고 있었던 것 같다. 그의 사진에 'repeat by 서해원 – 1945.08.15.'이라고 적어놓은 걸 보면.

그는 머릿속으로 계산해보았다. 1932년 4월 29일부터 1945년 8월 15일까지는 총 160개월. 그렇다면 2021년 3월부터 160일 후는.

눈을 질끈 감았다. 필립은 날짜 계산을 포기하고 그의 마음을 담아 정림에게 하고 싶은 말을 써내려갔다.

[정림씨. 걱정하지 말아요. 전 잘 지내고 있어요.]

그가 미처 전송 버튼을 누르기도 전에 뒤에서 교도관이 다가왔다. 그는 잽싸게 스마트폰을 옷 속에 집어넣었다.

"여기서 뭐 하고 있소? 작업시간 끝났으니 어서 들어가시오."

필립은 교도관에게 꾸벅 인사를 한 뒤 방으로 들어갔다.

**

몇 번째 되풀이되던 공판일이 돌아왔다. 준영은 이번 공판을 앞두고 그녀의 부탁을 들어줬다.

"지난번에 부탁하셨던 것 말인데요."

준영은 난감한 듯 말을 잇지 못하고 이마를 긁적였다.

"만났나요?"

정림은 준영의 등 뒤를 살폈다. 준영이 함께 오기로 한 사람이 보이지 않았다.

"만나긴 했죠."

준영의 이마에 땀이 송골송골 맺혀있었다.

"그럼. 면회를 거부하던가요? 아무래도 그렇겠죠. 연세가 있으니."

"그게 아니라."

집으로 가는 길

준영은 쉽사리 말을 하지 못하고, 자꾸만 뜸을 들였다.

"그게… 한서원 님께서 나흘 전에 돌아가셨습니다."

입술을 꾹 다문 준영은 그녀의 눈치를 살폈다. 놀란 정림은 자신도 모르게 소리쳤다.

"돌아가셨다니요? 그게 무슨 말씀이세요?"

그때, 준영의 입에서 뜻밖의 얘기가 나왔다.

"그게… 병사가 아니라 외인사예요."

묵직한 뭔가로 머리를 얻어맞은 것 같았다. 그녀가 알기로 외인사라면, 자살, 타살, 사고사 셋 중 하나였다.

"만났다면서요?"

"저만 한서원 님을 봤어요. 그분은 절 못 보고요."

만나서 모셔와 달라 했더니, 대체 그게 무슨 말인가. 정림은 머리카락을 쓸어 넘겼다.

"제가 선생님을 찾아갔을 땐, 선생님께선 아파트 8층 난간에 앉아계셨어요."

"아파트 난간이요? 거긴 왜…."

그녀는 말을 잇지 못했다.

"…떨어지신 건가요?"

"내려오시라고 했는데… 그랬는데 119가 도착하자마자…."

정림은 고개를 숙였다. 서원은 왜 그런 선택을 해야 했을까. 이해되지 않았다. 어떤 전조증상도 없던 분이었는데.

"마지막으로 남기신 말씀은 없으셨나요?"

"독일이 그랬던 것처럼 일본도 지난 과거사를 반성하고 진정한 사과를 바란다는 말씀을 남기고 가셨어요."

정림은 황토색 수의를 입고 포승줄에 묶여 호송차에 올라탔다. 차창 밖 아스팔트 위로 아지랑이가 피어올랐다. 한낮의 무더위에도 아랑곳하지 않고 사람들은 회사로, 학교로, 길 위를 걸었다. 대한민국은 그녀가 시간여행을 떠나기 전이나 지금이나 여전히 잘 돌아가고 있었다.

정림은 사람들의 얼굴로 시선을 옮겼다. 사람들의 얼굴에서 오래전 그녀의 모습을 발견했다. 평온한 일상을 살아가는 평범한 얼굴.

그녀는 시간여행을 떠나기 전, 평범했던 하루를 떠올렸다. 그녀의 삶을 지탱한 건, 오롯이 사랑하는 가족과 연인, 그들을 믿고 함께 살아가는 평범한 하루였다. 이젠 그 소중했던 하루를 꿈꿔볼 희망이 사라진 지 오래였다. 그동안의 공판결과로 보아 오늘 공판결과는 둘 중 하나였다. 사형 아니면 무기징역.

호송차가 중앙지법에 다다랐을 때였다. 호송차는 사거리에서 정지신호에 멈춰 섰다. 창밖을 보니 사람들이 가던 길을 멈추고 빌딩 옥상에 걸린 전광판을 올려다보고 있었다. 전광판에서는 뉴스가 나오고 있었다.

"오늘이 무슨 날이죠?"

마주 앉은 교정직원이 시큰둥하게 대답했다.

"8월 15일이요. 남북정상회담이 열리는 날이라 그런지 아침부터 시끌벅적하네요."

교정직원에게 전화가 걸려오는 바람에 더는 대화가 이어지지 않았다. 정림은 다시 전광판을 올려다봤다. 뉴스화면 아래 '오늘의 주요뉴스' 자막이 지나갔다.

일본, 중학 교과서 82% '한국이 독도 불법점거' 명시

집으로 가는 길

다음 뉴스를 기다리는데 통화 중이던 교정직원이 소리쳤다.

"네? 설마. 그럴 리가. 아. 네."

통화를 마친 교정직원이 차를 세웠다. 차에 타고 있던 모든 직원이 난감한 얼굴로 서로를 마주 봤다. 정림은 이상한 분위기를 감지했다.

"저, 저기. 공판이 취소됐어요."

정림은 영문도 모른 채 직원의 얼굴을 뚫어지게 쳐다봤다. 직원은 황당한 얼굴로 전광판을 가리켰다. 그녀는 고개를 돌려 전광판으로 시선을 옮겼다. 전광판에는 남북정상회담이 생중계가 막 시작되고 있었다.

바로 그때, 화면 아래 빨간 띠를 두른 속보가 나왔다.

5개월 넘게 실종됐던 실종자 오필립 안전귀가 확인

정림은 '혐의없음'으로 풀려났다. 거리로 나온 그녀는 작렬하는 태양에 눈을 찌푸렸다. 대한민국은 며칠째 폭염 경보가 발효됐다. 들끓는 아스팔트에 몇 발자국 떼기도 전에 숨이 턱턱 막혔다.

정림은 지하도로 내려갔다. 때마침 지하철이 들어오고 있었다. 사람들은 스마트폰을 보느라 조금 전까지 살인혐의로 구치소에 수감됐던 사람이 서울 도심을 활보하는지 마는지는 관심 없어 보였다. 그녀는 웅크렸던 어깨를 펴고 돌려받은 스마트폰을 켰다. 메시지가 와있었다. 그 자식에게서 온 메시지였다.

미안해. 내가 잘못했어. 너와의 믿음을 저버린 짓도, 너와 유지를 이간질한 것도.

정림은 입술을 깨물었다. 그래. 잘못한 걸 뉘우쳤으면 됐다. 미안하다 사과했으면 됐다. 그거면 됐다. 사과를 받았으니 이제 새로운 사랑을 시작할 수 있을 것 같다.

그녀는 미련 없이 포털사이트 앱을 눌렀다. 그리고 그녀가 제일 궁금한 기사를 읽었다.

실종됐던 오필립, 무사 귀가.

2021년 3월 1일 밤 실종된 것으로 추정됐던 오 씨가 2021년 8월 15일 금일 오전 11시 45분경 귀가한 것으로 확인됐다. CCTV 확인 결과 오 씨가 11시 45분경 현관문을 열고 집을 나선 것으로 확인됐으나, 그 이전에 집으로 들어간 것은 찍히지 않아 오 씨가 어떤 경로로 CCTV에 찍히지 않고 집을 드나든 것인지는 확인되지 않았다.

다만, 오 씨가 귀가했다는 신고를 받은 경찰이 출동하여 신분확인 및 지문감식 결과 오 씨 본인이 맞는 것으로 확인된바, 오 씨 살인혐의를 받고 재판이 진행 중이던 피고인 정 씨는 곧 풀려날 것으로 보인다.

정림은 광화문역에서 내렸다. 광화문광장으로 올라가자 수많은 사람이 광장을 메우고 있었다. 임시로 설치된 전광판에는 남북정상회담이 생중계되었고, 사람들은 일제히 전광판을 바라보고 있었다. 화면 속에서 남북 정상이 서로의 손을 마주 잡자 여기저기서 환호성이 터져 나왔다.

그녀는 인파 속을 파고들어 전광판 앞까지 걸어갔다. 전광판 앞에 다다르자 전광판에 정시를 알리는 아날로그 시계가 화면을 가득 채웠다.

그때였다. 톡. 톡.

집으로 가는 길

메시지 알림음이 들렸다. 그녀는 스마트폰을 꺼내다 옆에 있던 사람과 부딪혀 떨어뜨리고 말았다. 허리 숙여 스마트폰을 집으려는데 어디선가 손이 뻗어왔다. 손은 그녀의 손보다 먼저 스마트폰을 집어 들었다. 간발의 차로 스마트폰을 놓친 그녀는 깜짝 놀라 고개를 들었다.

"필립 씨."

손의 주인공은 필립이었다.

거짓말처럼 필립이 그녀에게 스마트폰을 내밀고 있었다. 비쩍 말라 손가락 마디가 도드라진 그의 손은 가뭄의 논바닥처럼 쩍쩍 갈라져 그 틈으로 흘러나온 피가 말라 있었다. 달라진 필립의 모습에 정림은 믿기지 않았다.

"정말. 정말 내가 아는 필립 씨 맞아요?"

정림은 필립을 끌어안았다. 그의 체온이, 그의 체취가 필립이라 말해주었다.

"어떻게 된 거예요? 어떻게 돌아왔어요? 어떻게 찾아왔어요?"

필립이 미소를 지으며 그가 집으로 돌아온 길을 말해주었다.

"평소와 다름없이 형무소에서 일을 하고 있는데, 밖에서 만세 소리가 터져 나왔어요. 라디오에서 일왕의 항복선언이 흘러나왔거든요. 거리로 쏟아져 나온 사람들이 서로 부둥켜안고서 눈물을 흘렸어요. 저도 급하게 거리로 나오느라 일장기에 덧그린 태극기를 들고 독립문을 지나 광화문으로 계속 걸었어요. 만세를 외치면서요. 사람들 속에서 함께 만세를 외치다 그만 넘어져 정신을 잃었어요."

정림은 부르튼 필립의 손을 어루만졌다. 그의 손등 위로 눈물이 떨어졌다.

"정신을 잃고서 이상한 꿈을 꿨어요. 꿈에서 만세를 부르는 사람들 사이로 성조기가 내걸린 트럭이 경성 시내로 들어왔어요. 트럭에서 내린 미군은 조선총독부 건물에 걸려있던 일장기를 내리고 성조기를 걸더군요."

필립이 부르튼 손으로 눈물을 닦아주었다.

"그렇게 길고 긴 악몽에서 깨고 보니 여기였어요."

정림도 손을 뻗어 필립의 뺨을 어루만졌다. 움푹 팬 뺨이 거칠거렸다.

필립은 미소를 지으며 능청스럽게 말했다.

"정림 씨 만나려고 쉬지 않고 걸어왔어요."

집으로 가는 길

에필로그

**

정림은 2층으로 올라가 비어있는 창가 자리에 앉았다. 통유리창 너머로 광화문광장이 훤히 내려다보였다. 광장에는 축제 준비가 한창이었고, 거리 곳곳엔 태극기와 인민기가 번갈아 꽂혀있었다.

정림은 광장에 임시로 세워진 전광판으로 눈을 돌렸다. 전광판에는 '4.11 임시정부 수립일 103주년 기념 남북정상회담 서울 개최'라 적힌 화면이 나오고 있었다. 그때, 스마트폰에서 메시지 알림음이 울렸다.

창밖에 봐요.

그녀는 고개를 돌려 창밖을 바라봤다. 필립이 손을 들어 흔들고 있었다. 시계를 보니 2022년 4월 11일 오전 11시 45분이었다. 약속 시각보다 15분이나 이른 시간이었다.

정림은 필립을 기다리며 스마트폰으로 뉴스 기사를 읽었다. 뉴스 카테고리에는 오늘 있을 남북정상회담 관련 기사가 연달아 게재되어 있었다. 그녀는 화면을 아래로 내리다 어느 기사에서 스크롤을 멈췄다.

애국지사 별세. 죽어서도 친일파 옆에 잠들다.
독립운동가와 친일파가 함께 잠든 현충원.

그녀는 기사 맨 마지막에서 멈췄다. 기사 작성자 오필립. 피식 웃음이 나왔다.

바로 그때, 창밖에서 사람들의 함성이 들렸다. 정림은 전광판으로 시선을 옮겼다.

통일로 가는 길, 10개년
남북 정상, 통일 방안 구체적 협의
상해, 연해주에 잠들어 있는 독립운동가 유해 송환하기로 남북 합의

가슴이 뭉클했다. 대한민국에 이런 날이 올 거라곤 바로 한 달 전까지도 미처 예상하지 못했다. 광화문광장에 모인 사람들은 가슴 벅찬 얼굴로 두 정상의 만남을 기뻐하고 있었다. 창문에 비친 그녀도 같은 얼굴이었다.

그때, 나무 계단에서 발소리가 들렸다. 고개를 돌리자 필립이 올라오고 있었다.

"일찍 왔네요."

필립이 성큼성큼 걸어와 맞은편에 앉았다. 필립은 재작년 상하이 여행에서 처음 봤을 때와 변함이 없었다. 여전히 남자답고, 멋있었다.

"어떻게 된 거예요? 이렇게 2년 만에 연락이 올 줄은 몰랐네요."

비꼬며 말하긴 했지만, 정말이었다. 상하이에서 돌아온 후 필립에게서 연락이 올 줄 알았다. 그런데 웬걸. 일 년이 넘도록 연락 한 번 없더니 2년이 다 되어서야 연락이 왔다.

"우선 연락을 하지 않은 건, 서울에 와서 정림 씨 SNS를 보니 연인이 있는 것 같아 연락하지 않았어요. 그리고 일 년 만에 연락한 건, 꿈을 꿨어요. 꿈속에서 정림 씨를 만났죠. 다시 정림 씨 SNS에 들어가 보니…."

에필로그

필립은 미소를 지었다. 정림은 미소 뒤에 숨겨진 말을 알고 있었다. 그녀의 SNS에서 그 자식이 사라진 걸 본 것이다.

"그래서 정림 씨가 나를 기다리는구나 싶었죠."

필립은 아이처럼 웃었다.

"무슨 꿈이었어요?"

"정림 씨와 제가 일왕에게 폭탄을 던지는 꿈?"

그는 머쓱한지, 뜨거운 커피를 후룩 단숨에 마셨다.

"영화나 볼까요?"

필립이 능청스럽게 대답했다.

"안 그래도 오늘, 영화 결말을 보러 갈 참이었어요."

정림은 고개를 갸웃거렸다.

"결말? 우리가 함께 본 영화가 있었나요?"

카페를 나왔다. 필립은 목적지를 알려주지 않고 차를 몰았다. 차는 시청을 지나고 서울역을 지난 다음, 서쪽으로 향했다.

"대체 어느 영화관엘 가길래 여기로 가요?"

필립은 그저 의미심장한 미소만 지었다. 그는 효창운동장 옆을 지나 효창공원 앞에 차를 세웠다.

"내려요."

정림은 필립을 따라 차에서 내렸다. 필립은 마치 소풍 온 사람처럼 뒷자리에서 짐을 들고 내렸다. 그는 목적지가 정해져 있는 사람처럼 앞장서서 걸어갔다. 공원에는 개나리꽃이 흐드러지게 피어있었다. 마치 두 사람을 반기며 손을 흔드는 듯 봄바람에 하늘거렸다.

필립은 '삼의사 묘역' 앞에서 걸음을 멈췄다. 정림은 그제야 그가 이곳에 온 이유를 알게 됐다. 영화의 결말도.

두 사람은 이봉창, 윤봉길, 백정기, 그리고 김구 선생님의 묘역에 차례로 술잔을 놓고 절을 했다. 안중근 의사의 허묘도 빼놓지 않았다.

어느덧 하늘이 붉게 물었다. 해가 지고 있었다. 필립과 정림은 삼의사 묘 앞에 돗자리를 펴고 앉았다.

잠시 후 달이 떠올랐다. 달무리가 달을 감쌌다. 비가 오려나 보다. 고개를 돌려 필립을 바라보니 그가 미소를 지었다. 보름달을 쏙 빼닮은 미소였다.

"저 달."

필립은 달을 가리키며 말했다.

"선생님도, 여기에 잠드신 '삼의사'도 봤겠죠."

정림이 피식 웃으며 덧붙였다.

"이순신 장군님께서도 본 달이죠."

정림은 생각했다. 변하지 않은 걸 찾았다고.

하늘에 뜬 달만은 변하지 않고 그대로라고.

에필로그